MIRA®

Der Preis dieses Bandes versteht sich einschließlich
der gesetzlichen Mehrwertsteuer.

Umwelthinweis:
Dieses Buch wurde auf chlor- und säurefreiem Papier gedruckt.

Die Handlung und Figuren dieses Romans sind frei erfunden.
Ähnlichkeiten mit lebenden oder verstorbenen Personen
sind nicht beabsichtigt und wären rein zufällig.

Christiane Heggan

Das Philadelphia-Komplott

Roman

Aus dem Amerikanischen von
Ivonne Senn

MIRA®

MIRA® TASCHENBUCH
Band 25200
1. Auflage: Dezember 2006

MIRA® TASCHENBÜCHER
erscheinen in der Cora Verlag GmbH & Co. KG,
Axel-Springer-Platz 1, 20350 Hamburg
Deutsche Erstveröffentlichung

Titel der nordamerikanischen Originalausgabe:
The Search

erschienen bei: MIRA Books, Toronto
Published by arrangement with
Harlequin Enterprises II B.V., Amsterdam

Konzeption/Reihengestaltung: fredeboldpartner.network, Köln
Umschlaggestaltung: pecher und soiron, Köln
Redaktion: Claudia Wuttke
Titelabbildung: FontShop AG, Berlin
Autorenfoto: © by Harlequin Enterprise S.A., Schweiz
Satz: Buch-Werkstatt GmbH, Bad Aibling
Druck und Bindearbeiten: Ebner & Spiegel, Ulm
Printed in Germany
ISBN 3-89941-293-1

www.mira-taschenbuch.de

PROLOG

Syd hielt Ausschau nach der Ausfahrt zur Cafferty Road. Sie war mit ihrem Ford Focus unterwegs, den sie nur benutzte, wenn es absolut notwendig war. Und heute war so ein Tag. Mitten in der Nacht herrschte auf den Straßen kaum Verkehr, und so sollte sie nicht länger als zwanzig Minuten zu dem Farmhaus der Branzinis in Erwinna benötigen.

An der gesuchten Abzweigung bog sie ab und folgte der Landstraße. Im fahlen Mondlicht lag das Haus mit seinem schiefen roten Dach einsam und verlassen da. Die Felder, auf denen früher Mais, Bohnen und Süßkartoffeln üppig wuchsen, waren mittlerweile von Unkraut überwuchert.

In der Hoffnung, dass Dot den Haustürschlüssel immer noch in dem alten Vogelhaus in der Eiche hinter dem Haus versteckte, ging Syd durch den Garten. Sie hielt inne, als plötzlich die vordere Tür aufgestoßen wurde und eine schwarz gekleidete Gestalt herauskam.

Wie erstarrt beobachtete sie die Szene und erkannte einen großen, breitschultrigen Mann mit kurz geschnittenen Haaren. Mit locker hängenden Armen schaute er sich um, ließ seinen Blick von rechts nach links und wieder zurück schweifen. Sie wusste nicht, ob er sie schon gesehen hatte, und trat vorsichtig einen Schritt zur Seite hinter einen Baum, der sie hoffentlich so weit wie möglich verbergen würde. Mit wild klopfendem Herzen nahm sie ihr Mobiltelefon aus der Handtasche und wählte den Notruf.

„Hier ist die stellvertretende Bezirksstaatsanwältin Sydney Cooper“ flüsterte sie, als am anderen Ende abgenommen wurde. „Ich bin hier…“

Im Mondlicht sah sie Metall aufblitzen. Zu spät bemerkte sie, dass der Eindringling eine Waffe hatte. Und damit auf sie zielte.

„Hallo, Ms. Cooper? Sydney?“ Die Stimme des Polizisten blieb ruhig. „Wo sind Sie? Sind Sie verletzt?“

Ein Schuss zerfetzte die Stille. Fast gleichzeitig fühlte Syd einen stechenden Schmerz direkt unterhalb ihres linken Rippenbogens.

Zum zweiten Mal innerhalb von achtundvierzig Stunden wurde sie ohnmächtig.

1. KAPITEL

Die stellvertretende Bezirksstaatsanwältin Sydney Cooper wartete, bis der mit Handschellen gefesselte Angeklagte aus dem Gerichtssaal geführt wurde, bevor sie einen Seufzer der Erleichterung ausstieß. Dem Schuldspruch, der bereits innerhalb von zwei Stunden nach Beginn der Beratungen erfolgt war, war es zu verdanken, dass ab sofort ein Sexualstraftäter weniger die Straßen von Philadelphia unsicher machen konnte.

Das ist es, was diesen Job ausmacht, dachte sie, während sie ihre Unterlagen in ihrer Aktentasche verstaute. Die Schuldigen zu bestrafen und die Unschuldigen zu beschützen. Auch wenn es ein wenig albern und selbstgerecht klang, sie glaubte daran. Selbst jetzt, nach vier Jahren im Büro des Bezirksstaatsanwalts, war sie immer noch so begeistert von ihrem Job wie damals, als sie sich für die Stelle beworben hatte.

Zufrieden mit sich schloss sie die Aktentasche und erhob sich vom Tisch. Als sie sich umdrehte, stellte sie jedoch fest, dass aus dem geplanten schnellen Abgang nichts werden würde. In der Galerie am hinteren Ende des Gerichtssaals wartete eine Gruppe Studenten mit gezückten Stiften und erwartungsvollen Blicken auf sie. Die Gruppe hatte den Prozess über die vollen drei Tage aufmerksam verfolgt und hoffte nun, ihr noch einige Fragen stellen zu können.

Ein blondes Mädchen, mit dem für Kalifornien typischen guten Aussehen, sprach sie als Erste an, wobei sie ihre Bewunderung kaum verbergen konnte.

„Meine Güte, Ms. Cooper, Sie waren unglaublich. Wie Sie Simon Burke in die Falle gelockt haben, Wahnsinn. Woher nehmen Sie nur den Mut dazu, vor allem vor Richter Claiborne, der doch bekannt dafür ist, sehr unangenehm werden zu können, wenn er meint, dass ein Anwalt zu theatralisch wird?"

Als sie sich der Gruppe zuwandte, erinnerte sich Syd an ihre eigene Studienzeit, und wie begierig sie damals jede noch so kleine Information aufgesogen hatte, die die erfahreneren Anwälte gewillt waren, preiszugeben.

„Ich fürchte, es war mehr die pure Verzweiflung und nicht Mut, der mich angetrieben hat. Sie haben Recht mit Richter Claiborne – der Trick war, ihn nicht anzuschauen, sonst hätte ich auch die Nerven verloren."

Ein gut aussehender junger Mann, den Syd schon öfter im Gerichtssaal gesehen hatte, ergriff das Wort.

„Woher wussten Sie, dass der Angeklagte zusammenbrechen würde, wenn Sie ihm einen schwarzen Tanga vor die Nase halten würden?"

„Tja, Chad – dein Name ist doch Chad, oder?" Sie beobachtete, wie er errötete, und verlegen nickte. „Ich habe von einem ähnlichen Fall in Ohio vor ein paar Jahren gehört. Der Angeklagte war zwar nicht wegen sexueller Belästigung angeklagt, aber es erregte ihn aufs Höchste, wenn er schwarze Spitzenunterwäsche sah, und er verfolgte die Frauen hartnäckig und flehte sie um sexuelle Gefälligkeiten an. Diejenigen von euch, die die Zeugenaussage von Jane Hunnicut am Montag gehört haben, werden sich erinnern, dass sie sagte, Simon Burke hätte sie gefragt, ob sie einen schwarzen String trüge. Ich musste also nur noch den Weg für seine Phantasien ebnen."

„War das Ihr Slip?" Die flapsige Bemerkung kam von einem anderen Studenten, der schon oft im Gericht war, und dessen trockener Humor und clevere Einwürfe sich auch schon zu Syd herumgesprochen hatten. In seinen Augen glänzte jugendlicher Übermut, als er auf Syds Antwort wartete. Das Mädchen aus Kalifornien boxte ihm hart in die Rippen.

„Ich glaub's nicht, Thomas, du bist so ein Ferkel."

Bevor Syd jedoch klarstellen konnte, dass sie den Tanga nur für die heutige Verhandlung gekauft hatte, stellte das Mädchen eine weitere Frage.

„Haben Sie Ärger mit Richter Claiborne bekommen?"

Syd hängte sich den Riemen ihrer ledernen Handtasche über die Schulter. „Er erteilte mir eine Lektion in Sachen korrektes Verhalten vor Gericht, um mir dann übergangslos zu meinem Erfolg zu gratulieren", lachte sie.

Die Gruppe war inzwischen um einige Reporter angewachsen, die Syd kannte. Einer schoss ein Foto von ihr. Bevor das kleine, informelle Gespräch mit den Studenten in eine ungewollte Pressekonferenz ausarten konnte, schlüpfte Syd in ihren schwarzen Wollmantel.

„Ich würde gerne noch weiter mit euch plaudern", wandte sie sich an die Studenten, „aber genau jetzt hat mein Urlaub offiziell begonnen, und ich möchte nun ganz schnell hier raus."

„Wo fahren Sie hin?", fragte einer der Reporter.

„Cancún." Syd winkte den angehenden Juristen zu und wandte sich zum Ausgang. „Viel Erfolg bei euren Abschlussprüfungen!", sagte sie noch und war im nächsten Augenblick verschwunden.

Außerhalb des Gerichtsgebäudes hatte sich der Himmel über Philadelphia in tristes Grau gehüllt. Ein eisiger Märzwind wehte vom Delaware River hinauf, und die Fußgänger hasteten mit gesenkten Köpfen die Straße entlang. Cancún wird mit jeder Sekunde verlockender, dachte Syd, als sie ihren Mantelkragen hochschlug und aus dem Gebäude auf den Gehweg trat.

In ihrer ursprünglichen Urlaubsplanung war Mexiko nicht vorgesehen. Daran hätte sie bei ihrem Gehalt nicht einmal denken können. Eigentlich hatte sie sich vorgenommen, die freie Zeit zu nutzen, um endlich ihre Wohnung zu renovieren. Eine Arbeit, die sie schon seit Monaten vor sich herschob. Sie hatte schon fast angefangen, sich auf die Aufgabe zu freuen, weil sie hoffte, dass harte Arbeit ihr helfen würde, den Schock über den Betrug ihres Verlobten, Greg Underwood, zu überwinden.

„Es hatte *nichts* zu bedeuten“, hatte er beteuert, als sie ihm ihren Verlobungsring vor die Füße geworfen hatte.

„Du und ich, wir hatten diesen Streit, also bin ich in eine Bar gegangen, um mich abzureagieren, und – da war sie.“

Sie war eine eins siebzig große, blondierte Amazone mit leeren blauen Augen und riesigen Brüsten. Der Streit, auf den Greg sich bezog, war einer von vielen, die sie in den vorangegangenen Monaten gehabt hatten. Immer ging es um das gleiche Thema: So oft sie auch versuchte, ihm zu erklären, dass ihre Arbeit ihr Spaß bereitete und sie sie liebte, versuchte er, sie zu überreden, den angebotenen Job in der Sozietät seines Vaters anzunehmen. Underwood & Sullivan, eine alteingesessene Kanzlei – und ein doppelt so hohes Gehalt.

Vor zwei Wochen, nachdem Greg sie erneut bedrängt hatte, endlich einzuschlagen, hatte Syd die Geduld verloren und ihn gebeten, sie ein für alle Mal mit dem Thema in Ruhe zu lassen. Später am Abend hatte sie sich etwas beruhigt und war der Meinung, viel zu hart gegen Greg gewesen zu sein. Und so hatte sie sich entschlossen, zu seiner Wohnung zu gehen und sich bei ihm zu entschuldigen. Doch anstatt ihn alleine vor dem Fernseher vorzufinden, war sie mitten in eine Szene wie aus einem schlechten Pornofilm geraten.

Auch wenn es ihr anfangs das Herz brach, stellte sie schnell fest, dass sie besser jetzt als nach der Hochzeit von seiner Schwäche erfuhr. Sie zweifelte zwar nicht daran, dass sie ihren Verlobten geliebt hatte, aber scheinbar nicht stark genug. Hätte sie ihm sonst nicht verzeihen können?

Wenn sie ehrlich war, waren sie von Beginn an in so vielen Dingen unterschiedlicher Meinung gewesen, dass es schon fast an ein Wunder grenzte, wie lange die Beziehung schließlich doch gehalten hatte.

Ihre Pläne, die Wohnung zu renovieren, hatte sie ohne zu zögern über den Haufen geworfen, als ihre Tante Frederica anrief und sie einlud, mit nach Cancún zu kommen, genauer gesagt in die noble Ferienanlage „La Playa" direkt am Meer. Der Gedanke daran, eine Woche unter der gleißenden Sonne Mexikos zu verbringen, während Philadelphia – und Greg – sich auf einen erneuten Eissturm vorbereiteten, steigerte ihre Laune ungemein.

Syd konnte es kaum erwarten, nach Hause zu kommen und ihren Koffer zu packen, und so zog sie den Kopf ein und eilte gegen den Wind die Sixth Street hinunter Richtung Washington Square, wo sie wohnte. An der Ecke Sixth und Chestnut holte sie ihr Handy hervor, um die Mailbox abzuhören. Der erste der drei Anrufe kam von ihrer Tante, die ihr mitteilte, dass sie sie morgen Mittag um halb zwei am Flughafen in Cancún abholen würde.

Die zweite Nachricht war von ihrem Boss, Bezirksstaatsanwalt Ron Devlin, der ihr zu ihrem Sieg gratulierte und ihr schöne Ferien wünschte.

Der dritte Anruf kam von ihrer besten Freundin, Lilly Gilmore. Wie immer klang Lillys Stimme, als wäre sie gerade den New York Marathon gelaufen.

„Syd, ich bin's. Ich weiß, dass du heute Abend packen wolltest, aber könntest du das um ein paar Stunden verschieben und mich um acht am Elwood Drive in South Jersey treffen? Es ist unglaublich wichtig! Elwood liegt an der Atlantic Schnellstraße, Ausfahrt 28. Man fährt vielleicht eine Stunde dahin. Ich erkläre dir alles, wenn wir uns sehen. Bis später."

Syd seufzte. Das war typisch Lilly. Weil sie in letzter Minute einen Notfall hatte, oder was auch immer es war, das sie so in Aufregung versetzte, erwartete sie, dass Syd alles stehen und liegen ließ, um den ganzen Weg nach South Jersey zu fahren. Andererseits waren sie vom ersten Tag an, als sie sich in der zweiten Klasse getroffen hatten, unzertrennlich gewesen. Egal welche von ihnen in Schwierigkeiten steckte, sie konnte sich immer darauf verlassen, dass die andere ihr zu Hilfe kam. Achtundzwanzig Jahre später hatte sich daran nichts geändert – sie passten noch immer wie Schwestern aufeinander auf.

Die Ampel an der Chestnut Street wurde grün, und Syd überquerte die Straße, während sie die Kurzwahl von Lillys Handy wählte. Vielleicht war die Sache ja gar nicht so dringend. Oder sie könnte, falls doch, erst ihren Koffer packen und Lilly dann später treffen, irgendwo mehr in der Nähe.

Aber anstelle von Lillys atemlosem „Hallo" wurde sie nur von der fröhlichen Bandansage begrüßt.

„Hi, hier ist Lilly. Ich bin leider nicht da, rufe aber sofort zurück, wenn ihr eine Nachricht hinterlasst!"

Syd versuchte auf dem Weg nach Hause noch ein paar Mal,

sie zu erreichen, und gab erst auf, als die kahlen Bäume am Washington Square in Sichtweite kamen. Sie schaute auf ihre Uhr. Halb sieben. So sehr sie es auch hasste, das Packen zu verschieben, ihre Freundin im Stich zu lassen, hasste sie noch viel mehr. Die Garage, in der ihr Ford Focus parkte, war noch gute fünf Minuten weg. Wenn sie sich beeilte, würde sie es gerade noch rechtzeitig zu dem Treffpunkt in Elwood schaffen.

Syd brauchte weniger als eine Stunde, um die Ausfahrt 28 zu erreichen, und weitere zehn Minuten später tauchte vor ihr das Lokal an der Weymouth-Elwood-Road auf. In warmen Sommernächten wimmelte es hier sicher nur so von Urlaubern auf ihrem Weg zur Küste in Jersey, aber jetzt, Anfang März und mit einem drohenden Schneesturm am Himmel, waren nur wenige Parkplätze mit Autos besetzt.

Syd ließ die Scheinwerfer kurz aufflackern, als sie Lillys schwarzen Pathfinder sah. Auch Lilly hatte sie bemerkt und öffnete die Tür. Doch als sie gerade aus dem Auto gestiegen war, schoss wie aus dem Nichts ein Van in die Parklücke neben ihr. Geschockt starrte Lilly in die blendenden Scheinwerfer.

Durch eine Art siebten Sinn alarmiert, rief Syd ihr eine Warnung zu und begann, zu Lillys Wagen zu laufen. Bevor sie eines der Autos erreicht hatte, sprangen zwei Männer aus dem Wagen.

„Hey, Sie, was machen Sie da?“, rief Syd ihnen zu.

Keiner der beiden blickte auch nur in ihre Richtung. Sie wussten genau, was sie taten, packten Lilly und stießen sie in den Van.

„Oh mein Gott, Lilly!“ Syd rannte neben dem Wagen her und versuchte verzweifelt, den Griff der hinteren Tür zu erreichen und sie zu öffnen. „Lassen Sie sie los! Hören Sie mich, Sie Irrer? Lassen Sie sie los!“

Ein Fenster glitt herunter und eine Hand schubste Syd brutal aus dem Weg. Sie stolperte rückwärts und versuchte, das Gleichgewicht zu halten, aber sie konnte den Sturz nicht verhindern. Sie spürte einen dumpfen Schlag, als ihr Hinterkopf auf dem Asphalt aufschlug, und dann wurden die hellen Lichter des Lokals immer schwächer, und sie versank in Dunkelheit.

2. KAPITEL

Die Stimmen um sie herum wurden lauter.

„Meine Güte!“, rief eine Frau. „Was ist passiert? Ist jemand von einem Auto angefahren worden?“

„Sieht so aus, Ethel.“ Ein Mann kniete neben Syd und sprach sie an. „Miss? Miss? Sind Sie okay? Sind Sie verletzt? Können Sie sprechen?“

Syds Augenlider flatterten, als sie sich bemühte, die Menschen um sich herum klar zu sehen. Es waren drei – ein Mann und zwei Frauen.

„Sie kommt zu sich“, sagte die weibliche Stimme.

„Du bedrängst sie, Ethel. Geh ein Stück zur Seite, lass ihr ein bisschen Platz zum Atmen.“ Der Mann beugte sich zu Syd hinunter.

„Ich bedränge sie gar nicht, du alter Griesgram. Ich versuche nur, zu sehen, ob sie irgendwo blutet.“

„Sie blutet nicht.“ Besorgte Augen schauten auf sie hinunter. „Können Sie sich bewegen, junge Dame?“

Syd hob leicht zuerst den einen Fuß, dann den anderen. „Ich denke schon.“

„Sie *sollte* sich aber nicht bewegen, Vern“, sagte die gleiche vorwurfsvolle weibliche Stimme. „Das habe ich im Erste-Hilfe-Kurs gelernt.“

„Hat schon jemand einen Krankenwagen gerufen?“, fragte die zweite Frau, die ein Stück abseits gestanden hatte. Sie schaute mitleidig auf die am Boden Liegende.

„Ja, ich“, antwortete Ethel. „Und ich habe auch gleich Seth angerufen. Er wird wissen, was zu tun ist.“

„Ich bin okay“, sagte Syd mit fester Stimme. Sie brauchte

keine Sanitäter oder unnötigen Fragen. Sie brauchte die Polizei, und zwar *jetzt.*

Aber sie hatte das Gefühl, dass der Mann, der auf den Namen Vern hörte, sie nirgendwo hingehen lassen würde. Mit ernstem Blick hielt er ihr zwei Finger vor die Nase und fragte „Wie viele Finger sehen Sie?“

„Zwei.“

„Wer ist der Präsident der Vereinigten Staaten?“

Ethel, die offenbar normalerweise die Führung übernahm, gab ihm einen Klaps auf den Arm. „Meine Güte, Vern, wirst du wohl aufhören? Das ist hier nicht *Emergency Room.* Du ängstigst das arme Mädchen ja zu Tode.“

„Muss ich dich daran erinnern, dass ich dreißig Jahre lang ehrenamtlicher Sanitäter war?“ Er klang ein bisschen beleidigt. „Auch wenn du scheinbar etwas anderes denkst, ich weiß genau, was in einem Notfall zu tun ist.“

Syd lehnte ihre Ellbogen auf den Asphalt und versuchte, der Debatte ein Ende zu bereiten, indem sie sich aufsetzte.

„Immer mit der Ruhe, junge Dame.“ Vern griff nach ihrem Ellbogen. „Ein Schritt nach dem anderen, okay?“

Sie nickte und betrachtete den über sie gebeugten Mann etwas genauer. Er wirkte sehr sympathisch. Um die siebzig Jahre alt, mit warmen Augen und wuscheligen grauen Haaren. Eine der Frauen trug eine pinkfarbene Kellneruniform. Das wie eine große weiße Rose geformte Namensschild besagte, dass sie Ethel war. Die andere Frau war klein und zierlich, mit schwarzen Haaren, und sie schien zufrieden damit, Vern und Ethel die Führung zu überlassen. Alle drei waren ohne ihre Jacken aus dem Lokal gelaufen.

Mit Hilfe des Mannes stand Syd auf und probierte, ob sie stehen konnte. Glücklicherweise gaben ihre Beine nicht unter ihr nach.

„Was ist passiert?", fragte die Kellnerin.

„Meine Freundin ist gerade entführt worden! Von zwei Männern!", erklärte Syd atemlos. Sie war zu aufgeregt, um Luft zu holen – jetzt war keine Zeit für lange Erklärungen. „Ich habe versucht, sie aufzuhalten, aber sie haben mich weggeschubst, ehe ich etwas tun konnte." Sie rieb sich den Hinterkopf, wo bereits der Ansatz einer Beule zu fühlen war. „Ich muss die Polizei benachrichtigen. Sie haben doch eine Polizeistation in Elwood, oder?"

„Entführt?" Die stillere der beiden Frauen schlug die Hände vor der Brust zusammen. Alle drei blickten sich an, als ob so etwas in Elwood noch nie passiert wäre – und das war es sehr wahrscheinlich auch nicht.

„Ja, *entführt.* Darum muss ich die Polizei anrufen." Sie schienen den Ernst der Lage nicht zu begreifen. Oder die Dringlichkeit. Langsam erholten sie sich von dem Schrecken. „Ich kann der Polizei eine Beschreibung des Vans und der beiden Männer geben, die sie gekidnappt haben."

„Seth ist unser Chief", sagte Ethel und nickte dabei weise mit dem Kopf. „Er wird Ihre Freundin finden, Schätzchen. Zerbrechen Sie sich darüber mal nicht Ihren hübschen Kopf."

„In der Zwischenzeit sollten wir Sie hineinbringen, ins Warme." Vern legte ihr einen Arm um die Taille und drehte sie langsam in Richtung des Lokals. „Können Sie gehen?"

„Ja." Eigentlich wollte sie nur ins Lokal rennen, das Telefon nehmen und den Notruf wählen – aber wie es schien, hatte das wachsame Trio nicht vor, sie auch nur einen Schritt allein machen zu lassen. Sie deutete auf ihr Auto. „Ich brauche mein Portmonee. Und Lillys“, fügte sie hinzu. „Ihres müsste im Pathfinder sein.“

„Mary, du holst die Portmonees“, bestimmte Ethel. „Vern und ich werden das Mädchen ins Diner bringen und ihr etwas Heißes zu trinken besorgen.“

Kurze Zeit später saß Syd auf einer Bank am Tisch. Vern hockte ihr gegenüber. Verzweifelt versuchte Syd, zu verstehen, was passiert war. Die Szene, die sich immer wieder in ihrem Kopf abspielte, schien direkt aus einem Fernsehkrimi zu stammen. Obwohl sie schon alle möglichen Fälle vertreten und die schlimmsten Kriminellen getroffen hatte, war sie noch nie Augenzeugin einer Entführung gewesen.

„Hier ist eine heiße Schokolade für dich, Schätzchen.“ Ethel stellte den dampfenden Becher vor sie auf den Tisch. „Trink schnell einen Schluck, bevor Mary zurückkommt und mir wieder vorwirft, zu langsam zu bedienen.“

Wie aufs Stichwort wurde die Tür aufgestoßen und Mary trat mit den beiden Geldbörsen in der Hand ein. Hinter ihr kam ein untersetzter Endfünfziger mit dichtem grauem Haar und dunklen, aufmerksamen Augen ins Lokal. Mary wies auf Syds Tisch. Während der Mann seinen dunkelblauen Parka aufknöpfte, schlenderte er auf die Sitzgruppe zu. Syd konnte das goldene Polizei-Abzeichen von Mullica an seiner Brusttasche aufblitzen sehen.

„Das ist unser Chief“, klärte Vern Syd auf. „Bei ihm sind Sie in guten Händen, Liebes. Erzählen Sie ihm …“

Der Neuankömmling nahm seinen Baseballmütze ab. „*Ich* kann jetzt übernehmen, Vern“, sagte er ruhig. Als Vern keine Anstalten machte, zu gehen, setzte er hinzu: „Wenn es dir nichts ausmacht, würde ich gerne allein mit der Dame reden.“

„Oh." Leicht verstimmt rutschte Vern über die Bank und ging hinüber zum Tresen, wo Mary bereits auf einem Barhocker saß. Ethel stand hinter der Theke und schenkte Kaffee nach.

„Dann wollen wir mal." Der Polizist setzte sich Syd gegenüber. „Ich bin Seth Yates." Er nahm einen schmalen Spiralblock aus der Jackentasche und klappte ihn auf. „Und wie heißen Sie, junge Frau?"

„Sydney Cooper. Aber bitte, nennen Sie mich Syd. Meine Freundin, Lilly Gilmore, wurde entführt." Sie hatte den Eindruck, dass jeder Versuch, das Prozedere zu beschleunigen, zwecklos war, also atmete sie tief durch. „Wir müssen sofort eine Fahndung herausgeben, bevor die Entführer die Möglichkeit haben ..."

„Woher wissen Sie, dass Ihre Freundin entführt wurde?"

„Ich war dabei, als es passiert ist!", rief sie ungeduldig aus, und die drei am Tresen wandten erstaunt ihre Köpfe zu ihr um. Syd senkte ihre Stimme, bevor sie fortfuhr: „Sie bat mich, sie hier zu treffen. Ich hatte gerade eingeparkt, als ein schwarzer Van mit hoher Geschwindigkeit angefahren kam. Zwei Männer sprangen heraus, schnappten sich Lilly, zwangen sie in den Wagen und fuhren los."

„Ethel hat mir erzählt, dass sie und ihre Freunde Sie auf dem Boden liegend gefunden haben."

Das spielt doch alles keine Rolle, wollte sie schreien, aber sie riss sich erneut zusammen. „Ich lief dem Auto hinterher und versuchte, die Tür zu öffnen. Einer der Männer steckte seine Hand aus dem Fenster und stieß mich um."

„Hatte der Van ein Nummerschild aus New Jersey?"

„Ja, aber ich hatte keine Zeit, es zu lesen. Es war eines von diesen Sonderkennzeichen, mit einem Leuchtturm und dem

Spruch „Die Küste, die gefällt" darauf. Und auf der hinteren Stoßstange klebte ein Fußballaufkleber."

Der Chief schrieb eifrig mit.

Sie wartete, bis er fertig war, bevor sie fortfuhr. „Lilly Gilmore – das wird G-I-L-M-O-R-E geschrieben – ist eins achtundsechzig groß, wiegt achtundfünfzig Kilo, blonde Haare, blaue Augen. Ich weiß nicht, was sie anhatte. Die beiden Männer waren groß, breitschultrig und ganz in schwarz gekleidet."

„Gesichtsmerkmale? Haar?"

Syd schüttelte den Kopf. „Das ist alles verschwommen, tut mir Leid."

„Muss es nicht. Das haben Sie bisher sehr gut gemacht."

„Ich bin es gewohnt, genau zu beobachten."

„Wirklich?" Chief Yates blickte von seinem Block auf. „Wie kommt's?"

„Ich bin stellvertretende Bezirksstaatsanwältin in Philadelphia."

„Aha." Er lehnte sich auf der beigefarbenen Kunstlederbank zurück und betrachtete sie nachdenklich. Dann nahm er ein Handy aus der Innentasche seiner Jacke und wählte eine Nummer.

„Henry, hier ist Seth. Wir müssen eine Fahndung herausgeben. Eine junge Frau, ein schwarzer Van und zwei Entführer. Ja, hier in Elwood. Genauer gesagt, direkt vor dem Diner."

Er wiederholte, was Syd ihm erzählt hatte, ohne auch nur einmal einen Blick auf seine Notizen werfen zu müssen. Er klang klar und effizient, als er Anweisungen gab, wie weiter zu verfahren sei. Vielleicht war sie etwas vorschnell in ihrem Urteil über ihn gewesen, dachte Syd. Er schien wesentlich kompetenter zu sein, als der erste Eindruck sie hatte glauben lassen.

Nachdem er das Gespräch beendet hatte, nahm er seinen Stift wieder auf. „Warum geben Sie mir nicht noch ein paar grundlegende Informationen über ihre Freundin, wie Familie, Beruf, Hobbys. Fangen wir doch mit ihrem Familienstand an. Ist sie verheiratet?“

„Geschieden. Ihr Exmann ist Polizist bei der Drogenfahndung in Philadelphia. Sein Vater war ebenfalls Polizei Chief.“

Das schien den Chief nicht zu beeindrucken, und Syd fing an, ihn zu mögen.

„Kommen Lilly und er gut miteinander aus?“

Syd lachte. „Nicht wenn sie länger zusammen sind. Mike ist ein selbstgefälliger, arroganter Mistkerl, der ihr das Leben zur Hölle gemacht hat. Er ist immer noch sauer, weil sie das alleinige Sorgerecht für ihre sechs Jahre alte Tochter bekommen hat. In letzter Zeit hat er sie bedrängt, diese Abmachung zu ändern.“

„Wie?“

„Indem er unangekündigt vor Lillys Tür stand und darauf bestand, den Tag mit Prudence zu verbringen. Oder indem er sie beschuldigte, Aufträge anzunehmen, für die sie von zu Hause fort musste – er warf ihr vor, sich nicht genügend um die Tochter zu kümmern und sie zu vernachlässigen. Was nicht wahr ist. Lilly ist Reporterin bei der Philadelphia Sun, und sie hat sicherlich viel zu tun, aber sie ist eine wundervolle Mutter. Wenn sie einmal weg muss, kümmert sich ihre Mutter um Prudence.“

„Sie mögen Mike Gilmore nicht?“

„Das ist noch geschmeichelt.“

„War er mal gewalttätig? Gegenüber Lilly oder dem Kind?“

„Nicht, dass ich wüsste.“ Syd hielt inne. Sie war sich nur zu bewusst, dass Lilly niemals zugegeben hätte, wenn sie geschlagen worden wäre. Nicht mal ihrer besten Freundin gegenüber.

„Aber er könnte es sein, er ist der Typ dafür. Was er will, bekommt er auch."

„Außer das Sorgerecht für seine Tochter."

„Stimmt."

„Was glauben Sie, woran das liegt?"

Ja, sie mochte den Chief und seine Art, Zusammenhänge schnell zu erfassen, wirklich. „Falls Sie fragen, ob Lilly irgendetwas gegen ihn in der Hand hat – das war auch mein erster Gedanke, aber ich habe keine Ahnung, was das sein könnte. Lilly kann sehr schweigsam sein, wenn es um Familienangelegenheiten geht. Vor allem, wenn sie ihre Tochter betreffen."

„Sie sagten, dass Sie mit Ihrer Freundin hier im Lokal verabredet waren?"

„Ja. Sie rief mich an, als ich noch im Gericht war, und hinterließ eine Nachricht auf meiner Mailbox."

„Kommt sie auch aus Philadelphia?"

„Ja." Sie gab ihm Lillys Adresse.

„Warum wollte sie sich so weit weg von zu Hause mit Ihnen treffen?"

„Das hat mich auch gewundert. Ich weiß es nicht."

Der Chief nickte nachdenklich. „Sie erwähnten, dass Lilly Reporterin ist. Wissen Sie zufällig, woran sie gerade arbeitete?"

„Wir waren beide in der letzten Woche sehr beschäftigt und hatten kaum Gelegenheit, miteinander zu reden. Aber ich finde es heraus."

Er nickte. „Hat sie einen Freund?"

„Nein. Seitdem sie ihren Mann letztes Jahr verlassen hat, hatte sie keine Beziehung mehr."

„Hat sie noch mehr Familie, außer ihrer kleinen Tochter und ihrer Mutter?"

„Eine Tante, einen Onkel und einen Cousin. Sie wohnen alle in Philadelphia." Sie gab ihm die Namen und Adressen.

„Wo ist das kleine Mädchen jetzt?"

„Ich vermute, bei ihrer Großmutter, Dorothy Branzini." Syd stellte ihren Becher ab und atmete tief aus. „Ich muss ihr erzählen, was passiert ist."

„Soll ich Sie begleiten?"

Sie schüttelte ihren Kopf. „Wenn es Ihnen nichts ausmacht, würde ich lieber allein gehen."

„Das ist kein Problem. Allerdings muss ich auch mit Mrs. Branzini sprechen, aber das werde ich dann morgen Früh tun. In der Zwischenzeit würde ich gerne einen Blick in Lillys Haus werfen. Können Sie mir einen Schlüssel besorgen?"

Da sie mit den einzelnen Schritten vertraut war, die notwendig waren, um eine kriminalistische Untersuchung anzustrengen, nickte Syd. „Ich habe einen. Warum treffen wir uns nicht einfach bei Lilly, nachdem ich mit ihrer Mutter gesprochen habe? Wir könnten uns gemeinsam umsehen."

Falls der Chief ihren – nicht wirklich dezenten – Versuch durchschaute, an der Untersuchung teilzunehmen, ließ er es sich nicht anmerken.

„In diesem Fall fahre ich zurück ins Polizeirevier und schaue nach, ob die Fahndung schon Ergebnisse erbracht hat." Er schaute auf seine Uhr. „Wir treffen uns um elf Uhr am Haus Ihrer Freundin, das gibt Ihnen genügend Zeit, mit Mrs. Branzini zu sprechen."

Syd nickte.

Der Chief nahm seine Baseballkappe vom Sitz und setzte sie auf. „Ich begleite Sie zu ihrem Auto."

„Danke, Chief."

3. KAPITEL

Es war kurz nach zehn, als Syd ihren Wagen vor dem Haus von Dorothy Branzini abstellte. Sie hatte überlegt, ob sie vorher anrufen sollte, sich aber dagegen entschieden. Sie wollte die Neuigkeiten lieber persönlich überbringen. Seit dem tragischen Tod ihrer Eltern vor elf Jahren war Dot wie eine Mutter zu ihr gewesen – sie liebte sie, sorgte sich um sie und gab ihr die gleichen guten Ratschläge, die sie so freigiebig an ihre Tochter verteilte. Syd war sich sicher – sie würden diese Krise gemeinsam meistern.

Kurz nachdem sie geläutet hatte, ging im ersten Stock ein Licht an und eine Gardine wurde zur Seite geschoben. Dot schaute von oben auf sie herab. Überrascht, aber nicht besorgt, sah sie Syd an und ließ die Gardine wieder zurückfallen.

Wenige Sekunden später öffnete sich die Haustür. Nur eins fünfzig groß und knapp fünfundvierzig Kilo leicht, war Dot trotzdem eine Person, mit der man rechnen musste und die man nicht unterschätzen durfte. Alle Menschen um sie herum wussten das und handelten auch so. Ihre beiden einzigen Schwächen waren ihre Tochter, die sie anbetete, und Prudence, die trotz ihres zarten Alters genau wusste, wie sie ihre Omi um den kleinen Finger wickeln konnte.

Dot hatte ihre Haare auf Lockenwickler aufgedreht und trug den blauen Fleece-Bademantel, den sie letztes Jahr von Lilly zu Weihnachten geschenkt bekommen hatte.

„Syd! Gütiger Himmel. Was tust du hier mitten in der Nacht –?“ Als würde ihr auf einmal bewusst, dass es nichts Gutes bedeuten konnte, wenn Syd um diese Uhrzeit bei ihr vor der Tür stand, wurde sie bleich im Gesicht. „Lilly?“ Fast flüsterte sie den Namen ihrer Tochter. „Lilly ist etwas passiert …“

Syd trat in den schmalen Flur und schloss die Tür. „Sie wird vermisst." Es war besser, ihr die Wahrheit schonend beizubringen.

„Vermisst?" Mit ihrer zarten Hand fasste Dot sich an den Hals. „Was bedeutet das?"

„Lass uns hier hinein gehen", Syd nickte in Richtung des kleinen Wohnzimmers mit seinen vertrauten, alten Möbeln und dem cremefarbenen Teppich. Sie führte die alte Dame zum Sofa. „Setz dich."

„Ich will nicht sitzen." Dots Stimme wurde lauter. „Ich will wissen, wo meine Tochter ist!"

„Sie wurde entführt." Das war hart, und es war schockierend, aber es gab keinen anderen Weg, es auszudrücken. Sie musste es ihr auf diese Weise sagen.

Dot schluchzte laut auf und in ihren Augen spiegelten sich Ungläubigkeit und Furcht wider. „Entführt? Mein Baby wurde entführt? Wann? Warum? Wer würde so etwas tun?"

„Wir haben noch nicht viele Details." Während sie Dots zitternde Hand hielt, berichtete sie über die Ereignisse der letzten zwei Stunden. Sie verschwieg nichts, wählte ihre Worte jedoch sorgfältig, um Dot nicht noch mehr in Angst zu versetzen. „Wir werden sie finden", schloss sie, bemüht, die richtige Menge Zuversicht in ihre Stimme zu legen.

Dot zog ihre Hand weg und stand auf. „Nein, werdet ihr nicht. Du hast selbst gesagt, dass du keine Ahnung hast, wer diese beiden Männer waren, wohin sie sie gebracht haben, oder warum. Wie kannst du behaupten, dass ihr sie findet?"

„Es ist eine große Fahndung angelaufen, nach ihr, dem Van und den beiden Männern."

Aber Dot hörte ihr nicht mehr zu. Sie begann, rastlos im

Wohnzimmer auf und ab zu laufen. „Ich wusste, dass so etwas passieren würde. Ihre Arbeit – sie ist viel zu gefährlich."

„Dot ..."

Plötzlich blieb die alte Frau stehen, ließ die Hände sinken und betrachtete Syd. „Ich werde sie nie wieder sehen, oder? Sag mir die Wahrheit."

„Natürlich wirst du. Du kannst uns sogar dabei helfen. Würdest du das tun?"

Dot straffte die Schultern. „Was soll ich tun?" Plötzlich wirkte die alte Dame, als könnte sie es kaum erwarten, die Truppen in die Schlacht zu führen.

„Beantworte mir nur ein paar Fragen. Hat Lilly in letzter Zeit irgendetwas über einen ungewöhnlichen Auftrag gesagt?"

„Sie erzählt mir nie etwas. Sie weiß, dass mich das traurig macht." Sie verschränkte die Hände. „Aber als sie Prudence wegbrachte, wusste ich, dass etwas nicht stimmte."

Syd blickte hinüber zur Treppe. „Prudence ist nicht bei dir?"

„Nein. Lilly hat dafür gesorgt, dass sie – bei einer alten Freundin von mir unterkommt."

„Bei wem?"

Dot schaut gequält. „Ich musste Lilly schwören, dass ich niemandem etwas verrate."

„Ich bin sicher, dass sie damit nicht mich meinte."

„Ach sicher nicht. Entschuldige, ich bin ganz durcheinander." Sie fuhr sich mit der Hand über die Augenbrauen. „Das ist alles zu viel für mich." Und sie senkte ihre Stimme, als wäre es ein Zeichen von Schwäche, wenn sie es zugab. „Und ich habe Angst, Syd, so furchtbare Angst."

„Ich weiß." Syd zog sie sanft neben sich auf das Sofa. „Wo ist Prudence jetzt?"

„Bei Schwester Madeline – meine alte Freundin Sandra", fügte sie hinzu, als Syd verwirrt den Kopf schüttelte.

Syd erinnerte sich dunkel an den Namen. Die beiden Frauen waren gemeinsam zur Schule gegangen und waren auch weiterhin eng befreundet geblieben, als Sandra sich der Kirche anschloss und Nonne wurde. „Ich dachte, dass sie in Delaware eine Klausur führt?"

„Es wissen nur wenige, dass sie den Orden vor fast einem Jahr verlassen hat und wieder hierher gezogen ist. Mike weiß es auch nicht."

„Hatte Lilly Angst vor Mike?"

„Sie hat es mir nicht erzählt. Ich weiß nur, dass Mike sie verrückt macht, seitdem er angefangen hat, mit diesem reichen Mädchen auszugehen."

Syd nickte und erinnert sich an die letzte Unterhaltung mit Lilly. „Will er immer noch das gemeinsame Sorgerecht für Prudence?"

„Mehr als je zuvor. Und weißt du warum?"

„Lilly hat es mir nie erzählt. Ich glaube, dass sie es selber nicht weiß."

„Doch, sie weiß es. Mike kam vor ein paar Tagen bei ihr vorbei und hat es ihr erzählt. Es sieht so aus als ob seine neue Freundin, diese verwöhnte Göre, keine Kinder bekommen kann. Aber sie hat *Zuneigung zu Prudence entwickelt.* Das waren seine exakten Worte", setzte sie sarkastisch hinzu. „*Zuneigung zu Prudence entwickelt.* Als ob sie über einen Hund reden würden, den sie überlegen, zu sich zu holen." Sie schüttelte missbilligend den Kopf. „Miss Krösus möchte, dass Prudence nach der Hochzeit sechs Monate im Jahr bei ihnen lebt."

„Was hat Lilly dazu gesagt?"

„Sie hat ihm ins Gesicht gelacht, und er wurde wütend. Er hat sie beschuldigt, egoistisch zu sein und ihr vorgeworfen, sie würde versuchen, seine Beziehung zu Vanessa zu zerstören."

„Wenn sie sich so sehr ein Baby wünschen, wieso adoptieren sie dann nicht eines?"

„Vanessa will von Adoption nichts wissen. Und jetzt, wo sie sich in den Kopf gesetzt hat, Prudence zu sich zu holen, ist sie von der Idee nicht mehr abzubringen. Sie hat Mike sogar gesagt, wenn sie das Kind nicht haben kann, gibt es auch keine Hochzeit. Wie erwachsen ist das, bitte?"

„Ich hätte wissen müssen, dass Mikes neu erwachtes Interesse an seiner Tochter nichts mit Vaterliebe zu tun hat."

„Ich traue ihm nicht, Syd. Dieser Mann ist zu allem fähig."

„So sehr ich dem auch zustimme – ich bezweifle doch, dass er eine Entführung planen und durchziehen würde, um seinen Willen zu bekommen."

Es sei denn, er wollte das haben, was Lilly gegen ihn in der Hand hatte. Was auch immer das war – wenn der belastende Beweis erst einmal aus dem Weg geräumt war, würde Lilly nicht mehr am längeren Hebel sitzen, und Mike könnte glücklich und reich bis an sein Ende leben.

Syd blieb, bis Dots Schwester Luciana eintraf. Ein weiteres Mal erzählte sie, was passiert war, sprach den beiden Mut zu und verließ die beiden Frauen schließlich, um sich mit Chief Yates zu treffen.

Auf dem Weg zu Lillys Haus dachte Syd an ihre Freundin und deren manchmal schwer zu ertragende Angewohnheit, jede Situation allein und ohne Hilfe regeln zu wollen. Andererseits war es genau diese ungestüme Unabhängigkeit, diese direkte

Art und Spontaneität, die Syd damals, als sie beide gerade sieben Jahre alt waren, zu ihr hingezogen hatte.

Ihre Freundschaft hatte beide Familien überrascht. Lilly war ein richtiger Wildfang, ständig auf der Suche nach neuen Herausforderungen und Abenteuern, mit denen sie sich meistens den größten Ärger einfing. Syd war bodenständiger, sie beruhigte, vermittelte und verhinderte größere Katastrophen in Lillys Leben – meistens jedenfalls.

Lillys Familie und Freunde glaubten schon damals, dass es ihr Schicksal wäre, Reporterin zu werden. Als Kind bereits irritierte ihre Art, überall herumzuschnüffeln, viele Menschen. In der Zwischenzeit hatte sich dieses Talent ausgezahlt. Siebenundzwanzig Jahre und einen Pulitzer-Preis später war Lilly eine der besten Reporterinnen im Delaware Valley.

Ihre Hochzeit mit Detective Mike Gilmore vor sieben Jahren schien zuerst wie im Himmel geschlossen. Beide sahen gut aus, waren beliebt und ehrgeizig. Aber plötzlich, vor nicht ganz einem Jahr, am Abend vor Prudence fünftem Geburtstag, gab Lilly bekannt, dass sie die Scheidung eingereicht hatte.

„Mike hat immer weniger Zeit für Prudence und mich", gestand sie der Freundin. „Und er ist wie besessen von dem Gedanken, dass er kein so guter Polizist ist wie sein Vater, und es auch niemals werden wird. Jeden Abend höre ich mir dieses Gejammer an, ich ertrage es nicht mehr."

Syd war sehr überrascht, dass Mike weder die Scheidung anfocht, noch Lillys Entscheidung, das alleinige Sorgerecht für Prudence zu beantragen. Nach Lillys Aussage war er genauso desillusioniert von ihrer Ehe, wie sie es war, und genauso erpicht darauf, sie gütlich zu beenden. Syd hatte ihr das nicht abgekauft. Mikes riesiges Ego und sein Zwang, alles unter Kontrolle zu haben, hätten ihm nie erlaubt, so einfach nachzugeben. Er hätte gekämpft, wenn schon nicht um seine Ehe, dann zumindest um das gemeinsame Sorgerecht für seine Tochter.

Syd war von Natur aus skeptisch, und so vermutete sie, dass Lilly etwas gegen ihren Ehemann in der Hand hatte – ein Ass im Ärmel. Es gab unendliche Möglichkeiten: Untreue, Missbrauch, Drogen, Bestechung.

Als sie sich an all das erinnerte, wünschte Syd, sie wäre in den letzten Wochen nicht so sehr mit ihrer eigenen Arbeit beschäftigt gewesen und hätte stattdessen mehr auf Lilly geachtet. Und auf Mike.

Sie sah den Wagen des Chiefs, als sie in die Lombard Street einbog, und parkte hinter ihm ein.

Vielleicht fanden sie in Lillys Haus die Spur, die sie so dringend benötigten.

4. KAPITEL

Die grauen Wolken, die schon den ganzen Tag am Himmel über Baton Rouge hingen, waren noch erdrückender geworden und drohten, jeden Moment aufzubrechen und die heftigen Regenfälle zu bringen, für die das südliche Louisiana so berühmt war.

Hinter dem Steuer seines alten, aber zuverlässigen GMC Truck verließ Jack Sloan die Interstate 10 und fuhr weiter auf dem College Drive Richtung Norden. Er war froh, dass seine Schicht auf der Jupiter Ölplattform zu Ende war, und pfiff entspannt vor sich hin. Nachdem er einen ganzen Monat lang sechzehn Stunden am Tag gearbeitet hatte, freute er sich auf zwei Wochen freie Zeit. Vielleicht würde er zum Fischen hinunter nach Galveston fahren oder noch weiter südlich, zur mexikanischen Grenze, wo die Merline sich um diese Jahreszeit nur so tummelten.

Theoretisch hätten ihm sogar drei statt zwei Wochen Urlaub zugestanden, aber kürzlich erfolgte Sparmaßnahmen, die zu Entlassungen geführt hatten, machten es erforderlich, dass die restliche Truppe länger arbeitete. Jake machte das nichts aus, er liebte harte Arbeit. Und ohne Frau und Kinder konnte er so lange und so hart arbeiten, wie es ihm gefiel.

In zehn Jahren, wenn er vielleicht müde war vom Bohren, würde er sich sein Traumboot kaufen und Törns zum Tiefseefischen anbieten. Aber bis dahin war es noch ein weiter Weg. Das Geld hatte er zwar, aber er wollte keine finanziellen Entscheidungen treffen, bevor er sich nicht ganz sicher war, dass er damit glücklich würde.

Die Straßen von Baton Rouge waren um diese Zeit am

Abend ruhig, und einen freien Parkplatz zu finden, erwies sich als schwierig. Einen Block entfernt von seiner Wohnung fand er noch eine Lücke und parkte den Truck ein. Er machte den Motor aus und griff nach hinten, um seinen Seesack vom Rücksitz zu holen.

„Mr. Sloan?"

Jake blickte erstaunt über seine Schulter, als er seinen Namen hörte. Der Mann, der neben seinem Wagen stand, war ungefähr in seinem Alter, groß, kräftig gebaut, mit ordentlich geschnittenen Haaren und ruhigem Blick. Er trug einen dunklen Anzug, was entweder darauf schließen ließ, dass er nicht aus der Stadt war oder gerade von einer Beerdigung kam. In der Hand hielt er einen schwarzen Aktenkoffer.

Jake sprang aus dem Truck und schlug die Fahrertür hinter sich zu. „Ja, ich bin Jake Sloan."

Der Fremde zog ein kleines Lederetui aus seiner Tasche und hielt es Jake unter die Nase. „Ich bin Agent Paul Ramirez, FBI. Können wir irgendwo reden?"

Jake betrachtete die Marke im Licht der Straßenlampe genau. Tatsächlich war Paul Ramirez FBI-Agent aus Philadelphia.

Ungerührt schwang Jake seinen Seesack über die Schulter. „Es kommt darauf an, worüber Sie mit mir reden wollen."

„Über jemanden, der Sie sicher interessieren wird." Und bevor Jake erwidern konnte, dass alles, was ihn im Moment interessierte, ein kaltes Bier sei, setzte er hinzu: „Victor van Heusen."

Jake hielt abrupt inne, als das Gesicht seines ehemaligen Kommandeurs unwillkürlich vor seinem inneren Auge auftauchte.

„Was ist mit ihm?", fragte er.

Der Agent schaute die Straße hinauf und hinunter, als wolle

er sichergehen, dass sie niemand belauschte. „Ich würde diese Angelegenheit lieber nicht hier besprechen. Vielleicht können wir in Ihre Wohnung hinaufgehen?“

Jake musste zugeben, dass der Mann nun seine volle Aufmerksamkeit hatte. Warum sollte er ihm also nicht ein paar Minuten geben, um die Sache zu erklären? Er nickte und führte dann den Beamten zu seiner Wohnung im ersten Stock.

Das Apartment hatte er vor sechs Monaten angemietet. Es war spärlich möbliert, nur eine gemütliche grüne Couch mit Sesseln, eine kleine Küche und ein separates Schlafzimmer mit Bett und Schrank – mehr brauchte er nicht. Zwar hätte sein Konto ihm durchaus erlaubt, sich etwas Besseres, sogar ein Haus zu leisten, aber ihm missfiel der Gedanke, Wurzeln zu schlagen. Bis er sich nicht im Klaren darüber war, was er wirklich mit seinem Leben anfangen wollte, war das hier vollkommen ausreichend.

Er stellte seinen Seesack auf einem Sessel ab. „Wie wäre es mit einem Bier?“

„Für mich nur Wasser, bitte.“

Einen Augenblick später kehrte Jake aus der Küche zurück, in der einen Hand ein Glas mit Eiswürfeln und Wasser, in der anderen eine Flasche Budweiser. „So“, sagte er, nachdem er einen großen Schluck getrunken hatte. „Woher wussten Sie, dass Victor van Heusen mich interessieren würde?“

„Ich mache meine Hausaufgaben.“

„Was *genau* wissen Sie denn?“

„Lassen Sie mich nachdenken.“ Ramirez lehnte sich im Sessel zurück. „In zwei Monaten werden Sie zweiundvierzig. Sie wurden in Philadelphia geboren und sind dort aufgewachsen, haben die Drexel University besucht und mit einem Ingenieurstitel abgeschlossen. Nach Abschluss des Studiums haben Sie

Ihre Highschool-Liebe geheiratet und einen viel versprechenden Job bei Lockheed Martin ausgeschlagen, um sich bei der Armee zu verpflichten. Dort haben Sie die Flugschule besucht und wurden für drei Jahre nach Deutschland geschickt. In Deutschland waren Sie einer von wenigen Auserwählten, die für die Special Forces trainiert wurden – DELTA, um genau zu sein. Unglücklicherweise hat Ihre Ehe die lange Trennung nicht überstanden. Ihre Frau reichte 1991 die Scheidung ein, kurz bevor Sie in den Irak entsendet wurden, um bei Desert Storm mitzukämpfen. Soll ich fortfahren?"

„Nein." Jake hatte keinen Zweifel, dass Agent Ramirez alles von dem wusste, was danach im Irak passiert war. Doch im Moment hatte er kein Interesse, an das abrupte und demütigende Ende seiner militärischen Karriere erinnert zu werden. „Warum sagen Sie mir nicht einfach, weshalb Sie hier sind?"

„Gerne." Ramirez blickte Jake unverwandt an. „Wussten Sie, dass Colonel van Heusen, der sich jetzt *General* van Heusen nennt, nach seiner unehrenhaften Entlassung aus der Armee in Ihren Heimatstaat gezogen ist?"

Jake stellte seine Bierflasche ab. „Victor ist in Pennsylvania?"

„Um genau zu sein in Lancaster County."

„Was macht er da?"

„Er hat eine Miliz aufgestellt und sich selbst zum Chefkommandeur ernannt. Camp Freedom ist nicht nur seine Idee, sondern inzwischen eine sehr erfolgreiche Gruppe mit mehr als zwölftausend Mitgliedern im ganzen Land. Allein neunhundert kommen aus Pennsylvania und den Nachbarstaaten. Sie treffen sich jedes zweite Wochenende in Lancaster. Die restlichen Mitglieder werden zum einen über van Heusens Website informiert und motiviert – die täglich mehr als tausend Besucher registriert – und zum anderen über seine Radioshow ‚Being a True American', die er moderiert und über Kurzwelle ausstrahlt. Nur fünfzehn handverlesene Männer leben in dem Camp. Ein paar von ihnen arbeiten in einer Art Komitee, das van Heusen leitet. Es wird vermutete, dass sie Zugang zu streng geheimen Informationen haben."

Auch wenn Jake über die neuen Informationen erstaunt war, so war er doch nicht wirklich überrascht. Als Absolvent der Militärakademie von West Point entstammte van Heusen einer langen Reihe von Militärs, und das Soldatsein lag ihm im Blut. „Ich wüsste nicht, was ich ohne Uniform tun würde", hatte er Jake einmal gestanden.

Es war möglich, dass seine Enttäuschung über die Armee ihn zu dem Entschluss getrieben hatte, eine eigene Miliz zu gründen. Seine Qualifikationen als Kommandeur auf dem Schlachtfeld waren unbestreitbar. Er besaß exzellente Führungsqualitäten, auch wenn er bewiesen hatte, dass er, wenn es die Situation verlangte, gerne Wege außerhalb des Erlaubten suchte – und auch ging.

„Nun gut, van Heusen ist Anführer einer Miliz", sagte Jake schließlich. „Was hat das mit mir zu tun?"

„Wir beobachten den Mann schon länger – nicht nur wegen seiner regierungsfeindlichen Haltung. Vor zwei Jahren bekamen wir einen Tipp und setzten ein Überwachungsteam darauf an, die Aktivitäten im Camp zu beobachten. Unglücklicherweise kamen wir mit leeren Händen wieder."

„Was wird ihm vorgeworfen?"

„Wir verdächtigen ihn des Handels mit verbotenen Waffen an terroristische Länder."

Jake setzte sich langsam auf. „Sie machen Witze."

Ramirez klirrte mit den Eiswürfeln in seinem Glas. „Unsere Quelle teilte dem Büro mit, dass van Heusen Sierra Leone, Somalia, Indonesien und den Mittleren Osten mit Waffen versorgt. Aufgrund seiner weit reichenden Kontakte beim Militär vermutet man, dass er alles besorgen kann – vom AK-47 über Raketenwerfer bis hin zum Blackhawk Hubschrauber. Das Problem ist, dass wir es nicht beweisen können."

„Trotz all der Mittel, die dem FBI zur Verfügung stehen, konnten Sie van Heusen bisher nicht erwischen?" Jake hatte Schwierigkeiten, seine Überraschung zu verbergen.

„Es ist nicht so, dass wir es nicht versucht hätten, glauben Sie mir. In den letzten zwei Jahren haben wir einige Aktionen unternommen, inklusive der Infiltration des Camps. Van Heusen scheint jedoch bei allen Freiwilligen gründliche Nachforschungen zu betreiben, denn drei Tage später bekam unser Agent ohne eine Erklärung die Absage auf seine Bewerbung."

Jake lächelte. Van Heusen war wirklich alles andere als dumm und konnte nicht so leicht hinters Licht geführt werden. „Sie müssen ja ganz schön ins Schwimmen gekommen sein."

Nachdenklich ließ Ramirez die langsam schmelzenden Eiswürfel weiter im Glas kreisen. „Deshalb haben wir an Sie gedacht."

Jake ahnte, worauf der Agent hinauswollte, aber er fragte dennoch. „Wieso ich?"

„Weil Sie ihn besser kennen als jeder andere. Sie wissen, wie er tickt, wozu er fähig ist, wie weit er gehen wird, um zu bekommen, was er will."

Jake lehnte sich vor. „Wollen Sie sagen, wenn ich zustimme, Ihnen zu helfen – und ich sage nicht, dass ich das tun werde – müsste ich nach Lancaster County fahren?"

Schneeverwehungen und Minustemperaturen waren nicht gerade das, was er sich für seine Ferien erträumt hatte.

„Nein, das wäre zu offensichtlich. Wir möchten, dass Sie nach Philadelphia gehen und von dort aus operieren."

„Für wie lange?"

„Das liegt bei Ihnen. Je schneller Sie uns die Beweise liefern, dass van Heusen mit illegalen Waffen handelt, desto schneller können Sie wieder nach Hause zurückkehren. Natürlich würden wir für all Ihre Ausgaben aufkommen."

„Aber Sie wissen schon, dass ich einen Job habe?"

„Und die nächsten zwei Wochen frei. Ja, das weiß ich."

Er *hatte* seine Hausaufgaben gemacht. „Können Sie mir garantieren, dass die Aufgabe in zwei Wochen zu lösen ist?"

„Nein, aber Sie würden Ihren Job bei Jupiter Oil nicht verlieren. Dafür sorgen wir."

Jake nahm einen tiefen Schluck aus der Flasche. Wie oft hatte er sich in den letzten Jahren gewünscht, es seinem ehemaligen Kommandeur heimzuzahlen? Van Heusens Leben zu ruinieren, wie er damals seines ruiniert hatte?

Das ist deine Chance, Jacky-Boy.

Warum also hinterließ der Gedanke, einen Mann, den er verabscheute, in die Falle zu locken und dem FBI zu übergeben, einen bitteren Nachgeschmack bei ihm?

Als er seinen Blick wieder Ramirez zuwandte, hatte der sein Glas abgestellt und blätterte durch die Sports Illustrated, die auf dem Tisch gelegen hatte.

Er legte das Magazin zurück. „Wollen wir die Details Ihres Auftrags besprechen?"

„Das wird nicht nötig sein." Jake stand auf. „Meine Antwort ist *nein.*"

Ramirez Gesichtsausdruck blieb gelassen. Er sah so aus, als hätte er damit gerechnet, dass Jake ihm eine Absage erteilen würde. Ruhig fragte er: „Darf ich Ihnen etwas zeigen?“

Bevor Jake antworten konnte, hatte der Agent einen Umschlag aus seinem Aktenkoffer geholt und leerte den Inhalt nun auf den Tisch. Ein Dutzend Fotos fielen heraus. Ramirez verteilte sie auf dem Tisch, damit Jake sie alle sehen konnte. Männer und Frauen lagen auf dem Fußboden einer Hotelhalle, wie es schien. Ihre Körper von Kugeln zerfetzt, ihre Gesichter blutig. Auch ein Kind, nicht älter als sechs oder sieben Jahre, war unter den Opfern.

„Diese Bilder wurden vor zwei Wochen aufgenommen“, sagte Ramirez, „kurz nachdem Rebellen ein hauptsächlich von Amerikanern besuchtes Hotel in Singapur gestürmt hatten. Es gab keinen Grund für dieses Gemetzel, keine wie auch immer geartete Provokation. Sechs schwer bewaffnete Männer stürmten in die Lobby und eröffneten das Feuer. Neun Amerikaner und zwei Indonesier starben. Nach Aussage einiger Überlebender waren die Männer mit AK-47 und M-16 Automatik-Maschinengewehren ausgerüstet. Genau die Waffen, mit denen Victor van Heusen handeln soll.“

„Haben Sie Beweise, dass es seine Waffen sind?“

„Wenn wir die hätten, wäre ich nicht hier, Mr. Sloan“, erwiderte Ramirez mit leichter Schärfe in der Stimme. Jake verstand, warum Ramirez so empfindlich reagierte. Es war schwer, auf diese Bilder zu schauen und sich dabei nicht wütend und frustriert zu fühlen. „Ich habe Ihnen diese Bilder gezeigt, damit Sie aus erster Hand sehen, was passiert, wenn illegale Waffen in die Hände unverantwortlicher Fanatiker gelangen. Was Sie hier sehen, passiert jeden Tag in verschiedenen Regionen dieser Welt. Meistens töten die Rebellen sich gegenseitig, oder sie überfallen ein unbewaffnetes Dorf und töten jeden, der ihnen über den Weg läuft. In letzter Zeit scheinen sie sich vermehrt Ziele auszusuchen, an denen sich Amerikaner aufhalten."

Jake konnte seine Augen nicht von dem Bild des Kindes wenden, eines kleinen Jungen, wie er jetzt sah, der im Sterben mit seiner Hand eine Actionfigur fest umklammert hatte.

„Ich weiß nicht, ob van Heusen für diesen speziellen Überfall verantwortlich ist", fuhr Ramirez fort. „Vielleicht ist er es nicht. Aber er ist in diesem Geschäft tätig. Ein ehrloses, dreckiges Geschäft, dem er und Dutzende andere internationale Waffenhändler täglich nur aus einem Grund nachgehen – Geld. Wir können nicht jeden Kriminellen stoppen, aber wir haben gute Chancen, diesen hier aufzuhalten. Wenn *Sie* uns helfen. Wenn nicht, wird er fortfahren, jeden mit Waffen zu beliefern, der dafür zahlen kann, ohne auch nur einen Gedanken an die unschuldigen Menschen zu verschwenden, die getötet werden, oder an die Verwandten, die trauernd zurückbleiben."

Jake ging hinüber zum Fenster. Den Anblick des toten Kindes konnte er nicht vergessen. Gedankenverloren sah er hinaus. Die Straße unter ihm war ruhig und friedlich. Es war eine Szene, wie er und Millionen von Amerikanern sie jeden Tag erlebten – ein Anblick, den er als selbstverständlich hinnahm, von dem er glaubte, ein Recht darauf zu haben, selbst nach den Ereignissen des 11. September. Aber egal, wie verzweifelt die Amerikaner glauben wollten, dass das Leben wieder in den gewohnten Bahnen lief, nichts würde jemals wieder normal sein.

Neunzehn Al-Kaida-Terroristen und ein Mann namens Osama bin Laden hatten dafür gesorgt.

Er nahm sich noch ein paar Augenblicke, ehe er sich umdrehte. Ramirez hatte die Fotos wieder eingepackt und betrachtete ihn ruhig.

„Was genau ist Ihr Plan?"

„Wir wollen, dass Sie den Kontakt zu van Heusen wieder aufleben lassen, und dass er sich Ihnen öffnet. Sobald er Ihnen vertraut, werden es die anderen fünfzehn Männer im Camp auch tun. Finden Sie alles über sie heraus, was Sie können."

„Haben Sie das nicht schon getan?"

„Nur bis zu einem gewissen Grad. Eine Person hat unsere Aufmerksamkeit besonders erregt. Sein Name ist Philip Jenkins. Er ist genau so ein großer Fanatiker wie van Heusen und ein Mann, den man unbedingt im Auge behalten sollte."

„Wo kommt er her?"

„Er war Fallschirmspringer in der 101st Airborne Division, bevor er unehrenhaft entlassen wurde, weil er einen anderen Soldaten zusammengeschlagen hatte. Als Zivilist saß er wegen Erregung öffentlichen Ärgernisses, tätlicher Angriffe und Vandalismus. Er ist ein hervorragender Scharfschütze, fühlt sich aber wohler mit einem Messer in der Hand. Im Moment arbeitet er als van Heusens Assistent, auch wenn ich glaube, dass er viel mehr als das ist."

„Sie sagen also, ich soll nach vierzehn Jahren Schweigen einfach wieder in van Heusens Leben auftauchen, ihm erzählen, dass ich sein Freund sein möchte, und er wird darauf reinfallen?" Jake schüttelte den Kopf. „Ich sag's Ihnen ganz ehrlich, das wird niemals passieren."

„Wird es. Wenn Sie Ihre Karten richtig spielen."

Jake ging zurück zum Sofa und setzte sich wieder. „Ich höre."

Ramirez schaute kurz auf seine Hände. „Bevor ich Ihnen unseren Plan erzähle, muss ich Ihnen eine Frage stellen."

Jakes Mundwinkel verzog sich zu einem schwachen Lächeln. „Sie meinen, es gibt tatsächlich etwas über mich, das Sie nicht wissen?"

Ramirez erwiderte das Lächeln nicht. „Wann haben Sie das letzte Mal mit Ihrem Vater gesprochen?"

Jakes Gesichtsausdruck wurde schlagartig wieder ernst. „An seinem Geburtstag vor drei Monaten."

„Seitdem nicht mehr?"

„Mein Vater und ich haben keine typische Vater-Sohn-Beziehung." Und das war noch milde ausgedrückt für die Schwierigkeiten, die tatsächlich zwischen Jake und seinem Vater herrschten.

„Das tut mir Leid."

Jake wusste nicht, ob Ramirez mehr wusste, als er erkennen ließ. „Warum sprechen wir über meinen Vater?"

„Er ist krank. Ich dachte, dass Sie das vielleicht wüssten."

Irgendetwas in Jakes Leib zog sich schmerzhaft zusammen – er hatte das Gefühl, nicht mehr richtig atmen zu können. „Nein, wusste ich nicht. Was hat er?"

„Lungenkrebs. Er erhielt die Diagnose vor ungefähr vier Monaten, mit der Aussicht, noch neun bis zwölf Monate zu leben."

Jake schloss die Augen und atmete tief durch. So weit war es also mittlerweile zwischen ihm und seinem Vater gekommen. Der alte Mann hatte kein Wort darüber verloren. Er wusste, dass seine Tage gezählt waren, und hatte offenbar nicht genug

Vertrauen zu seinem Sohn, um diese Neuigkeiten mit ihm zu teilen.

„Es tut mir Leid, Jake." Scheinbar verlangte diese traurige Situation nach Vornamen, dachte Jake. „Ich wünschte, ich hätte es Ihnen nicht sagen müssen, aber ..." er fuhr sich mit der Zunge über die Lippen. „Es war notwendig."

„Warum?"

„Weil die Krankheit Ihres Vaters Ihr Grund sein wird, nach Philadelphia zurückzukehren."

Jetzt hatte Jake Schwierigkeiten, seinen Ärger unter Kontrolle zu halten. „Sie eiskalter Hurensohn ..."

Ramirez machte eine abwehrende Geste. „Werden Sie nicht wütend auf mich. Ich weiß, was Sie denken, und ich kann es verstehen. Aber wenn wir van Heusen überlisten wollen, müssen wir unseren Kopf benutzen. Sie haben es selbst gesagt, er wird auf nichts reinfallen, was nicht wasserdicht ist."

„Das war, bevor ich wusste, dass Sie meinen Vater benutzen wollen."

„Nur indirekt, er ist nicht Teil des wirklichen Plans, sondern nur ein plausibler Grund, weshalb Sie nach Philadelphia zurückkehren. Sie wollen Ihn doch sehen, oder? Jetzt, wo Sie wissen, dass er krank ist?"

„Sie wissen genau, dass ich das will."

„Gut. Also wollen Sie nun hören, was ich zu sagen habe, ohne mir den Kopf abzureißen?"

Jake lehnte sich im Sessel zurück. „Ich versuch's."

Ramirez blieb ernst. „Sie gehen zurück nach Philadelphia und treffen sich mit Ihrem Vater – so, wie Sie es wollen. Zu dem Zeitpunkt werden wir die Information Ihrer Rückkehr bei den richtigen Personen gestreut haben."

„Sagen Sie mir, bei wem?“

„Ein anderer alter Kumpel von Ihnen. Ralph Gordon.“

Jake lachte. „Der Idiot von Richfield High?“

„Der Idiot ist, wie Sie genau wissen, inzwischen Reporter beim Daily Globe.“

„Und er hasst mich. Er denkt, ich habe ihm seine Freundin ausgespannt.“

„Ich bin mir dessen bewusst. Genau wie der Tatsache, dass er kein gutes Haar an Ihnen gelassen hat, als sie vor vierzehn Jahren aus der Armee entlassen wurden.“

„Und das macht ihn zum perfekten Mitspieler?“

„Ich könnte mir keinen besseren vorstellen. Er wird sich die Chance nicht entgehen lassen, Sie noch einmal bloßzustellen. Eine kleine Auffrischung Ihrer Militärkarriere würde ihm gerade recht kommen. Und wenn van Heusen den Artikel liest – und das wird er, er ist ein sehr eifriger Zeitungsleser – wird er hoffentlich Kontakt mit Ihnen aufnehmen.“

„Warum sollte er?“

„Weil er nicht widerstehen kann. Er ist stolz auf das, was er erreicht hat, und er will ein bisschen angeben.“

„Warum bei mir? Ich verachte ihn, und das weiß er.“

„Aber das war nicht immer so. Sie beide waren in der Armee mal mehr als nur Kumpels. Sie waren Seelenverwandte. Es gab nichts, was Sie nicht für ihn getan hätten und umgekehrt, oder?“

„Seitdem ist eine Menge passiert … und überhaupt, wenn er mich kontaktieren wollte, hätte er das schon lange tun können. Ich bin nicht schwer zu finden.“

„Lassen Sie uns annehmen, er meldet sich tatsächlich bei Ihnen. Wollen Sie den Rest hören?“

Jake nickte.

„Okay." In der Stimme des Agenten schwang eine Spur Aufregung mit. „Er nimmt Kontakt auf. Wie und wo, wird er entscheiden. Wenn er das tut, bleiben Sie cool. Ganz cool. Verheimlichen Sie nicht, dass Sie immer noch sauer auf ihn sind."

„Fahren Sie fort."

„Überlassen Sie ihm das Reden. Wenn er wissen will, was Sie gegenüber der Armee empfinden, sagen Sie ihm, dass das alles in der Vergangenheit liegt."

„Das stimmt ja auch."

„Gut. Die Wahrheit ist immer am glaubwürdigsten."

Jake war noch nicht überzeugt. „Ich weiß nicht. Ich bin kein Schauspieler. Er wird mich sofort durchschauen."

„Strengen Sie sich an, Jake. Ich hoffe, dass die Freundschaft, die Sie beide einst verband, und das, was Sie im Irak für ihn getan haben, von Vorteil für Sie ist. Vielleicht vertraut er Ihnen sogar genug, um Sie in sein Camp einzuladen. Falls er das tut, sagen Sie ihm, dass Sie nicht interessiert sind. Das sollte ihn überzeugen, dass Sie sauber sind."

„Und was passiert, wenn er das Nein akzeptiert und ich nie wieder etwas von ihm höre?"

„Ich glaube nicht, dass das passieren wird, aber falls doch, kommen Sie wieder nach Hause – und wir gehen zurück ans Zeichenbrett." Ramirez beobachtete ihn. „Was sagen Sie, Jake? Glauben Sie, Sie schaffen das?"

Jake lachte auf. „Was ist das hier? Eine Herausforderung?"

„Ich glaube, ich habe es nicht nötig, Sie herauszufordern. Lassen Sie es mich anders formulieren: Werden Sie es tun? Werden Sie uns helfen?"

Dieses Mal musste Jake nicht über eine Antwort nachdenken. In dem Moment, wo er das Foto des toten Kindes auf dem Boden des Hotels in Singapur gesehen hatte, war seine Entscheidung gefallen. „Wann geht's los?"

„Acht Uhr morgen früh." Ramirez griff erneut in seinen Aktenkoffer und holte einen weiteren Umschlag hervor, dicker als der letzte. Er legte ihn auf den Tisch. „Hierin finden Sie ein Ticket nach Philadelphia und fünftausend Dollar in bar. Sagen Sie Bescheid, wenn Sie mehr benötigen. Ich bin immer nur einen Anruf entfernt. Ich habe Ihnen auch eine Ausgabe des *Philadelphia Inquirer* dazugelegt. Im Anzeigenteil ist ein Apartment am Washington Square markiert. Es steht zum Verkauf, aber solange der Besitzer keinen Käufer gefunden hat, vermietet er es kurzfristig. Akzeptieren Sie jeden Preis, wir werden dafür aufkommen. Wir hätten das auch für Sie arrangieren können, aber es ist wichtig, dass Sie die Wohnung selber anmieten – nur für den Fall, dass van Heusen es überprüfen lässt."

Und das würde er mit Sicherheit tun. „Warum am Washington Square?"

„Einer von van Heusens Männern, Doug Avery, ist angeklagt, eine Prostituierte zusammengeschlagen zu haben. Van Heusen hat die Kaution hinterlegt, und der Prozess wird im September stattfinden. Eine stellvertretende Bezirksstaatsanwältin namens Sydney Cooper übernimmt in diesem Fall die Anklage. Sie lebt auf der anderen Seite des Flurs von dem Apartment, das Sie anmieten werden. Während ihrer Untersuchungen hat sie van Heusens Camp besucht und ihn befragt. Vielleicht weiß sie etwas, was uns weiterbringt. Es liegt an Ihnen, das herauszufinden."

Er deutete auf den Umschlag. „Darin liegt eine komplette Akte über sie. Wenn Ihr Flugzeug in Philadelphia landet, wissen Sie genau so viel über Sydney Cooper wie wir. Oh, und sie liebt es, zu joggen. Jeden Morgen, ob Sonne oder Regen, läuft sie ihre Runde um den Washington Park. Falls Sie kein Jogger sind, schlage ich vor, dass Sie einer werden. Es könnte nützlich sein."

„Wie wird Victor mich finden?"

„In Ihrer ersten Nacht in Philadelphia übernachten Sie im Double Tree Hotel. Wenn Sie auschecken, hinterlassen Sie Ihre Nachsendeadresse. Es wäre auch nicht schlecht, wenn Sie sich in einigen der Bars und Restaurants in der Gegend sehen lassen würden." Er schloss seinen Aktenkoffer. „Ich nehme an, dass Sie ein Handy haben?"

Jake nickte.

„Meine Nummer ist in dem Umschlag. Rufen Sie mich *ausschließlich* übers Handy an – aber *niemals* aus Ihrer Wohnung, falls van Heusen beschließt, dort Wanzen zu installieren."

„Was ist, wenn es Schwierigkeiten gibt und Sie mich erreichen müssen?"

„In dem Fall rufe ich Sie an und frage, ob Nancy da ist. Falls Sie nicht sprechen können, sagen Sie ‚falsch verbunden' und legen auf. Suchen Sie dann schnellstmöglich einen sicheren Platz und rufen mich zurück."

Jake konnte nicht umhin, die Sorgfalt des Agenten zu bewundern. „Sieht so aus, als hätten Sie an alles gedacht. Waren Sie sich so sicher, dass ich mitmachen würde?"

Ramirez erlaubte sich ein Lächeln. „Lassen Sie es mich so ausdrücken: Ich bin nicht gerne unvorbereitet." Er streckte seine Beine vor sich aus. „Jetzt würde ich doch gern ein Bier nehmen, wenn Sie nichts dagegen haben."

6. KAPITEL

Nachdem Agent Ramirez gegangen war, betrachtete Jake den Umschlag auf dem Couchtisch. Er war jetzt weder müde, noch hungrig oder durstig. Die Erinnerungen, die er in den letzten Jahren immer verdrängt hatte, waren mit Wucht zurückgekehrt, und es gab wenig, was er tun konnte, um sie zu verscheuchen.

Er konnte kaum glauben, dass seit der schicksalhaften Nacht im Irak schon vierzehn Jahre vergangen waren. Oder dass sie überhaupt passiert war. Nicht dass er sich nicht schon früher in schwierigen Situationen befunden hätte. Für die Mitglieder von DELTA waren Schwierigkeiten das tägliche Brot, eine Herausforderung, für die die Männer in diesem speziellen Zweig der Spezialeinheiten sorgfältig ausgebildet worden waren. Und selbst Misserfolge wurden als Teil des Jobs akzeptiert.

Er konnte sich noch genau an das Gefühl der Aufregung, an den Ehrgeiz erinnern, der ihn durchströmte, als General Randolph Sanders, der DELTA-Kommandeur in Kuwait, diese spezielle Mission vorgestellt hatte.

Angeführt von seinem guten Freund, Colonel Victor C. van Heusen, sollte ein Kriseninterventionsteam mit acht hochspezialisierten Männern zwei gefangene amerikanische Kampfpiloten hinter der irakischen Grenze befreien.

Jake, der gerade zum Captain befördert worden war, führte das zweite Kommando. Er und van Heusen hatten schon erfolgreich Dutzende ähnlicher Fälle im Training durchgeführt. Zur gleichen Zeit in den Irak geschickt, hatten die beiden Männer, die sich in vielen Dingen so ähnlich waren, sich auf Anhieb verstanden. Trotz des erheblichen Altersunterschiedes – Van Heusen war zweiundvierzig, Jake siebenundzwanzig – hatten sie einen besonderen Draht zueinander.

Die Mission war Routine. Um 02:00 Uhr morgens hatten drei Geländewagen das achtköpfige Team mehrere Meilen durch die kuwaitische Wüste und vier Meilen hinter die feindlichen Linien gebracht. Von den US-Geheimdiensten überprüfte Kollaborateure hatten ihnen das Zeichen gegeben, dass die Grenze gefahrlos überquert werden konnte.

Doch in diesem Moment brach die Hölle los. Von ihren so genannten Kollaborateuren verraten, stand das DELTA-Team mit einem Mal unter Beschuss. Als das Stakkato der Maschinengewehre die Stille der Nacht zerriss, erwiderten van Heusen und seine Männer das Feuer.

Über das Funkgerät kam laut und klar verständlich der Befehl der Kommandozentrale. „Feuer einstellen und sofort umkehren. Ich wiederhole: Feuer einstellen und sofort umkehren!“

Aber anstatt seinen Truppen den Befehl zum Rückzug zu geben, wies van Heusen sie an, weiter vorzurücken. „Das Camp mit den gefangenen Amerikanern ist weniger als eine Meile entfernt“, brüllte er zu Jake herüber. „Ich kehre nicht ohne sie zurück.“

Jake versuchte, mit ihm zu reden, ihm zu erklären, dass die Kommandozentrale vielleicht etwas wusste, was er und van Heusen nicht wussten. Vielleicht warteten weitere irakische Soldaten auf sie, um sie ins Visier zu nehmen. Aber van Heusen beachtete ihn nicht. Er forderte seine Männer auf, weiterzufahren.

Erst als sie erneut unter Beschuss gerieten und es Verletzte gab, war der Colonel bereit, das Signal zum Rückzug zu geben.

Als sie am nächsten Morgen vor ihren Vorgesetzten standen, hatte van Heusen eine weitere Überraschung für Jake parat. In strammer Haltung, den Blick ganz ruhig, behauptete er, den Befehl des Oberbefehlshabers nicht gehört zu haben.

Unglücklicherweise war außer Jake noch ein Mitglied des Teams, Sergeant Daniel Pratfield, anwesend, als der Befehl zum Rückzug über Funk gegeben worden war. Wütend darüber, dass durch den Leichtsinn des Colonels fünf seiner Kollegen schwer verwundet worden waren, erzählte er, was er wusste.

Nun stand Aussage gegen Aussage. Van Heusens Schicksal lag allein in Jakes Händen – wenn er die Aussagen Pratfields bestätigte, erwarteten van Heusen ein Prozess vor dem Militärgericht und eine harte Gefängnisstrafe.

Schließlich gewannen der Eid, den Jake vor langer Zeit geschworen hatte, und die Loyalität gegenüber dem Mann, den er immer bewundert hatte, die Oberhand. Er war sich bewusst, dass er auch seine eigene Karriere gefährdete, trotzdem bestätigte er van Heusens Aussage und berichtete dem Untersuchungsausschuss, dass er den Befehl zum Einstellen des Feuers ebenfalls nicht gehört hatte.

Jakes Loyalität wurde schlecht belohnt – oder gerecht belohnt, je nachdem, aus welchem Blickwinkel man die Sache betrachtete. Weil ein Gerichtsprozess einen demoralisierenden Effekt auf den Rest der Truppen gehabt hätte, entschloss man sich zu einer außergerichtlichen Strafe – beiden Männern wurden ihre Abzeichen aberkannt, sie wurden unehrenhaft entlassen und in die Vereinigten Staaten zurückgeschickt.

Bis zum letzten Moment hatte Jake gehofft, dass van Heusen doch noch vortrat, um seinem alten Kumpel die Erniedrigung einer unehrenhaften Entlassung zu ersparen. Aber er hatte es nicht getan.

In den ersten Jahren danach war Jake rastlos von Stadt zu Stadt, von Job zu Job gezogen. Dann hatte er die Anzeige einer Ölfirma gelesen, die Mitarbeiter für ihre Ölplattformen suchte, war zum Vorstellungsgespräch nach Chicago geflogen und eingestellt worden.

Stark, clever und hart arbeitend war er schnell zum Hochsee-Bohrer befördert worden, und vor kurzem war ihm eine leitende Position angeboten worden, von der er noch nicht sicher war, ob er sie annehmen sollte.

Nach und nach verschwand das Gesicht von van Heusen vor seinem inneren Auge, und Jake setzte sich in den Sessel, in dem Ramirez vorher gesessen hatte. Mit mäßigem Interesse öffnete er die Akte von Sydney Cooper. Ihr Foto überraschte ihn. Aus irgendeinem Grund hatte er eine Frau mittleren Alters erwartet, mit harten Gesichtszügen, mausbraunem Haar und unförmigem Körper. Stattdessen blickte ihm vom Foto ein sympathisches Gesicht mit großen, intelligenten Augen, von denen er nicht wusste, ob sie blau, grün oder grau waren, und einem sinnlichen Mund entgegen. Ihr kinnlanges Haar hatte die Farbe von goldenem Honig.

Ein anderes Foto, das vor dem Gerichtsgebäude aufgenommen worden war, zeigte ihm, dass er nochmals falsch gelegen hatte. Sie hatte definitiv keinen unförmigen Körper. Um es kurz zu sagen, diese Frau beeindruckte ihn.

Ihr Werdegang war so unerwartet wie ihr Aussehen. Nachdem sie die Temple University mit einem Diplom in Marketing abgeschlossen hatte, hatte sie nicht etwa einen Job in einer großen Firma angenommen, sondern sich bei der Polizei in Philadelphia beworben. Als Anfängerin hatte sie sehr schnell bewiesen, dass sie klug, einfallsreich und zuverlässig war. Sie war drei Jahre in ihrem Job, als sie und ihr Partner zu einem Raubüberfall in einem Supermarkt gerufen wurden. Bevor die Verstärkung vor Ort war, befanden sich Officer Cooper und Officer O'Hara auch schon unter Beschuss. Mit der Waffe in der Hand zielte Officer Cooper auf den Räuber – und zögerte.

Dieses Zögern kostete ihren Partner das Leben.

Syds Rückkehr zu ihrer Arbeit – Schreibtisch-Arbeit – stand unter keinem guten Stern. Die Wut und die Anfeindungen ihrer Kollegen erinnerten sie immer und immer wieder an den tragischen Tag. Desillusioniert, aber trotzdem noch mit dem Wunsch, den Menschen zu helfen, verließ sie die Polizeitruppe und begann, Jura zu studieren. Drei Jahre später war sie unter den besten fünf Prozent der Abschlussklasse. Lukrative Angebote großer Kanzleien schlug sie aus und entschied sich stattdessen, für das Büro des Bezirksstaatsanwalts zu arbeiten.

Ihr Privatleben war dagegen eher einsam. Ihre Eltern starben vor einigen Jahren in einer Lawine beim Skifahren in Italien, und vor kurzem hatte sie nach zwei Jahren ihre Verlobung mit einem der viel versprechendsten Anwälte Philadelphias gelöst. Es sah so aus, als wenn sie außer Arbeiten nicht viel mit ihrer Zeit anfangen würde.

Es gab noch mehr Informationen über Sydney Cooper in der Akte, aber Jake war müde und der Flug am nächsten Morgen ging sehr früh. Der Rest von Syndey Coopers Leben würde bis morgen warten müssen.

7. KAPITEL

Am Donnerstagmorgen beherrschte die Entführung von Lilly die Schlagzeilen der Tageszeitungen und die morgendlichen Talkshows im Regionalfernsehen. Die Zuschauer riefen an und äußerten Vermutungen darüber, was geschehen war, oder unterbreiteten Vorschläge, wie man die Straßen von Philadelphia wieder sicherer machen könnte. Einige behaupteten, den Van, mit dem Lilly entführt worden war, auf dem New Jersey Turnpike oder der I-95 gesehen zu haben, und eine Frau erklärte allen Ernstes, das Fahrzeug habe vor ihrem Haus geparkt.

Auch wenn allen Spuren nachgegangen wurde, war der Van bis jetzt noch nicht gefunden worden.

Syd lief die letzten Stufen zu dem sechsstöckigen Gebäude hinauf, in dem das Büro des Bezirksstaatsanwalts lag. Dies war eigentlich nicht der Ort, an dem sie an diesem feucht-kalten Morgen sein wollte, dachte sie, während sie die Kopfhörer ihres Walkmans abnahm und in der Tasche verstaute. Entlang der Straße standen Schneepflüge bereit und erinnerten die Einwohner Philadelphias daran, dass die Meteorologen einen heftigen Schneesturm vorausgesagt hatten.

Violet Sorrensen, seit über sieben Jahren Verwaltungsangestellte im Büro des Bezirksstaatsanwalts, saß so früh am Morgen bereits an ihrem Schreibtisch. Die kräftig gebaute, aber attraktive, braunhaarige Mittvierzigerin, die sehr auf Ordnung bedacht war und einen Hang zum Verkuppeln besaß, hatte Syd bereits beim ersten Treffen ins Herz geschlossen.

Als Syd nun das Büro betrat, legte Violet den Telefonhörer zu Seite. „Oh Liebes, wie geht es dir? Wurdest du verletzt? Warst du beim Arzt?“

„Dafür gibt es keinen Grund, ich habe nur ein verletztes Ego."

„Gibt es Neuigkeiten von Lilly?"

„Bis jetzt nicht."

„Nur nicht die Hoffnung verlieren, Liebes, sie werden sie schon finden." Das Telefon klingelte erneut, aber Violet leitete es um in die Warteschleife und nahm einen Block vom Tisch. „Der ist für dich. Er wurde von einem Jurastudenten vorbeigebracht, Chad Quinn. Er sagte, du hättest ihn gestern im Gerichtssaal vergessen."

Syd nahm den Block entgegen. Er enthielt Notizen zum Prozess von Simon Burke. Zwar waren sie jetzt nutzlos, weil der Fall abgeschlossen war, aber sie hätte ihn dennoch nicht einfach liegen lassen dürfen, egal wie sehr sie es gedrängt hatte, den Gerichtssaal zu verlassen.

„Danke, Violet. Ich habe gar nicht gemerkt, dass er fehlt." Sie steckte den gelben Block in ihre Aktentasche. „Hat Chad eine Nummer hinterlassen? Ich würde ihn gern anrufen und mich bei ihm bedanken."

„Leider nicht. Er musste dringend zu einer Vorlesung und war schon wieder fort, bevor ich ihn danach fragen konnte. Aber ich bin sicher, dass du ihn im Gerichtssaal sehen wirst. Er sagte, dass er versuchen wird, dich zu treffen, wenn du wieder mal dort bist." Sie zwinkerte Syd zu. „Ich glaube, er ist ein bisschen verknallt in dich."

Bevor Syd widersprechen konnte, fügte Violet hinzu „Übrigens, im Burke-Fall warst du große Klasse." Die Sekretärin lächelte sie warmherzig an. „Du hast den Boss glücklich gemacht, und das ist immer eine gute Sache."

„Der Boss" war Ron Devlin, ein bodenständiger Bezirksstaatsanwalt, der von seinen Mitarbeitern absolute Offenheit und Ehrlichkeit verlangte – und sie vor allem auch selber praktizierte. Auch wenn er anspruchsvoll und manchmal kritisch war, so hatten seine Fairness und seine echte Anteilnahme ihm den Respekt und die Bewunderung der dreihundert Staatanwälte verschafft, die für ihn arbeiteten.

Als Syd zu ihm ins Büro ging, fand sie ihn an seinem Schreibtisch, halb verborgen hinter Bergen von Akten und Zeitungen. Das Geräusch der zufallenden Tür ließ in aufblicken. Er sah Syd mit wahrem Mitgefühl an und stand auf, um ihr auf halbem Weg entgegenzukommen. Er war ein Bär von einem Mann, mit einer breiten Brust und einer tiefen, energischen Stimme.

„Jesus, Kleine, das tut mir so Leid mit deiner Freundin. Ich habe es heute Morgen auf dem Weg zur Arbeit gehört."

Ron war nicht der Typ, der andere tröstend in die Arme schloss. Stattdessen zog er einen Stuhl hervor und bot ihn Syd an, bevor er sich auf die Schreibtischkante setzte. „Hast du schon irgendetwas gehört?"

„Bisher nicht. Chief Yates ist in der Stadt, spricht mit verschiedenen Leuten und versucht, die einzelnen Puzzleteile zusammenzusetzen."

„Was hältst du von ihm? Und wo zum Teufel liegt Elwood?"

„South Jersey, ungefähr zwanzig Meilen von Atlantic City entfernt. Chief Yates ... also, er hat vielleicht nicht sehr viel Erfahrung mit Entführungen oder überhaupt mit schweren Verbrechen, aber er macht seinen Job gut und war bisher sehr sorgfältig. Ich muss zugeben, am Anfang war ich auch etwas skeptisch. Er wirkte mir ein bisschen *zu* entspannt – andererseits war Lilly gerade vor meinen Augen entführt worden, und ich war noch völlig außer mir. Ich würde sagen, er ist ziemlich kompetent, und ich vertraue ihm vollkommen."

„Freut mich, das zu hören." Er zupfte an seiner makellos sauberen grauen Hose, als wolle er einen Fussel entfernen. „Ich nehme an, du bist bereit, wieder zu arbeiten?"

„Genau aus diesem Grunde bin ich hier." Syd merkte, wie ihr Selbstvertrauen unter seinem direkten Blick dahinschmolz. „Ich habe meine Reise nach Cancún zwar storniert, aber weil ich offiziell Urlaub habe, würde ich die Zeit eigentlich gerne nutzen, um Chief Yates bei der Suche nach Lilly zu unterstützen."

„Hat Chief Yates dich gefragt, ob du ihm helfen kannst?"

„Nein, aber …"

„Dann solltest du ihn am besten seine Arbeit machen lassen, Syd, und dich auf deine Aufgaben hier konzentrieren. Davon gibt es weiß Gott genug."

„Aber ich habe Urlaub …", protestierte sie.

„Und du hättest dir kaum eine schlechtere Zeit dafür aussuchen können. Barbara wurde heute Morgen um fünf in den Kreißsaal gebracht."

Syd lehnte sich im Stuhl zurück. Als Senior-Staatsanwältin hatte Barbara eine Menge Fälle zu bearbeiten. Diese unter den anderen Anwälten aufzuteilen, würde nicht einfach werden. „Sie war doch erst in zwei Monaten fällig."

„Tja, erzähl das ihrem Baby. Wie auch immer, sie wird noch die nächsten sechs Wochen im Mutterschaftsurlaub sein, und außer dir habe ich niemanden, der ihre Vertretung übernehmen kann. Wenn ich mich richtig erinnere, hattest du deine Fälle vor dem Urlaub alle abgeschlossen, oder?" Er wartete ihre Antwort nicht ab, sondern ging um seinen Schreibtisch herum, nahm ein halbes Duzend Akten auf und drückte sie ihr in die Hand.

„Ron …"

„Ich werde dir etwas sagen", begann er, als würde er ihr ein großes Zugeständnis machen. „Falls du es schaffst, auf dem Laufenden zu bleiben, können wir arrangieren, dass du nur sechs Stunden am Tag arbeitest. Damit hättest du ein paar Stunden und deine Abende, um zu tun, was immer du meinst, bezüglich Lilly tun zu müssen. Ist das ein Angebot?"

Sie schaute auf ihren Schoß und die Mappen. Was sollte sie sagen? Die Endgültigkeit seiner Stimme machte deutlich, dass er seinen Vorschlag für ein sehr großzügiges Angebot hielt und erwartete, dass sie zustimmte. Wie oft hatte er seinen Mitarbeitern gesagt, dass das Büro nur als Team funktionierte und nur das Wohl der Gemeinschaft zählte, nicht das eines einzelnen Anwalts.

Sie seufzte. Sie würde es hinbekommen. Irgendwie.

Um zwei Uhr am selben Nachmittag hatte Syd zwei Kautionsverhandlungen geführt, drei Zeugenaussagen aufgenommen und ein Eröffnungsplädoyer geschrieben. Dazwischen hatte sie sich immer wieder die Zeit genommen, Chief Yates anzurufen, der sich nach anfänglichem Zögern bereit erklärt hatte, sie über seine Fortschritte auf dem Laufenden zu halten. Es gab immer noch keine Neuigkeiten von Lilly, ihren Entführern oder dem Truck. Seine Deputies holten Erkundigungen bei einigen dubiosen Autohändlern ein, die sich auf Vans spezialisiert hatten, aber bis jetzt war keine heiße Spur dabei.

Mehr erzählte er ihr nicht, auch nicht, als sie ihn nach seinem Treffen mit Lillys Ex-Mann befragte. „Das sind vertrauliche Informationen, Syd, tut mir Leid."

Um drei Uhr hatte sie ihr Sechs-Stunden-Soll erfüllt und

verließ das Büro in Richtung *Philadelphia Sun.* Wie erwartet, herrschte dort eine angespannte Stimmung. Einige der Reporter kannten Syd und schauten erwartungsvoll auf, als sie an ihnen vorüberging. Doch sie schüttelte den Kopf und setzte ihren Weg zum Büro des Chefredakteurs fort, das sich am anderen Ende des Nachrichtenbüros befand. Stan Sherman, der Chefredakteur, wartete bereits auf sie.

Obwohl schon weit über sechzig, war der altgediente Nachrichtenveteran keine Spur ruhiger geworden. Mit seinem dicken Bierbauch, dem dichten grauen Haar, das immer so aussah, als müsste es mal wieder gekämmt werden, und seinem Markenzeichen, den Hosenträgern in gewagtem Dunkelrot, war er weder innerhalb noch außerhalb des Nachrichtenraums zu übersehen.

Als sie sein Büro betrat, stand er mit dem Rücken zu ihr und schaute hinab auf die Market Street.

„Hallo Stan."

In dem Moment, als er sich zu ihr umdrehte, und sich ihre Blicke trafen, wusste sie, dass die Nachricht von Lillys Entführung ihn hart getroffen hatte. Nach außen hin der harte Kerl, hatte er doch ein sehr weiches Herz, besonders was Lilly betraf. Er hatte sie schon immer gemocht und als großes Talent angesehen. Als sie noch eine Anfängerin war, hatte er sie unter seine Fittiche genommen und ihr alles beigebracht, was sie wissen musste.

„Ich bin froh, dass du gekommen bist, Sydney. Setz dich doch." Er deutete auf die zwei braunen Ledersessel vor seinem Tisch. „Ich hatte gehofft, dass du in der Zwischenzeit gute Neuigkeiten für mich hast, aber nach deinem Gesichtausdruck zu urteilen, war da wohl der Wunsch der Vater des Gedankens."

Er ging hinüber zu seinem Tisch und setzte sich. „Chief Yates hat mich übrigens angerufen. Er will so gegen vier Uhr hier sein.“ Er schnitt eine Grimasse. „Wo zum Teufel ist Elwood?“

Syd lächelte. Das schien die Frage des Tages zu sein. Sie erklärte geduldig zum wiederholten Male, wo Elwood lag, und warnte Stan, sich nicht von der altmodischen Art des Chiefs täuschen zu lassen.

Stan fuhr sich mit der Hand durchs Haar, das ihm mittlerweile in alle Himmelsrichtungen vom Kopf stand. „Ich glaube, dass niemand die Risiken und Gefahren wirklich anerkennt, die ein Reporter bei schwierigen Aufträgen auf sich nimmt. Alleine im letzten Monat wurden drei meiner Reporter bedroht. *Offen* bedroht, kannst du dir das vorstellen? Den einen Tag bist du zu liberal, den anderen zu konservativ. Ein verwirrter Leser rief mich gestern sogar an und sagte mir, ich sei ein lausiger Kommunist.“

Syd horchte auf. „Wurde Lilly bedroht?“

„Sie hatte auch ihren Anteil an Irren. Der letzte war dieser Miliz-Typ, den du angeklagt hast, Doug Avery. Er stellte sie vor zwei Tagen, als sie das Gebäude verließ. Er hat sie nicht direkt bedroht, aber er befahl ihr, nicht weiter herumzuschnüffeln und aufzuhören, seine Freunde zu bedrohen. Er war wütend, weil Lilly bei ihren Recherchen herausgefunden hatte, dass er während der High-School-Zeit einige seiner Freundinnen zusammengeschlagen hatte.“

Syd sprang beinahe aus dem Stuhl. „Warum hat man mich nicht informiert? Oder Detective Cranston?“

„Lilly sagte, dass es keine große Sache sei. Eigentlich wollte sie nicht einmal mir davon erzählen. Der Sicherheitsmann, der Avery an dem Abend vertrieben hat, hat es mir erzählt.“

Als Bauarbeiter mit aufbrausendem Temperament war Doug Avery angeklagt worden, eine Prostituierte beinahe zu Tode geprügelt zu haben. Syd hatte alles versucht, um ihn bis zum Prozess im September hinter Gittern zu halten, aber der Richter hatte ihn gegen eine Kaution von einhunderttausend Dollar in bar auf freien Fuß gesetzt. Es war keine große Überraschung, dass die Kautionssumme von Victor van Heusen gestellt wurde, dem Mann, der die Miliz organisiert hatte, der auch Avery angehörte. Da sie befürchtete, dass die Organisation unnötige Gewalt unterstützte, hatte Syd in Vorbereitung auf den Prozess auch van Heusen befragt. Zur ihrem Erstaunen war der Kommandant nicht nur äußerst kooperativ, sondern er schien über den Vorfall auch ehrlich betroffen zu sein.

„Ich weiß nicht, ob Sergeant Avery schuldig ist oder nicht", hatte er Syd gesagt. „Aber wenn er es ist, erwarte ich von ihm, die Konsequenzen wie ein echter Soldat zu tragen."

Der Gedanke, dass Avery vielleicht Lilly entführt hatte und ihr das Gleiche wie damals der Prostituierten antat – oder gar Schlimmeres –, war unerträglich für Syd.

Sie zwang sich, ruhig zu bleiben, nahm ihr Handy heraus und wählte eine Nummer. „Detective Cranston, hier ist Sydney Cooper", sagte sie, als sie die Stimme des Detectives hörte. „Wussten Sie, dass Lilly Gilmore von Doug Avery bedroht wurde?"

Wie immer, wenn Syd mit einem Mitglied der Philadelphia Police sprach, war die Reaktion unterkühlt. „Nein, das wusste ich nicht. Wann war das?"

„Montagabend. Ich möchte, dass Sie ihn aufs Revier bringen, und ich möchte bei dem Verhör dabei sein."

„Jawohl, Madam."

Sie ignorierte den sarkastischen Tonfall und gab ihm die Nummer ihres Handys, die er zwar schon hatte, aber seltsamerweise immer wieder verlegte.

„Woran hat Lilly außerdem noch gearbeitet?“, fragte sie Stan, nachdem sie aufgelegt hatte.

„Am Unfall von Senator Fairbanks und seiner Tochter.“

Syd stutzte. „Wurde der Fall nicht abgeschlossen, als die andere Fahrerin ihre Schuld an dem Unfall zugab?“

„Anscheinend war Lilly damit nicht zufrieden. Du weißt, wie sie ist, wenn sie erst einmal Blut geleckt hat.“

Syd nickte, als sie sich an Lillys Überzeugung erinnerte, dass an diesem Fall irgendetwas nicht richtig schien. In Vorbereitung auf ihre Führerscheinprüfung hatte die siebzehnjährige Tochter von Senator Fairbanks vor zwei Wochen mit ihm zusammen eine Nachtfahrt auf einer verlassen Straße unternommen. Als sie an eine Kreuzung kamen, fuhr ihnen ein anderes Auto mit voller Wucht in die Seite. Zwar wurden beide Autos beschädigt, aber es gab keine Verletzten. Der andere Fahrer, eine Frau mittleren Alters, hatte zugegeben, ein Stoppschild übersehen zu haben, und die ganze Schuld auf sich genommen. Wie ein Jagdhund hatte Lilly die Fährte aufgenommen und die Unfallstelle besichtigt. Soweit Syd wusste, fand sie dort nichts, was ihren Verdacht erhärtet hätte.

„Laut dem Kalender auf ihrem Tisch versuchte sie, einen Termin mit Senator Fairbanks zu vereinbaren“, fuhr Stan fort.

„Versuchte?“

„Sie kam nicht an der Sekretärin des Senators, Muriel Hathaway, vorbei.“

Syd nickte. „Der Barrakuda.“

„Glaub mir, sie trägt diesen Namen zu Recht. Jetzt, wo der

Senator einer der Topkandidaten im Rennen um die Präsidentschaft ist, lässt sie niemanden mehr an ihn heran, auch wenn er als der volksnaheste Kandidat sei Jimmy Carter bezeichnet wird."

„Lilly kann darüber nicht glücklich gewesen sein."

„Sie war genervt, weigerte sich aber, aufzugeben. Sie hat Ana Lee aufgespürt und wollte sie demnächst befragen."

„Wer ist Ana Lee?"

„Die andere Fahrerin. Unglücklicherweise wurde Lilly genau an diesem Tag entführt, und ich hatte keine Gelegenheit mehr, mit ihr über das Ergebnis des Interviews zu sprechen."

Syd schrieb sich den Namen auf. „Hast du auch eine Adresse von Mrs. Lee?"

„Sie hat einen Hotdogstand an der Ecke Eleventh und Market Street."

8. *KAPITEL*

Als sie das Gebäude verließ, war Syd nicht überrascht, dass vor dem Haus Reporter auf sie warteten. Lillys Entführung war inzwischen auch in der überregionalen Presse ein Thema und die Medien versuchten, auch noch das letzte bisschen an Informationen herauszuquetschen.

„Ms. Cooper?“ Eine blonde Frau, die Syd als Belle Chiaro vom *Daily Globe* wiedererkannte, stand wie immer in der ersten Reihe. „Gibt es Neuigkeiten im Fall Lilly Gilmore? Haben ihre Entführer schon irgendwelche Forderungen gestellt?“

Ein Mann hielt ihr ein Mikrofon mit dem CBS-Logo unter die Nase. „Glauben Sie, dass Lilly noch lebt?“

„Was ist mit diesem Mann von der Miliz, dem Sie den Prozess machen? Wir wissen, dass Lilly sich für ihn interessiert hat. Zählt er zu den Verdächtigen?“

„Was wollte Lilly von Senator Fairbanks?“

Syd war an die Geschwindigkeit, mit der die Reporter ihre Fragen auf sie abfeuerten, gewöhnt, und so wartete sie geduldig ab, bis die letzte Frage gestellt war, bevor sie antwortete.

„Ich kann Ihnen keine Einzelheiten nennen“, begann sie, woraufhin ein enttäuschtes Murren zu hören war. „Zum einen, weil das Sache von Chief Yates von der Mullica Township Police ist, und zum anderen, weil ich die Untersuchungen behindern würde. So viel kann ich jedoch sagen: Chief Yates und ich werden keine noch so winzige Spur unverfolgt lassen. Was auch immer nötig ist, um Lilly Gilmore zu finden, wird getan.“

„Vermuten Sie Verbindungen zur Mafia?“ Die Frage stellte ein CNN-Reporter.

Syd erinnerte sich, dass Lilly vor nicht allzu langer Zeit eine Geschichte über Philadelphias Mafia Boss Joe Caputo geschrieben hatte, schüttelte aber den Kopf. „Wir haben keinen Grund zu der Annahme, dass die Mafia in diesen Fall involviert ist."

„Werden *Sie* Senator Fairbanks verhören?", beharrte Belle Chiaro.

„Wie ich schon sagte, Belle, wir werden jeder Spur nachgehen." Mit einem Lächeln, das das Ende dieser Befragung bedeutete, ging Syd durch die Reihen der Reporter in Richtung Market Street.

Nachdem sie sich vergewissert hatte, dass kein übereifriger Reporter ihr gefolgt war, rief sie die Auskunft an und ließ sich mit dem Büro von Senator Fairbanks verbinden. Sie kam genau bis zu Muriel Hathaway durch, deren freundliche Stimme sofort umschlug, als Syd sich vorstellte.

„Senator Fairbanks und seine Mitarbeiter sind in Florida für die Vorwahlen", antwortete sie knapp. „Er wird nicht vor Ende der Woche zurückerwartet."

Bevor Syd nach einem Termin fragen konnte, hatte die Sekretärin aufgelegt.

Verärgert ließ sie ihr Handy zuschnappen. Sie fing an, Lillys Frustration zu verstehen.

Kurz vor fünf Uhr am Nachmittag erreichte Syd die Ecke Eleventh und Market Street. Sie fragte einen Verkäufer, der auf einen Hotdogstand ein Stück die Straße hinunter deutete. „Das da drüben ist Ana. Sie können sie nicht verfehlen, sie ist die, die die ganze Zeit plappert."

Vor dem Stand hatte sich eine Schlange von Mitarbeitern des nahen Jefferson University Krankenhauses gebildet, sodass Syd genügend Zeit hatte, Ana bei ihrer Arbeit zu beobachten. Ana war klein und hatte asiatische Züge. Freundlich begrüßte sie jeden ihrer Kunden mit Namen und plauderte fröhlich, während sie ihnen das gewünschte Essen oder Getränk reichte. Sie lächelte und sprach sehr schnell in einem angenehmen, musikalischen Singsang. Syd hörte, wie Ana einem ihrer Kunden erzählte, dass sie kaum zwei Sätze Englisch sprach, als sie vor zwei Jahren das erste Mal amerikanischen Boden betrat.

„Und nun schau mich an", sagte sie, während sie eine heiße Wurst in ein Brötchen steckte und Sauerkraut darüber gab. „Ich rede und rede und rede."

Als ihr letzter Kunde gegangen und nur noch Syd übrig war, plapperte Ana ohne Unterbrechung weiter. „Hallo junge Frau, was darf es sein? Chili Hotdog, heiße Tasche, Fruchtsaft? Was immer Sie wollen, ich habe es."

Syd erwiderte das Lächeln. „Eigentlich bin ich nicht hier, um etwas zu essen."

„Wie meinen Sie das, nicht wegen des Essens? Wie wollen Sie denn ohne Essen groß und stark werden?"

Syd trat näher an den Stand heran und zeigte ihre Marke. „Ich bin Sydney Cooper vom Büro des Bezirksstaatsanwalts."

Ana Lees Lächeln wurde etwas schwächer, aber sie blieb freundlich. „Und was wollen Sie von mir?"

„Ich würde Ihnen gerne ein paar Fragen über den Unfall vor zwei Wochen stellen."

„Oh, das …", die Frau schüttelte den Kopf. „Ich habe der Polizei bereits alles gesagt. Niemand hat mir gesagt, dass ich mit dem Bezirksstaatsanwalt sprechen muss."

„Das müssen Sie auch nicht. Ich bin nicht in offiziellem Auftrag hier."

Ana runzelte die Stirn. „Was meinen Sie damit?"

Syd hatte keine andere Wahl, als sie ins Vertrauen zu ziehen. Zum einen, weil sie es hasste, andere Leute anzulügen, zum anderen, weil sie ihren Job sofort los wäre, wenn Ron dahinterkäme, dass sie ihre Funktion missbrauchte. „Ich untersuche die Entführung von Lilly Gilmore. Sie ist Reporterin bei der *Philadelphia Sun.*"

„Ah." Das Stirnrunzeln verschwand, und Ana nickte ein paar Mal mit dem Kopf. „Ich habe davon gehört." Sie zeigte mit ihrem schlanken Finger auf Syd. „Und ich habe Sie im Fernsehen gesehen. Sie haben den Perversen ins Gefängnis gebracht." Sie schaute zufrieden. „Das ist gut."

Vielleicht hatte die ungewollte Publicity der letzten Tage ja doch noch ihr Gutes. „Lilly Gilmore ist meine beste Freundin", erklärte Syd. „Sie untersuchte gerade den Unfall von Senator Fairbanks, als sie gekidnappt wurde."

„Warum untersuchte sie den Unfall?" Ein weiterer Krankenhausmitarbeiter in weißem Kittel kam und kaufte ein Mineralwasser. Sie bediente ihn mit einem Lächeln und nahm das Geld entgegen, bevor sie ihre Aufmerksamkeit wieder auf Syd richtete. „Es war mein Fehler. Ich hab das dem Senator gesagt. Und der Polizei."

„Aber aus irgendeinem Grund hat Lilly das nicht geglaubt."

Ana schaute verletzt. „Ich habe nicht gelogen."

„Ich bin sicher, dass Sie das nicht getan haben. Hat Lilly mit Ihnen gesprochen?"

„Nein. Ich wusste von ihr und ihrer Entführung nichts, bis ich es im Fernsehen sah."

Also hatte Lilly keine Gelegenheit mehr gehabt, mit Ana zu sprechen.

„Würde es Ihnen etwas ausmachen, noch einmal den Unfallhergang zu schildern?“

Anas Mundwinkel verzogen sich, und sie blickte ein wenig verstimmt, aber sie nickte. „Was wollen Sie wissen?“

„Erzählen Sie mir genau, was passiert ist. Genau so, wie Sie sich daran erinnern.“

Ana nahm ein trockenes Tuch von einem kleinen Regal an ihrem Stand und begann, die Theke zu putzen, die das eigentlich gar nicht nötig hatte, weil sie schon blitzblank war. „Ich kam vom Haus meiner Mutter in Allentown. Sie ist alt und es geht ihr nicht gut. Ich machte mir Sorgen. Sie wissen, wie das ist.“

Syd nickte, um zu zeigen, dass sie verstand.

„Es ist nicht gut, sich Sorgen über die Lieben zu machen. Dann passt man nicht auf.“ Sie seufzte. „Ich habe das Auto des Senators zu spät gesehen. Ich ...“, sie machte eine unbestimmte Bewegung mit ihrer kleinen Hand und suchte nach dem richtigen Wort.

„Sie kamen ins Schlingern?“

„Ja, genau – ich kam ins Schlingern. Das andere Auto versuchte, zu bremsen, aber ...“ Bei der Erinnerung begann ihre Stimme, zu zittern.

„Haben Sie den Senator gleich erkannt?“

Sie nickte erneut. „Oh ja. Ich habe ihn schon oft im Fernsehen gesehen.“

„Und Sie sind sicher, dass er *nicht* gefahren ist?“

„Ganz sicher. Ich habe seine hübsche Tochter hinter dem Steuer gesehen.“

„Ist sie ausgestiegen?"

„Ja. Das arme Kind. Sie war sehr traurig."

„Was hat der Senator gemacht?"

„Die Polizei angerufen. Ich habe ihnen gesagt, dass der Unfall mein Fehler war."

„Ich habe gehört, dass Ihr Auto abgeschleppt werden musste. Wie sind Sie nach Hause gekommen?"

„Die Polizei hat mich mitgenommen." Sie lächelte. „Netter junger Mann. Sehr höflich."

„Und der Senator konnte noch fahren?"

„Ja. Sein Auto war nicht so sehr beschädigt."

Syd überlegte, wie weit sie Anas Geduld noch strapazieren konnte. „Wirkte die Tochter des Senators, als ob sie etwas getrunken hatte?"

Ana sah sie entsetzt an. „Getrunken? Alkohol?" Als Syd nickte, schüttelte sie energisch ihren Kopf. „Nein! Wo haben Sie das gehört? Ich habe so etwas nie gesagt."

„Nein, nein", stieß Syd hervor, „ich meinte nicht, dass Sie so etwas gesagt haben. Ich war nur neugierig."

„Nein, kein Alkohol. Armes Mädchen, so traurig. Sie lief ins Gebüsch, weil ihr schlecht geworden war, wissen Sie." Sie machte eine Geste, die verdeutlichte, was sie meinte.

Syd war nicht überrascht. Das Mädchen war noch jung, erst siebzehn. So ein Unfall kann einen schon dazu bringen, sich zu übergeben. Aber andererseits hätte es auch am Alkohol liegen können.

„Was ist am nächsten Tag passiert?", fragte sie.

„Ich bin zur Polizei, habe meine Aussage gemacht und unterschrieben."

„Waren der Senator und seine Tochter anwesend?"

„Nein. Die Polizei hat ihn in seinem Haus aufgesucht."

Aha, der Vorteil, ein Präsidentschaftskandidat zu sein.

Nachdem sie sich bedankt und eine Flasche Wasser gekauft hatte, ging Syd leicht enttäuscht fort. Sie hatte erwartet, dass Ana Lee ihren Fragen ausweichen oder sich in Widersprüche verstricken würde, was den Unfallhergang betraf. Doch beides war nicht geschehen. Die Frau hatte die Wahrheit erzählt – zumindest so weit, wie sie sie kannte.

Sollte an diesem Unfall doch mehr dran sein, so wie Lilly es vermutet hatte, dann würde Syd diese Informationen selbst herausfinden müssen.

9. KAPITEL

Von seinem Zimmer im vierten Stock des Double Tree Hotels an der Broad Street aus beobachtete Jake die breite Straße, die die Einwohner Philadelphias stolz ‚Allee der schönen Künste' nannten, und nahm den vertrauten Anblick in sich auf. Er sah die hundertfünfzig Jahre alte Musikakademie, seit Jahren unangefochten die große alte Dame der Broad Street, die sich inzwischen ihren Platz mit dem Kimmel Center teilte, einem monströsen Bau aus Stahl und Glas, der das Philadelphia Orchester beheimatete. Nicht ganz einen Block entfernt priesen das Wilma und das Merriam Theater beliebte Broadway-Shows an und lieferten sich einen freundschaftlichen Wettstreit um die Gunst der Zuschauer. Jake wandte seinen Blick zur Rechten, wo sich wie ein großer Monolith das Rathaus erhob, auf dessen Dach stolz die Statue des Stadtgründers William Penn stand und über die Stadt wachte.

Nachdem er auf dem Flughafen von Philadelphia gelandet war, hatte Jake sich ein Auto gemietet und den Makler angerufen, dessen Anzeige Agent Ramirez rot eingekreist hatte. Die beiden Männer hatten verabredet, sich um vier Uhr am Nachmittag in dem annoncierten Apartment am Washington Square zu treffen, sodass Jake noch genügend Zeit blieb, seinen Vater zu besuchen.

Er wünschte sich, sich wenigstens ein bisschen auf das Wiedersehen mit seinem Vater zu freuen. Die Wahrheit war jedoch, dass er, obwohl er den ganzen Flug über an nichts anderes gedacht hatte, immer noch nicht wusste, wie er sich bei dem Gedanken fühlte, seinem Vater wieder gegenüberzutreten. Ein Teil von ihm wollte hier sein und seinem Vater jegliche finanzielle und emotionale Unterstützung geben, die er brauchte. Der andere Teil aber fürchtete sich vor dem Besuch. Das letzte Mal war es nicht so gut gelaufen, und wenn er an die letzten Worte seines Vaters zurückdachte, die ihm noch immer im Kopf widerhallten – *wage es ja nicht, zurückzukommen* –, war sein Versuch reine Zeitverschwendung.

Es sei denn, die Krankheit hätte ihn milder gestimmt. Doch das war nicht anzunehmen. Wendell Sloan war ein zäher Mann und ein Sturkopf, den Jake zum Glück nicht von ihm geerbt hatte. Wie auch immer, nun war er schon einmal hier und würde das Beste daraus machen. Er würde nach dem Öffnen der Tür direkt vor ihm stehen. Wütend oder nicht, es würde seinem Vater schwerer fallen, ihm die Tür vor der Nase zuzuschlagen als am Telefon einfach aufzulegen.

Jake seufzte und schob das Thema vorerst beiseite. Er nahm sich die *Philadelphia Sun*, die er morgens am Flughafen gekauft hatte. Der Sieg vor Gericht vor ein paar Tagen war durch alle Medien gegangen und hatte die stellvertretende Bezirksstaatsanwältin Sydney Cooper ins Rampenlicht gestellt. Soweit Jake es beurteilen konnte, war der Verteidiger sich seiner Sache zu sicher gewesen und hatte damit seinen Mandanten der Staatsanwaltschaft direkt ans Messer geliefert.

Sydney Cooper hatte die Gelegenheit genutzt und den Angeklagten in ein Gespräch über hübsche Frauen und schöne Dessous verwickelt, insbesondere über schwarze Stringtangas, von denen die Anklage vermutet hatte, dass er dafür eine besondere Vorliebe hegte. Während Sydney Coopers hervorragendem Kreuzverhör war der arme Kerl immer nervöser geworden. Gerade als der Verteidiger Einspruch gegen die Art der Befragung erheben wollte, hatte Syd einen schwarzen Tanga aus ihrer Tasche geangelt und ihn dem hilflosen Mann direkt unter die Nase gehalten.

Auf seiner Stirn und seiner Oberlippe hatten sich kleine Schweißperlen gebildet. Er hatte im Zeugenstand gesessen und gierig Syd betrachtet, als sei sie ein besonderer Leckerbissen. Mit einigen eindeutigen sexuellen Anspielungen, die er im Laufe des Verhörs von sich gegeben hatte, hatte er schließlich sein eigenes Grab geschaufelt.

Während der Verteidiger aufgesprungen und seine Einsprüche geschrien hatte, und der Richter wieder und wieder mit seinem Hammer auf den Tisch geklopft hatte, um die Situation unter Kontrolle zu bringen, war Syd ruhig wieder an ihren Tisch zurückgegangen.

Zwei Stunden später hatte die Jury den Angeklagten in allen Punkten für schuldig erklärt.

Jake lächelte. Sydney Cooper kennen zu lernen, versprach eine Menge Spaß.

Wendell Sloan war pensionierter Briefträger und lebte in einer ruhigen Seitenstraße in Frankford, einem Stadtteil von Philadelphia. Kurz nachdem sie ihren ersten Sohn adoptiert hatten, waren er und seine Frau in dieses Reihenhaus gezogen. Der Sohn hieß Bill, aber wegen seiner Vorliebe für Spinnen wurde er von allen nur Spider genannt. Zwei Jahre später, als sie schon alle Hoffnungen aufgegeben hatte, jemals ein eigenes Kind zu bekommen, wurde Katie Sloan schwanger, und Jake wurde geboren.

Die beiden Jungs wuchsen nicht nur als Brüder, sondern als beste Freunde auf. Bis zu dem Tag, an dem Bill mit fünfundzwanzig seinen Job als Managementassistent bei Ground

Round aufgab und sich bei den Marines meldete. Zwei Wochen später starb er während einer mörderischen Übung an einem Hitzschlag.

Danach war nichts mehr, wie es einmal gewesen war.

Jake hielt mit seinem Leihwagen, einem Ford Explorer, vor dem Haus seines Vaters. Nachdenklich blieb er im Wagen sitzen und betrachtete den kleinen Garten und das alte verwitterte Haus. Es war eiskalt, und auch wenn er der Kälte nicht viel abgewinnen konnte, war er heute doch froh darum, denn sie hielt neugierige Nachbarn von der Straße fern. Das letzte, was er jetzt gebrauchen konnte, waren Zuschauer für seine wahrscheinliche Niederlage bei dem Versuch, sich mit seinem Vater zu versöhnen.

Nach ein paar Minuten schaltete er den Motor aus und schwang sich aus dem Wagen. Das kleine Rasenstück im Vorgarten war vom Winter ganz braun geworden. Angeschlagene, leere Blumentöpfe warteten entlang des verwitterten Weges darauf, bepflanzt zu werden, und das Haus benötigte dringend einen neuen Anstrich. Das ganze Grundstück machte einen leicht vernachlässigten Eindruck, und trotzdem war es noch das gleiche Haus, in dem er ein paar seiner besten Jahre verbracht hatte. Er klingelte, und nach etwa zehn Sekunden hörte er Schritte. Nicht das Schlurfen eines alten kranken Mannes, wie er erwartet hatte, sondern den vertrauten starken Schritt seines Vaters.

Die Tür wurde nur einen Spaltbreit geöffnet und ein misstrauisch blickendes Augenpaar blinzelte Jake entgegen. Innerhalb einer halben Sekunde verhärtete sich der Gesichtsausdruck von Wendell Sloan. Die Krankheit hatte den alten Mann gezeichnet – er wirkte dünner und ging gebeugter als früher.

Tiefe Furchen durchzogen sein wettergegerbtes Gesicht. Doch die dunklen braunen Augen blickten noch genauso scharf und klar wie damals.

„Hi, Pa." Es fiel Jake nicht leicht, die ungewohnten Worte auszusprechen.

Anscheinend ungerührt von den Gefühlen in der Stimme seines Sohnes straffte Wendell die Schultern. „Was machst du hier?"

Vielleicht nicht das freundlichste Willkommen, aber immerhin war die Tür noch geöffnet. „Ich war gerade in der Gegend und dachte, ich schau mal vorbei."

„Schlechte Idee."

Er begann, die Tür zu schließen, aber Jake streckte seinen Arm aus und hielt dagegen. „Diesmal wirst du mich nicht wieder so einfach los, Pa." Er gab der Tür einen leichten Stoß und ging an dem alten Mann vorbei in den kleinen Flur, wo immer noch die alte Holzkommode an der Wand stand.

Als sein Vater die Tür losließ, schloss Jake sie vorsichtig. „Meinst du nicht, es ist an der Zeit, dass wir unseren Streit beenden und wieder miteinander reden?"

„Dieses Gespräch hatten wir schon."

„Und wir werden es noch einmal führen, ob es dir nun gefällt oder nicht."

„Was ist los mit dir, Junge? Wer gibt dir das Recht, einfach in mein Haus zu stürmen und mir Befehle zu erteilen? Das ist hier nicht die Armee, und ich bin nicht einer deiner Soldaten."

„Ich bin nicht hier, um dir Befehle zu erteilen, sondern weil ich es leid bin, dass du immer auflegst, wenn ich dich anrufe. Und ich bin es leid, an all die Dinge zu denken, die ich in den letzten Jahren hätte tun können, um unsere Beziehung zu kitten, und die ich doch nicht getan habe." Er war sich nicht sicher, von wo die nächsten Worte kamen. Er hatte sie nicht so früh sagen wollen, aber sie sprudelten einfach aus ihm heraus. „Ich liebe dich, Pa. Und ich vermisse dich."

Falls diese Worte Wendell milder stimmten, so zeigte er es nicht. Sein Rücken blieb gestreckt, seine Schultern gerade, seine Miene versteinert. „Ich weiß nicht, was auf einmal über dich gekommen ist, aber zu deiner Information: Es hat sich nichts geändert. Du bist für mich immer noch verantwortlich für das, was dieser Familie passiert ist. Für die *Zerstörung* dieser Familie."

„Und genau da liegst du falsch." Jake bewahrte die Ruhe. „Bills Tod war eine Tragödie, aber es war *nicht* meine Schuld."

„Du warst der Grund, warum er überhaupt zu den Marines gegangen ist."

„Seine *Wut* war der Grund dafür. Er fühlte sich betrogen, nicht von mir, sondern von dir und Ma, den beiden Menschen, denen er am meisten auf dieser Welt vertraut hat. Wenn ihr ihm erzählt hättet, dass er adoptiert wurde, und es nicht wie ein schmutziges Geheimnis vor ihm verborgen hättet, hätte er es nicht auf diese Art herausfinden müssen."

„Und ich nehme an, dafür bist du auch nicht verantwortlich?" Die Stimme seines Vaters troff vor Sarkasmus.

Jake seufzte. „Ich wollte es ihm *nie so* sagen. Wir feierten meinen Abschluss und hatten zu viel getrunken. Als ich ihm erzählte, dass ich den Job bei Lockheed Martin nicht annehmen, sondern zur Armee gehen würde, war er enttäuscht und wir begannen zu streiten."

Überwältigt von den Erinnerungen senkte Jake den Kopf,

und hielt seinen Blick starr auf den braunen Teppich gerichtet. „Ich weiß nicht, wie die Unterhaltung von mir auf ihn kam oder warum ich ihm erzählt habe, dass er adoptiert wurde. Wie ich sagte, wir hatten getrunken und …“ Er schaute auf. „Ich hab's vermasselt, Pa. Wenn ich diese Nacht ungeschehen machen könnte, ich würde es tun. Bitte, glaub mir.“

„Deine Mutter starb, weil Bill fortging und nie mehr zurückkehrte.“

„Verdammt, Vater, hör auf, mich für alles Schlimme verantwortlich zu machen, was dieser Familie passiert ist. Wir wissen beide, dass Mama starb, weil sie unter schweren Depressionen litt und sich weigerte, professionelle Hilfe in Anspruch zu nehmen.“ Fast hätte er hinzugefügt *Du hättest sie dazu bringen müssen,* aber er tat es nicht. Er war hergekommen, um die Kluft zwischen ihnen zu verkleinern, nicht um sie zu vertiefen.

Aus einem Impuls heraus legte er eine Hand auf den Arm seines Vaters. „Wollen wir nicht noch einmal von vorne anfangen?“, fragte er sanft. „Ich weiß, dass es dir nicht so gut geht, und ich möchte für dich da sein. Ich könnte mir einige Zeit freinehmen, ein bisschen was am Haus machen. Ich bin ganz geschickt, wenn ich erst einmal …“

Wendell wischte Jakes Hand von seinem Arm, als würde er eine lästige Fliege verscheuchen. „Hör auf mit diesem melodramatischen Getue. Mir geht es gut und dich brauche ich ganz bestimmt nicht, um nach mir zu sehen.“ Er schaute aus dem kleinen Fenster neben der Tür. „Hat dich jemand gesehen?“

„Und wenn?“

„Und wenn? Muss ich dich an die Schande erinnern, die du mit dem, was im Irak passiert ist, über uns gebracht hast? Ich konnte damals keinen Schritt aus dem Haus machen, ohne dass mich jemand aus der Nachbarschaft darauf ansprach, was du getan hattest."

„Es tut mir Leid." Jake hatte seinem Vater nie erzählt, was damals wirklich geschehen war. Er hätte es nicht verstanden.

„Jaja, es tut dir Leid." Wendell öffnete die Tür. „Geh. Bevor ich erklären muss, was du hier zu suchen hast."

Jake stand wie gelähmt im Flur, er fand keine Worte. Er hatte keine Wunder erwartet, aber er hatte gehofft, dass es besser laufen würde, dass es vielleicht sogar zu einer kleinen Annäherung kam. Doch vergeblich.

Er konnte nichts mehr tun, außer zu gehen. Er nickte seinem Vater kurz zu, drehte sich um und verließ das Haus.

Kaum hatte er den Bürgersteig erreicht, hörte er eine entfernt bekannte Stimme seinen Namen rufen. „Jake Sloan wie er leibt und lebt. Bist du es wirklich?"

Jake schaute auf und sah sich Ralph Gordon gegenüber, den in der Schule alle nur Gordo, den Verfressenen, genannt hatten. Dieser Spitzname passte immer noch zu ihm. Auch wenn er nicht mehr so fett war wie damals, konnte man ihn, ohne rot zu werden, dick nennen, und er hatte auch sein gehässiges Lächeln nicht verloren, das ihn immer den Eindruck erwecken ließ, irgendetwas Hinterhältiges im Schilde zu führen.

Er war damals unsterblich verliebt gewesen – in Jennifer Parson. Aber alle seine Träume über sie waren in dem Moment zerbrochen, als Jake angefangen hatte, mit ihr auszugehen – und sie schließlich sogar heiratete. Seitdem waren mehr als zwanzig Jahre vergangen, Jake und Jennifer waren geschieden, Jennifer war inzwischen wieder verheiratet und Mutter von drei Söhnen, aber die Zurückweisung hatte tiefe Spuren in Ralphs Ego hinterlassen. Er hatte Jake nie verziehen, dass er „sein Mädchen“ gestohlen hatte.

Als Jake vor vierzehn Jahren aus dem Irak heimgekehrt war, hatte Ralph bei einer regionalen Tageszeitung gearbeitet und es genossen, vor seinen Lesern jedes schmutzige Detail von Jakes unehrenhafter Entlassung auszubreiten.

Zuerst hatte Jake die Idee von Agent Ramirez, der vorgeschlagen hatte, Ralph als denjenigen zu benutzen, der als Erster von Jakes Rückkehr nach Philadelphia erfahren sollte, für Unsinn gehalten. Jetzt musste er jedoch zugeben, dass es eine exzellente Idee war. Ralph war zu dumm, um zu bemerken, dass er nur benutzt wurde, und er würde keine Gelegenheit auslassen, es Jake noch einmal heimzuzahlen.

Jake fand schnell in seine Rolle und drängte sich rüde an Ralph vorbei zu seinem Auto. „Geh mir aus dem Weg, Gordo.“

Nicht im Mindesten beleidigt, lief der Reporter neben ihm her und versuchte, mit Jakes langen Schritten mitzuhalten. „Hey, dies ist ein freies Land. Außerdem bist du die Neuigkeit des Tages, Soldat. Es passiert nicht jeden Tag, dass Philadelphia einen gefallenen Helden begrüßen kann.“ Sein Lächeln entblößte seine schlechten Zähne. „Ich konnte es gar nicht glauben, dass du wieder in Philadelphia bist. Ich meine, warum solltest du in eine Stadt zurückkehren, die dich verachtet?“

Er warf Jake einen sensationslüsternen Blick zu. „Komm schon, Jake, was treibt dich zurück in die Arme dieser Stadt? Das interessiert die aufgeschlossenen Menschen unter unseren Lesern.“

In diesem Moment brauchte Jake keine Rolle mehr zu spielen – er packte Ralph am Kragen und stieß ihn gegen seinen

Wagen. „Hör mir gut zu, du schleimige Kröte. Falls du denkst, dass ich meinen kostbaren Atem vergeude, um mit dir zu reden, bist du noch dümmer, als ich dich in Erinnerung hatte."

Er ließ ihn los. „Nun schieb deinen Hintern aus meinem Gesichtsfeld und hör auf, vor dem Haus meines Vaters herumzulungern."

Aus Ralphs Augen blitzte Verachtung. „Oder was, Soldat? Wirst du mich erschießen? Oder bist du ohne deine große böse Pistole hilflos?"

Keine Macht der Welt hätte Jake jetzt noch aufhalten können. Es war wie ein Reflex – seine Faust schoss der miesen kleinen Ratte mitten ins Gesicht.

Während der Reporter mit blutiger Nase zurücktaumelte, öffnete Jake die Autotür. „Lass dir das eine Warnung sein." Er setzte sich auf den Fahrersitz. „Wenn du mir noch mal in die Quere kommst, tue ich dir *richtig* weh."

10. KAPITEL

Das Sacred Heart Kloster lag am Schuylkill Expressway, ganz in der Nähe von Center City. Auf einem großzügigen, sorgfältig gepflegten Grundstück gelegen überblickte es das satte Grün des Fairmont Parks und des Wissahickon Creek. Vor über zehn Jahren hatte ein großzügiger Spender den acht treu dienenden Nonnen das Anwesen vermacht, und sie hatten es innerhalb kürzester Zeit in ein Waisenhaus verwandelt. Sie nahmen verlassene Kinder auf, gaben ihnen Zuflucht, Essen, Liebe und eine Ausbildung. Die hohen monatlichen Ausgaben deckten sie durch Spenden und durch den Verkauf von Gemüse, das sie selbst anpflanzten, und Hühnern aus eigener Zucht.

Syd klingelte am schmiedeeisernen Tor. Kurz darauf trat eine Nonne aus dem Haus, das im spanischen Stil errichtet war, und kam auf sie zu. Sie war Mitte sechzig, mit attraktiven, klassischen Gesichtszügen und einem ehrlichen Lächeln. Ihr schwarzes Gewand wehte hinter ihr her, während sie sich mit energischen Schritten dem Tor näherte.

„Guten Morgen", rief sie.

„Guten Morgen. Ich bin Sydney."

„Ich weiß. Ich erkenne Sie wieder. Dot hat mir vor nicht allzu langer Zeit ein Foto gezeigt, auf dem Sie abgebildet waren. Ich habe Sie bereits erwartet." Syd schaute zu, wie die Nonne einen großen Schlüsselbund unter ihrer Kutte hervorholte und das Tor aufschloss.

„Normalerweise schließen wir hier nie ab", erklärte sie, „aber Lilly war sehr um die Sicherheit von Prudence besorgt." Das Tor quietschte, als sie es aufzog.

„Hat irgendjemand versucht, Prudence zu besuchen?"

„Nein. Wie ich schon sagte, wir waren sehr vorsichtig. Ich bin sicher, dass außer Dot – und jetzt Ihnen – niemand weiß, dass sie hier ist." Sie verriegelte das Tor wieder. „Prudence wird sich sehr freuen, Sie zu sehen. Seitdem ich ihr von Ihrem bevorstehenden Besuch erzählt habe, redet sie von nichts anderem mehr."

„Wie geht es ihr?"

Sie gingen den Kiesweg entlang. „Ein bisschen verwirrt. Sie vermisst ihre Mutter und versteht nicht, warum sie hier sein muss, anstatt bei ihrer Großmutter zu bleiben. Ich habe ihr das Gleiche erzählt, was sie schon von Lilly gehört hat, dass ihre Großmutter auch verreisen musste, aber …", sie zuckte mit den Schultern. „Sie ist nur ein kleines Mädchen." Syd konnte deutlich die Sorge in ihrem Gesicht erkennen. „Gibt es denn überhaupt keine Neuigkeiten?"

„Bis jetzt noch nicht, aber wir alle arbeiten hart daran, Lilly zu finden."

„Da bin ich mir sicher." Die Nonne führte sie zu einem kleinen, roten Gebäude, das aussah wie ein ehemaliger Stall. Es war offenbar vor kurzem frisch gestrichen worden. „Prudence ist gerade im Unterricht, genau wie die anderen Kinder", erklärte sie. „Lilly wollte, dass sie Kontakt zu anderen Kindern ihres Alters hat, und wir merken, dass es ihr gut tut. Sie hat sich eingelebt und mit ihren Klassenkameraden angefreundet."

Sie klopfte vorsichtig an die Tür und steckte ihren Kopf durch den schmalen Spalt. Syd hörte einen kleinen Jubelschrei und das Geräusch eines Stuhls, der über den Boden geschoben wurde. Und im nächsten Moment kam Prudence auch schon mit wehenden Haaren aus der Klasse gestürmt. Sie war das Ebenbild ihrer Mutter, sogar die beiden Grübchen in den Wangen waren gleich.

„Tante Syd!“ Juchzend sprang sie in Syds Arme. „Du bist gekommen! Du bist wirklich gekommen!“

Syd hob sie hoch und wirbelte sie im Kreis herum. „Natürlich bin ich gekommen. Wie geht es dir, mein kleiner Kürbis? Los, gib deiner Tante Syd einen dicken Kuss.“

Das ließ Prudence sich nicht zweimal sagen und drückte ihr einen feuchten Schmatzer auf die Wange. Mit schief gelegtem Kopf fragte sie: „Hast du mir eine Überraschung mitgebracht?“

Syd war froh, dass sie sich daran erinnert hatte, wie sehr Prudence Überraschungen liebte. Sie setzte sie ab. „Was meinst du wohl?“, fragte sie, und zog ein eingepacktes Geschenk aus einer der beiden Einkaufstaschen, die sie mitgebracht hatte.

Prudence riss das rote Geschenkpapier ungeduldig auf. „Was ist es?“

„Das sag ich nicht.“

Das Papier fiel zu Boden, und als Prudence die Puppe mit den hellbraunen Zöpfen und der rahmenlosen Brille in den Armen hielt, fingen ihre Augen an zu leuchten. Sie blickte ehrfürchtig zwischen dem Geschenk und Syd hin und her. „Eine American Girl Puppe!“, flüsterte sie. „Oh Tante Syd. Dankeschön! Und dann auch noch Molly! Die wollte ich schon immer haben!“

Das hatte Syd natürlich gewusst. Seitdem der Hype um die American Girl-Puppen begonnen hatte, bettelte Prudence darum, auch eine zu bekommen. Molly war diejenige der acht Puppen, die es ihr von Anfang an angetan hatte. Vielleicht, weil ihre beste Freundin auch Molly hieß.

„Schön, dass sie dir gefällt.“ Syd reichte die zweite Einkaufstasche an Schwester Madeline. „Ich wollte nicht, dass sich die anderen Kinder zurückgesetzt fühlen, deshalb habe ich ihnen auch etwas mitgebracht. Dot hat mir erzählt, dass sechs Mädchen und drei Jungs im Alter von drei bis elf hier wohnen?"

Die Nonne strahlte, als sie in die Tasche blickte. „Oh Sydney, das ist so nett von Ihnen. Ich weiß, dass die Kleinen begeistert sein werden. Ich werde sie jetzt gleich alle ins Spielzimmer bringen, dann habt ihr zwei ein bisschen Zeit für euch." Sie drückte Syds Arm. „Und danach kommen Sie bei uns vorbei und lassen sich Milch und Kekse schmecken. Die Kinder werden Ihnen persönlich danken wollen."

„Das mache ich. Danke, Schwester."

Gemeinsam liefen Syd und Prudence durch den Garten. Nach einer Weile löste Prudence den Blick von ihrer neuen Puppe und schaute Syd an. „Tante Syd, wo ist meine Mama?"

Syds Magen krampfte sich schmerzhaft zusammen. Sie setzte sich auf eine nahe gelegene Bank und zog Prudence auf ihren Schoß. „Sie musste eine sehr wichtige Reise machen, aber sie wird bald wieder zurück sein."

„Aber ich vermisse sie."

„Ich weiß, mein kleiner Kürbis. Hab noch ein bisschen Geduld, okay? Schaffst du das deiner Tante zuliebe?"

Prudence zog eine kleine Schnute. „Na gut", sagte sie zögernd.

„Dir gefällt es hier doch, oder?"

Die Kleine nickte, dass die blonden Haare nur so flogen. „Die Schwestern sind sehr nett. Wir spielen viel, aber wir müssen auch bei der Hausarbeit helfen. Heute Morgen habe ich Pfannkuchen gebacken."

„Und, wie war das?"

Prudence kicherte und drückte ihre Puppe an sich. „Ich hab versucht, einen in der Luft zu wenden, so wie Schwester Mary-

Catherine. Hat aber nicht geklappt. Er ist auf den Boden gefallen, und Charlie hat ihn gefressen."

„Wer ist Charlie?"

„Der Hund. Er war ein Streuner, und die Schwestern haben ihn adoptiert. Er mag mich, weil ich ihm immer meine grünen Bohnen gebe." Sie wurde mit einem Mal ernst. „Ich möchte auch einen Hund haben. Meinst du, Mama erlaubt mir einen, wenn sie wiederkommt?"

„Das weiß ich nicht, da musst du sie selbst fragen."

Das Kind sah Syd mit seinen blaue Augen eindringlich an. „Wann wird Mama wieder da sein?"

„Bald." Syd musste ihre ganze Selbstbeherrschung aufbieten, um das Zittern in ihrer Stimme zu unterdrücken.

„Und Omi? Wann kommt *sie* wieder zurück?"

Armer Schatz, dachte Syd, sie muss ja glauben, dass sie von allen im Stich gelassen wird. „In ein paar Tagen. Sobald sie wieder da ist, kommen wir dich zusammen besuchen. Würdest du dich darüber freuen?"

„Ja!"

Das war zwar so nicht verabredet, aber das kümmerte Syd nicht. Sie konnte die Sehnsucht in Prudences Blick nicht länger ertragen und würde einen Weg finden, Dot hierher zu bringen, ohne dass Mike davon erfahren würde.

Um die Stimmung aufzuheitern, fügte sie hinzu: „Hast du Lust, mir dein Zimmer zu zeigen?"

Prudence sprang von Syds Schoß. „Okay. Und danach trinken wir mit den anderen Milch und essen Kekse."

„Das möchte ich um nichts in der Welt verpassen, mein kleiner Kürbis."

11. KAPITEL

Syd sprang aus dem Bus, der sie vom Kloster zurückgebracht hatte. Als sie gerade die Seventh Street überqueren wollte, sah sie einen großen Mann mit einem Seesack in der einen und einem Gitarrenkoffer in der anderen Hand ihr Wohnhaus betreten. Da es derzeit nur ein freies Apartment in dem Haus gab, bestand kein Zweifel daran, dass es sich um ihren neuen Nachbarn handelte. Der Wievielte war das jetzt? Der Dritte in genauso vielen Monaten?

Seit über einem Jahr stand die Wohnung zum Verkauf, aber der übertriebene Preis, den der Eigentümer verlangte, hatte bisher jeden Interessenten vertrieben. In der Zwischenzeit wurde die Wohnung von einem Makler an Leute vermietet, die nur eine gewisse Zeit in der Stadt verbrachten und nicht in einem Hotel wohnen wollten. Der letzte Mieter war ein Möchtegern-Rockstar, der zu viel freie Zeit hatte und ihr extrem unheimlich war. Zum Glück hatte ihn nach zwei Wochen ein Auftritt in den Mittleren Westen gelockt.

Das Apartment stand seitdem leer, und Syd genoss es, nach einem langen, anstrengenden Tag im Büro in die Stille ihre Wohnung zu kommen.

So viel zum Thema Ruhe und Frieden, dachte sie, als sie den Neuankömmling zurück zu seinem Wagen laufen sah, der am Ende des Blocks geparkt war. Nach dem Gitarrenkoffer zu urteilen, den sie eben gesehen hatte, war er auch ein Musiker. Der Makler musste irgendwo ein Nest aufgetan haben.

Sie hatte gerade die Post aus ihrem Briefkasten geholt und wartete auf den Fahrstuhl, als sie schnelle Schritte hinter sich hörte. „Warten Sie bitte auf mich."

Der neue Nachbar betrat mit einer Supermarkttüte in der Hand die Eingangshalle des Gebäudes und gab Syd die Gelegenheit, ihn ausgiebig zu mustern. Er war ungefähr einen Meter neunzig groß, breitschultrig und muskulös. Die leichte Bräune und die goldenen Reflexe im braunen Haar ließen darauf schließen, dass er sich viel an der frischen Luft aufhielt. Er trug abgewetzte Jeans und ein weißes Hemd, dessen oberster Knopf geöffnet war, und dazu eine abgetragene Fliegerjacke aus Leder.

Seine dunkelblauen Augen erwiderten ihren Blick ruhig und selbstbewusst. „Danke." Er klopfte gegen seine Tüte. „Umzug."

Er betrachtete sie weitaus intensiver, als sie es getan hatte, und das machte sie nervös. Um sich abzulenken, drückte Syd den Knopf für den sechsten Stock. Der Neue grinste. „Was für ein Zufall, dann sind wir wohl Nachbarn."

„Ist das so?" Syd beschloss in diesem Moment, dass es, nur weil er einen einnehmenden Charme versprühte und unglaublich sexy war, keinen Grund gab, gleich den Kopf zu verlieren. Sie hatte ihre Lektion von Bozo – so nannte sie Greg – gelernt.

Der Fremde streckte ihr seine Hand unter der Tüte hindurch entgegen. „Übrigens, ich bin Jake Sloan."

Es war nicht ihre Art, unhöflich zu sein, also schüttelte sie seine Hand. „Sydney Cooper."

„Sydney Cooper, Sydney Cooper." Er schürzte die Lippen und legte die Stirn in Falten. „Warten Sie einen Moment." Er ließ ihre Hand los und zeigte mit dem Finger auf sie. „Sie sind die Tanga-Staatsanwältin."

Super. Ein Musiker *und* Perverser.

„Die Zeitungen sagen, dass Sie da einen Riesencoup gelandet haben", setzte er hinzu.

„Halb so wild“, antwortete sie, die Augen starr auf die Stockwerkanzeige gerichtet. Kam es ihr nur so vor oder war der Fahrstuhl heute langsamer als sonst?

„Sie sind zu bescheiden. Ich glaube sogar, dass Sie eine ganz hervorragende Anwältin sind.“

„Danke, Mr. Sloan. Ich bemühe mich.“ Der Fahrstuhl hielt an.

„Ach kommen Sie, wir leben doch ab heute Tür an Tür. Nennen Sie mich Jake.“

Wir sind beide Anwälte. Nennen Sie mich Greg.

Die Tür glitt auf. Mit dem Schlüssel in der Hand nickte Syd ihm zum Abschied kurz zu. „Viel Glück beim Umzug.“

„Danke. Falls Sie nicht zu beschäftigt sind ...“

„Bin ich.“ Ohne ihn noch einmal anzuschauen, betrat Syd ihr Apartment und schloss die Tür hinter sich, um ihm zu verstehen zu geben, dass sie kein Interesse daran hatte, die kurze Begegnung weiter auszudehnen. Und falls er nicht einen Verstärker für seine Gitarre hatte und diesen bis zum Anschlag aufdrehte, würde sie nie wieder etwas von ihm hören – und er nicht von ihr.

Sobald Syd in ihrem Apartment war und die geschlossene Tür zwischen sich und den Rest der Welt gebracht hatte, schien die Spannung der letzten Stunden von ihr abzufallen.

Sie liebte ihr Zuhause, den Blick über den Washington Square und seine zentrale Lage. Es war klein, aber sie hatte es genau so eingerichtet, wie es ihr gefiel: mit Chintz bezogene Stühle, kleine Tische, auf denen alte Erinnerungsstücke standen, mit Perlen verzierte Lampenschirme, farbenfrohe Teppiche und an den cremefarbenen Wänden moderne Kunstdrucke. Ohne Zweifel war es nicht die ordentlichste Wohnung, aber sie war warm, gemütlich und heimelig. Was könnte eine hart arbeitende Frau mit kleinem Gehalt mehr verlangen?

Sie inspizierte gerade die mageren Vorräte in ihrem Kühlschrank, als das durchdringende Klingeln an ihrer Tür sie aufschreckte. Als sie die Tür öffnete, fand sie sich Auge in Auge mit Lillys Exmann wieder.

Auch wenn der Besuch unerwartet kam, so war sie dennoch nicht überrascht. Mike Gilmore kümmerte sich nicht um die Pläne anderer Leute. Er tat, was er wollte und wann er es wollte, egal, was die anderen davon hielten.

Selbst in seinen lässigen Klamotten sah er aus wie ein Polizist – exakt geschnittene schwarze Haare, glatt rasiertes Gesicht und eine muskulöse Figur, auf die er ausgesprochen stolz war. Abgesehen von ein paar Pfund zu viel, die er aber gut kaschierte, sah er fit und attraktiv aus – wenn man seine arrogante Art ignorieren konnte, die er wie eine zweite Haut trug.

„Wieso hast du so lange gebraucht?", fragte er, während er an ihr vorbei in die Wohnung ging.

„Was gibt dir das Recht, einfach in meine Wohnung einzudringen? Müsstest du nicht langsam wissen, dass du hier nicht willkommen bist?"

„Ich muss mit dir reden."

„Dann hättest du anrufen können."

„Habe ich – zwei Mal. Keiner im Büro der Staatsanwaltschaft wusste, wo du bist. Musst du dich nicht austragen, wenn du gehst?"

Sie verschränkte die Arme vor der Brust. „Ich habe keine Neuigkeiten von Lilly, falls du deshalb …"

„Wo ist meine Tochter?", unterbrach er sie rüde. „Ich habe

gerade mit Dot gesprochen, und sie behauptet, sie wüsste es nicht. Ich weiß, dass sie lügt."

„Wenn Lilly gewollt hätte, dass du weißt, wo Prudence ist, hätte sie es dir sicherlich gesagt."

„Hör auf mit der Scheiße, Sydney. Meine Exfrau wurde entführt, was bedeutet, dass jemand sich um Prudence kümmern muss. Und dieser jemand bin ich. Also frage ich dich noch einmal, höflich", fügte er mit einem kleinen, fiesen Grinsen hinzu. „Wo ist meine Tochter?"

Auch wenn Syd etwas eingeschüchtert war – Mike hatte diesen Effekt auf andere Leute – gab sie nicht nach. „Es ist garantiert nicht meine Aufgabe, dir das zu erzählen. Alles, was dich interessieren muss, ist, dass man sich gut um sie kümmert."

„Wer?"

„Bist du taub? Oder stellst du dich absichtlich dumm?"

Er wollte einen Schritt auf sie zu machen, besann sich dann aber eines Besseren. „Ich lasse nicht zu, dass meine Tochter bei Fremden untergebracht ist, hörst du? Was ist, wenn es Perverse sind? Oder arme Irre, wie die Branzinis?"

„Die Branzinis sind gute Leute und Prudence betet sie an."

„Sie sind nicht *normal,* Sydney. Um Himmels willen, Dorothys Bruder ist eine Transe, ihre Schwester spricht mit Toten und ihre Nichte ist ein Schwerverbrecher."

„Als ob du nicht genau wüsstest, dass Joe Schauspieler ist. Luciana ist eine anerkannte Hellseherin, die der Polizei schon bei vielen Gelegenheiten geholfen hat, und Angie wurde *ein Mal* verhaftet, weil sie demonstriert hatte, und sie wurde sofort wieder freigelassen, als sie die Erlaubnis dafür vorweisen konnte. Warum hältst du dich nicht an die Wahrheit, bevor du schlecht über anständige Menschen redest?"

Seine Miene verfinsterte sich. „War das *deine* Idee? Prudence vor mir zu verstecken?"

„Das ist zu viel der Ehre."

„Ich glaube nicht. Du hast es schon immer verstanden, Lilly gegen mich aufzuhetzen. *Du* bist der Grund, warum sie die Scheidung eingereicht hat."

Jetzt musste Syd lachen. „Oh, Mike, du lebst in einer Traumwelt, oder? Lilly hast du ganz alleine verloren. Mit deinen unrealistischen Erwartungen, deinen Wutanfällen, deinem ständigen Gejammer. Es ist ein Wunder, dass sie es überhaupt so lange mit dir ausgehalten hat."

„Falls du versuchst, einen Streit mit mir anzufangen, verschwendest du nur deine Zeit. Ich bin hier, um herauszufinden, wo meine Tochter ist. Verdammt, ich bin ihr Vater. Ich habe auch Rechte."

„Die einzigen Rechte, die du hast, sind die, die dir das Gericht zugestanden hat, und meines Wissens war das Sorgerecht für Prudence darin nicht enthalten. Auch nicht, wenn Lilly nicht da ist."

„Mein Gott, sie ist doch nicht mal eben zum Eckladen gegangen, um ein Brot zu kaufen. Sie wurde entführt! Sie könnte schon tot sein."

Syd musste ihre ganze Willenskraft aufbieten, um ihn nicht zu ohrfeigen. Wie sie ihn kannte, würde er sie sofort zur nächsten Wache zerren und wegen Körperverletzung anzeigen. Mit dieser Vorstellung im Kopf gelang es ihr, ruhig zu bleiben, als sie zur Tür zeigte. „Verlass meine Wohnung."

Er lachte. „Oder was? Rufst du die Polizei?"

„Oder Sie bekommen es mit mir zu tun", ertönte eine Stimme hinter ihnen.

Syd schaute auf und sah Jake Sloan. Er sah entspannt aus, beinahe amüsiert, so als ob er die Situation genießen würde.

Mike drehte sich langsam um und zog die Augenbrauen hoch. „Wer zum Teufel sind Sie?“

„Ein Bekannter von Sydney.“ Mit den Händen in der Hosentasche ging Jake bedächtig auf Mike zu. „Glauben Sie, dass Sie den Weg nach draußen allein finden, oder brauchen Sie Begleitung?“

Mike hatte sich schnell wieder erholt und lachte nun. Es war das gleiche abfällige Lachen, das er für Menschen reserviert hatte, die er für unter seiner Würde befand. „Wissen Sie, mit wem Sie gerade sprechen?“

Jake zuckte unbeeindruckt mit den Schultern. „Und wenn Sie der Bürgermeister wären – das macht für mich keinen Unterschied. Sydney hat Sie gebeten, ihre Wohnung zu verlassen, also tun Sie das auch. Und ich warne Sie, ich bin kein sehr geduldiger Mann.“

Immer noch selbstsicher holte Mike seine Marke heraus und hielt sie Jake hin. „Glauben Sie immer noch, dass Sie mich zum Gehen zwingen können?“

Jake stellte sich wenige Zentimeter vor Mike auf. Sie standen Auge in Auge, beide groß, beide durchtrainiert, beide verärgert genug, um einen Streit anzufangen. „Ich werde Sie nicht nur zum Gehen bringen“, sagte er mit beängstigend ruhiger Stimme. „Ich werde Ihre Vorgesetzten im Polizeirevier anrufen und ihnen erzählen, dass Sie diese junge Frau bedroht haben. Ich denke, das wird auf dem Revier nicht allzu gut ankommen, oder?“

Syd kannte Mikes aufbrausendes Temperament, und so hielt sie den Atem an, als beide Männer sich anstarrten. Wer würde zuerst wegschauen? Sie wusste über Jake Sloan nichts, außer, dass er sich nicht leicht einschüchtern ließ. Aber sie kannte Mike. Er war charakterlos, er war verschlagen, und er ertrug keine Niederlage.

Nach einer kleinen Ewigkeit lachte Mike erneut auf, diesmal jedoch nicht mehr so selbstgefällig. Er wandte sich Syd zu. „Du hast immer noch einen lausigen Männergeschmack." Anklagend wies er mit dem Finger auf sie und setzte hinzu: „Wenn meiner Tochter irgendetwas zustößt, mache ich *dich* persönlich dafür verantwortlich."

Nach einem letzten Blick auf Jake, der sich noch nicht von der Stelle gerührt hatte, verließ Mike das Apartment. Die Sicherheit seines Gegenübers schien ihm Respekt einzuflößen.

Jake wartete, bis die Tür donnernd hinter Mike ins Schloss gefallen war, bevor er sich Syd zuwandte. „Sind Sie okay?"

Sie nickte. So sehr sie auch ihre Privatsphäre schätzte, kam sie doch nicht umhin, die Ritterlichkeit ihres neuen Nachbarn zu bewundern.

„Ja. Danke."

„Ich hoffe, es stört Sie nicht, dass ich mich selber eingeladen habe. Ich habe Ihre Stimmen über den Flur bis in meine Wohnung gehört und fing an, mir Sorgen zu machen."

Sie lächelte. „Sind Sie sicher, dass Sie nicht mit dem Ohr an der Tür gelauscht haben?"

Er tat verletzt. „Also wirklich. Sehe ich etwa wie jemand aus, der so etwas tut?"

„Weiß ich nicht. Tun Sie's?"

„Wenn die Situation es verlangt", antwortete er mit entwaffnender Ehrlichkeit. Er zeigte mit dem Finger Richtung Tür. „War das ein Freund von Ihnen?"

„Meine Güte, nein. Er war mit meiner besten Freundin verheiratet."

„Mit Lilly Gilmore, der Reporterin, die vermisst wird?"

„Für jemanden, der gerade erst in der Stadt angekommen ist, sind Sie ganz schön gut informiert."

„Ich bin ja nicht wirklich neu in der Stadt. Ich bin hier in Philadelphia geboren und aufgewachsen. Und immer, wenn ich zurückkomme, versuche ich, mich schnellstmöglich auf den aktuellsten Stand zu bringen."

Syd fiel ein, dass sie ihre Post immer noch nicht angeschaut hatte, und so hob sie gedankenverloren den Stapel auf und blätterte ihn durch. Er enthielt die üblichen Strom- und Wasserrechnungen und eine von Lord & Taylor, ihrem Vermieter. „Und was hat Sie diesmal nach Philadelphia zurückverschlagen?"

„Mein Vater. Ihm geht es nicht so gut, und ich nutze meinen zweiwöchigen Urlaub, um in seiner Nähe zu sein."

„Wäre es dann nicht einfacher gewesen, in einem Hotel zu übernachten, als eine Wohnung zu mieten?"

„Es kann sein, dass mein Aufenthalt länger dauert als geplant."

„Ich verstehe." Sie verstand es zwar nicht, aber jetzt war sicher nicht die richtige Zeit für ein Verhör. Während sie weiter ihre Post durchsah, fiel ihr Blick auf eine Karte. Das Bild zeigte eine überdachte Brücke inmitten herbstlich gefärbter Bäume. Auf der anderen Seite stand eine kurze Mitteilung in Lillys Handschrift.

Ohne auf Jake zu achten, der sie neugierig betrachtete, las sie ungeduldig die Zeilen:

Hallo Syd,
während meiner Reise durch Bucks County muss ich gerade an die vielen Sommer denken, die wir beide im Farmhaus meiner Eltern in Erwinna verbracht haben. Ich werde richtig wehmütig. Bis bald!
Alles Liebe, Lilly

Syd starrte verwundert auf die Karte. Es war äußerst untypisch für Lilly, Andenken aus den Orten mitzubringen oder zu schicken, die sie während ihrer Aufträge besuchte. Wenn sie darüber nachdachte, konnte sie sich nicht daran erinnern, überhaupt *jemals* eine Karte von Lilly bekommen zu haben. Und wovon sprach sie da? Als Mädchen hatten sie ihre Ferien *nie* bei den Branzinis verbracht. Sie waren immer auf Long Beach Island in South Jersey gewesen, wo Syds Eltern ein Sommerhaus besaßen.

Ein Schauer durchlief sie, als die Anwältin in ihr durchkam, und sie erkannte, dass Lilly sehr wohl wusste, wo sie ihre Sommerferien jedes Jahr verbracht hatten. Das konnte nur eines bedeuten – es handelte sich um einen absichtlichen Fehler. Sie schaute auf den Poststempel: 6. März. Zwei Tage, bevor sie entführt wurde.

„Sydney? Ist alles in Ordnung?"

Syd sah auf. Jake. Sie hatte ihn vollkommen vergessen. „Ja." Sie nickte leicht mit dem Kopf. „Ja, alles in Ordnung." Sie legte die Post zurück auf den kleinen Tisch und steckte die Postkarte in die Hosentasche. „Ich würde Sie ja gerne auf einen Kaffee einladen, aber …"

„Eigentlich wollte ich Sie einladen. So eine Art Kennenlern-Dinner." Er rieb seine Hände voller Vorfreude. „Worauf haben Sie Lust? Chinesisch? Italienisch? Thai?"

„Es tut mir Leid, aber ich muss noch mal weg."

„Jetzt?" Er schaute auf seine Uhr.

„Ja, es ist etwas passiert ..."

„Warum darf ich Sie nicht hinbringen, wo auch immer Sie hin müssen? Wir können doch danach noch einen Happen essen."

Das Angebot war nicht nur deshalb verlockend, weil sie langsam ihre Meinung über diesen hartnäckigen Mann änderte, sondern vor allem, weil die Aussicht auf etwas Richtiges zu essen ihr weit besser gefiel, als der Gedanke an die Cornflakes, die sie als ihre heutiges Abendessen eingeplant hatte. Wie auch immer, diese Nachricht von Lilly könnte die Spur sein, nach der sie den ganzen Tag gesucht hatte. Sie musste ihr einfach nachgehen.

„Danke, aber das muss ich alleine erledigen." Sie nahm ihren Burberry-Mantel von der Garderobe und schlüpfte hinein.

„Falls Sie in Schwierigkeiten stecken ...manchmal sehen vier Augen mehr als zwei."

„Schauen Sie, Mr. Sloan ..."

„Jake."

„Okay, Jake. Ich bin sehr dankbar für das, was Sie getan haben. Ohne Ihr Einschreiten wäre ich Mike Gilmore sehr wahrscheinlich nicht so schnell losgeworden. Aber um ehrlich zu sein – und bitte nehmen Sie das nicht persönlich – bin ich es gewohnt, meine Schlachten allein zu schlagen." Sie klimperte mit dem Schlüsselbund, um zu verdeutlichen, dass sie gehen wollte.

„Kein Problem. Aber wenn Sie doch einmal meine Hilfe benötigen ..." Er lächelte ihr aufmunternd zu und ging hinaus. Sie folgte ihm und schloss die Tür hinter sich ab.

13. KAPITEL

In ihrem Ford Focus hielt Syd Ausschau nach der Ausfahrt zur Cafferty Road. Sie war froh, dass sich der angekündigte Schneesturm unerwartet der Atlantik Küste zugewandt und Philadelphia verschont hatte. Und bei so wenig Verkehr, wie um diese Zeit auf den Straßen herrschte, sollte sie in gut zwanzig Minuten am Haus der Branzinis ankommen.

Von Zeit zu Zeit schaute sie in den Rückspiegel, beunruhigt von dem Gedanken, dass Mike Gilmore ihr eventuell folgen könnte. Sie konnte sich gut vorstellen, dass er ihr Kommen und Gehen in der Hoffnung beobachtete, dass sie ihn zu Prudence führen würde.

Endlich sah sie das Schild zur Cafferty Road und folgte ihm. Im fahlen Mondlicht sah das Haus mit seinem schiefen roten Dach verlassen aus. Die einst üppig mit Mais, Bohnen und Süßkartoffeln bewachsenen Felder waren von Unkraut überwuchert. Nachdem Dots Mann vor zwei Jahren gestorben war, hatte sie mit Lilly wieder und wieder diskutiert, ob sie das Haus behalten sollte oder nicht. Lilly hatte sie schließlich davon überzeugt, das Haus zum Verkauf anzubieten und in eine Wohnung in der Stadt zu ziehen. Bis jetzt waren Investoren, die auf dem riesigen Grundstück Luxusapartments bauen wollten, die einzigen Interessenten gewesen. Dot hatte ihre Angebote jedoch abgelehnt. Sie wollte nur an jemanden verkaufen, der die Schönheit und Einzigartigkeit der Landschaft erhalten würde.

„Sie will es eigentlich gar nicht verkaufen“, hatte Lilly Syd einmal erzählt. „Und solange sie genügend Geld hat, um bequem leben zu können, dränge ich sie auch nicht.“

In der Hoffnung, dass Dot den Haustürschlüssel immer noch in dem alten Vogelhaus in der Eiche hinter dem Haus versteckte, ging Syd durch den Garten. Sie hielt inne, als plötzlich die vordere Tür aufgestoßen wurde und eine schwarz gekleidete Gestalt herauskam.

Wie erstarrt beobachtete sie die Szene und erkannte einen großen, breitschultrigen Mann mit kurz geschnittenen Haaren. Mit locker hängenden Armen schaute er sich um, ließ seinen Blick von rechts nach links und wieder zurück schweifen. Sie wusste nicht, ob er sie schon gesehen hatte, und trat vorsichtig einen Schritt zur Seite hinter einen Baum, der sie hoffentlich so weit wie möglich verbergen würde. Mit wild klopfendem Herzen nahm sie ihr Mobiltelefon aus der Handtasche und wählte den Notruf.

„Hier ist die stellvertretende Bezirksstaatsanwältin Sydney Cooper“ flüsterte sie, als am anderen Ende abgenommen wurde. „Ich bin hier …“

Im Mondlicht sah sie Metall aufblitzen. Zu spät bemerkte sie, dass der Eindringling eine Waffe hatte. Und damit auf sie zielte.

„Hallo, Ms. Cooper? Sydney?“ Die Stimme des Polizisten blieb ruhig. „Wo sind Sie? Sind Sie verletzt?“

Ein Schuss zerfetzte die Stille. Fast gleichzeitig fühlte Syd einen stechenden Schmerz direkt unterhalb ihres linken Rippenbogens.

Zum zweiten Mal innerhalb von achtundvierzig Stunden wurde sie ohnmächtig.

Der erste Mensch, den Syd sah, als sie ihre Augen öffnete, war ein junger Mann mit Brille, der einen weißen Kittel trug, in dessen Tasche ein Stethoskop steckte.

Er lächelte sie an und hielt ihr die Hand entgegen. „Hallo, ich bin Dr. Saunders. Ich hatte gerade Dienst in der Notaufnahme, als die Sanitäter sie hereinbrachten."

„Sanitäter?" Langsam kamen die Erinnerungen an die Geschehnisse im Garten der Branzinis wieder zurück. „Ich wurde angeschossen." Das war keine Frage, sondern eher eine verwunderte Feststellung.

„Das ist richtig. Aber ich muss sagen, dass Sie einen wachsamen Schutzengel hatten. Ein halber Zentimeter weiter links, und die Verletzung hätte tödlich sein können. Aber so hat die Kugel Ihre Rippe nur gestreift und ist ganz glatt wieder ausgetreten. Ich habe Ihnen etwas gegen die Schmerzen gegeben. Sie sollten morgen im Laufe des Tages wieder nach Hause können, auch wenn Sie sich noch ein paar Tage schonen müssen."

Sie drehte sich, um eine bequemere Position zu finden, und zuckte vor Schmerz zusammen. „Wie haben die Rettungssanitäter mich gefunden?"

„Eine Nachbarin, die im Haus ab und zu nach dem Rechten sieht, hatte Geräusche gehört und ging hinüber, um nachzuschauen. Zum Glück. Denn sonst hätte derjenige, der Sie niedergeschossen hat, eventuell versucht, seinen Job zu Ende zu bringen. Als die Sanitäter kamen, waren Sie bewusstlos, aber der Blutverlust war glücklicherweise nur minimal."

„Haben sie denjenigen, der geschossen hat, schon gefasst?"

„Bis jetzt noch nicht. Ein Polizist aus Erwinna wartet draußen, er würde gerne mit Ihnen sprechen. Aber nur, wenn Sie sich dem schon gewachsen fühlen."

Sie legte sich erneut anders hin. Die Schmerzen wurden langsam erträglich. „Ja, gerne, er soll hereinkommen."

Detective Peter Ramsey war noch jung, Anfang Dreißig. Sein Dreitagebart kam Syd bekannt vor. Er war offensichtlich das Markenzeichen aller Polizisten, die noch lange nach Feierabend weiterarbeiten mussten.

„Es freut mich, zu sehen, dass es Ihnen besser geht, Ms. Cooper", sagte er, nachdem er sich vorgestellt hatte. Er zog ein kleines schwarzes Notizbuch hervor – jeder gute Polizist schien so etwas ständig bei sich zu tragen. „Kann ich Ihnen ein paar Fragen stellen?"

„Schießen Sie los."

Er schmunzelte über das Wortspiel. „Wie ich sehe, haben Sie Ihren Humor nicht verloren. Das ist ein gutes Zeichen." Er zog sich einen Stuhl heran und setzte sich. „Fangen wir damit an, was Sie abends um neun auf Mrs. Branzinis Grundstück gemacht haben."

Sie war sich bewusst, dass ihre Geschichte immer komplizierter wurde, und so hielt sie die Zusammenfassung so einfach wie möglich. Zum Glück war Detective Ramsey mit dem Fall von Lillys Entführung vertraut und hatte auch Syds Pressekonferenz vor dem Gebäude der *Philadelphia Sun* am Donnerstag gesehen.

„Können Sie mir eine Beschreibung des Mannes geben, der auf Sie geschossen hat?"

Sie fühlte sich genauso hilflos wie vor ein paar Tagen, als Chief Yates sie gebeten hatte, Lillys Entführer zu beschreiben. „Groß, kräftig, schwarze Kleidung." Er schaute sie an, als wartete er auf weitere Details. „Tut mir Leid, mehr kann ich Ihnen nicht sagen."

„Hatte er Ähnlichkeit mit den Männern, die sich Ihre Freundin geschnappt haben?"

„Sie hatten eine ähnliche Figur. Und trugen die gleiche Kleidung – dunkel."

„Haben Sie ein Auto gesehen?"

„Nein."

„Wusste irgendjemand, dass Sie heute Abend dort hinfahren würden?"

Mike Gilmore. Er hatte direkt neben dem Tisch gestanden, auf dem ihre Post lag. Er hätte die Postkarte sehen können. Aber so gerne sie ihn auch als Verdächtigen präsentiert hätte, hierfür konnte sie ihn nicht verantwortlich machen. Mike hatte keine Gelegenheit gehabt, ihre Post durchzusehen. Und selbst wenn, wäre er nicht clever genug, sich daraus einen Reim zu machen.

„Nein", sagte sie widerstrebend. „Nicht einmal Dorothy Branzini wusste davon. Es war eine spontane Entscheidung." Sie war besorgt, dass in dem Haus etwas zerstört oder gestohlen worden sein könnte, und so fragte sie: „Haben Sie ihr von dem Einbruch erzählt?"

„Ich habe gerade mit ihr gesprochen. Ihre Sorge galt mehr Ihnen als dem Haus. Sie lässt Ihnen ausrichten, dass Sie gleich morgen früh hierher kommt."

„Wurde etwas mitgenommen?"

„So weit wir beurteilen können nicht. Wir können uns aber nicht sicher sein, bis Mrs. Branzini selber nachgeschaut hat. Wer auch immer eingebrochen ist, hat sehr gezielt gesucht. *Wenn* er nach etwas gesucht hat – wir können einen Einbruch immer noch nicht ausschließen."

„Es war kein normaler Einbruch."

„Da scheinen Sie sich sehr sicher zu sein."

„Er *hat* nach etwas gesucht."

„Den geheimnisvollen Gegenstand, von dem Sie glauben, dass Lilly ihn versteckt hat?“ Er klang skeptisch.

„Vielleicht. Ich werde es wissen, wenn ich mir das Haus selber angeschaut habe.“ Ihre Augenlider wurden schwer. Was immer Doktor Saunders ihr gegeben hatte, fing an, zu wirken. Sie fühlte keine Schmerzen mehr, nur ein wohliges, warmes Gefühl. Und das dringende Bedürfnis, zu schlafen.

„Sie sind müde“, sagte der Detective. „Ich lasse Sie ...“

Den Rest des Satzes hörte sie schon nicht mehr.

Syd war überrascht, wie beliebt es einen machte, wenn man angeschossen wurde. Von dem Moment, als die Schwester ihr Frühstückstablett abräumte, gaben sich die Besucher die Klinke in die Hand.

Ron Devlin, Violet und drei Staatsanwälte, mit denen sie eng zusammenarbeitete, kamen als erste vorbei. In ihrer gewohnt resoluten Art sorgte Violet dafür, dass alle einen Stuhl und frischen Kaffee hatten und Syd nicht zu sehr ermüdeten.

Ron war ... nun ja, Ron. Nachdem er ihr gesagt hatte, wie gut sie schon wieder aussah, befahl er ihr, sich so viel Zeit zu nehmen, wie sie zur Erholung bräuchte – wenn es ging, nicht mehr als einen Tag. Dot, die eine Stunde später kam, sah erschüttert aus. Nicht wegen des Einbruchs in ihr Haus, sondern weil Syd „dem Tod gerade noch einmal von der Schippe gesprungen war“, wie sie es ausdrückte. Und wie immer machte sie sich dafür verantwortlich.

„Du hattest mit der Schießerei nichts zu tun“, versuchte Syd, ihr klarzumachen. „Es war meine Idee, zum Haus zu fahren, und nicht deine. Eigentlich hätte ich dich vorher sogar um Erlaubnis bitten müssen.“

„Quatsch, du gehörst doch zur Familie." Dot schniefte. „Und du hast versucht, Lilly zu helfen." Liebevoll und besorgt steckte sie die Bettdecke um Syd herum noch fester, damit sie sich nicht eventuell noch verkühlte. „Was hast du gehofft, in dem Haus zu finden?"

„Ich weiß es nicht. Vielleicht weiß ich die Antwort darauf, wenn ich selber noch einmal nachgeschaut habe."

„Detective Ramsey und ich waren schon da. Es wurde nichts gestohlen."

„Ich möchte gerne sicher gehen."

„Hältst du das für eine gute Idee? Was ist, wenn der Eindringling immer noch da ist und nur darauf wartet, dass du wiederkommst?"

„Mit der ganzen Polizei auf dem Grundstück wird er das kaum tun. Ich werde ja auch nicht alleine gehen – Detective Ramsey hat uns zwei Officer zur Seite gestellt, die uns begleiten werden. Die werden uns schon beschützen."

„*Wir?*"

„Ich brauche deine Hilfe Dot. Natürlich nur, wenn es dir recht ist. Du kennst vielleicht noch Verstecke und Schlupfwinkel, die mir entgehen würden."

Der Gedanke, dass sie hilfreich sein könnte, schien Dot neu zu beleben. „Dann bin ich natürlich dabei."

Mit einem Besucher hatte Syd nicht gerechnet – Jake Sloan. Ihr neuer Nachbar kam herein, als sie gerade eine weitere Tasse des faden, lauwarmen Tees trank. Tadelnd blickte er sie an.

„Sie hätten mein Angebot annehmen sollen, Sie dort hinzufahren."

„Damit Sie sich die Kugel für mich eingefangen hätten? Das gibt dem Begriff nachbarschaftliche Hilfe doch gleich eine ganz andere Bedeutung." Sie lächelte, als sie sich aufsetzte. „Woher wussten Sie, wo ich bin?"

„Heute Morgen habe ich an Ihre Tür geklopft. Als Sie nicht antworteten, habe ich bei Ihnen im Büro angerufen. Eine sehr nette Dame namens Violet hat mir dann erzählt, was passiert ist." Er zog sich einen Stuhl heran und setzte sich. „Sie haben uns allen einen ganz schönen Schrecken eingejagt. Und erzählen Sie mir nicht, dass angeschossen werden zu Ihrer täglichen Arbeit gehört."

Sie lächelte. „Das tut es nicht, da bin ich mir ganz sicher."

„Sitzen Sie bequem? Haben Sie Schmerzen? Kann ich Ihnen etwas bringen?"

„Ja, nein und nein." Lachend lehnte sie sich in den Kissen zurück. „Sie haben einen ganz schön langen Weg auf sich genommen, um mich das zu fragen. Ein Anruf wäre einfacher gewesen."

„Ich wollte mich mit eigenen Augen davon überzeugen, dass es Ihnen gut geht." Er lehnte sich vor und sah sie ruhig an. „Was war so dringend, dass es nicht auf das Tageslicht warten konnte, Sydney? Und was noch wichtiger ist: Wer hätte Interesse daran, Sie niederzuschießen?"

Nachdenklich betrachtete Syd ihn einen Moment. Sie war immer stolz auf ihre Menschenkenntnis gewesen. Bozo nicht mitgezählt, der sie aufs Übelste betrogen hatte, konnte sie eine beeindruckende Liste an richtigen Urteilen vorweisen, sowohl innerhalb als auch außerhalb des Gerichtssaals. Ihr Bauchgefühl sagte ihr, dass Jake Sloan ein Mann war, dem sie trauen konnte. Auf der anderen Seite konnte sie nicht außer Acht lassen, dass sie ihn erst seit knapp vierundzwanzig Stunden kannte. Oder dass er es in dieser kurzen Zeit geschafft hatte, auf eine Weise in ihr Leben einzudringen, wie kein Mann es je zuvor getan hatte. So gut gemeint seine Hilfsbereitschaft auch war, Lillys Leben war zu wichtig, um einem Gefühl nachzugeben.

„Ich tappe genau so im Dunkeln wie Sie“, sagte sie. „Die Polizei hat Untersuchungen eingeleitet und wird mich informieren, wenn sie etwas herausfindet.“

„Sie haben keine Ahnung, wer das getan haben könnte?“ Er sah nicht sehr überzeugt aus.

Sie schüttelte den Kopf, und obwohl er immer noch skeptisch war, hakte er nicht weiter nach. „Die Stationsschwester hat mir erzählt, dass Sie heute entlassen werden. Haben Sie etwas dagegen, wenn ich so lange hier bleibe und Sie dann mitnehme?“

„Lillys Mutter hat bereits angeboten, mich nach Hause zu bringen. Aber trotzdem Danke für das Angebot.“

„Und wer bringt Ihr Auto zurück in die Stadt?“

„Detective Ramsey.“

Er sah enttäuscht aus und wollte gerade etwas sagen, als die Schwester mit einem Tablettwagen den Raum betrat.

„Es ist Zeit, Ihre Medikamente zu nehmen“, sagte sie zu Syd.

Jake erhob sich. „Ich will nicht länger stören. Sehen wir uns zu Hause?“

Sie lächelte. „Habe ich eine Wahl?“

„Nein.“

Der sehnsuchtsvolle Blick, den die Schwester Jake hinterherwarf, als er das Zimmer verließ, entging Syd nicht.

14. KAPITEL

Es war fast vier Uhr nachmittags als Dot vor dem Haus von Syd hielt. Die Suche im Farmhaus hatte dank der Unterstützung der beiden Officer nicht so lange gedauert wie gedacht, aber es war nichts dabei herausgekommen. Entweder hatte Syd die Botschaft ihrer Freundin missverstanden, oder Lilly hatte den Hinweis so gut versteckt, dass sie noch ein zweites Mal suchen musste.

Im Moment wollte Syd nur nach Hause, sich eine Tasse Kaffee kochen und entspannen.

„Bist du sicher, dass ich nicht mit hinauf kommen soll?“, fragte Dot. „Ich könnte dir etwas zu essen machen. Du hast weder ein Frühstück noch das Mittagessen im Krankenhaus angerührt.“

„Ich habe keinen Hunger, Dot, mach dir keine Sorgen um mich. Es ist alles in Ordnung.“ Sie küsste sie auf die Wange. „Ich ruf dich morgen Früh an.“

Dot legte ihr eine Hand zärtlich auf die Wange. „Du bist für mich wie eine Tochter, das weißt du doch, oder?“

„Ja, Mama.“

„Hör auf, dich über mich lustig zu machen. Was ich sagen wollte ist, dass du vorsichtig sein sollst. Ich bin sehr froh darüber, dass du dich aktiv an der Suche nach Lilly beteiligst. Gleichzeitig könnte ich es mir aber nicht verzeihen, wenn dir dabei etwas zustößt.“

Syd drückte die Hand der alten Frau. „Mir wird nichts passieren, Dot. Von jetzt an ist *Vorsicht* mein zweiter Vorname.“

„Keine weiterenAbenteuer auf eigene Faust mehr mitten in der Nacht?“

Sie hob ihre Hand. „Ich schwöre es bei meinem Leben."

„Du machst dich schon wieder über mich lustig."

„Tut mir Leid. Aber ich passe auf, wirklich."

Mit erhobenem Zeigefinger antwortete Dot: „Ich werde mich an dieses Versprechen erinnern. Und du solltest das auch tun."

Ein kleiner Schmerz durchzuckte ihre Wunde, als Syd ausstieg und sich noch einmal zur Dot umdrehte, um ihr zu winken.

Jakes Tür stand offen, als Syd aus dem Fahrstuhl trat. Aus dem Inneren seiner Wohnung ertönten die Klänge einer Gitarre. Es war eine Mischung aus Jazz und Soul. Es klang rauchig, sexy. Genau die Musik, die sie am Ende eines anstrengenden Tages gerne hörte.

Ihr Instinkt riet ihr, nach Hause zu gehen und es sich gemütlich zu machen, so wie der Doktor es empfohlen hatte. Aber irgendetwas, vielleicht Neugierde, zog sie zu der offenen Tür.

Nachdem ihr leichtes Klopfen unbeantwortet blieb, ging sie hinein und folgte der Musik. Jake saß auf einem beigefarbenen Sofa, ein Bein gegen den Couchtisch gestemmt, und hielt eine Gitarre auf seinem Schoß. Seine Finger strichen sanft über die Saiten, und auch wenn er ganz in die Musik versunken wirkte, hob er sofort den Kopf, als Syd den Raum betrat.

Er erhob sich mit einem Grinsen. „Hey, Nachbarin. Was machen die Schmerzen?"

„Erträglich. Die Wunde sticht noch ein bisschen, aber das ist alles." Sie zeigte in Richtung Flur. „In dieser Stadt weiß man nie, wer einen so alles ‚besucht', wenn man die Tür offen stehen lässt."

„Ich habe auf Sie gewartet."

„Warum?"

Er lehnte die Gitarre gegen das Sofa. „Weil ich sicher gehen wollte, dass Sie heil zu Hause ankommen. Nach dem, was letzte Nacht passiert ist, halte ich nichts mehr für unmöglich."

„Sie fangen an, mir Angst zu machen."

„Warum? Weil ich mich um Sie kümmere?"

„Weil Sie mich weniger als vierundzwanzig Stunden kennen. Diese Besorgnis ist ein wenig …ungewöhnlich."

„Haben Sie noch nie etwas von spontaner Seelenverwandtschaft gehört?"

„Ich glaube nicht an solche Sachen."

„Dann müssen wir das ändern." Er klopfte auf das Sofa. „Kommen Sie her, Anwältin. Lassen Sie die Sorgen fallen. Ich verspreche auch, nicht zu beißen."

Die dicken Kissen sahen so verlockend aus, und der Raum strahlte eine solche Wärme und das Versprechen von Geborgenheit aus, dass Syd Angst hatte, wenn sie das Angebot annähme, nie wieder aufstehen zu wollen. „Ehrlich gesagt, bin ich hundemüde und muss ins Bett."

„Sie können aber nicht mit leerem Magen schlafen gehen."

„Und wenn ich nun gerade ein Fünf-Gänge-Menü gegessen hätte? Freundlicherweise gesponsert vom Erwinna Memorial Krankenhaus?"

„Dann würden Sie lügen. Schwester Pat hat mir gesagt, dass Sie Ihr Essen nahezu unberührt wieder haben zurückgehen lassen."

„Sind Sie schon einmal in den Genuss von Krankenhausessen gekommen?"

„Öfter als mir lieb ist." Er nahm sie bei den Schultern und

führte sie zum Sofa, wobei er so vorsichtig war, als wäre sie so zerbrechlich wie Glas. „Wie trinken Sie Ihren Kaffee?"

Sie konnte in diesem Moment das starke und würzige Aroma des Kaffees riechen. Verlockend, verführerisch. Aber noch immer hielt sie irgendetwas zurück, auch wenn sie im Moment nicht wusste, was. „Schwarz, aber ..."

„Ziehen Sie Ihre Schuhe aus und entspannen Sie sich. Ich bin gleich wieder da."

Er hatte es geschafft. Sie war zu müde, um mit ihm zu diskutieren, also folgte sie seinem Vorschlag, wobei sie überlegte, wann jemals ein gut aussehender Mann sich so um sie gekümmert hatte. Greg mit Sicherheit nicht. „Ich bin eine totale Niete in der Küche", hatte er ihr gleich zu Beginn ihrer Beziehung erzählt. „Das ist ein Bereich der Wohnung, den ich gerne den Frauen überlasse."

Nach ein paar Minuten kam Jake mit einem Tablett in der Hand zurück. Darauf waren köstliche Sandwiches und zwei Becher mit dampfendem Kaffee arrangiert. Der Kaffee verströmte einen unvergleichlichen Duft, besser als jeder Kaffee, den sie in den letzten vierundzwanzig Stunden gerochen hatte. Er stellte das Tablett auf den Tisch und reichte ihr einen der Becher.

Sie nahm einen Schluck. Das Aroma hatte sie nicht getäuscht. „Mmmmh, gut. Kenia? Halb stark geröstet?"

Er zuckte die Schultern. „Ich habe keine Ahnung. Woran erkennen Sie das?"

„Eine Sache der Übung."

„Sie sind Kaffee-Expertin?"

Sie lachte. „Eher Kaffee-Abhängige."

„Dann bin ich sehr erfreut, dass ich Ihre Sucht unterstützen kann.“ Er zeigte auf die Sandwiches. „Bedienen Sie sich. Diese hier sind mit Parmaschinken und Provolone auf Ciabatta, die anderen sind geräucherter Lachs und Hüttenkäse auf Roggenbrot.“

„Sie sind eine echte Martha Stewart, oder?“ Ihr Magen begann, zu knurren, und so griff sie nach einem Schinkensandwich und biss hinein.

Jake lachte, als sie hingebungsvoll ihre Augen schloss. „Ist es so gut, oder sind Sie nur verhungert?“

„Beides.“ Warum noch niemand diesen Mann vom Fleck weg geheiratet hatte, konnte sie beim besten Willen nicht verstehen. Gut, er konnte auch ein Serienmörder sein, der seine Opfer mit ausgewähltem Kaffee und köstlichen Sandwiches in Sicherheit wiegte …

„Ich nehme an, dass Sie gerne kochen?“

„Nicht wirklich, aber in meinem Beruf lernt man es entweder oder man nimmt nur Fertigmahlzeiten zu sich.“

„Darf ich fragen, was Sie beruflich machen?“, fragte sie zwischen zwei Bissen.

„Ich arbeite auf einer Ölplattform vor der Küste Louisianas.“

Sie blickte ihn mit neu erwachtem Interesse an. „Sie arbeiten auf einer Bohrinsel?“

„Nicht ganz das, was Sie erwartet hatten?“

„Ich bin nicht sicher, was ich erwartet hatte.“ Sie schaute zur Gitarre. „Ich hatte Sie für einen Rocker gehalten.“

Er warf seinen Kopf zurück und lachte herzhaft. Ein angenehmes Lachen, das ihr ein wohliges Kribbeln über den Rücken laufen ließ. Serienmörder lachten sicher nicht so inbrünstig. Oder sahen in Jeans so aus wie er. „Ein Rocker“, wiederholte er. „Ich weiß nicht, ob ich mich geschmeichelt oder beleidigt fühlen soll."

„Der letzte Mieter war ein Musiker. Ein sehr seltsamer Typ mit langen, strähnigen Haaren, dunklen Schatten unter den Augen und einem merkwürdigen Geruch."

„Okay, jetzt weiß ich's", neckte er sie. „Ich *bin* beleidigt."

„Nein, nein. Sie sind ihm überhaupt nicht ähnlich. Ein Unterschied wie Tag und Nacht." Sie nahm ihren Becher hoch und schaute ihn über den Rand hinweg an. „Ehrlich gesagt mag ich es, Sie als Nachbarn zu haben."

„Auch wenn ich ein bisschen *zu* neugierig bin?"

„Daran können wir arbeiten."

Er griff nach seinem Becher. „Haben Sie etwas Neues von der Polizei in Erwinna gehört?"

„Die Untersuchungen laufen noch. Als ich das letzte Mal mit Detective Ramsey sprach, durchkämmten sie die Gegend auf der Suche nach der Kugel. Aber auch wenn sie sie finden – ohne die Waffe können sie nicht beweisen, woher die Kugel stammt."

Bevor er eine weitere Frage stellen konnte, fragte sie ihn: „Haben Sie sich schon entschieden, wie lange Sie in Philadelphia bleiben wollen?"

„Lange genug, um wieder eine Art von Beziehung zu meinem Vater aufzubauen."

Seine Antwort überraschte sie. „Wieder aufbauen? Verstehen Sie sich nicht mit ihm?"

Als er nicht antwortete, winkte sie schnell ab. „Es tut mir Leid, ich wollte Ihnen nicht zu nahe treten. Es ist nur …"

Unerwartet sagte er: „Wissen Sie, eigentlich würde ich gerne eine unabhängige Meinung hören."

Er sprach sehr lange, erzählte über den tragischen Tod seines Bruders, seine Jahre in der Armee, und seine Entscheidung vor vierzehn Jahren, aus der Armee auszutreten und auf der Bohrinsel anzuheuern. Seine Angelerlebnisse brachten sie zum Lächeln. Hinter seiner humorvollen Art zu erzählen, entdeckte Syd langsam mehr. Jake Sloan war ein loyaler, bodenständiger Mann, der Konflikten nicht aus dem Weg ging. Gleichzeitig bemerkte sie jedoch eine gewisse Verletzlichkeit, die er gut zu verstecken wusste. Ihr ursprüngliches Vorhaben, ihn *nur* als Nachbarn zu betrachten, schmolz langsam dahin. Sie beschloss, dass dieser Mann es verdiente, näher kennen gelernt zu werden.

Sie wusste nicht, wann sie angefangen hatten, über sie zu sprechen. Den schmerzhaften Tod ihrer Eltern, der sie beinahe zerstört hatte, ihre kurze Karriere bei der Polizei von Philadelphia, ihre Freundschaft mit Lilly und das Ende ihrer Beziehung zu Greg. Die Worte strömten nur so aus ihr heraus, manchmal traurig, manchmal bitter, und sie zeigten eine Seite an Sydney Cooper, die sie vor anderen Leuten bisher immer verborgen hatte.

„Ich würde sagen, du hättest Bozo schon vor langer Zeit rausschmeißen sollen." Jake benutzte Gregs Spitznamen, den sie ihm in ihrem Gespräch verraten hatte. Unmerklich waren sie vom *Sie* zum *Du* übergegangen, und Syd merkte, dass es ihr gefiel.

Syd lehnte sich in die Kissen zurück. „Wenn ich jetzt zurückschaue, weiß ich auch nicht, wieso ich es so lange mit ihm ausgehalten habe. Wir waren in so vielen Dingen unterschiedlicher Meinung. Er ist ein starker Verfechter der NRA, während ich dafür bin, Waffen generell aus allen privaten Haushalten zu verbannen. Er ging gern zur Jagd, ich kann noch nicht einmal eine Fliege totschlagen. Seine Lieblingsfilme sind *Natural Born*

Killers, *Pulp Fiction* und *Stirb Langsam*, und ich schaue gerne romantische Komödien."

„Was glaubst du, warum du so lange mit ihm zusammen geblieben bist?"

Sie zuckte die Schultern. „Es fühlte sich so bequem an."

„Bequemlichkeit? Nicht mehr?"

„Ich habe ihn geliebt, falls du das meinst. Ansonsten hätte ich seinen Verlobungsring nicht akzeptiert. Aber vielleicht habe ich ihn nicht *genug* geliebt. Sonst hätte ich ihm vielleicht eine zweite Chance gegeben."

„In diesem Fall hast du dir selbst einen Gefallen getan."

„Das hat Lilly auch gesagt."

„Langsam verstehe ich, warum ihr beide so eng befreundet seid. Es sieht so aus, als hättet ihr eine Menge Gemeinsamkeiten." Er trank von seinem Kaffee und schaute sie dabei an. „Sie war der Grund dafür, dass du letzte Nacht Hals über Kopf die Wohnung verlassen hast, oder?"

Während sie von ihrem Sandwich abbiss, studierte sie ihn aufmerksam. Er stellte viele Fragen, und auch wenn sie das ein wenig misstrauisch machte, wollte sie ihm vertrauen. Sie brauchte jemanden außer Chief Yates, mit dem sie ihre Gedanken austauschen konnte.

Nach kurzem Zögern nahm sie Lillys Postkarte aus ihrer Tasche und reichte sie ihm hinüber. Sie wartete, bis er sie gelesen hatte, bevor sie ihm erzählte, weshalb sie so sicher war, dass Lilly ihr eine versteckte Botschaft geschickt hatte.

Er las die kurze Nachricht noch einmal und schaute sie dann an. „Vielleicht hast du dich zu sehr auf das Offensichtliche versteift."

„Ich kann dir nicht folgen."

„Das Farmhaus. Lilly schreibt über die Sommer, die ihr im Farmhaus verbracht habt."

„Und ich sagte doch, dass das falsch ist."

„Genau. Was ist, wenn es nicht so augenscheinlich ist, sondern die Botschaft tiefer liegt?"

Für einen Moment war Syd ganz still, als ihr die Bedeutung dessen, was Jake gerade gesagt hatte, klar wurde. „Oh mein Gott", flüsterte sie. „Das Strandhaus meiner Eltern! *Da* sollte ich suchen." Sie stand auf. „Jake, du bist ein Genie! Ein absolutes Genie!" Sie nahm ihr Portemonnaie und fing an, nach ihren Schlüsseln zu suchen.

„Wo willst du hin?"

„Was glaubst du? Nach Surf City natürlich."

„Oh nein, das tust du nicht. Zumindest nicht heute Nacht." Jake nahm ihr die Schüssel aus der Hand. „Der einzige Ort, an den du heute noch gehst, ist dein Bett. Morgen Früh werde *ich* dich dann nach Surf City fahren."

„Wolltest du nicht an deiner Art, dich überall einzumischen, arbeiten?"

„Das hast *du* gesagt. Und nur für den Fall, dass du vorhast, dich rauszuschleichen, wenn ich meine Tür zugemacht habe, warne ich dich – ich werde auf dem Flur übernachten, wenn es sein muss."

Syd lachte und genoss heimlich die Aufmerksamkeit, die er ihr schenkte. „Das musst du nicht. Ich verspreche dir, dass ich nicht versuche, auf eigene Faust loszuziehen."

„Mein Rücken dankt dir jetzt schon." Er ließ die Schlüssel in ihre Hand fallen. „Gute Nacht, Sydney."

„Gute Nacht, Jake." An der Tür drehte sie sich noch einmal um. „Meine Freunde nennen mich übrigens Syd."

15. KAPITEL

„Als ich sagte, gleich morgen Früh, meinte ich nicht kurz vor Morgengrauen“, grummelte Jake vor sich hin, als er die Tür öffnete.

Syd hatte wie ein Baby geschlafen und war um fünf Uhr voller Tatendrang aufgewacht. Die Schmerzen unter ihren Rippen waren zwar noch nicht vollständig verschwunden, aber das würde sie Jake nicht auf die Nase binden. Er nahm die Rolle als ihr Beschützer so ernst, dass er den Trip bei dem geringsten Anlass bestimmt sofort verschieben würde.

„Und ich wusste nicht, dass du morgens so missmutig bist“, antwortete sie. „Was für ein Soldat bist du eigentlich?“

„Ein *Ex*-Soldat. Und ein sehr müder noch dazu.“

„Hier. Das sollte deine Lebensgeister wecken.“ Sie reichte ihm einen Becher mit starkem Kona-Kaffee.

Er murmelte etwas Unverständliches, nahm den Becher aber gerne an.

„Und? Wie schmeckt der Kaffee?“, fragte sie, als sie in seinem Auto saßen.

„Mmmmh.“

Als sie auf die Benjamin Franklin-Brücke fuhren, eine von vier Brücken, die Philadelphia mit New Jersey verband, hatte Jakes Laune sich erheblich gebessert.

„In Harvey Cedars hat mein Onkel jeden Sommer für zwei Wochen ein Haus gemietet“, erzählte er, als sie die Mautstelle passierten. „Er und mein Vater haben mir alles beigebracht, was ich übers Angeln weiß.“

„Wie waren deine Sommer in Harveys Cedars, wenn du dich daran zurückerinnerst?“

„Es waren die besten. Von morgens bis abends haben wir geangelt, anschließend unseren Fang gegrillt und so lange auf der Terrasse gesessen, bis die Sterne herauskamen. Am nächsten Tag fing das Ganze dann wieder von vorne an."

„Wurde dir niemals langweilig?"

Die Frage schockierte ihn ganz offensichtlich. „Man hat gar keine *Zeit*, Langeweile zu entwickeln, wenn man angelt."

„Aber diese ganze Warterei bis endlich mal ein Fisch anbeißt."

„Das gehört doch zum Spaß dazu. Die große Herausforderung. Der Kampf darum, wer eher aufgibt – der Fisch oder du."

„Mein Vater hätte dir zugestimmt."

„War er auch Angler?"

„Kein guter, aber es hat ihm immer Spaß gebracht, es zu versuchen." Sie schwieg für einen Moment, dann blickte sie ihn an. „Hattest du schon Zeit, ans Wasser zu fahren?"

„Nein, warum?"

„Da kann man Boote chartern. Ich weiß, dass jetzt nicht gerade die beste Zeit zum Angeln ist, aber in ein paar Wochen sollte das Wetter schon ein bisschen besser sein."

Sein Lächeln drückte sowohl Überraschung als auch Freude aus. „Du willst, dass ich dich mit zum Angeln nehme?"

„Nicht mich, Dummkopf. Deinen Vater."

Sein glückliches Lächeln verschwand. „Was glaubst du, wie ich meinen Vater dazu bewegen soll, mit mir auf ein Boot zu gehen, wenn er es noch nicht einmal erträgt, sich mit mir im gleichen Raum aufzuhalten?"

„Einen Versuch wäre es doch wert, findest du nicht? Das Schlimmste, was passieren kann, ist, dass er *Nein* sagt."

Sie fuhren schweigend, bis sie die Straße erreichten, die das Festland mit der Insel verband. Syd atmete tief durch und sog die frische Meeresluft ein. Surf City weckte Erinnerungen an Tage am Strand, Segeltörns in Barnegat Bay und das wöchentliche Muschelessen auf der Terrasse ihrer Eltern.

Long Beach Island war nur achtzehn Meilen lang, mit Barnegat Bay auf der einen und dem Atlantischen Ozean auf der anderen Seite. Weiße Sandstrände reihten sich aneinander, es gab riesige Wasserrutschen und Sommerhäuser aller Preisklassen, von der kleinen, einfachen Hütte bis zu großzügigen Villen.

Da Eileen Cooper eine hervorragende Gastgeberin war, beherbergte das Haus in der Sixteenth Street jeden Sommer die unterschiedlichsten Gäste – Nachbarn, Freunde und Verwandte, von denen Syd nicht einmal wusste, dass es sie gab.

„Das kommt davon, wenn man ein Strandhaus hat", hatte ihr Vater sich darüber lustig gemacht. „Du entdeckst Cousins, die du bisher nicht einmal gekannt hast. Und alle verspüren auf einmal das dringende Bedürfnis, dich zu besuchen."

Aber an diesem dunklen, kalten Märzmorgen sah die Insel verlassen und düster aus. Nicht einmal die bunten Zimmerfrei-Schilder am Long Beach Boulevard vermochten den Anblick ein wenig freundlicher erscheinen zu lassen.

„Welches ist euer Haus?", fragte Jake, als sie auf die Sixteenth Street abbogen.

„Das dreistöckige Gebäude am Ende der Straße, direkt am Strand."

Wie erwartet war es sehr ruhig, denn die Häuser in der Nachbarschaft waren im Winter unbewohnt. Sogar die neugierige Mrs. Carpenter, die auch in der Nebensaison immer wieder vorbeischaute, um ja nichts vom Inselklatsch zu verpassen, war nirgendwo zu sehen.

Nachdem Jake seinen Wagen auf der Kieseinfahrt geparkt hatte, stieg Syd aus und ging voran zur Tür. Sie stieß die Eingangstür auf und schaltete das Licht ein.

„Wir können genauso gut gleich hier anfangen", sagte sie und zeigte auf eines der drei Gästezimmer. Auf der Schwelle des kleinen, fröhlich eingerichteten Raumes blieb sie stehen. Auf den beiden Betten waren zu den gelben Überwürfen passende Kissen liebevoll drapiert. „Hier haben Lilly und ich immer geschlafen."

Über eine Stunde verbrachten sie damit, jeden Raum des Hauses zu durchsuchen, sie ließen auch das Wohnzimmer und das Schlafzimmer der Eltern im oberen Stockwerk nicht aus – aber nichts.

„Tja, so viel zu deiner Theorie." Syd hatte keine Ahnung, wo sie noch suchen sollten, und ließ ihren Blick ziellos umherschweifen. „Obwohl die Idee gut war – ich dachte, dass wir etwas finden würden."

„Was ist das da drüben?", fragte Jake und deutete aus dem Fenster. „Ein Schuppen?"

Sie ging zu ihm hinüber ins Esszimmer und schaute ebenfalls nach draußen. „Nein, das ist mein Spielhaus. Mein Vater hat es Brett für Brett selber gebaut. Lilly und ich haben dort immer …"

Sie beendete den Satz nicht, sondern griff hastig nach der Taschenlampe auf der kleinen Kommode und stürmte die Treppen hinunter. „Wie konnte ich nur so blöd sein", rief sie, während sie über den Rasen lief. „Lilly und ich haben Stunden in dem Haus verbracht. Wenn sie etwas verstecken wollte, dann wäre das ihre erste Wahl gewesen." Sie reichte Jake die Taschenlampe. „Hier, halt mal."

Die kleine Tür hing schon ein wenig schief in den Angeln, ließ sich aber noch öffnen.

Außer einem leicht moderigen Geruch war alles noch so, wie Lilly und sie es vor Jahren verlassen hatten. Das kleine Fenster mit den Gardinen gab den Blick auf den Garten frei, und in der Mitte stand ein kleiner roter Tisch mit zwei passenden Stühlen, von denen die Farbe schon abgeblättert war.

„Sehr viele Verstecke gibt es hier nicht." Jake ließ den Strahl der Taschenlampe durch den kleinen Raum wandern.

„Ich erinnere mich nur an eines." Syd schob den Tisch aufgeregt zur Seite und kniete sich auf den Boden. „Als Lilly zwölf wurde, entschlossen wir uns, dieses einmalige Ereignis mit unserer ersten Zigarette zu feiern." Mit der Hand strich sie suchend über die Dielen. „Eines dieser Bretter ist lose, und darunter hatte Lilly die Packung versteckt."

„Ich glaube, es ist dieses hier", setzte sie hinzu als sie eine leichte Ausbuchtung fühlte. Sie versuchte, das Brett zu lösen, aber es saß zu fest.

„Lass mich mal." Jake kniete sich neben sie, schob seine Finger unter die Diele und zog kräftig daran.

Das morsche Holz gab nach und zerbrach in zwei Teile.

Syd steckte sofort ihre Hand in das Loch und hoffte nur, dass nicht irgendein Tier inzwischen die Höhle in Besitz genommen hatte. Oder noch schlimmer: Dass sie nichts finden würde.

Ihre Zweifel zerschlugen sich in dem Moment, als ihre Finger etwas Kaltes, Glattes berührten. „Jake, ich habe es gefunden!", wisperte sie aufgeregt.

Jake leuchtete mit der Taschenlampe den Gefrierbeutel an, den sie nun in den Händen hielt. Syd öffnete ihn und holte ein kleines, zusammengerolltes Gästehandtuch heraus.

„Das ist von Lilly“, sagte sie.

„Woher weißt du das?“

„Die gleichen Handtücher hängen bei ihr im Badezimmer.“

Jake berührte das Handtuch. „Es ist weder nass noch dreckig, also muss es erst kürzlich hier hineingelegt worden sein.“

Syd versuchte, ihre Euphorie unter Kontrolle zu halten, als sie das Handtuch auseinander faltete. Inmitten des dunkelgrünen Stoffes lag eine silberne Kette mit einem großen Opal als Anhänger. Der Verschluss war zerbrochen und zwischen den Kettengliedern hatte sich Schmutz gesammelt.

„Gehört die Lilly?“, fragte Jake.

„Niemals. Lilly hasst jegliche Art von Schmuck. Ich konnte sie nicht einmal dazu überreden, eine schlichte Perlenkette zu tragen.“ Sie schaute auf. „In der Nacht, als sie mich anrief, wollte sie mir das hier zeigen. Aber warum hat sie es versteckt?“

„Ich vermute, sie wusste, dass sie verfolgt wurde, und wollte die Kette loswerden, bevor die Männer sie schnappen konnten.“

Syd packte das Päcken sorgfältig wieder zusammen.

„Diese Kette ist ein Beweisstück, Syd.“

„Das weiß ich. Und ich werde es auch Chief Yates übergeben. Aber vorher muss ich Fotos davon machen.“

„Warum?“

„Um sie einem befreundeten Juwelier in Manayunk zu zeigen. Wenn diese Kette nicht Lilly gehört, und da bin ich mir ziemlich sicher, dann kann er mir vielleicht sagen, woher sie stammt." Sie schaute ihn an. „Du hast nicht zufällig eine Kamera griffbereit, oder?"

„Nein. Aber auf dem Weg hierher habe ich einen Drugstore gesehen, der die ganze Nacht auf hat. Er ist nur fünf Minuten von hier entfernt."

„Der Chief kommt niemals vor acht Uhr rein", sagte einer der Deputies, als Syd ihm sagte, dass sie seinen Boss sprechen müsse.

„Könnten Sie ihn anrufen und bitten, sofort herzukommen? Ich muss ihm etwas sehr Wichtiges zeigen."

„Er mag es nicht, wenn er während des Frühstücks gestört wird."

Syd schaute auf das Namensschild des Mannes. „Deputy Brady, ich verspreche Ihnen, dass er das, was ich ihm zu zeigen habe, unbedingt sehen will." Sie klopfte auf das Päckchen in ihrem Arm, ertrug tapfer seinen unwilligen Blick und lächelte ihm aufmunternd zu, als er sich dem Telefon zuwandte.

Zehn Minuten später kam Chief Yates zur Tür hinein. Seine Laune war noch schlechter als die von Jake am Morgen.

Als Syd die beiden Männer einander vorstellte, nickte er Jake kurz zu und murmelte ein knappes Hallo. „Syd, Sie haben hoffentlich etwas wirklich Wichtiges. Ich verlasse nicht gerne den Tisch mit den von meiner Frau frisch gebackenen Pfannkuchen, wenn es dafür nicht einen verdammt guten Grund gibt."

Syd öffnete den Gefrierbeutel und rollte das Handtuch auf seinem Tisch aus. Dann trat sie einen Schritt zurück, damit der Chief ihren Fund betrachten konnte.

„Was zum Teufel ist das?“

„Eine Kette. Sie war in meinem Kinderhaus in Surf City versteckt. Lilly hat sie dorthin gebracht. Das wollte sie mir zeigen, als sie mich anrief und bat, sie in Elwood zu treffen.“

Sie fasste die Ereignisse der letzten Tage kurz zusammen, erklärte ihre Fehlinterpretation von Lillys Postkarte und ihren Ausflug zum Haus der Branzinis am Donnerstagabend. Chief Yates folgte ein wenig missmutig ihren Ausführungen, doch bei der Nachricht, dass sie niedergeschossen wurde, horchte er auf.

„Sie wurden angeschossen?“ Besorgt musterte er sie von oben bis unten. „Wo? Sind Sie okay? Warum sind Sie nicht im Krankenhaus?“

„Die Kugel hat meine Rippe nur gestreift. Ich wurde gestern Nachmittag entlassen. Sie brauchten das Bett für einen Kranken“, fügte sie hinzu, um die Spannung ein wenig aufzulockern.

Er lächelte nicht, sondern schaute zu Jake. „Und Sie lassen sie den ganzen Weg nach South Jersey fahren, anstatt sie ans Bett zu fesseln?“

„Eine Hundertschaft hätte sie nicht aufhalten können, Chief“, antwortete Jake. „Wenn ich sie nicht gebracht hätte, wäre sie alleine hingefahren.“

Der Chief stieß einen missfallenden Seufzer aus. Dann senkte er den Kopf, um die Kette näher in Augenschein zu nehmen. „Sieht so aus, als hätte sie eine ganze Zeit im Freien gelegen.“ Mit der Spitze eines Kugelschreibers hob er den gebrochenen Verschluss an. „Und sie könnte der Person, die sie getragen hat, vom Hals gerissen worden sein.“ Er schaute auf. „Meinen Sie, dass derjenige, der auf sie geschossen hat, hiernach gesucht hat?“

„Das vermute ich“, sagte Jake.

„Ich auch“, pflichtete Syd ihm bei. „Auch wenn die Möglichkeit besteht, dass Lillys Entführer nichts von der Kette wissen, oder sie sie nicht interessiert.“

„Aber warum haben sie Lilly dann entführt?“

„Weil sie irgendetwas weiß.“ Sie sagte nicht, dass Lillys Kidnapper sie vielleicht schon längst getötet hatten, falls ihre Vermutung richtig war. Das brauchte sie auch nicht. Jeder im Raum wusste, dass die Chance, sie lebend zu finden, mit jedem Tag geringer wurde.

„Ich lasse den Stein auf Fingerabdrücke untersuchen“, sagte der Chief. Er rollte das Handtuch mit der Kette wieder auf und nahm das Beweisstück an sich.

„Und in der Zwischenzeit werde ich herausfinden, woher die Kette stammt.“ Syd erzählte ihm von ihrem Freund in Manayunk.

„Nein“, sagte er grimmig. „In der Zwischenzeit werden Sie nach Hause gehen. Sie haben sich heute genug angestrengt.“

„Wenn Sie es sagen“, sagte Syd. Sie hatte keinesfalls vor, seinen Rat anzunehmen. „Lassen Sie mich wissen, was Sie herausgefunden haben. Und grüßen Sie Vern, Ethel und Marie ganz lieb von mir.“

16. KAPITEL

„Syd, sei nicht so stur. Lass mich dich nach Hause bringen. Tu, was der Arzt gesagt hat, und morgen bringe ich dich dann nach Manayunk."

Jake lenkte den Wagen auf die Autobahn. Es war immer noch früh am Morgen und der einzige Verkehr verlief östlich in Richtung Atlantic City. Eine Reihe von Autos, die sich auf den Weg zu einem weiteren Arbeitstag in der Stadt des Glückspiels machten.

„Hörst du wohl auf, mich wie eine Invalide zu behandeln?", antwortete Syd. „Zum hundertsten Mal: Mir geht es gut. Sitze ich etwa nicht und ruhe mich aus? Während du fährst?"

„Das ist nicht das Gleiche, und das weißt du auch. Deine Wunde könnte wieder aufreißen."

Sie machte es sich auf ihrem Sitz bequem. „Aber bis jetzt ist nichts passiert. Natürlich, wenn du dich weigerst, mich zu fahren, muss ich es selbst tun. Wäre dir das lieber?"

„Erpressung ist ein Verbrechen, Frau Anwältin."

„Heißt das *ja?*"

Er schwieg einen Moment, bevor er einen kleinen Seufzer ausstieß. „Wie war noch mal der Weg?"

Den Rest des Weges erzählte sie ihm von Anthony Trudel. „Ich habe ihn vor zwei Jahren während eines Verfahrens kennen gelernt. Er verursachte zwar einiges Aufsehen im Gerichtssaal, aber er hat die beste Aussage gemacht, die ich je [illegible] Experten gehört habe. Bis heute bin ich überzeugt, [illegible]ll für mich gewonnen hat. Ein paar Wochen spä[illegible]ch zur Eröffnung seines neuen Geschäfts in Manayunk ein, und seitdem sind wir befreundet. Ich freue mich wie immer darauf, ihn wieder zu treffen."

„Als ich das letzte Mal in Manayunk war, erwachte die Stadt gerade aus einer Art Dornröschenschlaf und feierte ein großes Comeback."

„Das ist immer noch so. Viele der alten Mühlen wurden zu großzügigen Apartments für reiche Vorstädter umgebaut. Und die Auswahl an teuren Boutiquen, Galerien und guten Restaurants hat eine ganz neue Klientel in die Stadt gebracht."

„Wie heißt Anthonys Laden?"

„Goldrausch. Er ist gleich dort drüben." Sie zeigte die Hauptstraße hinunter. „Zwischen der Bank und dem River Café."

Es war fast Mittag und nicht einfach, einen Parkplatz zu finden, aber Jake zeigte sich geduldiger, als sie erwartet hätte. Nachdem er drei Mal um den Block gefahren war, fand er einen Platz in einer Seitenstraße und stellte den Wagen ab.

Anthony bediente gerade einen Kunden, als sie seinen Laden betraten.

Er schaute auf und grinste, als er Syd erkannte. Diskret hob er eine juwelenbesetzte Hand und zeigte ihr an, dass er in wenigen Minuten bei ihr sei.

Während Jake sich im Laden umschaute, beobachtete Syd Anthony, der seiner Kundin ein Paar in Gold eingefasste Aquamarine als Ohrringe zeigte. Auch wenn sie ihn nun schon seit Jahren regelmäßig traf, musste sie immer noch lächeln, wenn sie ihn anschaute. Groß, schlank, und eindeutig schwul trug er Kleidung in den schrillsten Farben mit der gleichen Selbstverständlichkeit, wie ein Model die neueste Mode auf dem Laufsteg.

Sein Laden war das perfekte Ebenbild seiner ausdrucksstarken Persönlichkeit. Ketten mit massiven Türkisen in allen Größen teilten sich das Scheinwerferlicht mit feineren Stücken aus Halbedelsteinen, die er Diamanten und anderen teuren Steinen seit jeher vorzog.

Zu guter Letzt entschied sich die Kundin für eine dreisträngige Goldkette, bezahlte sie mit ihrer American Express Platinkarte und verließ den Laden.

Mit ausgestreckten Armen kam Anthony hinter dem Tresen hervor. „Liebling, haben sie dich aus dem Krankenhaus entlassen? Du siehst wundervoll aus."

„Danke, Anthony. Und auch danke für die Blumen. Sie sind bezaubernd."

„Nicht so bezaubernd wie du." Er schaute sie von oben bis unten an. „Darf ich dich umarmen?"

Sie lachte. „Klar darfst du mich umarmen."

Er drückte sie leicht an sich und flüsterte ihr ins Ohr: „Liebes, wer ist denn dieser Adonis?"

„Das ist Jake Sloan – und er ist hetero", flüsterte sie zurück. „Du brauchst deinen Charme nicht an ihn zu verschwenden."

Bevor Anthony eine schnippische Bemerkung machen konnte, winkte Syd Jake zu sich und stellte die beiden Männer einander vor.

Anthony streckte seine Hand aus und ließ sie wie eine kostbare Blume mit der Handfläche nach unten hängen. „Ich bin begeistert."

Syd unterdrückte ein Lachen. Noch nie hatte sie einen Mann gesehen, der so verwirrt aussah wie Jake in diesem Moment. Aber er riss sich zusammen und schüttelte Anthonys Hand, ohne sie dabei zu zerbrechen. „Ich auch."

Nur ungern wandte Anthony seinen Blick von ihm ab und widmete seine Aufmerksamkeit wieder Syd. „Hast du irgendetwas von Lilly gehört?", Als sie den Kopf schüttelte, schlang er die Arme um ihre Schultern. „Das wird wieder. Ich vertraue dir da vollkommen. Aber halte dich von fliegenden Kugeln fern, hörst du? Deinetwegen hätte ich fast einen Herzinfarkt bekommen."

„Keine Sorge. Eine Kugel reicht mir für den Rest meines Lebens." Sie kramte bereits in ihrer Handtasche nach dem Foto der Kette, das sie mit der Kamera aus dem Drugstore gemacht hatte. „In der Zwischenzeit könntest du mir einen Gefallen tun."

„Alles, was du willst", sagte Anthony und war wieder ganz Geschäftsmann.

Sie gab ihm das Foto. „Ich hatte gehofft, dass du mir sagen könntest, woher diese Kette stammt."

„Nicht aus meinem Laden", schnaubte er geringschätzig. „Zu gewöhnlich. Aber nicht schlecht gemacht. Die Kette sieht aus wie antikes Silber, und der Stein, wie mir scheint ein Feueropal, ist auch in antikem Silber gefasst." Er ließ das Foto sinken. „Hat sie irgendetwas damit zu tun, dass du angeschossen wurdest?"

„Vielleicht."

Er nickte. „Ich werde sehen, was ich tun kann. Es kann aber ein paar Tage dauern, ist das okay?"

„Das ist in Ordnung. Danke, Anthony. Was hältst du davon, wenn ich dich und Jake zum Essen einlade? Oder hast du schon andere Pläne?"

„Für das Vergnügen deiner Gesellschaft würde ich sogar ein Date mit Johnny Depp absagen, Liebes."

„Interessanter Typ", sagte Jake, als sie zwei Stunden später wieder auf dem Heimweg waren. „Warum hast du mir nicht erzählt, dass er schwul ist?"

„Weil ich nicht daran gedacht habe." Sie kicherte. „Und ich bin froh darüber. Es hat unglaublich viel Spaß gemacht, zu beobachten, wie du dich während des Essens gewunden hast, als er dich angemacht hat."

„Nicht nur mich, sondern auch jeden Kellner, der in unsere Nähe kam."

„Anthony ist ein unverbesserlicher Flirter. Und jeder, der ihn kennt, erwartet, dass er sich so verhält."

„Er muss dich sehr mögen, wenn er dir anbietet, deine Wohnung zu streichen."

„Und ich hätte sein Angebot auch angenommen, wenn ich ihn nicht gerade um einen Gefallen gebeten hätte. Aber das wäre zu viel gewesen, und ich hätte mich unwohl gefühlt, deshalb habe ich es abgelehnt."

„Warum lässt du es dann nicht mich tun?"

Sie sah ihn erstaunt an. „Dich?"

„Jetzt guck nicht so entgeistert. Streichen ist eines meiner vielen Talente. Damit habe ich mich während des Studiums über Wasser gehalten." Er wechselte auf die linke Spur, um ein Auto zu überholen. „Also, was sagst du, Nachbarin?"

„Ich weiß nicht. Ist das nicht ein bisschen viel verlangt von jemandem, den man ..."

„Erst vor vierundzwanzig Stunden kennen gelernt hat?" Er nickte. „Ja, ich weiß. Aber du hast ja nicht gefragt, sondern ich habe es angeboten."

Er klang so aufrichtig, dass sie nicht riskieren wollte, ihn schon wieder zu enttäuschen. „Na gut. Dann fühl dich engagiert."

17. KAPITEL

Syd verbrachte den Sonntag damit, von ihrer Couch aus die verschiedensten Aktivitäten zu organisieren und das weitere Vorgehen zu planen. Sie konnte ihre Ungeduld kaum zügeln und wäre am liebsten wieder losgefahren, um weiter nach Lilly zu suchen, aber Dot und Jake bestanden darauf, dass sie sich ausruhte, und ließen sie nicht aus den Augen.

Am Morgen hatte sie feststellen können, dass ihr neuer Nachbar ein Mann war, der zu seinem Wort stand. Denn bereits früh am Morgen hatte er mit einem weißen Overall bekleidet und einem Grinsen im Gesicht an ihre Tür geklopft. Eine verkehrt herum aufgesetzte Baseball-Kappe hatte sein Maleroutfit komplettiert. „Ihr persönlicher Anstreicher meldet sich zum Dienst, Ma'am."

Jetzt arbeitete er fleißig. Seine gute Laune durchflutete das ganze Apartment und heiterte auch ihre Stimmung auf. Während er die Wände strich und sie Kaffee kochte, brachte er sie immer wieder zum Lachen. Sein entwaffnender Charme machte es ihr schwer, ihn weiterhin objektiv zu betrachten – und ihm fern zu bleiben. Also versuchte sie, sich mit Anrufen bei Detective Ramsey und Chief Yates abzulenken, aber keiner von beiden hatte Neuigkeiten zu berichten. So saß sie den größten Teil des Tages in dem ausgeräumten Zimmer, in dem Jake mit dem Streichen beschäftigt war, unterhielt sich mit ihm und bewunderte seine Arbeit. Er hatte nicht übertrieben – er war wirklich gut. Nicht ein einziger Streifen war zu sehen.

Am Montagmorgen fühlte sie sich gesund, erholt und wieder bereit, zu arbeiten. Als sie um kurz nach halb neun die Seventh Street hinunterging, war sie in Gedanken schon ganz bei der bevorstehenden Anhörung um zehn. Es war einer von Barbara Cummings Fällen, und Syd hatte die halbe Nacht damit verbracht, sich einzulesen.

Sie hatte das Gebäude, in dem die Staatsanwaltschaft ihre Büros hatte, schon fast erreicht, als sie eine Stimme ihren Namen rufen hörte.

Als sie sich umdrehte, erkannte sie den Studenten, der ihr letzte Woche die vergessene Akte aus dem Gerichtssaal zurückgebracht hatte.

„Chad Quinn", sagte er und errötete dabei. „Ich war ..."

„Ja, natürlich. Danke, dass Sie mir meine Unterlagen vorbeigebracht haben, Chad. Ich war an dem Tag wohl ein bisschen durcheinander."

„Gern geschehen. Ich habe gehört, was Ihnen passiert ist. Ich bin ... ich bin froh, dass Sie wieder okay sind."

„Dankeschön."

Mit dem Mittelfinger schob er das schwarze Gestell seiner Brille auf der Nase hoch. Dabei fielen ihm die Bücher, die er unter dem Arm getragen hatte, hinunter, und er errötete noch ein bisschen mehr – wenn das überhaupt möglich war. „Tut mir Leid."

Seine Schüchternheit war Syd schon früher aufgefallen. Aber seine Fragen waren immer sehr präzise, woraus sie schloss, dass er sein Studium wirklich ernst nahm. Sie spürte, dass er sie etwas Bestimmtes fragen wollte, und so gab sie ihm einen kleinen Schubs. „Wollten Sie mich etwas fragen, Chad?"

„Äh, ja." Er verlagerte sein Gewicht auf den anderen Fuß und der Bücherstapel auf seinem Arm geriet wieder gefährlich ins Wanken. Dieses Mal konnte er ihn jedoch festhalten. „Ich habe mich gefragt, ob ... Sie mir erlauben würden, für Sie zu arbeiten."

„Absolvieren Sie nicht ein Vollzeitstudium?"

„Im dritten Jahr in Temple Law. Ihre Alma Mater", setzte er stolz hinzu.

„Stimmt." Sie lächelte. „Dann haben Sie bestimmt einen vollen Stundenplan."

„Ich habe aber auch einige freie Stunden in der Woche und in denen würde ich gerne mehr über Strafrecht lernen. Am liebsten von ..." Er errötete erneut. „Von jemandem wie Ihnen."

„Chad, das ist sehr schmeichelhaft, aber ..."

„Ich bin gut", sagte er, als er ihr in das Gebäude folgte. „Und ich wäre für Sie eine große Hilfe, vor allem jetzt, wo Sie doch damit beschäftigt sind, Ihre Freundin zu finden."

Sie stellten sich zu einer kleinen Gruppe, die vor den Fahrstühlen wartete. „Woher wissen Sie das?"

„Ich war am Freitag im Gericht, und ich hörte einen Ihrer Kollegen darüber sprechen. Das hat mich auf die Idee gebracht, Ihnen zu helfen und gleichzeitig etwas zu lernen." Er ließ ihr keine Zeit, zu antworten. „Ich kann nahezu alles machen –Nachforschungen, Besorgungen, Telefonrecherche, Artikel aus Zeitschriften heraussuchen, Ihren Terminplan verwalten, tippen. Ich bin ein sehr guter Maschineschreiber."

„Wir haben für all diese Dinge schon Leute, die das tun."

„Umsonst?"

„Hörte ich das Wort *umsonst?*" Ron Devlin war zu ihnen gestoßen. Er freute sich offensichtlich, sie zu sehen. „Wieder bereit, den Stier bei den Hörnern zu packen, Syd?" Sein Blick fiel auf Chad, und Syd stellte die beiden einander vor.

„Chad, das ist Bezirksstaatsanwalt Ron Devlin. Ron, das ist Chad Quinn, ein Temple Law-Student im dritten Jahr. Er möchte für mich arbeiten, aber …"

Ron drehte sich zu Chad um. „Welche Fächer hast du belegt, Junge?"

Syd sah, wie Chads Adamsapfel auf und nieder hüpfte. „Strafrecht, Verfassungsrecht, internationales Recht und den Fortgeschrittenenkurs in Verteidigungsstrategie."

Der Fahrstuhl war ohne sie abgefahren. „Bringt dir dein Studium Spaß?"

„Ehrlich gesagt, Sir, ab und zu hätte ich lieber einen Schraubenzieher in meinem Auge stecken."

Syd stöhnte innerlich auf. *Wenn* er eine Chance gehabt hatte, für sie zu arbeiten, hatte er sie soeben vertan.

Doch zu ihrer Überraschung lachte Ron laut auf und drehte sich zu ihr um. „Der Junge ist ehrlich. Schnapp ihn dir, bevor es jemand anderes tut. Du kannst Hilfe gebrauchen." Ein anderer Fahrstuhl war gerade angekommen, Ron sprang hinein und ließ Syd und Chad zurück.

„Tja", wandte Syd sich an Chad, der über das ganze Gesicht strahlte. „Ich nehme an, dass du ab jetzt dabei bist."

Chad nahm seine Bücher in beide Arme und nickte glücklich. „Wann kann ich anfangen?"

„Wann hast du deine erste Vorlesung?"

„Heute Mittag um eins."

Beide stiegen in den nächsten Fahrstuhl. „In dem Fall fängst du jetzt gleich an."

Am Empfang hielt Violet den Telefonhörer in der Hand und winkte Syd aufgeregt heran. „Detective Cranston", sagte sie. „Es ist dringend."

Syd nahm den Hörer. „Ja, Detective?"

Wie immer klang seine Stimme mehr als frostig. Er hielt es nicht einmal für nötig, sie zu fragen, wie es ihr ging. „Ich habe Doug Avery hier bei mir."

„Ich bin gleich da." Syd gab Violet das Telefon zurück und stellte ihr Chad vor. Als Teilzeitkraft benötigte er einen Zugangspass, den Violet ihm besorgen würde. Syd zeigte auf eine Tür. „Das ist mein Büro", sagte sie zu Chad. „Auf dem Tisch liegt mein Kalender. Bitte versuch, alle Meetings, die ich am Freitag verpasst habe, auf einen anderen Termin zu legen."

„Ja, Ma'am."

„Wenn du damit fertig bist, such bitte alles heraus, was du über den Unfall zwischen Senator Fairbanks Tochter und Mrs. Ana Lee finden kannst und druck es aus."

Chad schrieb auf einem kleinen Stück Papier eifrig alles mit. „Ich mach mich gleich an die Arbeit."

„Du gehst schon wieder?", fragte Violet, als Syd auf die Ausgangstür zulief. „Du hast in …"

„Fünfzehn Minuten eine Verabredung. Ich weiß. Keine Sorge, bis dahin bin ich wieder zurück."

Doug Avery schaute sie streitlustig an, als Syd das Vernehmungszimmer betrat. Mit seinem Bürstenhaarschnitt, den kantigen Wangenknochen und seinem muskulösen Körper sah er dem Actiondarsteller Jean Claude van Damme unglaublich ähnlich, und das wusste er. Die Ärmel seines T-Shirts hatte er so weit wie möglich hochgerollt, um seinen Bizeps besonders zur Geltung zu bringen.

Davon gänzlich unbeeindruckt wartete Detective Cranston auf Syds Ankunft. Er war Ende vierzig, mit blondierten Haaren, was, so vermutete Syd, die ersten grauen Strähnen verdecken sollte, einem schmalen Schnurrbart und aufmerksamen Augen. Genau wie der Rest der Polizeitruppe machte er aus seiner Abneigung gegenüber Syd keinen Hehl. Sie musste ihm allerdings zugute halten, dass diese Feindseligkeit niemals ihre Zusammenarbeit beeinträchtigte.

„Also gut", sagte Avery an Cranston gewandt. „Sie ist da. Warum erzählt ihr zwei Clowns mir nicht, warum ihr mich hierher gebracht habt."

„*Ich* werde es Ihnen erzählen." Syd begegnete seinem überheblichen Blick, ohne mit der Wimper zu zucken. „Wir haben Sie hergebracht, um mehr darüber zu erfahren, was Sie am sechsten März vor dem Gebäude der *Philadelphia Sun* zu suchen hatten."

Avery rutschte nervös auf seinem Stuhl herum. „Kann ich mich nicht dran erinnern."

„Dann lassen Sie mich Ihr Gedächtnis ein wenig auffrischen. Sie haben auf Lilly Gilmore gewartet. Und als sie heraus kam, haben Sie angefangen, sie zu bedrohen."

„Ich habe sie nicht bedroht. Ich wollte nur mit ihr reden."

„Worüber?"

„Über das, was sie mir antut! Rumschnüffeln, mit Leuten reden, mein Leben beeinträchtigen."

„Haben Sie etwa etwas zu verbergen, Mr. Avery? Irgendetwas, was wir während unserer ersten Untersuchung übersehen haben?"

„Was auch immer die hässliche Krähe Ihnen erzählt hat, sie hat sich das alles nur ausgedacht."

Syd lehnte sich über den Tisch. „Wollen Sie wissen, was ich denke? Lilly Gilmore hat etwas Belastendes über Sie herausgefunden, etwas, das den Ausgang des Prozesses im September beeinflussen könnte. Da bekamen Sie es mit der Angst zu tun und versuchten, sie einzuschüchtern. Als das nicht gelang, haben Sie sie entführt."

„*Was*? Sind Sie verrückt?"

„Wo ist sie, Avery?"

Ruckartig schob er seinen Stuhl zurück. Zum ersten Mal seit Beginn des Verhörs sah Syd Angst in seinen Augen. „Sie versucht, mir was anzuhängen", rief er zu Cranston hinüber. „Das kann sie doch nicht machen, oder?"

Cranston zuckte die Schultern. „Sie ist der Chef. Sie kann machen, was sie will. Wenn ich du wäre, würde ich aufhören, hier den dicken Mann zu markieren, und ihre Fragen beantworten."

„Ich habe überhaupt niemanden entführt." Er sprach immer noch zu Cranston und ignorierte Syd. In seiner Welt gab es keine Frauen, die etwas zu sagen hatten.

„Kannst du das beweisen?", fragte Cranston.

Avery durchforschte sein Gedächtnis. „Ja, ich kann es beweisen. Am sechsten März bin ich um halb sechs von der Arbeit gekommen und direkt zu Moe's Hole in der Front Street gegangen."

„Irgendjemand, der das bestätigen kann?"

„Der Barkeeper. Und zwei Kumpels von der Arbeit – Tom Osborne und Jimmy Corona. Frag sie, wo ich war. Sie werden's dir sagen."

Syd notierte sich die Namen. „Das werden wir." Aber sie wusste schon, was dabei herauskommen würde. Doug Avery war zwar nicht der Hellste, aber ganz so blöd war er auch nicht, als dass er ein Alibi erfinden würde, das für sie so leicht nachzuprüfen war.

Als sie aufschaute, erkannte sie in Cranstons Blick, dass auch er nicht glaubte, mit Doug Avery den Kidnapper vor sich sitzen zu haben.

„Was passiert jetzt?“, fragte Avery.

Der Detective sah zu Syd hinüber und wartete auf weitere Instruktionen.

„Wir werden Ihr Alibi überprüfen“, antwortete Syd. „Bis dahin werden Sie unser Gast sein.“

„Für wie lange?“

„Das hängt davon ab, wie schnell wir Ihre Freunde finden.“

„Ich bin verhaftet?“ Sein Selbstbewusstsein war zurückgekehrt. „Dann will ich meinen Anwalt anrufen.“

„Möchten Sie, dass Detective Cranston Sie tatsächlich verhaftet, Mr. Avery? Denn im Moment habe ich genug gegen Sie in der Hand, um Ihre Kaution widerrufen zu können. Also, entweder Sie gehen jetzt still in Ihre Zelle oder ich setze eine erneute Anhörung an. Was davon hätten Sie denn gerne?“

Avery stand auf. „Ich warte, bis Sie mein Alibi überprüft haben.“

18. KAPITEL

Jake stand pfeifend unter der Dusche und schrubbte sich die weiße Farbe von den Fingernägeln. Allerdings nicht sehr sorgfältig, da er gleich mit Syds Flur weitermachen wollte. Sollte van Heusen sich nicht bald rühren, mussten er und Ramirez davon ausgehen, dass er den Köder nicht geschluckt hatte. In diesem Falle hätte Jake Zeit genug, jedes Apartment im Gebäude neu zu streichen.

Er dachte an Syd, etwas, das er in letzter Zeit sehr oft tat, als es bei ihm klingelte. Leise fluchend stieg er aus der Dusche, schlang sich ein Handtuch um die Hüfte und ging zur Tür.

Als er Agent Ramirez mit einer Werkzeugkiste in der Hand vor sich stehen sah, zuckte er kurz zurück. Der dunkle Anzug und die glänzenden Budapester waren abgetretenen Arbeitsschuhen und einem grauen Overall gewichen, auf dem der Schriftzug *Tonys TV Service* prangte. Eine Baseball-Kappe verdeckte seine schwarzen Haare, und unter dem Arm hatte er ein Klemmbrett stecken. Auch wenn es ihn amüsierte, musste Jake doch zugeben, dass Ramirez genau wie ein von seinem Job gelangweilter Fernsehtechniker aussah.

„Für welches Stück spielen Sie denn vor?", fragte er.

„Seien Sie still und lassen Sie mich rein."

Jake ließ Ramirez in das Apartment und schloss die Tür hinter ihm. „Ist diese Verkleidung wirklich notwendig? Ich komme mir vor wie in einem Agatha Christie-Krimi."

„Einer unserer Männer hat vorhin im Park jemanden gesehen. Er verhielt sich sehr unauffällig, aber während er die Eichhörnchen fütterte, hat er Ihr Gebäude beobachtet. Also bin ich lieber kein Risiko eingegangen."

Er folgte Jake ins Wohnzimmer. „In der Zwischenzeit hat Ihr Treffen mit Ihrem alten Freund Ralph genau das bewirkt, was wir geplant hatten.“ Seine Augen funkelten. „Ich hatte zwar nicht gedacht, dass Sie so weit gehen würden, wie Sie es getan haben, aber was soll’s, es hat funktioniert.“

„Woher wissen Sie von meiner Begegnung mit Ralph?“

Der Agent nahm eine gefaltete Zeitung vom Klemmbrett und reichte sie Jake. „Ich nehme an, dass Sie das noch nicht gesehen haben?“

„Bis jetzt noch nicht.“ Jake las den Artikel über sein Treffen mit Ralph Gordon. Der Reporter hatte nur die halbe Wahrheit über Jakes „brutale und unangemessene Attacke“ erzählt, aber dafür die Gelegenheit genutzt, noch einmal an die Ereignisse von vor vierzehn Jahren zu erinnern.

Jake gab die Zeitung zurück. „Ich hätte härter zuschlagen sollen.“

„Zum Glück haben Sie das nicht gemacht, sonst hätte er Sie noch angezeigt. So ist es genau richtig. Mit diesem Artikel hat er uns direkt in die Hände gespielt. Selbstverständlich müssen ab jetzt alle Telefongespräche zwischen Ihnen und mir außerhalb der Wohnung stattfinden.“

„Hier ist keine Wanze, das habe ich schon überprüft.“

„Aber bald. Van Heusen wird Ihre Rückkehr nach Philadelphia nicht für bare Münze nehmen, bevor er absolut sicher ist, dass er Ihnen trauen kann. Irgendwelche Fragen?“

„Nein. Aber ich möchte mit Ihnen über Sydney Cooper sprechen.“

„Was ist mit ihr?“

„Ich werde sie *nicht* wegen Informationen aushorchen.“

„Warum nicht?“

„Weil sie eine nette Person ist und mir vertraut. Ich möchte dieses Vertrauen nicht missbrauchen oder sie ausspionieren oder in ihren Akten wühlen oder was auch immer Sie von mir erwarten."

„Verlieben Sie sich etwa in sie?"

„Nein! Wie kommen Sie denn darauf?"

„Nur so ein Gefühl."

„Nein, tue ich nicht", sagte Jake ein bisschen *zu* bestimmt. „Ich habe mich von Anfang an bei dem Gedanken, sie zu hintergehen, nicht wohl gefühlt, und jetzt, wo ich sie kennen gelernt habe, *weiß* ich, dass ich ihr nicht hinterherspionieren kann."

Jake konnte nicht sagen, ob Ramirez über diese Entscheidung unglücklich oder ob es ihm egal war. „Wie geht es Ms. Cooper eigentlich?", frage er beiläufig. „Ich habe gehört, dass sie angeschossen wurde?"

„Sie ist auf dem Wege der Besserung. Es war nur eine oberflächliche Wunde."

„Freut mich zu hören." Ramirez steckte sich das Klemmbrett wieder unter den Arm. „Ich vertraue darauf, dass Sie auch Syd gegenüber verschwiegen bleiben. Romantik und Geschäft vertragen sich in einer solchen Situation nicht sonderlich gut."

„Ich sagte doch, dass Sie sich keine Gedanken machen müssen."

„Gut." Er ging zur Tür. Bevor er sie öffnete, fügte er hinzu. „Viel Glück mit van Heusen. Es wird nicht mehr lange dauern."

„Schnell, Syd, schalte Channel 6 ein!" Violet klang ganz aufgeregt, als sie zu Syd ins Büro stürmte. „Chief Yates gibt eine Pressekonferenz."

Nachdem sie die Fernbedienung unter einem Stapel Papiere gefunden hatte, schaltete Syd den Fernseher ein. Was für ein Ereignis für Elwood. Sie war neugierig darauf, wie der Chief mit dem plötzlichen Rummel und dem Druck umgehen würde.

Zu ihrer Überraschung war er die Ruhe selbst, als er sich der Gruppe von zwanzig Reportern und einem Dutzend Mikrofonen stellte. Er stand vor dem Gebäude der Mullica Township Police, neben sich zwei ernst dreinschauende Deputies, von denen Syd einen am Morgen zuvor kennen gelernt hatte.

„Guten Morgen." Der Chief nickte der Gruppe zu. „Und vielen Dank, dass Sie heute gekommen sind. Die Suche nach Lilly Gilmore geht weiter, und ich freue mich, mitteilen zu können, dass mehr als hundert Freiwillige uns bereits unterstützen. Im Moment konzentrieren wir uns vor allem auf die Pinebarrens, die Küste von Jersey und den Mullica River. Jeder, der neue Informationen über den Truck hat – ein dunkler Van mit „Die Küste, die gefällt"-Kennzeichen – oder über die Entführer, möge bitte das Mullica Township Polizeirevier anrufen. Jeder Spur und jedem Hinweis wird sorgfältig nachgegangen, also zögern Sie nicht, uns zu sagen, was Sie wissen. Ich beantworte jetzt gerne ein paar Fragen."

Die Menge drängelte sich nach vorne, und der Chief erhob beschwichtigend seine Hand. „Einer nach dem anderen bitte, sonst bin ich sofort wieder weg."

Syd lächelte. „Das war gut, Chief."

Violet nickte zustimmend. „Jetzt weiß ich, was du meintest – er ist zwar etwas altmodisch, aber zäh. Und das muss man bei diesen Reportern auch sein."

Die Kameras blieben auf Yates, als jemand fragte: „Sie erwähnten, dass Sie den Mullica River durchsuchen. Heißt das, dass sie die Hoffnung verloren haben, Lilly Gilmore lebend zu finden?"

„Nein. Es heißt nur, dass wir keine Möglichkeit auslassen."

„Wie viele Taucher haben Sie im Einsatz?"

„Drei. Alle aus benachbarten Gemeinden. Wir haben bereits mehrere Meilen flussauf- und flussabwärts gesucht. Morgen werden weitere Taucher aus der Gegend um Chesapeake Bay zu uns stoßen."

Die Stimme der allgegenwärtigen Belle Chiaro erhob sich über das allgemeine Gemurmel. „Seit der Entführung sind bereits fünf Tage vergangen, Chief Yates, und Sie sind mit Ihren Ermittlungen immer noch nicht weiter als an dem Tag, als es passierte. Werden Sie die Suche demnächst einstellen?"

Falls der Chief sich durch diesen unverhohlenen Angriff auf den Schlips getreten fühlte, ließ er es sich nicht anmerken. „Würden Sie bereits nach fünf Tagen aufgeben? Sehen Sie, wir auch nicht." Er wirkte souverän und zuckte nicht mit der Wimper, als Belle wieder in die Gruppe zurücktrat. „Wenn überhaupt, dann werden wir dank der Freiwilligen, die ich vorhin erwähnte, in der Lage sein, die Suche noch weiter auszudehnen."

Sein Blick schweifte über die Menge. „Und wo wir gerade von Freiwilligen sprechen, wir können immer Leute gebrauchen. Also wenn Sie Zeit haben und uns helfen wollen, melden Sie sich in unserem Revier. Doughnuts und Kaffee gehen auf's Haus."

Eine Reporterin meldete sich. „Noch eine Frage, Chief. Glauben Sie, dass Lilly Gilmore noch am Leben ist?"

„Ich müsste Hellseher sein, um diese Frage beantworten zu können. Ich hoffe, dass sie noch lebt. Und wenn sie es tut, weiß ich, dass wir sie finden werden."

Dann nickte er noch einmal, drehte sich um und verschwand, begleitet von den beiden Deputies, im Polizeigebäude.

„Sehr gut gemacht, Chief", sagte Syd.

„Er hat die blöde Zicke richtig in die Schranken verwiesen, nicht wahr?" Violet schaltete den Fernseher aus. „Leute, die schlecht über Polizisten reden, bringen mein Blut zum Kochen. Langsam müssten diese Menschen doch kapiert haben, dass die Männer und Frauen da draußen ihr Leben riskieren, um uns zu beschützen." Als Frau eines pensionierten Polizisten nahm Violet *jede* Kritik an *jedem* Polizisten dieser Welt persönlich. „Und wo wir gerade von guten Menschen sprechen", fügte sie hinzu. „Mr. Wonderful hat angerufen."

Syd rollte mit den Augen. Innerhalb kürzester Zeit hatte Jake jede Frau bezaubert, die er kennen gelernt hatte – Dot, Schwester Pat aus dem Krankenhaus, und nun auch Violet. „Was wollte er?"

„Sichergehen, dass du heil hier angekommen bist."

„*Das* hat er gesagt?"

„Nein. Er wollte wissen, wo du das Terpentin aufbewahrst, aber ich habe ihn durchschaut. Er wollte wissen, wie es dir geht. Das ist so süß. Und dann streicht er gerade dein Apartment, wie cool ist das denn bitte? Frank würde sich eher die Hand abhacken, als zu streichen. Ich kann so etwas entweder selber machen oder jemanden dafür bezahlen, es für mich zu tun."

Sie stand auf, um an ihren Platz zurückzukehren. „Das ist einer zum Behalten, meine Liebe. Lass ihn nicht wieder gehen."

„Er ist nur ein Nachbar, kein Heiratskandidat."

„Ich weiß nicht. Ich denke, wenn es aussieht wie eine Ente und quakt wie eine Ente …" Sie zwinkerte und ging hinaus, wobei sie quakende Geräusche von sich gab und wie eine Ente mit dem Hintern wackelte.

Syd lachte immer noch, als sie nach dem Hörer greifen und Jake anrufen wollte. Doch in dem Moment klingelte Violet bei ihr durch. Syd nahm den Hörer ab. „Mrs. Branzini ist hier. Sie sieht ganz unglücklich aus."

Syd erhob sich. „Lass sie hereinkommen."

Aber Dot, die etwas derangiert aussah, stand bereits in der Tür.

Syd ging zu ihr hinüber. „Dot, was ist los?"

Tiefe Sorgenfalten in Dots Gesicht spiegelten ihre Angst wider, als sie Syd einen Zettel reichte. „Ich war gerade auf dem Weg zum Markt, als ich das hier auf meiner Treppe fand."

Syd blickte auf die Nachricht. Irgendjemand hatte große Buchstaben aus einer Zeitung ausgeschnitten und auf ein Stück Papier geklebt.

Gegen Zahlung von fünfhunderttausend Dollar werden Sie Ihre Tochter zurückbekommen. Keine Polizei. Weitere Instruktionen folgen.

19. KAPITEL

Syd spürte, dass Dot sie beobachtete, während sie den Brief las. „Das sind gute Neuigkeiten, Syd, oder? Das bedeutet doch, dass Lilly noch lebt."

Nicht unbedingt. Das Erpresserschreiben konnte auch ein Trick sein, um die Polizei auf eine falsche Fährte zu locken. Oder auch eine gemeine Täuschung. Diese Gedanken behielt Syd jedoch für sich. Im Moment brauchte Dot alle Hoffnung, die sie ihr geben konnte.

„Ich denke schon. Die meisten Entführer wissen, dass sie das Geld nur bekommen, wenn sie das Entführungsopfer lebend übergeben."

„Ich habe hunderttausend Dollar in einem Fond angelegt. Und weitere zwanzigtausend in Aktien ..."

„Dot, du kannst nicht ernsthaft überlegen, dieser Erpressung nachzugeben. Das ist nicht richtig."

„Es ist mir egal, ob es falsch ist. Wir sprechen hier über meine Tochter. Erwartest du von mir, dass ich hier sitze und nichts tue, obwohl sich die Chance bietet, sie zurückzubekommen?"

„Ich will sie doch auch zurückhaben. Aber nicht so."

„Warum nicht?"

Syd seufzte. Sie musste es ihr sagen. „Weil das Schreiben eventuell gar nichts mit der Entführung zu tun haben könnte."

„Du meinst ...", Dot versuchte, in Syds Gesicht zu lesen. „Jemand behauptet nur, Lilly zu haben? Und das hier ist gar kein Zeichen der Leute, die meine Tochter in ihrer Gewalt haben?"

„Das kann sein."

„Aber du bist dir nicht sicher."

„Nein."

„Dann *muss* ich diese Chance nutzen, Syd."

„Du könntest das Geld verlieren."

„Das ist mir egal."

Syd nickte. Dot reagierte, wie es jede Mutter tun würde – mit dem Herzen und nicht mit dem Verstand. Jetzt mit ihr darüber zu diskutieren, wäre reine Zeitverschwendung. „In diesem Fall", sagte sie, „habe ich auch noch fünfzehntausend Dollar auf einem Sparbuch. Sie gehören dir."

Dots presste ihre Lippen aufeinander, um die Tränen zurückzuhalten. „Danke."

„Aber das ist noch lange nicht genug. Wo willst du die restlichen dreihundertachtzigtausend Dollar auftreiben?"

„Ich verkaufe das Farmhaus. Letzte Woche hat mich wieder so ein Baulöwe darauf angesprochen. Er wollte mir eine Million zahlen. Ich bin mir sicher, dass er immer noch interessiert ist."

„So eine Transaktion dauert aber Wochen."

„Nicht wenn ich ihm erzähle, dass ich einen Teil des Geldes sofort benötige, eine Anzahlung sozusagen."

Syd nickte. „Und für den Fall, dass er nicht zustimmt, kannst du Stan von der *Sun* anrufen. Ich bin sicher, dass seine Zeitung nur zu gerne bereit ist, auch eine Spende zu geben."

Dot schrieb sich schnell Stans Namen auf ein Stück Papier. „Das werde ich tun. Danke, Syd."

Mittags um eins verließ Jake Syds Wohnung und ging hinüber zur Tavern on the Square, einem irischen Pub an der Locust Street. Ramirez hatte ihm geraten, sich hier ab und zu blicken zu lassen, während er auf Victors ersten Zug wartete. Er setzte sich an die Bar und bestellte ein Corned Beef-Sandwich und ein Bier. Während er trank, verfolgte er im Fernseher über der Bar ein Basketballspiel. Plötzlich setzte sich jemand auf den Barhocker neben ihn und schob ihm über den Tresen ein zusammengefaltetes Exemplar des *Philadelphia Daily Globe* zu.

„Gerade mal fünf Minuten in der Stadt und schon hast du wieder Ärger“, hörte er eine bekannte Stimme sagen.

Jake setzte sein Glas ab und drehte sich herum. Alles in allem waren die letzten vierzehn Jahre fast spurlos an Victor van Heusen vorübergegangen. Abgesehen von ein paar grauen Haaren und einigen zusätzlichen Falten um die Augen sah er immer noch so aus wie der kräftige, stahlharte Kerl, den Jake während Desert Storm kennen gelernt hatte. Auch in Zivil umgab ihn eine Aura von Autorität, die selbst der Barkeeper zu bemerken schien. Vielleicht war es seine aufrechte Haltung oder der selbstbewusste Blick seiner stahlblauen Augen. Was auch immer es war, es flößte Respekt ein.

Jake ließ eine leichte Überraschung in seinen Augen aufblitzen, bevor er antwortete. „Was zum Teufel machst *du* hier?“

„Ach, ich weiß nicht. Nenn mich sentimental, aber der Artikel von diesem Schwachkopf hat mich einfach aufgeregt.“

„Also hast du mich gesucht, um mich zu trösten.“

„Stört es dich?“

Jake zuckte die Schultern. „Dies ist ein freies Land.“

„Darüber kann man diskutieren.“ Er schaute sich um und betrachtete die wenigen Besucher der Bar. „Ich wusste nicht, wie du reagieren würdest, wenn ich plötzlich vor deiner Tür stünde, und als ich dich dann hier hineingehen sah, dachte ich, dass es besser wäre, sich erst einmal auf neutralem Boden zu treffen.“

Jake tat schockiert. „Du hast mich beobachtet?"

„Bei dir hört sich das an wie ein Verbrechen. Ich wollte mit dir reden."

Jake biss von seinem Sandwich ab und richtete seine Aufmerksamkeit wieder auf den Fernseher.

„Okay." Victor zog seinen Hocker ein Stück näher heran. „Ich weiß, dass du wütend bist, und ich nehme es dir auch nicht übel. Aber, Mann, es ist vierzehn Jahre her."

„Soll das eine Entschuldigung sein?"

„Willst du eine Entschuldigung?"

„Ich will, dass du mich in Ruhe lässt."

Der Barkeeper kam, und Victor bestellte sich ein Bier. Nachdem der Barkeeper sich wieder dem anderen Ende des Tresens zugewendet hatte, sagte van Heusen: „Das mit deinem Vater tut mir Leid."

Jake ignoriert ihn weiterhin. Übertrieb er es? Sollte er ein wenig mehr Interesse zeigen? Ramirez hatte ihm gesagt, dass er seinem Bauchgefühl folgen sollte, aber bisher hatte es ihm noch nichts gesagt.

Mit dem Glas in der Hand schien Victor das Basketballspiel ebenfalls interessiert zu beobachten. „Du denkst, dass ich dich im Stich gelassen habe", sagte er nach einer Weile.

Jake bedachte ihn mit einem vernichtenden Blick. „Gibst du dich etwa der Illusion hin, dass es nicht so war?"

„Ich habe getan, was ich musste, um zu überleben. Ich konnte den Gedanken an zwanzig Jahre Knast nicht ertragen."

Jake sah, wie Arizona State einen Drei-Punkte-Wurf verwandelte. „Aber es hat dir nichts ausgemacht, einen deiner Offiziere mit dir untergehen zu lassen."

„Du hättest doch die Wahrheit sagen können, Jake. Warum hast du es nicht getan?“

„Vielleicht weil ich mir Gedanken darüber gemacht habe, was mit dir passiert. Mehr Gedanken, als du darüber, was mit mir passieren wird.“

Victor schwieg eine lange Zeit. Als er wieder sprach, klang seine Stimme milder. „Interessiert es dich nicht, wie es mir geht?“

„Nicht wirklich.“

„Ich erzähle es dir trotzdem, denn ich glaube, dass es dir gefallen wird. Ich habe eine Miliz gegründet, die im ganzen Land immer mehr Einfluss gewinnt.“

Jake drehte sich zu ihm um und hoffte, dass sein geschockter Gesichtsausdruck echt genug aussah, um Victor zu überzeugen. „Du bist ein Rechtsaktivist geworden?“

„Du klingst überrascht.“

„Das bin ich auch. Miliz bedeutet auch militant, oder?“

„Miliz steht für Freiheit. Ich habe sie gegründet, um die Freiheit und die Rechte aller Amerikaner zu schützen.“

„Als ich das letzte Mal nachgeschaut habe, sahen meine Rechte eigentlich noch ganz gut beschützt aus.“

„Darüber solltest du besser noch einmal nachdenken, Jake. Diese Regierung wird von einer Gruppe von Clowns angeführt, Marionetten, die nicht das kleinste bisschen von Führung verstehen. Und das Ergebnis? Unsere befreundeten Staaten haben das Vertrauen in uns verloren, unsere Jobs wurden in andere Länder verschoben, und wir stehen einem fünfhundert Millionen Dollar Defizit gegenüber. Wir müssen diesem großartigen Land seinen Wohlstand, seine Ehre und Aufrichtigkeit wiedergeben.“

Wow. Der gute Victor hielt mit seiner Meinung nicht hinter dem Berg. „Es ist dein gutes Recht, an diese Dinge zu glauben, aber diese Art von Propaganda ist an mich vollkommen verschwendet."

„Ach, komm. Ich kenne dich, Kumpel. Tief in dir bist du genauso bitter darüber, wie die Armee uns behandelt hat, wie ich."

„Wenn man bedenkt, dass wir gelogen haben, würde ich sagen, dass wir beide bekamen, was wir verdienten."

„Sie haben uns verarscht, Jake. Wir beide haben der Armee zusammen über dreißig Jahre lang vorschriftsmäßig gedient. Und was haben wir zum Dank erhalten? Einen Tritt in den Arsch."

„In einer Sache hast du Recht. Am Anfang war ich wirklich wütend. Aber jetzt nicht mehr. Ich habe einen guten Job, genügend Geld, um mich jederzeit zur Ruhe setzen zu können, und wenn ich das Problem mit meinem Vater aus dem Weg geräumt bekomme, wird mein Glück vollkommen sein. Also tu mir einen Gefallen – du schuldest mir ja eh noch einen – lass mich zum Teufel noch mal in Ruhe. Ich habe genügend Probleme."

Aber Victor gab nicht auf. „Darum bin ich ja hier. Ich biete dir ein wenig Ablenkung von diesen Problemen an. Komm zum Abendessen in mein Camp. Mein Koch wird uns etwas ganz Besonderes zubereiten. Ich garantierte dir, allein das lohnt den Ausflug."

„Nein, danke."

Jake nutzte den Moment, nahm eine Hand voll Dollarnoten aus der Hosentasche und legte sie auf den Tresen. In einem angedeuteten Salut hob er zwei Finger und verließ den Pub.

Er wartete ab, bis er wieder in seinem Haus war, bevor er Ramirez anrief. „Victor hat Kontakt aufgenommen", sagte er.

„Wie war's?"

„Ziemlich genau so, wie Sie gesagt hatten, auch wenn er noch gefährlicher klingt, als Sie mich glauben machen wollten."

„Wie kommen Sie darauf?"

„Die Art, wie er über die Regierung redet, über das Militär. Dieser Mann trägt einen tiefen Zorn in sich."

„Ich werde Ihre Gedanken weitergeben. Hat er angedeutet, dass Sie sich wiedersehen?"

„Er hat mich in sein Camp zum Abendessen eingeladen. Ich habe abgelehnt und ihn stehen lassen."

„Sehr gut. Ich schlage vor, dass Sie ab jetzt die Taverne zu ihrem zweiten Wohnzimmer machen. Und wenn er Sie das nächste Mal einlädt, nehmen Sie an."

20. KAPITEL

Wie vermutet, erwies sich das Alibi von Doug Avery als wasserfest. Nach ein paar Anläufen hatte Detective Cranston die Zeugen angetroffen, und alle drei hatten Averys Geschichte bestätigt. Am Abend des sechsten März kam der Bauarbeiter in Moe's Hole und blieb dort bis in die frühen Morgenstunden.

Während er in Gewahrsam war, hatte er jedoch einen Streit mit seiner Wache angefangen und ihm angedroht, ihn zu Hackfleisch zu verarbeiten, wenn er ihm nicht ein vernünftiges Abendessen besorgen würde.

Detective Cranston und Syd stimmten überein, dass sie jetzt keine Wahl mehr hatten, als Doug Avery weiter eingesperrt zu lassen. Es war notwendig.

Zu ihrer Überraschung hatte Victor van Heusen diesmal keinen Anwalt geschickt, sodass das Gericht einen Pflichtverteidiger stellen musste.

Dienstagmorgen saß Syd im Gerichtssaal und wartete geduldig, bis die mehr als zwanzig Fälle verhandelt waren, bevor der Gerichtsdiener endlich die Nummer siebenundzwanzig aufrief – das Volk gegen Doug Avery. Syd beobachtete, wie Avery in den Gerichtssaal geführt wurde. Er warf ihr einen hasserfüllten Blick zu, bevor er sich neben seine neue Anwältin setzte. Sich des ungestümen und unberechenbaren Temperaments ihres Klienten nur zu Wohl bewusst, wirkte sie nervös und verunsichert.

Syd stellte sich dem Richter, mit dem sie schon einige Male zusammengearbeitet hatte, kurz vor, bevor sie ihren aktuellen Fall vortrug. Sie führte aus, dass Doug Avery eine Gefahr für seine Mitmenschen darstellte, was er durch seine Drohungen gegenüber Lilly als auch durch seine Attacke seinem Wärter gegenüber eindrucksvoll unter Beweis gestellt hatte.

„Das Volk beantragt deshalb, Douglas Avery bis zu seinem Prozess am 23. September in Haft zu behalten."

„Haben Sie Beweise dafür, dass der Angeklagte Lilly Gilmore bedroht hat?"

„Ja, Euer Ehren. Hank Vogel, ein Sicherheitsmann der *Philadelphia Sun,* hat zu diesem Fall ausgesagt und ist bereit ..."

In diesem äußerst unpassenden Moment klingelte ihr Handy, das sie vergessen hatte, auszustellen. Als sie in ihre Tasche griff, lehnte sich Richter Archer genervt über seinen Tisch.

„Ms. Cooper, Sie wissen schon, dass alle Telefone vor Betreten des Gerichtssaals ausgeschaltet werden müssen?"

„Es tut mir Leid, Euer Ehren." Sie warf einen unauffälligen Blick auf das Display und erkannte die Nummer von Chief Yates. Er wusste, dass sie heute Vormittag im Gericht war, also musste es sich um etwas Dringendes handeln. „Euer Ehren, ich muss das Gespräch kurz annehmen."

„Sie *müssen* Ihren Fall weiter vortragen, Frau Anwältin."

„Euer Ehren", sie holte tief Luft. „Der Anruf ist vom Mullica Township Department."

Der Richter hätte von einem anderen Stern kommen müssen, um *nicht* zu wissen, dass Chief Yates die Entführung von Lilly Gilmore untersuchte. Er zögerte einen kurzen Moment und vermied es, zur Verteidigung zu blicken, die noch überlegte, ob sie Einspruch erheben sollte oder nicht. „Machen Sie es kurz", nickte er schließlich.

„Beeilen Sie sich, Chief", flüsterte Syd ins Telefon. „Ich bin im Gericht."

„Ich weiß. Ich habe mit Channel Three gesprochen, und sie sind einverstanden, Dorothy Branzini heute zu interviewen. Um vier Uhr vor ihrem Haus. Dot möchte, dass Sie dabei sind."

Um ihr das zu sagen, hätte er auch eine Nachricht bei Violet hinterlassen können. Da musste noch etwas sein. „Das kann ich arrangieren. Noch was?"

„Bringen Sie Lillys Zahnbürste mit."

Syds Magen krampfte sich zusammen. Zahnbürsten wurden oft benötigt, um DNA-Analysen durchzuführen. „Warum?"

„Wir haben den Van gefunden. Es befinden sich Blutspuren auf den hinteren Sitzen."

Syd schaltete ihr Handy aus – ihr Mund war trocken, und sie hatte das Gefühl, nicht richtig atmen zu können.

„Ms. Cooper?" Richter Archer beugte sich über den Tisch. „Ist alles in Ordnung? Brauchen Sie eine Pause?"

Syd schüttelte den Kopf. „Mir geht es gut, Euer Ehren. Wir können weitermachen."

„Dann tun Sie das."

Zehn Minuten später hatten beide Anwälte ihre Argumente vorgetragen und Richter Archer sprach sein Urteil. Er zog Averys Kaution zurück.

Als eine Wache auf Avery zukam, sprang er auf und drehte sich in Richtung der Galerie im hinteren Zuschauerbereich. „Du kannst nicht zulassen, dass sie mich mitnehmen!", rief er jemandem zu.

Syd folgte seinem Blick und sah Victor van Heusen in der letzten Reihe sitzen. Mit verschränkten Armen betrachtete er gelassen Avery.

Die Wache legte Avery Handschellen an. „General?" Als Avery merkte, dass sein Kommandant nicht daran dachte, ihm zur Hilfe zu kommen, schaltete er auf Angriff. „Du Hurensohn", schrie er über seine Schulter, als zwei Wachen ihn aus dem Gerichtssaal führten. „Ich werde dich begraben, hörst du mich? Ich werde dich begraben, und wenn es das Letzte ist, was ich tue."

Syd wartete, bis er den Saal verlassen hatte, bevor sie auf van Heusen zuging.

Mit seinem üblichen Lächeln begrüßte er sie. „Ms. Cooper. Schön, Sie wiederzusehen", sagte er höflich.

„Was war das eben?", fragte sie.

„Sie meinen Avery?" Er zuckte mit den Schultern. „Er ist sauer auf mich. Gestern rief er mich an, weil er einen Anwalt benötigte. Ich habe ihm gesagt, dass er einen Fehler zu viel gemacht habe, und er dieses Mal selber sehen müsse, wie er da wieder herauskommt, denn mit meiner Hilfe bräuchte er nicht mehr zu rechnen."

„Das habe ich mir gedacht. Was ich meinte ist, was er mit seinem Ausruf *ich begrabe dich* gemeint hat."

Ein weiteres Schulterzucken. „Ich denke, das war nur bildlich gemeint, die zu erwartende Reaktion eines zurückgewiesenen Mannes, mehr nicht." Er schaute auf seine Uhr, dann wieder zu Syd. „War das alles, Ms. Cooper? Ich habe noch einen dringenden Termin."

So gern sie ihn noch weiter vernommen hätte, sie hatte keinen Grund, ihn länger festzuhalten. „Ja, das war alles."

Sie blickte ihm nach, als er davonging. Seine präzisen, sicheren Schritte wirkten, als ob er marschieren würde. Hatte sie Avery *und* van Heusen zu schnell von der Verdächtigenliste für Lillys Entführung gestrichen? Oder hatte Averys Ausbruch damit überhaupt nichts zu tun?

Zu ihrer Überraschung war Detective Cranston bereits im Gefängnis, als sie dort ankam. Als er sie sah, kam er mit finsterer Miene zu ihr herüber. „Avery wurde schwer zusammengeschlagen“, sagte er, als er ihr einen Besucherausweis an die Jacke heftete.

„Zusammengeschlagen? Von wem? Er ist doch *gerade erst* eingetroffen!“

„Seine drei Zelleninsassen sagen, dass er gleich nach seiner Ankunft total ausgeflippt ist und sie angegriffen hat.“

„Wo war die Wache?“

„Schon gegangen.“

„Haben Sie sie befragt?“

Cranston nickte. „Der Wachmann sagt, dass es Avery noch gut ging, als er ihn verließ.“

Syd dachte an ihre Unterhaltung mit van Heusen. Wie ungerührt er während Averys Ausbruch wirkte. Mit seinen Kontakten war es für ihn ein Leichtes, Avery zusammenschlagen zu lassen. „Wo ist er jetzt?“

„Sie haben ihn auf die Krankenstation gebracht.“

„Ich möchte ihn sehen.“

„Es kann sein, dass Sie nicht mit ihm sprechen können. Ich habe gehört, dass es ihn ziemlich erwischt hat.“

„Ich versuche es trotzdem.“

Er führte sie durchs Treppenhaus hinunter in einen weiteren Flur.

„Sie können nur ein paar Minuten bleiben“, sagte ihnen die Schwester, als sie die Krankenstation betraten. „Er hat starke

Beruhigungsmittel bekommen. Er braucht jetzt seine Ruhe. Wahrscheinlich schläft er schon."

Von den anderen Patienten durch Vorhänge getrennt, lag Avery auf einer Trage. Er sah schlimm aus. Beide Augen waren zugeschwollen, die aufgeplatzte Unterlippe blutete noch immer und sein Brustkorb war fest bandagiert. Es sah aus, als ob er schliefe.

„Mr. Avery?" Syd beugte sich über ihn. „Doug? Können Sie mich hören?"

Mühsam öffnete er ein Auge.

„Haben *Sie* den Kampf angefangen, Doug?"

Seine Hand bewegte sich in Richtung Magen und blieb dort liegen.

„Gehen Sie weg."

„Doug, hören Sie mir zu. Ich kann Ihnen helfen. Ich kann Ihnen eine Einzelzelle besorgen, wo niemand Ihnen zu nahe kommen kann. Aber Sie müssen mir auch helfen. Erzählen Sie mir die Wahrheit. Hat van Heusen die Schläger beauftragt?"

Er schaute sie an, und für einen Augenblick hatte Syd das Gefühl, dass er bereit war, mit ihr zusammenzuarbeiten. Doch diese Hoffnung währte nur kurz. „Ich war's", murmelte er. Ganz offenbar hatte er Schwierigkeiten und Schmerzen beim Sprechen. „Ich habe Streit angefangen." Er befeuchtete seine blutige Lippe. „Ich war genervt, hab angefangen, um mich zu schlagen."

Syd schaute zu Cranston, der auf der anderen Seite der Liege stand. Er schüttelte langsam den Kopf, als wolle er sagen: „Aus dem werden Sie nichts herausbekommen."

Syd näherte sich Averys Ohr. „Was haben Sie damit gemeint, als Sie van Heusen im Gerichtssaal sagten, dass Sie ihn *begraben* werden?"

Er hatte seine Augen geschlossen.

Jemand tippte ihr auf die Schulter. „Sie müssen jetzt gehen, Ms. Cooper. Mein Patient braucht Ruhe."

Sie richtete sich auf und sah hinter sich einen Arzt stehen. Sie nickte ihm zu, bevor sie Cranston bedeutete, ihr zu folgen. „Er lügt", sagte sie, als sie schnellen Schrittes den Flur entlang liefen. „Er hat den Streit nicht angefangen. Er hat nur zu viel Angst, um es zuzugeben."

„Ich bin geneigt, Ihnen zuzustimmen, aber das hilft Ihnen auch nicht weiter."

„Ich will, dass er rund um die Uhr bewacht wird. Und wenn er von der Krankenstation entlassen wird, bekommt er eine Einzelzelle. Ich bin noch nicht mit ihm fertig."

21. KAPITEL

Vom Gefängnis aus eilte Syd direkt zu Lillys Wohnung, wo sie die Zahnbürste aus dem Halter nahm und in einen Plastikbeutel steckte. Sie versuchte, sich selbst davon zu überzeugen, dass die Blutflecken nicht notwendigerweise bedeuteten, dass das Opfer eine tödliche Verletzung erlitten hatte. So wie sie Lilly kannte, hatte sie sich heftig gewehrt und war dabei ein bisschen grob angefasst worden.

Dieser Gedanke bewahrte Syd davor, sämtliche Hoffnung zu verlieren, während sie im Fond des Taxis saß und sich zu Dots Haus fahren ließ.

Dot stand bereits draußen und wurde von einem Mitarbeiter des Fernsehsenders vorbereitet. Einige Mitglieder ihrer Familie waren auch vor Ort. Ihr Bruder Joe, der Star der Hitrevue *Divas in Drag,* war offensichtlich direkt von der Nachmittagsmatinée hergekommen, denn er trug noch sein Bühnen-Make-up. Dots Schwester Luciana war mit ihrer Tochter Angie gekommen, einer rebellischen Collegestudentin, die für mehr Projekte demonstrierte als Syd überhaupt bekannt waren. Sogar Lucianas Sohn Roman, ein Drag-Car-Fahrer, war zur Unterstützung gekommen. Sicher keine ganz gewöhnliche, durchschnittliche Familie, aber alles wundervolle Menschen, die sich sorgten, umeinander kümmerten und einander tief verbunden waren.

„Dot!“ Syd ging zu ihr hinüber, nicht sicher, ob sie bereits vom Fund des Vans wusste. „Tut mir Leid, dass ich so spät bin.“ Sie schaute fragend zu Chief Yates, der neben Dot stand.

„Es ist in Ordnung, Syd.“ Dot drückte ihre Hände. „Das Blut stammt nicht von Lilly.“

Der Knoten in Syds Magen löste sich langsam auf. „Dann ist es doch nicht der richtige Van?", fragte sie den Chief.

„Oh doch, es ist das richtige Fahrzeug, bis hin zu dem Fußballaufkleber an der hinteren Stoßstange, von dem Sie erzählt haben. Er wurde vor ein paar Tagen als gestohlen gemeldet und heute Morgen verlassen hinter einem alten Lagerhaus an der Route 287 gefunden. Man hat mich sofort darüber informiert."

„Und das Blut?"

„Der Wagen gehört einer Mutter von vier Kindern. Das Blut stammt von einem angeschlagenen Knie ihres Jüngsten, der sich beim Basketball spielen verletzt hatte."

„Irgendwelche Fingerabdrücke?"

„Das wird gerade untersucht, aber ich glaube nicht, dass wir etwas finden werden. Diese Jungs waren zu clever."

Onkel Joe kam zu ihnen hinüber. Er war ein kleiner, kompakter Mann mit dichtem grauem Haar und einer Grabesstimme, die zu seinem Markenzeichen geworden war.

„Du siehst blass aus, Mädchen", sagte er und betrachtete sie unter seinem dicken Augen-Make-up. „Möchtest du dich setzen? Ich kann dir einen Stuhl besorgen. Angie, lauf und hol einen Stuhl für Syd."

„Mir geht es gut, Joe, ehrlich. Es war ein harter Tag, das ist alles."

„Mrs. Branzini?" Der junge Produzent lächelte Dot zu. „Wir sind bereit, wenn Sie es sind."

„Denken Sie dran", warnte der Chief. „Kein Wort über das Erpresserschreiben. Sie wollen die Entführer glauben machen, dass Sie ihren Forderungen nachkommen."

Dot nickte und rückte den Kragen ihres blauen Anzugs zurecht. Ihre ernst blickende Verwandtschaft stellte sich hinter ihr auf, der Kameramann hob seine Hand und zählte mit seinen Finger die Sekunden herunter – dann war es so weit.

Die Reporterin von Channel Three sprach in das Mikrofon. „Guten Tag“, sagte sie. „Wir sprechen heute mit Mrs. Dorothy Branzini, deren Tochter Lilly Gilmore Opfer einer Entführung wurde.“ Sie wandte sich Dot zu. „Guten Tag, Mrs. Branzini.“

„Guten Tag“, antwortet Dot ein wenig steif.

„Dies muss eine schlimme Erfahrung für Sie und Ihre Familie sein. Wie gehen Sie damit bisher um?“

„Ich versuche mein Bestes, aber es ist schwer. Ich danke Gott jeden Tag für die Liebe und Unterstützung meiner Familie und dieser wundervollen Gemeinde. Viele meiner Nachbarn haben sich freiwillig gemeldet, um Chief Yates bei seiner Suche nach Lilly zu unterstützen. Dafür bin ich sehr dankbar.“

„Ich glaube, dass Sie den Entführern Ihrer Tochter etwas sagen möchten?“

„Ja.“ Hinter ihr legten Joe und Luciana je eine Hand auf Dots Schulter.

„Bitte, fahren Sie fort.“

Dot blickte direkt in die Kamera, als sie sprach. „Dies ist mehr als eine Erklärung“, sagte sie mit fester, klarer Stimme. „Es ist ein Appell an die Männer, die meine Tochter entführt haben. Eine verzweifelte Bitte an Sie, Lilly unverletzt zu mir zurückzubringen. Ich weiß nicht, warum Sie sie gekidnappt haben oder was Sie mit ihr vorhaben. Was auch immer Ihre Gründe sein mögen, bitte denken Sie an die Angst und Schmerzen, die Sie denen zufügen, die Lilly lieben – mir, ihrer kleinen Tochter, die immer noch nicht weiß, dass ihre Mutter entführt wurde und es auch nicht verstehen könnte, selbst wenn sie es wüsste. Ihren Verwandten, Freunden, Arbeitskollegen. Wir alle machen uns große Sorgen, und so bitte ich Sie, bereiten Sie unserem Leid ein Ende und lassen Sie Lilly frei."

Sie versuchte, zu lächeln, aber es gelang nicht recht. Sie gab das Mikrofon an die Reporterin zurück, die außerhalb des Sichtbereichs der Kamera stehen geblieben war.

„Vielen Dank, Dorothy. Wir alle beten, dass Lilly gesund heimkehrt."

„Ich danke Ihnen."

Joe und Luciana hatten Dot bereits in ihre Arme geschlossen, und in den Augen einiger Zuschauer standen Tränen. Die meisten von ihnen waren Nachbarn, die gekommen waren, um Dot zu unterstützen.

„Glauben Sie, dass das helfen wird?", wurde Syd von Chief Yates gefragt.

„Dot glaubt es", antwortete sie skeptisch. „Und das ist alles, was zählt."

Violet schaute auf, als Syd eintrat. „Das hat Dot wundervoll gemacht, Syd. Sie wirkte überhaupt nicht nervös."

„Vielleicht haben die guten Neuigkeiten geholfen."

„Welche guten Neuigkeiten?"

„Sie haben den Van gefunden, mit dem Lilly entführt wurde. Auf dem Rücksitz waren Blutspuren, aber die gehörten zum Glück nicht zu Lilly."

„Falscher Van?"

„Falsches Blut. Das Auto gehört einer Mutter von vier Jungs, und das Blut stammte vom aufgeschlagenen Knie eines der Kinder."

„Bist du erleichtert oder enttäuscht?"

„Gute Frage, Violet." Syd setzte sich auf einen Stuhl vor dem Tisch der Sekretärin. „Die Wahrheit ist: Ich weiß es nicht. Das Einzige, das ich weiß, ist, dass wir wieder ganz von vorn anfangen müssen."

Violet stieß einen mitfühlenden Laut aus. „Warum hörst du für heute nicht einfach auf?", fragte sie. „Für deinen ersten Tag hast du schon wieder viel zu hart gearbeitet. Geh nach Hause, Süße, ich bin sicher, dass Ron nichts dagegen hat."

„Du kannst wohl Gedanken lesen. Genau das habe ich eben nämlich auch gedacht. Aber zuerst benötige ich noch einen Rat von dir." Sie griff in ihre Tasche, die sie auf den Boden gestellt hatte, und holte einen Stift und einen Block heraus. „Du musst mir helfen, ein Gourmetessen für morgen Abend zu planen."

Violets Augen leuchteten auf. „Wohlmöglich eines für zwei Personen?"

„Ehrlich gesagt, ja. Ich möchte mich bei Jake dafür bedanken, dass er so viel Zeit investiert hat, um meine Wohnung zu streichen."

„Das ist eine tolle Idee. Soll ich das Essen kochen?"

Syd lachte. „Nein, Dummchen. Um so etwas würde ich dich niemals bitten. *Ich* werde kochen."

Violet zog eine ungläubige Miene. „Du? Aber, Süße, du kannst ja gerade mal Wasser zum Kochen bringen."

„Das weiß Jake aber nicht. Er denkt sogar, dass ich eine ganz gute Köchin bin."

Violet platzte beinahe vor Lachen. „Wie ist er denn auf die Idee gekommen?"

Syd strich mit Bedacht ihren Rock glatt. „Könnte sein, dass ich etwas in der Art gesagt habe."

„Oh, du kleines Biest. Versuchst, das Herz des Mannes über seinen Magen zu erobern."

Syd merkte, wie eine leichte Röte ihre Wangen überzog. „Ich versuche nicht, ihn zu erobern, Violet. Ich habe dir doch gesagt, ich möchte ihm nur für all das danken, was er getan hat."

„Du hättest ihm einen Gutschein aus dem Baumarkt besorgen können."

„Zu unpersönlich."

„Du *magst* ihn. Warum sagst du es nicht einfach? Was ist so falsch daran, zuzugeben, dass du ein bisschen verliebt bist?"

Wenn es nicht Violet wäre, hätte Syd der Unterhaltung an dieser Stelle sofort ein Ende gesetzt. „Weil ich nicht in ihn verliebt bin. Ich bin nur ein bisschen … er fasziniert mich, okay?"

„Hat er dir schon Avancen gemacht?"

„Nein!"

„Aha, darin liegt also die Anziehungskraft." Sie hob eine Hand, um Syd, die gerade zu einer Entgegnung ansetzte, zum Schweigen zu bringen. „Leugne es nicht, ich habe das auch schon erlebt." Sie lehnte sich vor und flüsterte: „So hat George mich rumgekriegt – indem er den Unnahbaren spielte."

„Es ist aber nicht Jakes Art, den Unnahbaren zu spielen. Ich glaube, er ist einfach … nicht interessiert."

„Oh Süße, es fällt mir schwer, das zu glauben."

„Das Essen?", erinnerte Syd sie.

„Das Essen. In Ordnung." Violet tippte sich nachdenklich ans Kinn. „Lass mich überlegen. Wie aufwändig soll das Dinner sein?"

„Nicht zu übertrieben. Jake ist eher ein bodenständiger Typ. Aber dennoch sollte es ausgefallen genug sein, um ihn zu beeindrucken."

„Französisch oder Italienisch?"

„Französisch. Ich dachte vielleicht an das Essen, das du bei meinem letzten Besuch gekocht hast?"

„Das *Cassoulet?*" Violet schüttelte den Kopf. „Vergiss es. Die Bohnen brennen viel zu leicht an, und wie wir alle wissen, neigst du dazu, Dinge anbrennen zu lassen. Ich muss nachdenken. Mir wird schon etwas einfallen. Wie wäre es mit einem Eintopf? Männer lieben Eintöpfe. Natürlich heißen sie bei den Franzosen anders, zum Beispiel *Boeuf Bourguignon* oder *Kalbsragout Marengo* oder *Poulet Chasseur.*"

Syd schrieb hektisch mit. „Wie schreibt man das denn?"

Als Syd schließlich das Büro verließ, wusste sie mehr über französische Eintöpfe als sie jemals hatte wissen wollen. Sie hatte die komplette Einkaufsliste, die Rezepte und eine zu jedem Menü passende Auswahl an Weinen notiert.

Alles, was sie jetzt noch tun musste, war ein Rezept auszusuchen und es zu kochen. Wie schwer konnte das sein?

Jake fuhr mit seinem Mietwagen den Christopher Columbus Boulevard hinunter und suchte mit den Augen die Wasserseite ab. Er erkannte die Gegend kaum wieder, die er damals mit seinem Vater und Onkel oft besucht hatte, um die großen Schiffe anzuschauen. Ein findiger Investor hatte einen Teil der alten Piers aufgekauft und in erstklassige Wohnungen umbauen lassen. Daneben fanden sich Luxusbungalows, Nachtclubs, Restaurants und sogar ein Dace & Buster's, ein Vergnügungspark, der auf über zwanzigtausend Quadratmetern Essen und Spaß unter einem Dach anbot.

Nachdem er in der Garage des Dace & Buster's geparkt hatte, ging Jake hinunter zu den Docks, um einen näheren

Blick auf die beeindruckenden Schiffe zu werfen. Silvertons, Sea Rays und Vikings lagen Seite an Seite und boten ein imposantes Bild. Auf seinem Weg an den Schiffen vorbei blieb er plötzlich stehen. Die vor ihm liegende Stolkraft 450 hatte ein Schild im Fenster kleben – ‚Zu chartern. 555-6413'. Auf der Seite stand in großen Buchstaben der Name *Three naughty nurses* – Drei unartige Schwestern. Stolkraft-Schiffe wurden ausschließlich in Australien gebaut. Durch die einzigartig geformten Körper verbanden sich hohe Manövrierfähigkeit mit außergewöhnlicher Stabilität. Diese speziellen Boote verfügten über eine großzügig ausgelegte Brücke, auf der leicht acht Mann Platz hatten, ein geräumiges Deck und eine Schwimmplattform.

Sein Vater hatte immer davon geträumt, einmal mit so einem Schiff zu segeln.

„Hübsches Ding, was?"

Jake drehte sich um und sah sich einem kleinen Mann mittleren Alters gegenüber, der eine Holzfällerjacke trug. Jake nickte und wandte seine Aufmerksamkeit wieder dem Boot zu.

„Ich arbeite hier im Hafen", sagte der Mann und deutete in Richtung des einstöckigen Gebäudes hinter ihnen. „Die Besitzer haben sie vor ein paar Tagen wieder ins Wasser gelassen. Falls Sie Interesse daran haben, sie zu chartern ... im Moment ist sie noch frei. Sie wird komplett mit Kapitän und Koch, der auch sauber macht, vermietet."

„*Die* Besitzer, sagten Sie?"

Der Mann lachte auf. „Drei Schwestern vom Hahnemann Hospital. Sie haben es als Anlage gekauft, und bis jetzt macht es sich bezahlt. Letztes Jahr war es durchgehend von April bis in den November hinein ausgebucht."

Jake schaute sich die Telefonnummer noch einmal an und merkte sie sich. „Danke für die Informationen“, sagte er zu dem älteren Mann.

„Gern geschehen. Aber warten Sie nicht zu lange. Die Schwestern sind hier sehr beliebt.“

„Ich werde daran denken.“

22. KAPITEL

Zwei Stunden später rief Jake seinen Vater an. Wie jeden Tag, der seit seinem unglücklichen Besuch vergangen war, schaltete sich nur der Anrufbeantworter an.

Jake räusperte sich. „Hi, Pa. Bitte, häng nicht auf, ja? Hör zu, ich habe ein Boot gechartert. Nur für dich und mich. Wir können hinfahren, wo immer du willst. Vielleicht noch nicht jetzt, aber in ein paar Wochen, wenn das Wetter besser ist. Wir können angeln oder einfach nur ein bisschen segeln, was auch immer dir gefällt. Das Boot hat sogar Personal – einen Kapitän und einen Koch, der auch sauber macht. Kannst du dir das vorstellen? Ich habe ihnen gesagt, dass sie den Koch vergessen können. Wir werden selber kochen und aufräumen. Das haben wir immer so gemacht."

Er hielt einen Moment in der Hoffnung inne, dass seinem Vater die Idee gefallen und er den Hörer abnehmen würde. Doch nichts geschah. Er unterdrückte ein Seufzen. „Also, was sagst du, Papa? Hast du Lust, ein bisschen die Küste entlang zu segeln? Vielleicht runter nach Chesapeake?" Immer noch keine Antwort. „Ruf mich an, damit wir die Einzelheiten besprechen können."

Er hinterließ die Nummer seines Mobiltelefons und wartete noch einen Augenblick, falls sein Vater sich vielleicht doch noch meldete. Aber Wendell rührte sich nicht.

„Ich liebe dich, Pa", sagte Jake und hängte auf.

In dem Moment, als er die Garage verließ, klingelte sein Telefon. Doch seine Hoffnung zerschlug sich, als er die Stimme von Agent Ramirez erkannte.

„Kann ich mit Nancy sprechen?“, benutzte er den Code-Satz, den sie vereinbart hatten.

„Es ist okay, Ramirez, ich bin allein.“

„Ihr Apartment ist jetzt verwanzt“, erklärte Ramirez, als wäre das etwas Alltägliches. „Der gleiche Mann, den wir schon im Park gesehen hatten, betrat das Gebäude mit einer Leiter, kurz nachdem Sie gegangen waren. Er hat ein hochsensibles Abhörgerät in der Größe einer Kreditkarte installiert. Es ist stark genug, um jede Unterhaltung in Ihrer gesamten Wohnung aufzunehmen.“

Jake fragte nicht, wie der Mann oder Ramirez in sein Apartment gekommen waren. Er hatte es mit Profis zu tun, auf beiden Seiten. „Wo genau ist die Wanze?“

„Am Ventilator. Ach ja, und ihre Freundschaft mit Sydney Cooper ist auch nicht unbemerkt geblieben.“

„Wie kommen Sie darauf?“

„Weil ein identisches Gerät bei ihr installiert wurde.“

„Ach Liebes“, sagte Violet am anderen Ende der Leitung. „Du hättest mit etwas Einfacherem anfangen sollen.“

Syd hielt den Telefonhörer an ihr anderes Ohr und ließ den Blick über die Arbeitsplatte in ihrer Küche schweifen, auf der eine ungeahnte Vielfalt an Lebensmitteln und Kochutensilien versammelt war. Sie behielt kaum noch den Überblick bei all diesen Zutaten. Ja, warum hatte sie sich nicht etwas ausgesucht, das sie auch bewältigen konnte? Makkaroni mit Käse, zum Beispiel. Oder Campbell's Champignonsuppe auf Toast. Aber nein, sie musste ihren Gast ja unbedingt mit einem komplizierten französischen Gericht beeindrucken.

Bei Violet hatte es so einfach geklungen. Ein bisschen von

diesem, ein bisschen von jenem, leicht köcheln lassen, Pfeffer und Salz dazu und voilà, fertig ist das *Kalbsragout Marengo.* Das Rezept lag neben einer Tüte Champignons und sah jetzt viel herausfordernder aus als noch ein paar Stunden zuvor bei Violet im Büro.

„Vielleicht reicht die Zeit ja noch, um einen Lieferservice anzurufen?“, schlug Violet vor.

„Nein, kein Lieferservice. Ich habe Jake angekündigt, dass ich ihn mit etwas ganz Besonderem überraschen werde, und ich lasse mich jetzt nicht ins Bockshorn jagen. Der Mann hat schon zwei Räume und den Flur gestrichen. Ich muss irgendetwas tun, um ihm meine Dankbarkeit zu beweisen.“

„Oh Süße.“ Violets Stimme war nur noch ein sexy Flüstern. „Ich bin sicher, dass dir noch andere Sachen einfallen, die ihm sicher auch sehr viel Spaß machen würden.“

„Sehe ich aus wie jemand, der mit einem komplett Fremden ins Bett hüpfen würde?“

Syd nahm eine Schalotte und drehte sie in ihrer Hand hin und her. „Das wird eine Katastrophe.“

„Kind, du baust keine Rakete, du kochst ein Abendessen. So, jetzt stell mich auf Lautsprecher und dann legen wir los. Bist du bereit?“

„Nicht wirklich.“

„Dann nimm dir ein Glas Wein, das entspannt.“

Syd trank nicht oft Alkohol, schon gar nicht auf leeren Magen, aber im Moment klang die Idee sehr verlockend. Sie nahm die Flasche Sauvignon Blanc, die Violet empfohlen hatte, und schenkte sich ein Glas ein. Sie trank erst einen kleinen Schluck und dann noch einen. Der Wein schmeckte kühl, beinahe leicht und hinterließ ein weiches Gefühl auf der Zunge. Nicht zu vergleichen mit den trockenen, harten Weinen, die Greg bevorzugt hatte.

„Jetzt kann's losgehen", sagte sie und stellte das Glas zur Seite.

In der nächsten halben Stunde briet, schnitt und rührte Syd, bis alle Zutaten im Topf waren, leise vor sich hinköchelten und – oh Wunder – die ganze Küche mit einem delikaten Duft erfüllten.

„Unglaublich, ich hab's geschafft!", rief sie aus.

„Ich habe doch gesagt, dass es einfach ist."

Syd setzte den Deckel auf den Topf und nahm den Hörer wieder ans Ohr. „Danke, Violet, du hast mir das Leben gerettet."

„Wir machen dich schon noch zu einer Sterneköchin. Und nun geh, zieh dir etwas Aufreizendes an und mach dir einen tollen Abend."

Syd legte auf und ging in ihr Schlafzimmer, um sich umzuziehen. Als sie in den großen Spiegel sah, brach sie in entsetztes Lachen aus. Beim Zwiebelschneiden hatten ihre Augen so getränt, dass ihre Wimperntusche nun in langen schwarzen Streifen über ihr gesamtes Gesicht verteilt war. Sie hatte Mehl im Haar und auf ihrer rechten Wange prangte ein dicker Tomatenspritzer. Zum Glück blieben ihr noch zwei Stunden, bis Jake kam. Ausreichend Zeit, um ein entspannendes Bad zu nehmen, ihre Haare zu waschen und sich wieder halbwegs herzurichten.

Zehn Minuten später stieg sie in das dampfende, schaumige Wasser, lehnte sich zurück und schloss die Augen.

Als sie aus der Wanne stieg, fühlte sie sich wunderbar erholt. Nachdem sie sich abgetrocknet hatte, tapste sie in ihr Schlafzimmer, um ihren Kleiderschrank zu inspizieren.

„Zieh dir etwas Aufreizendes an“, hatte Violet gesagt.

Aber was? Es gab nicht ein einziges Kleidungsstück in ihrer gesamten Garderobe, auf das das Wort *aufreizend* passte.

Nackt stand sie vor ihrem Schrank und schob die Bügel von rechts nach links, wobei sie jedes Teil kritisch betrachtete. Verschiedene Anzüge in schwarz, braun und blau wanderten über die Kleiderstange, gefolgt von Röcken, Hosen, einem eleganten Kleid, das Greg ihr gekauft hatte, und einem halben Dutzend Blusen.

Hoffnungslos. Im Gerichtssaal würde sie fantastisch aussehen, aber keines ihrer Kleidungsstücke würde einen Mann um den Verstand bringen.

Vielleicht sollte sie den Abend leger gestalten und ihn in Jogginghosen begrüßen. Oder …

Plötzlich hielt sie inne – das Kleid war das letzte auf der Stange, ganz nach hinten gehängt und fast vergessen. Zögernd nahm sie es heraus und ließ ihre Augen langsam über den hellblauen Stoff wandern. Das Kleid war ein seidig schimmernder Hauch von Nichts, den sie vor sechs Jahren zur Feier des ersten Hochzeitstages von Lilly und Mike gekauft hatte.

Sie hielt es sich an und betrachtete sich im Spiegel. Es sah noch genauso überwältigend aus wie damals. Die Frage war nur, ob es ihr noch passte. Eine Diät aus Hot Dogs im Stehen und nächtlichem Essen vom Lieferservice war nicht gerade dazu geeignet, einem Mädchen die Figur von Elle McPherson zu verschaffen.

Ohne sich erst Unterwäsche anzuziehen, schlüpfte sie in das Kleid, zog den Reißverschluss hoch – was leichter ging, als sie gedacht hätte – und betrachtete ihr Spiegelbild erneut.

„Wow.“

Der tiefe Ausschnitt zeigte gerade so viel Dekolletee, um die Phantasie eines Mannes anzuregen, und der zarte Stoff, der nur die Hälfte ihrer Oberschenkel bedeckte, ließ ihre schönen Beine gut zur Geltung kommen. Passend zum Kleid hatte sie sich silberne Sandalen gekauft, die sie drei Zentimeter größer machten. Sie angelte sie unter einem Stapel von Schuhkartons hervor und zog sie an.

Ja, das sah sexy aus.

Zu sexy? *Zu* offensichtlich?

„Nun ja, entweder das hier", sagte sie ihrem Spiegelbild, „das formelle schwarze Kleid von Greg oder die Jogginghosen."

Das blaue Kleid gewann ohne Gegenstimmen.

Ein Stunde später hatte sie ihre Haare geföhnt und zu einer lässigen, silbrig schimmernden Frisur hochgenommen, ihre Nägel lackiert und sich mit Chanel No. 19 parfümiert. Sie steckte gerade ihre Perlenohrringe an, als es an der Tür klingelte.

Nach einem letzten Blick in den Spiegel und einem aufmunternden *Daumen hoch,* ging sie zur Tür, um sie zu öffnen.

23. KAPITEL

„Hallo." Jake hielt ihr eine Flasche Weißen Burgunder entgegen. „Ich war mir nicht sicher, was du zu essen machen würdest, also habe ich die sichere Variante gewählt und …"

Der Rest des Satzes erstarb ihm auf den Lippen. Nicht länger am Wein interessiert, starrte er die bezaubernde Erscheinung vor sich an und sein Gehirn schmolz förmlich dahin. In den Highheels schienen Syds Beine nicht enden zu wollen. Und was für Beine. Schlank, wohlgeformt, zartweiß und nackt. Der Rest von ihr sah genauso verführerisch aus. Das Kleid, wie gemacht, um den Puls von Männern in die Höhe zu jagen, legte sich um ihre weiblichen Hüften, die schmale Taille und die hoch angesetzten, vollen Brüste, die sich unter dem tiefen Ausschnitt wölbten.

Mit einem amüsierten Blick nahm Syd ihm die Weinflasche ab. „Was wolltest du sagen?"

„Hab ich vergessen."

„Hm. Ich nehme das als Kompliment." Sie drehte sich um. „Komm herein. Wir können noch ein Glas Wein trinken, während ich …" Sie hielt inne und schnüffelte. „Riecht es hier verbrannt?"

Bevor er zustimmen konnte, stieß sie einen kurzen Schrei aus und rannte in die Küche.

Er folgte ihr. Sie hatte den Deckel von einem Topf genommen und rührte hektisch um, wobei sie komplett verzweifelt aussah.

„Ich habe es anbrennen lassen!"

Jake näherte sich vorsichtig dem Herd – der beißende Geruch ließ keinen Zweifel daran, dass sie Recht hatte.

„Das *Kalbsragout Marengo* ist ruiniert.“ Sie war den Tränen nahe.

„Nicht unbedingt. Hast du eine Kartoffel?“

Sie schaute ihn verständnislos an.

„Um sie in den Topf zu tun“, erklärte er. „Die Stärke in der rohen Kartoffel nimmt den verbrannten Geschmack auf.“

Sie schien noch nicht überzeugt. „Wo hast du das denn gehört?“

„Das hat mir ein alter Cajun-Koch, den ich kenne, verraten.“

„Und das funktioniert?“

„Ich habe schon so viel Bohnen und Reis anbrennen lassen – glaub mir, es wirkt.“

Sie öffneten die Tür eines kleinen Holzschranks, nahm eine verschrumpelte Kartoffel heraus und gab sie ihm. „Ich habe keine Ahnung, wie alt die ist.“

„Es wird gehen.“ Er nahm ein Messer von der Anrichte, schälte die Kartoffel mit geübten Handgriffen, und gab sie in den Topf.

Syd sah ihm mit gerunzelter Stirn zu. „Und nun?“

„Trinken wir ein Glas Wein und warten ab.“

Da er inzwischen mehr Zeit in Syds Wohnung als in seiner eigenen verbracht hatte, kannte er sich in ihrer Küche gut aus und holte einen Korkenzieher hervor, um die Weinflasche zu öffnen. Während sie zusah, füllte er die beiden langstieligen Gläser, die sie schon auf der Arbeitsplatte bereitgestellt hatte, und reichte ihr eines. „Auf Mr. Marengo“, prostete er ihr zu. „Wer immer das sein mag.“

Syd nahm einen Schluck. „Marengo war keine Person. Es ist eine italienische Stadt, in der Napoleon die österreichischen Streitkräfte geschlagen hat.“

„Und die Stadt ist berühmt für das Gericht, das du gekocht hast?"

„Erst seitdem Napoleons Koch es berühmt gemacht hat. Nach der Schlacht waren die Versorgungswege aus Frankreich nahezu abgeschnitten, und der General hat seinen Koch losgeschickt, um nach Nahrung zu suchen. Er kam mit Hühnchen, Gemüse, Kräutern und Wein zurück, alles gestohlen von einem ortsansässigen Bauern. Das Hühnchen wurde später durch Kalbfleisch ersetzt und das Gericht wurde weltberühmt."

„Ich bin beeindruckt."

„Besser nicht. Ich habe das auch erst heute von Violet gelernt."

„Dann ist das also dein erstes *Kalbsragout Marengo,* das du kochst?"

„Dies ist mein erster Versuch überhaupt, etwas zu kochen, das *nicht* aus der Dose kommt." Sie nahm einen großen Schluck Wein, als wenn sie sich etwas Mut antrinken müsste. „Ich muss dir etwas gestehen. Ich kann gar nicht kochen."

Er hatte Mühe, eine ernste Miene zu bewahren. „Aber du hast doch gesagt ..."

„Ich habe gelogen."

Jetzt lachte er. „Warum?"

„Ich wollte dich beeindrucken. In Wahrheit lebe ich von Essen zum Mitnehmen und Carepaketen von Dot Branzini. Und einer Dosensuppe ab und zu."

Er schaute sich um, sah den Topf, der nun von der Herdplatte genommen war, und einige Küchenutensilien, von denen nur ein geübter Koch wusste, wozu sie gut waren.

Sie folgte seinem Blick. „Das habe ich alles heute gekauft."

„Und das Essen selber?"

„Violet hat mich per Telefon bei jedem Schritt angeleitet."

„Du hast dir eine Menge Mühe gemacht."

„Ich wollte etwas Besonderes für dich machen, um mich dafür zu bedanken, dass du meine Wohnung gestrichen hast."

Er schenkte ihre einen langen, bewundernden Blick, der sie erröten ließ. „Das hast du bereits getan."

Eine halbe Stunde später, die Weinflasche war geleert und eine neue geöffnet, saßen sie an dem kleinen runden Tisch vor Syds Kamin. Der Salat war ausgezeichnet, und die Kartoffel hatte ihre Wirkung nicht verfehlt und den verbrannten Geruch des Essens vollkommen aufgenommen. Während das Feuer gemütlich prasselte und Roberta Flack aus den Lautsprechern ertönte, genossen sie das Essen und den Wein. Syd erzählte von ihrem Tag, den sie zum Großteil im Gerichtssaal verbracht hatte, und von Dot Branzinis Fernsehinterview.

Jake war sich bewusst, dass van Heusen jedes ihrer Worte abhörte, und so gab er dem Gespräch hier und da eine andere Wendung, wenn er der Meinung war, dass sie Gefahr lief, wertvolle Informationen preiszugeben. Zum Glück bemerkte Syd davon nichts. Ihm fiel auf, dass sie mehr getrunken hatte, als sie gewohnt war, was sich langsam bemerkbar machte.

Als hätte sie seine Gedanken lesen können, verschüttete Syd ein wenig Wein, als sie sich nachschenken wollte. „Ups", lachte sie. „Merkt man, dass ich normalerweise keinen Alkohol trinke?"

„In diesem Fall sollten wir vielleicht einen Kaffee machen, was meinst du?"

Sie hob ihren Zeigefinger. „Und Nachtisch. Wobei ich den nicht selber gemacht, sondern gekauft habe."

Sie lehnte sein Angebot, ihr zu helfen, ab und schaffte es,

den Kaffee und Apfelkuchen heil zum Couchtisch im Wohnzimmer zu bringen. Auch wenn sie leicht betrunken war, bewegte sie sich mit einer Leichtigkeit, die ihn an einen langsamen, verführerischen Tanz erinnerte, und ihre konzentriert geschürzten Lippen, als sie den Apfelkuchen in zwei Teile zerschnitt, waren so aufreizend, dass er sie auf der Stelle geküsst hätte, wenn da nicht die Wanze wäre, die jedes Wort und jedes Geräusch aufzeichnete.

„Dann lass mich wenigstens beim Abwasch helfen“, bot er an, nachdem sie aufgegessen hatten.

„Auf gar keinen Fall.“ Sie kuschelte sich an ihn. „Ich mag dieses Lied. Magst du es auch?“

Er schaute auf sie hinunter, wie sie da lag, mit dem Kopf auf seiner Schulter, und verfluchte Victor. „Ja, sehr.“

„Es heißt ‚Kissing me softly‘.“ Mit geschlossenen Augen summte sie mit, wobei sie keinen einzigen Ton traf. Plötzlich kicherte sie wie ein kleines Mädchen. „Ich muss dir noch ein Geständnis machen. Eigentlich sogar zwei.“

„Falls du so weitermachst, muss ich noch den Priester holen.“

Sie fand die Bemerkung unglaublich komisch. „Das erste Geständnis“, fuhr sie fort, nachdem sie aufgehört hatte zu lachen, „ist, dass ich ein bisschen betrunken bin.“

„Zum Glück musst du nicht mehr fahren.“

Sie brach wieder in Gekicher aus. „Du bist lustig, Jake Sloan, weißt du das?“

„Was ist das zweite Geständnis?“

„Ich kann nicht singen.“

„Lass mal sehen.“ Er setzte eine ernste Miene auf. „Du kannst nicht kochen. Du kannst nicht trinken. Du kannst nicht singen. Und offensichtlich kannst du auch kein Geheimnis für dich behalten. Was kannst du eigentlich?"

„Ich kann tanzen."

Um es zu beweisen, stand sie mehr oder weniger geschickt auf und zog ihn mit sich hoch. Sie war wirklich betrunken. Es hatte sie offenbar von jetzt auf gleich überfallen, denn während des Essens hatte sie einen nüchternen Eindruck gemacht.

„Nun bin ich dran, zu gestehen", sagte er. „Ich bin *kein* guter Tänzer."

„Oh doch, das bist du. Das kann ich sehen."

Sie legte zwei zart duftende Arme um seinen Hals. Ihre Schuhe hatte sie ausgezogen und ihr Kopf reichte ihm gerade bis zum Hals. „Du musst dich nur zu der Musik bewegen und ..."

Ihr Kopf fiel gegen seine Brust.

„Syd?"

Keine Antwort. Sie war eingeschlafen.

Als ihre Knie unter ihr nachgaben, hob Jake sie hoch. „Ab ins Bett mit Ihnen, kleine Lady."

Als sie das Schlafzimmer erreicht hatten, seufzte sie leise in seinen Armen. Er ging hinüber zu ihrem großen Messingbett, zog die weiße Überdecke hinunter und legte sie vorsichtig hin. Er atmete scharf ein, als er den Reißverschluss an ihrem Kleid öffnete und es ihr auszog. Sie trug einen hellblauen Spitzentanga und den passenden BH. Gefangen von diesem Anblick sog er jedes Detail ihres Körpers mit seinen Augen auf. Er wollte sie berühren, ihre vollkommenen Brüste fühlen, sie küssen, alles an ihr küssen, bis sie davon aufwachte.

Verdammt, Victor.

Sein Puls schlug ihm bis zum Hals. Er *musste* sich jetzt zusammenreißen – und so küsste er sie leicht auf die Stirn, steckte die Decke um sie herum fest und verließ leise das Zimmer.

Zurück in der Küche stellte er das Geschirr in die Spülmaschine, fand einen Karton mit Spülmittel und füllte das Pulver ein. Wenige Augenblicke später war die Küche strahlend sauber, der Geschirrspüler summte leise vor sich hin, und er hatte den Timer der Kaffeemaschine auf sechs Uhr am folgenden Morgen gestellt. Zufrieden schaltete er die Lichter aus und ließ nur eine kleine Lampe auf dem Beistelltischchen brennen, bevor er ging.

24. KAPITEL

Sie wachte durch die Geräusche des Müllwagens auf, der sechs Stockwerke unter ihr seine morgendliche Runde drehte. Auf der rechten Seite zusammengerollt, öffnete sie vorsichtig zuerst ein Auge, dann das andere, und versuchte, einen Punkt auf ihrem weißen Pinienschrank zu fixieren.

Die Anstrengung drohte, ihren Kopf zum Platzen zu bringen.

„Ohhhh." Vorsichtig setzte sie sich auf.

Der hämmernde Kopfschmerz und das seltsame Gefühl in der Magengegend kamen ihre vage vertraut vor. So schlecht war es ihr seit der Party mit ihren Verbindungsschwestern in Temple nicht mehr gegangen, die sie damals für einen ganzen Tag außer Gefecht gesetzt hatte.

Kurz gesagt: Sie hatte einen Kater.

In der Hoffnung, dass ihr Schädel nicht platzen würde, schaute sie vorsichtig an sich hinunter. Sie trug nur ihren BH und den Slip. Das blaue Kleid war sorgfältig über der Lehne des Queen Anne Stuhls gelegt worden, aber sie konnte sich nicht erinnern, das getan zu haben. Oder das Kleid ausgezogen zu haben. Oder ins Bett gegangen zu sein.

Langsam kehrten Bruchstücke des letzten Abends wieder in ihr Bewusstsein zurück. *Jake.* Sie hatte ihn zum Essen eingeladen und sich dann daran gemacht, sich ernsthaft zu betrinken. Wie konnte das passieren? Wie konnte sie es *zulassen,* dass es passiert war? Die Frage war einfach zu beantworten. Sie war ein nervöses Wrack gewesen. Zwischen der Zubereitung des Essens, dem Anbrennen lassen desselben, und dem Versuch, die perfekte Gastgeberin zu sein, hatte sie sich bis an ihre Grenzen gestresst.

Und der Wein war das perfekte Gegenmittel für ihre Aufregung gewesen. Unglücklicherweise hatte sie eine leichte Überdosis zu sich genommen.

Das Letzte, an das sie sich erinnern konnte, war, dass sie auf wackeligen Beinen versucht hatte, mit Jake zu tanzen.

Der Rest war weg. Sie hatte einen Blackout. Erneut stöhnte sie auf. Wie peinlich. Sie würde Jake nie wieder in die Augen sehen können.

Aspirin. Sie brauchte Aspirin. Nein, diese Art Schmerzen verlangten nach etwas Stärkerem, nach Exedrin Extra Stark. Dazu einen Becher starken Kaffees wegen des Koffeins. Das war das Einzige, was ihr jetzt helfen konnte. Mit ein bisschen Glück würden die Schmerzen nach dem ersten Becher soweit erträglich sein, dass sie eine Runde Joggen gehen konnte. Die Kälte und die Bewegung würden ihr gut tun und den Kopf klar machen.

Mit kleinen, vorsichtigen Schritten schlich sie in ihr Badezimmer, die Augen halb geschlossen, und nahm sich zwei Tabletten aus dem Medizinschränkchen. Sie füllte ein Glas mit Wasser und spülte die Tabletten damit hinunter.

Immer noch in BH und Slip ging sie in die Küche, wo sie eine weitere Überraschung erwartete. Das Chaos der letzten Nacht war verschwunden und – sie sog die Luft ein. Wonach roch es hier? Kaffee?

Ein Blick auf die automatische Kaffeemaschine bestätigte ihre Vermutung. Die Kanne war mit frisch gebrühtem Kaffee gefüllt.

„Gott segne dich, Jake.“ Sie nahm einen Becher aus dem Regal, füllte ihn mit dem köstlich duftenden Getränk und nahm ihn mit ins Wohnzimmer. Den Becher mit beiden Händen umklammert, trank sie vorsichtig einen kleinen Schluck, lehnte sich langsam in die Kissen zurück und wartete, dass der Schmerz nachließ.

Mit ihrer bequemen Jogginghose, einer Skijacke und Laufschuhen joggte Syd in ruhigem Tempo durch den Park. Tief atmete sie die klare erfrischende Morgenluft ein. Dank der Tabletten hatten sich die Kopfschmerzen auf ein erträgliches Maß reduziert, und sie fühlte sich langsam wieder wie ein Mensch.

Sie genoss ihre morgendlichen Runden im Washington Park. Sie liebte den erdigen Geruch des feuchten Bodens, die belebende Luft und die Einsamkeit.

„Guten Morgen. Wie geht es dir?"

Jake lief locker neben ihr her und grinste sie an. *Das* hatte sie nun nicht erwartet. „Idiotisch", sagte sie ehrlich.

„Muss es nicht. Ehrlich gesagt warst du gestern Abend richtig süß."

„Mich betrinken? Einen Narren aus mir machen? Bewusstlos werden? Das nennst du süß?"

„Du bist zu hart zu dir."

Sie *musste* ihn fragen. „Habe ich mich dir – genähert?"

Er lachte. „Ein paar Mal."

„Es tut mir Leid."

„Kein Grund, dich zu entschuldigen. Zu deiner Information, es war hart, dir zu widerstehen."

Sie war versucht, zu fragen, warum er es dann getan hatte, ließ es aber. Sich idiotisch zu benehmen, wenn man betrunken war, war eine Sache. Aber nüchtern?

„Solltest du so kurz nach deiner Verletzung denn schon wieder laufen?", fragte er, als sie ihre dritte Runde begann.

„Der Arzt hat mir die Erlaubnis gegeben. So lange ich es nicht übertreibe."

Er schaute sich in dem verlassenen Park um. „Und du hast keine Angst, ganz allein und so früh am Morgen?"

„Eine alte Legende beschützt mich." Sie zog das Tempo an, aber er hatte keine Schwierigkeiten, mitzuhalten."

„Legende?"

„Wusstest du nicht, dass der Washington Park verflucht ist?"

„Nein."

„Als die Truppen Washingtons begannen, in großer Zahl zu fallen, wurde dieser Platz als Massengrab benutzt." Sie zeigte auf ein paar Gedenksteine am südlichen Ende des Parks. „Zwanzig Jahr später wurde Philadelphia von einer Gelbsuchtepidemie heimgesucht. Die Gräber wurden erneut ausgehoben, um hunderte von Toten zu begraben. Um Grabräuber fernzuhalten, patrouillierte eine Quäkerfrau namens Leah nachts um den Platz. Ihr Geist soll immer noch hier umgehen."

Er wirkte amüsiert. „Jetzt erzähl mir aber nicht, dass du sie schon gesehen hast."

„Nein, aber andere haben das behauptet, inklusive eines Polizisten. Wenn man einem Polizisten nicht glauben kann, wem soll man dann noch glauben?"

„Und darum fühlst du dich sicher?"

„Genau. Sogar die Obdachlosen meiden den Park nachts – sie fürchten sich davor, Leahs Geist von Angesicht zu Angesicht gegenüber zu stehen. Vor zehn Uhr morgens trifft man hier meist keine anderen Menschen."

Schweigend joggten sie in perfektem Gleichschritt nebeneinander her. Sie wollten gerade eine neue Runde beginnen, als

Jake über die Straße schaute. „Wer ist denn der Typ da drüben mit dem heißen Schlitten und der verspiegelten Sonnenbrille?“

Syd folgte seinem Blick. Von der anderen Straßenseite, gegen einen knallroten Porsche gelehnt und die Arme vor der Brust verschränkt, beobachtete sie Greg Underwood. Syd stöhnte auf.

„Noch ein Ex von einer Freundin?“, fragte Jake.

„Nein. Dieser Ex ist meiner.“

„Du meinst Bozo?“

„In Fleisch und Blut.“ Sie wischte sich mit dem Ärmel über das Gesicht. „Ich brauch nur eine Minute.“ Dann erinnerte sie sich an die Begegnung mit Mike Gilmore und setzte hinzu: „Keine Einmischung, Jake. Das meine ich ernst. Mit Greg komme ich allein klar.“

Jake hob beide Hände, um zu zeigen, dass er sich hier heraushalten würde. Syd verließ den Weg und joggte über die Straße. Sogar in Khakis und Parka sah ihr Exverlobter aus, als käme er gerade von einem Modeshooting. Seine blonden Haare waren perfekt gekämmt, und als er seine Sonnenbrille abnahm, strahlten seine Augen in einem noch tieferen Blau, als sie es in Erinnerung hatte.

Als sie nahe genug herangekommen war, stieß er sich vom Auto ab. „Hallo, Syd.“ Er wollte sie auf die Wange küssen, aber kurz bevor seine Lippen sie berührten, drehte sie den Kopf weg.

„Ich sehe, dass du dich von deinen Verletzungen erholt hast?“

„Was willst du, Greg?“

„Wer ist der Kerl?“

„Mein neuer Nachbar."

„Wieder ein Rocker?"

„Jake arbeitet auf einer Bohrinsel. Sind wir jetzt fertig mit dem Verhör, Herr Anwalt?"

„Es tut mir Leid, dass ich nicht eher kommen konnte. Ich war in Kalifornien, als ich hörte, dass du angeschossen wurdest." Er wirkte ernsthaft besorgt. „Geht es dir gut?"

„Ich fühl mich super."

„Was hast du mitten in der Nacht bei Dots Haus gesucht?"

„Was ich tue, und warum ich es tue, geht dich nichts mehr an, Greg."

„Ich wollte nicht neugierig sein. Es tut mir auch Leid wegen Lilly. Du musst ja am Boden zerstört sein."

„Sie ist nicht tot, Greg. Wir werden sie finden."

„Kann ich dir irgendwie helfen?"

Das war eine seltsame Frage, wenn man bedachte, dass er nie ein großer Fan von Lilly gewesen war. Sein Ego hatte sich nie gut mir ihrer Offenheit vertragen. „Warum solltest du das wollen?"

„Weil sie deine Freundin ist. Und da mein Vater exzellente Verbindungen zur Polizei in Philadelphia hat …"

„Chief Yates von der Mullica Township Police kümmert sich um den Fall, aber danke für das Angebot." Sie fing an, auf der Stelle zu joggen. „Bist du hergekommen, um mir das zu erzählen?"

„Eigentlich bin ich gekommen, um dir zu gratulieren."

„Wozu?"

„Ich habe von dem Prozess gehört, den du vor ein paar Tagen gewonnen hast." Er lächelte. „Und *wie* du ihn gewonnen hast. Das war brillant, Syd. Riskant, aber brillant."

War es nur Einbildung, oder sah sie da einen Funken Bewunderung in seinem kritischen Blick aufblitzen?

„Dankeschön."

„Mein Vater war beeindruckt." Es war schon immer eines der höchsten Ziele in Gregs Leben gewesen, seinen Vater zu beeindrucken. „Und ich auch. Ich bin stolz auf dich, Syd."

Warum sprach er in der Gegenwart? Als wären sie immer noch zusammen? „Das warst du früher nie. Hast du dich nicht im Gegenteil immer über meinen mangelnden Ehrgeiz beschwert?"

Er hatte wenigstens so viel Anstand, zu erröten. „Das war ein Fehler."

„Ja, das war es. Ich bin genauso ehrgeizig wie jeder andere. Nur weil ich nicht in die Kanzlei deines Vaters einsteigen wollte ..."

„Ich meine ..." Er sah sich um, bevor er fortfuhr. „Was ich getan habe, war falsch. Die Wahrheit ist, dass ich dich vermisse, Syd. Mehr als du dir vorstellen kannst."

Bevor sie ihn aufhalten konnte, hatte er ihre Hände genommen. „Kannst du mir nicht verzeihen? Ich schwöre, ich werde den Rest meines Lebens damit verbringen, dich glücklich zu machen."

Sie zog ihre Hände zurück. „Greg, es war ernst gemeint, als ich mich von dir getrennt habe. Keine Vergebung, keine Wiedergutmachung, keine zweite Chance."

„Sie hat mir nichts bedeutet, Syd. Ich weiß noch nicht einmal mehr, wie sie heißt."

„Und du glaubst, dass ich mich jetzt besser fühle?"

„Was ich sagen will, ist, dass du diejenige bist, die ich liebe. Ich kann mir ein Leben ohne dich nicht vorstellen."

„Daran hättest du denken sollen, bevor du mit der Blonden ins Bett gegangen bist."

„Ich war dumm, ich weiß es, mein Vater weiß es. Es vergeht kein Tag, an dem er nicht ..."

„Dein Vater hat dich dazu gebracht? *Er* will, dass wir beide wieder zusammen kommen?"

„Nein, ich meine, ja ... natürlich will er, dass wir beide wieder ein Paar werden. Aber hierher zu kommen war *meine* Idee. Er weiß nicht einmal, dass ich hier bin. Ich habe mich geändert, Syd. Ich stehe nicht mehr so unter der Fuchtel meines Vaters wie früher, genau genommen ..." Er senkte seine Stimme. „Ich plane, seine Firma zu verlassen."

Das war wirklich eine Überraschung. „Du machst Witze. Weiß dein Vater das schon?"

„Noch nicht."

„Warum? Was ist passiert?"

Er zuckte die Schultern. „Das ewig gleiche Ding. Ich will nicht für meinen Bruder arbeiten, wenn mein Vater sich zur Ruhe setzt. Matt und ich haben uns nie gut verstanden, und so ist es für mich die perfekte Gelegenheit, mich nach etwas anderem umzuschauen."

„Hast du schon etwas im Auge?"

„Darüber kann ich jetzt nicht reden. Nur so viel: Wenn du davon hörst, wird es dich umhauen. Und meinen Vater auch", fügte er hinzu.

Sie wusste nicht, was sie außer einer Gratulation sagen sollte. „Ich hoffe, dass du sehr glücklich wirst."

„Ich möchte, dass du ein Teil meines neuen Lebens wirst, Syd. Ich möchte dich an meinem Erfolg teilhaben lassen."

Sie stieß einen frustrierten Seufzer aus. Woher kam auf einmal dieses Gejammer? „Greg, ich weiß nicht, wie ich zu dir durchdringen soll, also lass es mich so versuchen: Ich bin *froh,* dass wir nicht mehr zusammen sind. Und erleichtert. Erleichtert, dass ich nicht den schlimmsten Fehler meines Lebens gemacht habe. Erleichtert, dass ich dem Druck deines Vaters, in seine Firma zu kommen, nicht nachgegeben habe. Erleichtert, dass ich endlich wieder ich selbst sein kann, mit all meinen Macken, meinem mangelnden Ehrgeiz, und dem, was du einst *fehlgeleitete Werte* nanntest. Erleichtert, dass ich nicht mehr mit der Angst leben muss, dich oder jemanden aus deiner Familie vor den Kopf zu stoßen, wenn ich meine ehrliche Meinung sage."

Die leichte Röte auf Gregs Wangen hatte sich langsam in dunkles Zornrot verwandelt. „Sprich nicht so laut."

„Ich wollte nur sichergehen, dass du mich hörst. Klar und deutlich."

Sie sah, wie er einen Blick in den Park warf. Als er seine Lippen aufeinander presste, folgte sie seinem Blick. Jake lehnte an einem Baum, die Füße an den Knöcheln überkreuzt, und beobachtete sie. Er hob lässig zwei Finger zum Gruß an die Stirn, was Greg fast wahnsinnig machte.

„Schläfst du mit dem Idioten?", fragte er barsch. „Benimmst du dich deshalb so anders?"

„Nein, ich schlafe *nicht* mit ihm." Sie konnte nicht widerstehen hinzuzusetzen: „*Noch* nicht."

Angewidert verzog er seinen Mund. „Du machst einen großen Fehler, Syd."

„Du bist derjenige, der den Fehler gemacht hat, Greg. Lebe damit."

Sie war der Meinung, alles gesagt zu haben, also drehte sie sich um und lief zurück zu Jake in den Park.

„Küss mich“, sagte sie, als sie vor ihm stand.

„Wie bitte?“

„Meine Güte, nuschle ich?“ Bevor Jake etwas sagen konnte, hatte sie ihn zu sich herangezogen und küsste ihn leidenschaftlich auf den Mund.

Er reagierte sofort. Seine Arme umschlangen sie, und er drückte seine Lippen auf ihre.

Erregter, als sie es seit Jahren gewesen war, schloss Syd ihre Augen und öffnete die Lippen – ein Schauer durchlief sie, als ihre Zungen sich berührten.

Als er sie endlich losließ, atmete sie tief ein.

„Diente das dazu, Bozo eifersüchtig zu machen?“, fragte Jake. „Nicht, dass ich mich beschweren wollte …“

Sie erwiderte seinen amüsierten Blick. „Nein. Das war meine ganz persönliche Belohnung dafür, dass ich endlich das letzte Kapitel einer lausigen Beziehung abgeschlossen habe.“

Diesmal brauchte Jake keine Einladung, sondern zog sie erneut in seine Arme. „Wieso geben wir deinem Exfreund nicht eine Zugabe? Nur für den Fall, dass er es noch nicht kapiert hat …“

25. KAPITEL

Jake trank sein Bier in der Tavern on the Square, wobei er mit einem Auge das Geschehen auf dem Fernseher verfolgte und mit dem anderen die Eingangstür im Blick behielt. Seine Gedanken wanderten immer wieder zu dem heißen Kuss zwischen Syd und ihm am Morgen zurück. Die Frau ging ihm langsam unter die Haut, stellte er ohne großes Erstaunen fest.

So etwas hatte er lange nicht erlebt. Bis jetzt war sein Leben in einfachen, geordneten Bahnen verlaufen, die sich um zwei Hauptthemen drehten: Arbeit und Spiel. Wenn das Spiel eine nette Frau beinhaltete, warum nicht. Diese kurzen Beziehungen funktionierten, weil keine der Frauen mehr erwartete, als er zu geben bereit war.

Was hatte Sydney Cooper also an sich, dass diese Regel nicht mehr galt? Sicher, sie war hübsch, klug, und es machte Spaß, Zeit mit ihr zu verbringen. Aber das galt für hunderte anderer Frauen ebenso, trotzdem hatte keine von ihnen sein Leben so verkompliziert, wie Syd es innerhalb von nur zwei Tagen geschafft hatte. Er hatte sogar angefangen, die Möglichkeit einer Fernbeziehung in Betracht zu ziehen. Vielleicht konnte er das Apartment in der Washington Street, das er jetzt gemietet hatte, kaufen und seine freien Tage hier verbringen. Oder Syd konnte an den Wochenenden zu ihm runter nach Baton Rouge fliegen.

Oder vielleicht war sie auch überhaupt nicht an irgendeiner Art von Beziehung mit ihm interessiert, und er machte sich umsonst so viele Gedanken. *Vielleicht.*

Jemand betrat die Bar. Er spürte einen Lufthauch, als die Tür geöffnet wurde. Doch es war nur ein junges Pärchen. Er fragte sich, ob Victor aufgegeben hatte. Er hatte von seinem ehemaligen Kommandeur seit dem letzten Treffen nichts mehr gehört und dachte, dass er es vielleicht doch übertrieben hatte.

Um halb vier, als North Carolina sich darauf vorbereitete, UCLA in der zweiten Runde gegenüberzustehen, ließ Jake sein halb geleertes Glas auf dem Tresen zurück und verschwand auf die Herrentoilette, um Ramirez auf den neuesten Stand zu bringen.

„Können Sie mir noch mal sagen, warum genau dieses Warten gut für mein Land sein soll?", fragte er, als der Agent den Anruf entgegennahm.

„Sie müssen nicht länger warten. Victor ist gerade hineingekommen."

Als Jake in die gut gefüllte Bar zurückkam, war sein Glas weg und auf seinem Stuhl saß ein Großmaul, das lautstark ein Bier bestellte.

Bevor er den Typen bitten konnte, seinen Platz zu räumen, deutete der Barkeeper auf einen Tisch ganz hinten. „Der Herr da hinten sagte, dass Sie sich gerne zu ihm setzen würden."

Jake drehte sich um und sah Victor an einem Fenstertisch sitzen. Er ging zu ihm hinüber, blieb aber stehen. „Du fängst an, zu nerven, weißt du das?"

„Beharrlichkeit ist eine meiner Stärken."

„Was willst du diesmal?"

„Das Gleiche wie letztes Mal, als ich hier war – reden. Nun komm, sei kein Spielverderber." Er gab dem freien Stuhl einen Tritt mit dem Fuß. „Setz dich. Dein Bier wird warm."

Jake unterdrückte einen genervten Seufzer und setzte sich. Und wieder schoss ihm der Gedanke durch den Kopf, ob er es vielleicht übertrieb – er durfte die Aktion nicht gefährden, indem er van Heusen abschreckte. „Von allen Bars in Philadelphia“, sagte er aus einer Eingebung heraus, „musstest du dir ausgerechnet meine aussuchen.“

Der bekannte, wenn auch etwas abgeänderte Satz aus *Casablanca* entlockte Victor ein Schmunzeln. „Süß, aber nicht wirklich originell, Captain.“

Jake trank den letzten Schluck seines Bieres. „Ich komme nicht so viel raus, weißt du?“

„Dann lass uns das ändern. Komm mit ins Camp. Wir essen zusammen, quatschen über die alten Zeiten, drehen eine Runde über die Anlage. Du darfst mir sogar vorhalten, was für ein Arschloch ich im Irak war.“

„Darf ich dich auch zusammenschlagen?“

Victor lachte. „Wenn du das kannst?“ Er stand auf. „Na komm, Jake. Ich bitte dich doch nicht, uns beizutreten, um Himmels willen. Ich möchte dir nur alles zeigen, meine Erfahrungen mit jemandem teilen, von dem ich weiß, dass er die Mühe zu würdigen weiß, die ich in die Organisation investiert habe. Wer weiß, vielleicht hast du ja sogar den einen oder anderen Verbesserungsvorschlag.“

„Das bezweifle ich. Von uns beiden warst du immer derjenige mit den Visionen.“

Das Kompliment schmeichelte van Heusen. „Du warst aber auch nicht so schlecht. Die Wahrheit ist, dass wir ein fantastisches Team waren, du und ich.“

„Wenn ich jetzt mitkomme, versprichst du mir, mich danach in Ruhe zu lassen?“

„Meine Güte, seit wann bist du so ein sturer Knochen?“

„Versprichst du's?“

„Ich gebe dir mein Wort als Offizier und Gentleman.“

Bei der Bemerkung unterdrückte Jake ein Lachen und folgte van Heusen aus der Bar.

Lancaster County – oder das Holland Pennsylvanias, wie es die Einheimischen nannten – war einer der wenigen Orte auf Erden, an dem es die Amish-People und die Mennoniten geschafft hatten, in zivilisierter, sogar freundschaftlicher Weise inmitten ihrer modernen Nachbarn zu leben, und trotzdem ihre jahrhunderte alten Traditionen und Werte aufrechtzuerhalten.

Eine gute Stunde von Center City entfernt erstreckte sich die hügelige Landschaft mit Windmühlen, überdachten Holzbrücken und Pferdefuhrwerken. Die Amish-People und Mennoniten, die sich in dieser Gegend angesiedelt hatten, waren stolz auf ihre deutschen Wurzeln und ihre innige Verbundenheit zur Kirche.

Der Gedanke, dass inmitten dieser freundlichen Menschen ein Militärcamp angesiedelt war, wenn auch eines, das ohne Panzer und schwere Artillerie auskam, schien absurd. Aber als Victor durch die Landschaft fuhr, hier und da zur Begrüßung hupte und einigen Männern am Straßenrand zuwinkte, verstand Jake, warum dieser ungewöhnliche Nachbar akzeptiert wurde. Die Amish waren sehr verschlossene Leute – sie kümmerten sich zwar um die Nöte des anderen, respektierten aber seine Privatsphäre. Mit dieser Grundregel vor Augen hatte Victor es geschafft, dass beide Kulturen freundschaftlich nebeneinander leben konnten.

Erstaunlich offen erzählte Victor von seiner anfänglichen Angst, mit seinem Plan zu scheitern. Oder die falschen Leute anzuziehen. „Ich habe nicht nach Männern gesucht, die Sterne auf der Schulterklappe und einen losen Finger am Abzug haben“, sagte er. „Ich wollte intelligente, zuverlässige Leute, die genauso an die wahre Freiheit glauben wie ich. Es war nicht so einfach, die richtigen Männer zu finden. Als ich feststellte, dass mein Plan auf Interesse stieß, musste ich einen Schritt weiter gehen. Es war mir nicht genug, nur über das Internet mit meinen Leuten in Kontakt treten zu können. Ich suchte einen Platz, an dem meine Männer sich treffen und austauschen konnten. So habe ich das Gelände hier gefunden.“

„Das war sicher nicht ganz billig.“

„Alles, was mein Vater mir nach seinem Tod hinterlassen hatte, habe ich in den Kauf des Landes, den Bau der Gebäude und die Unterhaltung des Camps gesteckt. Die jährliche Mitgliedsgebühr hilft natürlich auch, und zusammen mit den großzügigen Spenden einiger wohlhabender Mitglieder kommen wir gut über die Runden.“

Als sie an einer weiteren Farm vorbeifuhren, hob eine Frau in einem langen, schwarzen Kleid eine Hand zum Gruß. „Du scheinst gute Kontakte zur Bevölkerung zu haben.“

„Das war nicht immer so. Am Anfang standen sie mir sehr ablehnend gegenüber, bis sie feststellten, dass ich hier keine Kriegsspiele organisiere und auch keine wilden Saufgelage stattfinden. Die meisten Lebensmittel in unserem Camp kommen von den Farmen, die du gesehen hast. Das kommt bei den Menschen hier sehr gut an. Ich ermutige auch meine in der Nähe lebenden Soldaten, die Anwohner zu unterstützen. Solange meine Männer sich benehmen und keine Probleme verursachen, kommen wir gut miteinander aus.“

„Aber einer deiner Männer *hat* Probleme verursacht.“

Als Victor den Highway verließ, blickte er kurz zu Jake hinüber. „Du weißt davon?“

„Der Barkeeper in der Tavern on the Square hat dich von der Pressekonferenz erkannt, die du aus Anlass von Doug Averys Verhaftung gegeben hast."

„Ich hatte große Hoffnungen in Doug gesetzt, aber er hat mich enttäuscht. Ich hatte keine andere Wahl, als seine Mitgliedschaft zu kündigen."

„Weil er erneut inhaftiert wurde?"

„Genau. Du kennst doch den Spruch ‚Aller guten Dinge sind drei'? Nun, bei mir sind es nur zwei, und dann ist man raus. Keine Ausnahme. Zerstörerisches Verhalten und ungesetzliches Benehmen sind zwei Dinge, die ich bei meinen Männern nicht toleriere."

„Was meinst du, wie es bei Gericht ausgehen wird?"

Victor zuckte die Schultern. „Schwer zu sagen. Diesmal hat er nur eine Pflichtverteidigerin, die einer harten Gegnerin gegenübersteht.

Darauf bedacht, einen aufrichtigen Eindruck zu machen, nickte Jake. „Du meinst Sydney Cooper."

Victor spielte seine Überraschung gut. „Du kennst sie?"

„Sie lebt in der Wohnung gegenüber von meiner."

„Was du nicht sagst." Er schlug einen spielerischen Tonfall an. „Und? Wie ist sie außerhalb des Gerichtsaals? Verklemmt? Sexy? Kann sie überhaupt mal locker lassen?"

Er *hatte* sie belauscht. „Sie ist definitiv nicht verklemmt", antwortete Jake. „Aber mehr wirst du nicht aus mir herausbekommen."

„Das würde ich auch nicht versuchen. Ein Gentleman genießt und schweigt." Er bremste leicht ab. „Da sind wir auch schon."

Als Erstes fiel Jake die Flagge am Tor auf, zwei gekreuzte

Bajonetts auf gelbem Grund. Die Wache im Kampfanzug salutierte und ließ sie passieren.

„Wie viele Männer leben hier im Camp?", fragte Jake.

„Fünfzehn. Sie haben die unterschiedlichsten Berufe – es gibt Elektriker, Köche, Installateure, Computertechniker. Sie halten das Camp am Laufen und verdienen genauso viel wie draußen. Die restlichen Mitglieder aus der Gegend kommen jedes zweite Wochenende zum gemeinsamen Brainstorming."

Eher zur Gehirnwäsche, dachte Jake. „Hast du noch Kontakt zu irgendwem aus der alten Zeit?", fragte er im Plauderton.

Victor zögerte unmerklich, bevor er antwortete. „Nein. Und du?"

Jake schüttelte den Kopf. „Nein. Nachdem ich den Irak verlassen hatte, habe ich mit allem abgeschlossen." Er schaute sich um. „Ich sehe keine Baracken. Wo schlafen die Wochenendkrieger denn?"

Victor lachte. „Das sind Soldaten, Jake. Die brauchen keine Baracken. Sie wissen, dass uns nicht sehr viel Geld zur Verfügung steht und bringen ihre eigenen Schlafsäcke, ihr eigenes Essen, und tun, was Soldaten am besten können – improvisieren."

„Bringen sie auch Waffen mit?"

„Natürlich. Diese Männer sind stolz auf ihre Waffen, und es ist nichts Ungebührliches daran, sie mitzubringen, um sie zu zeigen. Sie trainieren auf dem Schießstand auch ihre Fähigkeiten als Scharfschützen. Der Stand ist ungefähr zwei Meilen von hier entfernt."

„Du hast vorhin gesagt, dass dich Kriegsspiele nicht interessieren. Aber ist das nicht der eigentliche Sinn einer Miliz? Für den Ernstfall zu üben?"

„Nicht unbedingt."

„Was also ist der Sinn des Ganzen?"

Victors Augen verengten sich. „Für jemanden, den das alles nicht interessiert, bist du ganz schön neugierig."

Jake zuckte unbeteiligt die Schultern. „Entschuldigung. Ich wusste nicht, dass das Thema tabu ist."

Eine unangenehme Stille senkte sich zwischen sie. Victor brach sie als Erster. „Ist es nicht. Und ich bin derjenige, dem es Leid tut. Ich habe dich hierher gebracht, also verdienst du auch eine Antwort auf deine Frage."

Vor einem kleinen Gebäude hielt er an. „Im Moment ist es mein vorrangiges Ziel, neue Mitglieder zu werben und mich eventuell mit Milizen aus anderen Bundesstaaten zusammenzutun."

„Und was dann? Entwaffnet ihr unsere Streitkräfte? Besetzt das Pentagon? Oder das Weiße Haus?" Jake legte gerade so viel Erheiterung in seine Stimme, dass seine Frage nicht ernst gemeint klang.

„Du hast zu viel Regierungspropaganda gelesen."

„Du nicht?"

„Ich halte mich auf dem Laufenden. Und ich muss sagen, dass mich die Art, wie wir in der Presse dargestellt werden, verletzt. Wir sind keine Barbaren. Wir ergötzen uns nicht an dem Gedanken, unser Land zu spalten, und wir wollen unsere Kräfte auch nicht dazu einsetzen, Landsmänner zu ermorden. Die Regierung will dich das glauben machen, aber sie könnte von der Wahrheit nicht weiter entfernt sein. Wir sind Patrioten. Wir glauben an die Verfassung genau so, wie sie geschrieben wurde. Und im Gegensatz zu den Milizen, die das FBI vor ein paar Jahren ausgehoben hat, vergraben wir keine Bombenteile oder schwere Artillerie auf unserem Grundstück. Und ich habe das Land auch nicht mit dem Gedanken gekauft, hier eine Strafkolonie aufzubauen."

„Aber die Regierung glaubt das?"

„Für die Regierung sind alle Milizenführer schlechte Menschen. Sie sind mit Durchsuchungsbefehlen, Waffen und einem Dutzend Männer angerückt, weil sie dachten, einen Bunker, große Lebensmittellager, Munition, rassistische Literatur und was weiß ich noch alles zu finden. Weißt du, was sie gefunden haben? Nichts. Gar nichts."

„Was willst du machen, wenn du dich mit den anderen Milizen zusammengetan hast?"

Victor umging die Frage mit einem Lachen. „Bis dahin ist es noch ein langer Weg, Jake. So weit kann ich noch gar nicht denken."

Er stellte den Motor ab. „Komm mit", sagte er, als er die Tür öffnete. „Gehen wir erst einmal auf einen Drink in mein Büro, bevor du die große Führung bekommst."

26. KAPITEL

Dafür, dass Victor ein unverbesserlicher Egomane war, machte sein Büro einen geradezu bescheidenen Eindruck. Kaum größer als das Wohnzimmer von Jakes Apartment, enthielt es doch alles Notwendige – einen Schreibtisch mit Laptop, einen Drucker, Bücherregale, ein paar Stühle und einen kleinen Kühlschrank.

„Magst du immer noch Martinis?“, fragte Victor.

„Nur, wenn sie extra trocken sind.“

„Zwei extra trockene Martinis – kommen sofort.“

Während er die Zutaten aus dem Kühlschrank nahm, warf Jake einen verstohlenen Blick auf den Laptop. Falls Victor wirklich der Mittelsmann für einen illegalen Waffenhändlerring war, würde Jake darin alle Namen und Telefonnummern der Kontaktpersonen finden. Und wie alle geheimen Dokumente wäre die Liste mit einem Passwort geschützt – das jede Woche oder sogar jeden Tag geändert wurde.

„Bitteschön.“ Victor reichte ihm eines der Gläser. „Auf neue Anfänge.“

Jake erhob sein Glas zum Toast und ging hinüber zu einem offenen Bücherregal, in dem die Büsten der berühmtesten amerikanische Generäle standen. „Ich sehe, dass du deine Sammlung immer noch hast.“

Victor kam zu ihm hinüber. „Seitdem wir uns das letzte Mal gesehen haben, sind einige dazu gekommen. Erkennst du sie?“

Jake betrachtete jede einzelne Büste. Die meisten von ihnen kannte er – Eisenhower, MacArthur, Patton, Washington, Grant, Stonewall Jackson. Doch von ein paar der Generäle wusste er den Namen nicht. „Ich fürchte, nicht.“

Mit dem Glas in der Hand deutete Victor auf die Messingköpfe. „Der da drüben ist General George Gordon Meade, der sich so tapfer in der Schlacht von Gettysburg geschlagen hat. Und dieser ist General Robert E. Lee. Interessanter Mann. Er liebte die Union, trotzdem war er dem Staat Virginia treu ergeben, als dieser abtrünnig wurde.

„Alles große Soldaten", fuhr Victor fort. „Männer, die keine Angst davor hatten, ihre eigenen Regeln aufzustellen, wenn die Situation es verlangte."

Wenn die Situation es verlangte. Verglich er sich mit den Generälen? Und rechtfertigte er damit, was er im Irak getan hatte? Glaubte er in seinem verwirrten Kopf immer noch, dass es richtig gewesen war, die Befehle zu ignorieren und seine Vorgesetzten anzulügen?

Victor bedeutete Jake, ihm zu folgen. „Ich möchte dir meinen treuen Helfer vorstellen."

Das musste Philip Jenkins sein, der Mann, von dem Ramirez ihm erzählt hatte. Langsam kam er der Sache näher.

Victor ging durch eine Verbindungstür, die sein Büro mit einem etwas kleineren verband. Vor einem Computermonitor saß ein gut aussehender Mann, der Mitte bis Ende dreißig war, kurze, blonde Haare, eine kräftige Figur und ruhige blaue Auge hatte. Er trug ebenfalls einen Kampfanzug und stand sofort stramm, als Victor den Raum betrat.

„Rühren Sie sich, Sergeant. Und lassen Sie mich Ihnen meinen alten Freund vorstellen, von dem ich bereits erzählt habe. Der ehemalige Army Captain Jake Sloan. Jake, das ist Sergeant Philip Jenkins. Meine rechte Hand."

Der Mann streckte seine Hand aus. „Willkommen in Camp Freedom, Mr. Sloan."

„Danke, Sergeant.“ Jake betrachtete ihn genauer. Der Händedruck war fest und sein Lächeln breit, aber Jake sah einen Funken Ablehnung in seinen Augen aufblitzen. Er mochte ihn nicht. Nein, mehr, er traute ihm nicht.

„Jake und ich haben in Desert Storm zusammen gekämpft“, fuhr Victor fort. „Er war ein Teufel von einem Soldaten, von der Art, wie sie heute kaum noch anzutreffen sind. Nicht wahr, Jake?“

Jenkins stand entspannt da, die Arme hinter dem Rücken verschränkt. Bei Victors Worten kühlte sein Lächeln merklich ab.

„Ach, ich weiß nicht, Victor“, sagte Jake. „Du scheinst es nicht schlecht getroffen zu haben. Nach dem, was du mir erzählt hast, bist du hier von einer Menge guter Männer umgeben.“

Victor beobachtete ihn, als er das Glas an den Mund hob und trank. „Da ist immer noch Platz für einen weiteren guten Mann.“

Jake überlegte noch, ob das eine Einladung war, als Jenkins sagte: „Werden Sie länger in der Gegend bleiben, Mr. Sloan?“

„Das weiß ich noch nicht.“

Victor schlug Jake freundschaftlich auf die Schulter. „Ich hoffe es.“ Er stellte sein Glas ab. „Komm mit. Zeit, die große Führung zu starten, die ich dir versprochen habe. Weißt du immer noch, wie man einen Humvee fährt, Captain?“

„Es gibt Dinge, die vergisst man nie, Colonel.“

Da Victor lachte, war es für Jake schwer zu erkennen, ob ihm die Doppeldeutigkeit der Bemerkung aufgefallen war.

Syd saß vor ihrem Laptop und versuchte seit zwei Stunden, eine Eingabe zu schreiben, aber sie konnte sich nicht darauf konzentrieren. Seufzend schob sie ihren Stuhl zurück und ging in die Küche, um sich erst einmal einen Kaffee zu holen. Der Grund für ihre Konzentrationsschwäche war ihr schmerzlich bewusst. Der Kuss. Der Kuss, den *sie* angefangen hatte.

Was hatte sie da bloß geritten? Wollte sie wirklich Greg eifersüchtig machen? Ihm eine wilde, unberechenbare Seite zeigen, die er nie an ihr gesehen hatte? Oder hatte sie nur ihren primitiven Instinkten nachgeben wollen und hatte Greg lediglich als Entschuldigung vorgeschoben, um ihrem Verlangen nachzugeben?

Sie trank einen Schluck von dem lauwarmen abgestandenen Kaffee und dachte nach. Nun, das war eine interessante Wortwahl. Das Wort *Impuls* wäre angemessen gewesen, hätte die Sache gut umschrieben. Aber *Verlangen*? Vier Wochen ohne Mann reichten doch sicher nicht aus, um sich so *unkontrolliert* zu verhalten, oder? Bevor sie mit Greg zusammen war, war sie auch allein gewesen und ohne Sex – und das für über ein Jahr. War sie damals beim Anblick des attraktiven Anwalts einfach auf ihn zugestürmt? Hatte sie seinen Körper so betrachtet, wie sie es mit Jakes tat? Wege gesucht, ihm nahe zu sein, ihn zu berühren, sich ihm an den Hals zu werfen? Natürlich nicht.

Das Mädchen, das alles unter Kontrolle hatte. So nannte sie sich gerne selber. Egal, wie verzwickt die Situation, wie umfangreich der Fall, wie attraktiv der Mann auch war. Sydney Cooper behielt stets einen kühlen Kopf.

Also was zum Teufel war heute morgen mit ihr los gewesen?

Sie ging zurück an ihren Schreibtisch. „Wenn ich das verdammt noch mal nur wüsste“, murmelte sie.

Sie war gerade dabei, die Eingabe zu Ende zu schreiben, als Detective Cranston anrief.

„Avery ist zurück in seiner Zelle."

„Haben Sie ihn schon befragt?"

„Ich hab's versucht. Keine Chance. Vielleicht haben Sie mehr Glück."

„Ich bezweifle es, aber ich werde es gerne versuchen." Sie legte auf und machte sich umgehend auf den Weg.

Avery sah kaum besser aus als beim letzten Mal. Seine Augen waren immer noch geschwollen, seine Unterlippe war genäht worden und trotz der Medikamente litt er scheinbar immer noch unter starken Schmerzen.

Offensichtlich ging es ihm jedoch besser als er aussah, denn er begrüßte sie mit einer spitzen Bemerkung. „Ach du Scheiße", sagte er. „Sieh einer an, wer mir da erneut seine Aufmerksamkeit schenkt. Sie habe ich jetzt überhaupt nicht erwartet. Was ist los, Apfelbäckchen, hat dich mein Anblick auf der Krankenstation so angemacht?"

Während Cranston es vorzog, stehen zu bleiben, zog Syd sich einen Stuhl neben die Pritsche, auf der Avery lag, und setzte sich. „Wissen Sie, warum ich hier bin, Doug?"

„Weil Sie scharf auf mich sind?"

„Davon mal abgesehen."

Er versuchte, zu lachen, aber die Schmerzen waren zu stark. „Nein."

„Ich hoffte, dass Sie mir erzählen würden, warum Ihre drei Zellkumpanen Sie zusammengeschlagen haben."

„Das wissen Sie doch – weil ich sie zuerst geschlagen habe." Er zuckte die Schultern. „Sie wollten mir wohl eine deutliche Lektion erteilen."

„Sie haben sich mit drei Männern angelegt?“ Sie schüttelte den Kopf. „So hart sind Sie nicht, Avery. Oder so dumm.“

Er schwieg.

„War die Schlägerei Victor van Heusens Art, Sie zu warnen?“, beharrte sie. „Und sicherzustellen, dass Sie Ihren Mund halten?“

„Sie sind immer noch so hartnäckig und dumm wie früher, Lady.“

Syd sah zu Cranston hinüber, der schweigend die Augenbraue hochzog.

„Ich kann Sie nicht beschützen, wenn Sie nicht mit mir zusammenarbeiten, Doug.“

„Falls Sie mit Zusammenarbeiten meinen, dass ich Ihnen etwas erzählen soll, was nicht wahr ist, dann kann ich Ihnen nicht helfen. Ich weiß nichts.“

„Das sah gestern im Gerichtssaal aber noch ganz anders aus. Sie schienen ziemliche sauer auf Victor van Heusen gewesen zu sein, und bereit, eine ganze Menge zu sagen.“

Welchen Groll er auch immer gegen van Heusen gehegt hatte, der Zorn schien komplett verraucht zu sein. „Ich war nur angepisst, weil er mir keinen ordentlichen Anwalt besorgen wollte. Ich habe einfach das gesagt, was mir als Erstes durch den Kopf ging.“

Syd betrachtete für einen Moment Averys wüst zugerichtetes Gesicht. Wer immer dahintersteckte – und sie hatte van Heusen in Verdacht – hatte seine Aufgabe perfekt erfüllt, physisch und psychisch. Wenn sie den richtigen Ansatz finden würde, könnte sie ihn aber vielleicht doch noch weich kochen. „Ich könnte Ihren Aufenthalt hier um einiges erleichtern, Doug. Und auch verkürzen. Sie erzählen mir, was Sie über Victor van

Heusen wissen, und wenn die Informationen nützlich sind, bin ich bereit, Ihnen einen Deal anzubieten."

„Sie meinen Sie lassen mich gehen? Frei und rehabilitiert?"

„Nein. Aber wenn Sie für *schuldig* statt *nicht schuldig* plädieren und damit dem Staat die Kosten eines aufwändigen Verfahrens ersparen, würde ich ein wesentlich leichteres Strafmaß ansetzen."

Sein Lachen wurde zum Husten und trieb ihm Schmerzenstränen in die Augen. „Raus mit Ihnen", keuchte er und schlang die Arme um seinen Körper. „Ich habe Ihnen nichts zu sagen."

Syd wartete einen Moment und hoffte, er würde seine Meinung noch einmal ändern. Doch als klar war, dass er das nicht tun würde, nickte sie Cranston zu und stand auf.

„Lassen Sie mich wissen, wenn er bereit ist, zu reden", war alles, was sie sagte, bevor sie hinausgingen.

Aber tief in ihrem Inneren wusste sie, dass er nicht reden würde.

27. KAPITEL

Syd war nur noch einen Block von ihrem Büro entfernt, als ihr Handy plötzlich klingelte. Es war Dot – und sie klang nicht traurig, sondern nahezu hysterisch.

„Ein Gerichtsdiener hat mir gerade eine Nachricht gebracht!", schluchzte sie verzweifelt. „Mike hat einen Antrag gestellt."

„Was für einen Antrag?"

„Auf das Sorgerecht für Prudence! Er sagt, dass wir sie gefangen halten", fuhr Dot fort. „Dass ich nicht in der Lage bin, für sie zu sorgen, und dass während Lillys Abwesenheit oder im Falle ihres Todes … Kannst du dir vorstellen, dass er das sagt, Syd? Dass Lilly *tot* sein könnte …"

„Lies den Antrag zu Ende vor, Dot."

Dot schniefte und musste sich einen Moment sammeln. „… im Falle des möglichen *Todes* der Mutter soll das Sorgerecht wieder auf ihn übertragen werden. Kann er das machen, Syd?", fragte sie mit angsterfüllter Stimme. „Kann das Gericht das ursprüngliche Urteil aufheben?"

Unglücklicherweise lautete die Antwort wahrscheinlich *ja.* Das Sorgerecht war Lilly übertragen worden, nicht ihrer Familie – und sicher nicht acht Nonnen, egal, mit wie viel Liebe und guten Vorsätzen sie sich auch um Prudence kümmerten.

„Nicht, wenn ich es verhindern kann", sagte Syd aufmunternd.

„Hat er Recht, Syd? Glaubst du, dass diese Verbrecher mein Kind schon getötet haben?"

„Nein, das glaube ich nicht", sagte Syd mit aller Überzeugungskraft, die sie aufbringen konnte. „Mike will nur seine

Chancen auf die Übertragung des Sorgerechts verbessern, das ist alles."

„Syd, du *musst* etwas dagegen unternehmen", flehte sie.

In diesem Moment hatte Syd keine Ahnung, was sie tun sollte. Dot gegenüber gab sie sich jedoch optimistisch. „Lass mich in Ruhe darüber nachdenken, ja? Wenn mir was eingefallen ist, melde ich mich wieder bei dir."

Da sie ihre Termine geschickt verlegt hatte, hatte sie am Nachmittag Zeit, sich um Dots Problem zu kümmern. Im ersten Schritt würde sie herausfinden, wie Mikes Chancen, das Sorgerecht zu bekommen, wirklich standen. Und niemand konnte diese Frage besser beantworten als Richter Ignatius Vargas.

Der ehemalige Jugend- und Familienrichter verbrachte inzwischen die meisten Tage in einem Büro in der Stadt und schrieb seine Memoiren. Syd freute sich, dass er eine neue Herausforderung gefunden hatte. Sie hatte während des Studiums einige Zeit für ihn gearbeitet und fand, dass er einer der mutigsten und mitreißenden Männer war, die sie jemals getroffen hatte. Seine Abenteuer in seiner Heimat Kuba und seine Flucht von dort würden eine spannende Geschichte geben.

Als sie sein Büro betrat, erhob er sich, offensichtlich erfreut darüber, sie zu sehen. „Sydney Cooper, was für eine Freude."

Er war ein untersetzter Mann mit der dunklen Haut seiner kubanischen Vorfahren, vollem, zinnfarbenem Haar und einem dunklen, intensiven Blick, der unzähligen Anwälten Respekt eingeflößt hatte. Jetzt aber hätte er nicht freundlicher sein können.

„Du siehst hervorragend aus", sagte er und nahm ihre Hände.

„Ich hätte nie vermutet, dass du erst vor kurzem das Opfer einer Schießerei gewesen bist. Wie geht es dir?"

„Ganz gut, danke. Ich war mir nicht sicher, ob Sie sich an mich erinnern würden."

„Mich nicht an dich erinnern? Du warst eine meiner cleversten Assistentinnen. Und niemals mit einer einfachen Antwort zufrieden, wenn ich mich recht erinnere."

„Daran sind zum Teil Sie Schuld, Richter. Wie oft haben Sie mir erzählt, ‚es gibt keine einfachen Antworten'?"

„Keine besonders eindrucksvolle Aussage, würde ich meinen."

„Aber wahr!"

Er deutete auf einen Stuhl. „Bitte, setz dich. Kann ich dir etwas zu trinken anbieten?"

„Nein, danke."

„Ich bin sehr stolz auf dich, Sydney, und darauf, was du alles erreicht hast. Ich habe gewusst, dass du es einmal weit bringen wirst."

„Danke, Richter. Ich hatte gute Lehrer."

„Aber du siehst besorgt aus. Ich nehme an, es hat einen Grund, warum du mich besuchen kommst?"

Sie nickte. „Wie viel wissen Sie über die Entführung von Lilly Gilmore?"

„So viel wie jeder andere, der Zeitung liest und Nachrichten schaut. Sie ist wohl eine gute Freundin von dir, oder?"

„Meine beste Freundin."

„Kann ich dir irgendwie helfen?"

„Sie könnten mir bei einer Frage Klarheit verschaffen. Das Sorgerecht für ihre sechsjährige Tochter wurde nach der Scheidung von ihrem Mann an Lilly übertragen. Wenn Lilly auf Reisen ist, was selten vorkommt, oder länger arbeitet, kümmert sich ihre Mutter um Prudence. Dorothy Branzini hat eine große Familie, die sich sehr nahe steht, und alle Familienmitglieder beten Prudence an. Jetzt, wo Lilly verschwunden ist, hat ihr Exmann einen Antrag auf Übertragung des Sorgerechts gestellt, in dem er behauptet, Dorothy Branzini könne sich in ihrem ‚fortgeschrittenen Alter' – sie ist gerade mal zweiundsechzig – nicht mehr richtig um Prudence kümmern."

„Das Sorgerecht wird meistens der Mutter übertragen", sagte Richter Vargas, „das ist also nichts Ungewöhnliches. Aber gab es einen speziellen Grund, warum der Vater nicht einmal versucht hat, einen Teil des Sorgerechts zu bekommen?"

„Ich vermute, dass es einen Grund gibt, aber ich bin mir nicht sicher. Lilly hat nie mit mir über ihre Vereinbarungen mit Mike gesprochen. Alles was ich weiß, ist, dass er nicht darum gekämpft hat. Bis jetzt. Er will das volle Sorgerecht für Prudence."

Der Richter schwieg nachdenklich. „Lilly hat ein Testament", fuhr Syd fort, „darin steht, dass sie ihre Tochter in die Obhut ihrer Mutter gibt."

„Aber bis wir nicht vom Gegenteil überzeugt wurden, müssen wir davon ausgehen, dass Lilly noch lebt."

„Ich weiß. Ich dachte nur, wenn Lilly ihre Mutter im Testament als Vormund eingesetzt hat, wäre das eventuell Grund genug für das Gericht, einer Umwandlung des Sorgerechts gar nicht erst zuzustimmen. Denn egal wie sehr Lilly ihre Mutter auch liebt, sie würde ihr ihre Tochter nie anvertrauen, wenn sie das Gefühl hätte, sie damit zu überfordern."

„Wo ist das Kind im Moment?"

„Bevor sie entführt wurde, hatte Lilly Angst um Prudences Sicherheit, also hat sie sie an einen geheimen Ort gebracht."

Er zog fragend die Augenbrauen hoch. „Sie ist nicht bei ihrer Großmutter?"

„Nein."

„Ich verstehe." Er schaute sie mitfühlend an. „Du solltest dich darauf vorbereiten, Sydney – in Pennsylvania hat jedes Elternteil das Recht, sich um das Sorgerecht zu bewerben. Wenn du nicht nachweisen kannst, dass Lillys Exmann *nicht* in der Lage ist, sich um Prudence zu kümmern, wird der Richter keine andere Wahl haben, als ihm das Sorgerecht zuzusprechen. Zumindest so lange, bis die Mutter wieder da ist."

28. KAPITEL

Kurz nach der Scheidung von Lilly hatte Mike sich ein kleines, aber hübsches Reihenhaus in einer der beliebtesten Wohngegenden von Philadelphia gekauft. Syd hatte keinen Zweifel, dass das nächste Woche vor Gericht sicher für ihn sprechen würde.

Nach vielen Überlegungen hatte Syd sich entschlossen, direkt mit Mike zu sprechen und an etwas zu appellieren, von dem sie nicht wusste, ob er es überhaupt besaß – seinen Anstand. Ein Detective, den sie nicht kannte, war an Mikes Telefon gegangen und hatte ihr gesagt, dass Mike sich krank gemeldet hätte und die nächsten Tage seine Grippe zu Hause auskurieren würde. Also fuhr Syd zu Mikes Haus, um persönlich mit ihm zu reden.

Um diese Uhrzeit lag die Lawndale Street ruhig da, und es gelang Syd auf Anhieb, einen Parkplatz zu finden. Sie wollte gerade aussteigen, als die Tür von Mikes Haus sich öffnete, und ein Mann mit hellbraunen Haaren und einer gelben Skijacke herausgestürmt kam. Dem grimmigen Ausdruck in dem attraktiven Gesicht nach zu urteilen und der Art, wie er die Tür hinter sich zuschmiss, hatte er nicht die beste Laune.

Sie sah ihm nach, bis er in einen dunkelblauen Audi einstieg. Als der Wagen davonfuhr, merkte sie sich das Kennzeichen. Jeder, der Ärger mit Mike hatte, konnte von Bedeutung sein.

Mike öffnete beim ersten Klopfen. Er sah blass und müde aus, schaffte es aber, irritiert zu seufzen, als er Syd erblickte. „Das ist gerade keine gute Zeit, Sydney."

„War es letztes Mal auch nicht, als du einfach in meiner

Wohnung aufgetaucht bist, aber davon hast du dich auch nicht aufhalten lassen."

„Was willst du?"

Sie hoffte, dass die Grippe und seine schlechte Verfassung ihn ein bisschen milder und weniger angriffslustig gestimmt hatten. „Ich möchte mit dir über den Antrag reden, den du bei Gericht eingereicht hast."

„Du weißt schon, dass dich das nichts angeht?"

„Ich bin Prudence Patentante. Ihr Wohlergehen geht mich sehr wohl etwas an."

„Mein Antrag hat mit Dot zu tun, nicht mit dir."

Okay, hier komme ich nicht weiter, dachte sie. „Mike, bitte, tu das dem kleinen Mädchen nicht an."

„Was soll ich ihr nicht antun? Ich liebe meine Tochter. Ich möchte sie bei mir haben. Ist das so schlimm?"

„Der Richter wird sie befragen wollen. Sie muss sich zwischen ihrem Vater und ihrer Oma entscheiden. Sie ist doch erst sechs, Mike, und im Moment ist sie sehr verwirrt. Du verstärkst ihre Ängste mit dieser Aktion nur."

„Vanessa und ich werden ihr so viel Liebe und Zuneigung schenken, dass sie alles, was passiert ist, ganz schnell vergessen wird."

„Vanessa liebt Prudence nicht so, wie Dot sie liebt. Die Kleine aus der Umgebung, die für sie so etwas wie eine zweite Heimat ist, wegzureißen, wird für sie grausam und traumatisch sein."

Mike lachte höhnisch. „Ich liebe es, wenn du so bettelst, Sydney. Mach bitte weiter."

Er hatte sich kein bisschen verändert – er war immer noch der gleiche verschlagene Mistkerl. Da konnte auch eine Grippe nichts ausrichten. „Zieh den Antrag zurück, Mike. Denk endlich einmal an jemand anderen, als immer nur an dich. Und tu einmal im Leben das Richtige."

„Für eine Weile warst du ganz interessant, Sydney, aber jetzt fängst du an, mich zu langweilen." Er öffnete die Tür ein Stückchen weiter und schaute heraus. „Hast du deinen Wachhund gar nicht mitgebracht? In dem Fall bitte ich dich, zu gehen, bevor ich die Geduld verliere."

„Und was tust du, wenn du die Geduld verlierst, Mike? Mich schlagen?" Sie sah ihn herausfordernd an, wollte ihn provozieren, wollte ihn dazu verleiten, etwas Unüberlegtes zu tun. „Vielleicht hat dich Lilly deswegen verlassen? Weil du sie geschlagen hast?"

Sie sah, wie er seine Kiefer aufeinander presste, und bereitet sich auf den Schlag vor. Es wäre vor Gericht hilfreich, wenn sie bezeugen könnte, dass er gewalttätig war und aus diesem Grunde nicht in der Lage, sich um seine Tochter zu kümmern.

Unglücklicherweise hatte er sich besser unter Kontrolle, als sie vermutet hatte. „Du bist klug, Sydney, das muss ich zugeben." Er lehnte sich so weit vor, dass sie das hinterhältige Blitzen in seinen Augen sehen und seinen Atem auf ihrem Gesicht spüren konnte. „Aber ich bin klüger."

Violets Mann, der zur gleichen Zeit bei der Polizei von Philadelphia war, als Syd ihr Versagen und ihren demütigenden Abstieg erleben musste, war der einzige ihrer ehemaligen Kollegen, der noch mit ihr sprach. Nicht nur das – er verstand auch, wie ein Anfänger sich durch die Polizeiakademie quälen, beste Ergebnisse im Unterricht und auf dem Schießstand zeigen, und doch in der entscheidenden Situation nicht in der Lage sein konnte, den Abzug zu drücken. Ihm war etwas Ähnliches passiert, wenn auch nicht mit so tragischen Konsequenzen.

Aber auch wenn sie ihn als Freund ansah, war sie sich nicht sicher, ob er sich an einer Verschwörung gegen einen ehemaligen Kollegen beteiligen würde. Ob pensioniert oder im aktiven Dienst, Polizisten hielten immer zusammen. Das war ein ungeschriebenes Gesetz, und wer es brach, hatte schlechte Karten. Die einzige Sache neben Georges Freundschaft zu ihr, die ihr vielleicht helfen konnte, war seine tiefe Abneigung gegen Mike Gilmore.

Er war glücklicherweise zu Hause und wie immer erfreut, sie zu sehen. Schlank, fit und mehr als zehn Jahre älter als Violet sah man George Sorrensen seine über sechzig Jahre jedoch nicht an. Seitdem er im Ruhestand war, kümmerte er sich um seine Modelleisenbahn und den Garten und kochte die köstlichsten Gerichte aus seiner Heimat Schweden.

„Syd. Wie geht es dir, Kind?“ Er deutete auf seinen Oberkörper. „Was macht die Verletzung?“

„Viel besser, danke. Kann ich hereinkommen?“

„Sicher, aber Violet ist noch nicht zu Hause.“

„Ich weiß. Ich bin auch deinetwegen gekommen.“

Er führte sie in das großzügige Wohnzimmer mit den zeitgemäßen Teakmöbeln und dem dicken weißen Teppich. Aus der Küche strömte ein herrlicher Duft, den sie nicht identifizieren konnte. „Was kann ich für dich tun, Syd?“, fragte er, nachdem sie sich gesetzt hatten.

Sie fischte den Zettel aus ihrer Tasche, auf den sie das Kennzeichen des blauen Audis notiert hatte, und schob ihn über den Tisch. „Ich benötige einige Informationen über den Besitzer dieses Autos – Name, Adresse, Beruf und alles, was du sonst noch herausfinden kannst."

„Hat es was mit Lillys Entführung zu tun?"

„Könnte sein, aber ich bin mir nicht sicher. Ich sah ihn vor nicht allzu langer Zeit aus Mike Gilmores Haus stürmen."

„Was hattest du vor Mikes Haus zu suchen?"

Sie erzählte es ihm.

Er schwieg eine ganze Weile. Es schien wie eine Ewigkeit, bis er endlich nickte. „Bis morgen früh sollte ich etwas herausbekommen haben. Kann ich dich im Büro anrufen?"

„Ja. Oder auf dem Handy." Sie schrieb die Nummer auf, bedankte sich bei ihm und ging, um nicht noch mehr seiner Zeit in Anspruch zu nehmen.

29. KAPITEL

„Ich glaube, dein Assistent mag mich nicht“, sagte Jake, als er später am Abend mit Victor zurück in die Stadt fuhr.

„Sei nicht enttäuscht. Jenkins mag niemanden. Er ist ein Bär von einem Mann, aber er behütet mich wie eine Glucke.“

„Wie lange ist er schon bei dir?“

„Fünf Jahre. Er war gerade mit dem Gesetz in Konflikt geraten, als ich ihn kennen lernte. Ich lud ihn zu einem Treffen ein, und eh ich mich versah, wollte er uns beitreten.“

„Er scheint sehr loyal zu sein.“

„Und das schätze ich so an ihm.“

„Nur die Pressearbeit solltest du ihm nicht überlassen.“

Victor lachte. „Er taut schon noch auf, gib ihm ein bisschen Zeit.“

Sie erreichten die Ampel an der Seventh Street. „Du kannst mich hier rauslassen“, sagte Jake.

Victor wartete, bis Jake ausgestiegen war, bevor er sich zur Beifahrerseite hinüberlehnte. „Wie wär's, wenn wir uns irgendwann mal zum Lunch treffen würden? Dann aber auf deine Kosten.“

Jake zuckte die Schultern. „Sicher. Wann?“ Jake biss sich innerlich auf die Zunge, weil er zu eifrig geklungen hatte.

Victor schürzte die Lippen und tat, als ob er überlegen müsste. „Ich lasse es dich wissen, okay?“

„Klar. Du hast ja meine Nummer.“

Victor klopfte auf seine Brusttasche. „Gleich hier.“

„Danke fürs Essen. Du hattest Recht, was deinen Koch betrifft. Er ist nicht mit Gold aufzuwiegen.“

„Das werde ich ihm ausrichten.“

Jake sah zu, wie Victor seinen Wagen wendete, bevor er die Walnut Street überquerte. Er hatte gerade den Bürgersteig erreicht, als er abrupt innehielt.

Syd stand keine drei Meter vor ihm entfernt, und ihr Blick folgte dem davonfahrenden Wagen.

Jake stieß einen unterdrückten Fluch aus. Das war nun wirklich schlechtes Timing. Hoffentlich hatte sie Victor nicht erkannt. Als sie sich endlich zu ihm umdrehte, war ihm sofort klar, dass das leider nicht der Fall war.

„Hi." Er hob grüßend eine Hand. „Wie war …"

Sie deutete die Straße hinunter. „Das war Victor van Heusen."

Zum ersten Mal seit Jahren fehlten Jake die Worte.

„Ihr zwei kennt euch?"

Jake nickte.

Sie kam zu ihm herüber. Im Licht der Straßenlaterne konnte er ihren Gesichtsausdruck nicht deuten. „Und du hast *nie* etwas gesagt? Die ganze Zeit hast du mich von meinem Verdacht gegenüber einem seiner Männer erzählen lassen und nicht die geringste Andeutung gemacht, dass du Victor van Heusen kennst?"

„Ich fand es nicht wichtig."

„Wichtig für was?" Sie warf ihm einen abschätzenden Blick zu. „Was ist hier los, Jake? Und beleidige nicht meinen Verstand, indem du sagst, es sei ‚nichts'."

„Also gut. Sagen wir mal, es ist für dich nicht gerade von Vorteil, wenn du weißt, was hier los ist."

Sie lachte kurz auf. „Oh nein, das machst du nicht. Diese Art der Psychologie ist bei mir fehl am Platz. Tatsache ist, dass ich einen großen Fehler gemacht habe. Ich habe einen Fall mit einem Fremden diskutiert, mit einem Fremden, dem ich, aus welchem Grund auch immer, vertraut habe. Deshalb kannst du dich jetzt nicht mit so einer lauwarmen Erklärung aus der Sache herauswinden. Ich entscheide selber, was gut für mich ist. Ich frage dich noch einmal – was für eine Beziehung hast du zu Victor van Heusen?"

Es gab kein Entkommen. Ob es ihm gefiel oder nicht, er musste eine Entscheidung treffen. Er konnte sich eine Geschichte ausdenken und hoffen, dass sie sie glaubte, was er aber bezweifelte. Oder er konnte ihr die Wahrheit sagen und hoffen, dass sie seine Tarnung nicht auffliegen ließ.

Er wusste, zu welcher Entscheidung Ramirez ihm raten würde. Das Problem war nur, dass es für ihn inzwischen außer Frage stand, Syd anzulügen.

„Ich warte, Jake."

Er vergrub die Hände in seinen Jackentaschen. „Während Desert Storm war Victor mein befehlshabender Offizier im Irak."

Syd ließ diese Neuigkeit einen Augenblick sacken. „Und du hast die ganze Zeit über Kontakt zu ihm gehalten?"

„Nein. Ich habe erst vor kurzem herausgefunden, dass er in Pennsylvania lebt."

„Vor *wie* kurzem?" Als geübte Anwältin, die sie nun mal war, ließ sie ihm kaum Zeit zum Luftholen, bevor sie die nächste Frage abfeuerte.

„Kurz bevor ich Louisiana verlassen habe."

„Dann ist *er* der Grund, warum du nach Philadelphia zurückgekommen bist, und nicht dein Vater."

„Sie beide sind Grund dafür, dass ich hierhin zurückgekommen bin."

„Du sprichst schon wieder in Rätseln."

Er schaute sich um und sah, dass die kleine Bar in der Locust Street noch geöffnet hatte. „Warum reden wir nicht bei einem Becher heißer Schokolade weiter?", sagte er und deutete in Richtung der Bar.

„Ich habe eine bessere Idee. Warum gehen wir nicht hoch in meine Wohnung, damit ich deine Aussage auf Band aufnehmen kann."

Als sie sich entschlossen in Richtung Tür wandte, hielt Jake sie am Arm fest. „Das können wir nicht."

„Warum zum Teufel nicht?"

„Weil …", er atmete tief ein, „… deine Wohnung ist verwanzt."

30. KAPITEL

Sie starrte ihn einige Sekunden fassungslos an. Ihr Gesichtsausdruck wechselte von Schock zu Ungläubigkeit und zurück zu Wut. Wut war vielleicht ein bisschen milde ausgedrückt. Zorn traf es eher – denn Jake konnte förmlich sehen, wie es in ihr brodelte, als sie versuchte, sich zusammenzureißen.

„Hast du gesagt, dass mein Apartment verwanzt ist?" Sie gab ihm keine Gelegenheit zu antworten. „Wer war das? Wer hat die Wanze angebracht? Du?"

„Nein, natürlich nicht."

„Wer dann?"

„Syd, hör mir zu. Schau dich nicht um, denn es ist sehr wahrscheinlich, dass wir beobachtet werden. Wenn nicht von Victor, dann von einem seiner Männer. Also, lass uns da drüben in das Café gehen, und ich werde dir alles erzählen. Versprochen."

Er sah, wie sie um Fassung rang, tief einatmete und dann ganz langsam die Luft wieder ausstieß. Er musste ihre Disziplin und Selbstkontrolle bewundern, als sie den Drang unterdrückte, sich umzuschauen, und ihn einfach weiter ansah.

Ein paar Sekunden verstrichen, bevor sie sich wortlos umdrehte und die Straße in Richtung Café überquerte.

Um diese Tageszeit waren nur ein paar Tische besetzt. Ein älteres Ehepaar teilte sich ein Stück Karottenkuchen, und an einem anderen Tisch saßen zwei junge Mädchen mit Ringen in der Nase, schwarzen Rollkragenpullovern und schwarz umrandeten Augen. Große Kreuze baumelten an Ketten um ihren Hals. Der Gothik-Look war scheinbar wieder in.

Jake saß mit dem Gesicht zur Tür und gab der Kellnerin ein Zeichen, zwei Becher heiße Schokolade zu bringen. Als Syd auf seine Frage nach einem Stück Kuchen den Kopf schüttelte, verschwand die Kellnerin in Richtung Theke. Sofort befand sich Syd wieder auf dem Kriegspfad.

Die Arme auf den Tisch gestützt lehnte sie sich vor und zischte: „Ist dir bekannt, dass das Anbringen von Abhöranlagen illegal ist? Und dass es eine Straftat ist, wenn man davon weiß und es der Polizei nicht mitteilt?"

„Ja, weiß ich."

„Und trotzdem lässt du es zu?"

„Das musste ich. Und zu deiner Information, meine Wohnung ist auch verwanzt."

Sie lehnte sich erstaunt zurück. „Warum?"

Jake wartete, bis die Kellnerin die heiße Schokolade serviert hatte, bevor er antwortete.

In den folgenden Minuten erzählte er ihr alles – von dem Moment, als er die Ölplattform verlassen hatte, über die erste Begegnung mit Agent Ramirez, bis hin zum Treffen mit van Heusen.

Syd war eine gute Zuhörerin und unterbrach ihn nicht. Auch wenn sie einen neutralen Gesichtsausdruck wahrte, war er sich sicher, dass sie ihm glaubte. Wie sollte sie auch nicht? Wer konnte sich schon eine so abstruse Geschichte ausdenken?

Die Schokolade war sehr heiß, und Syd trank in kleinen, vorsichtigen Schlucken, während sie ihn unentwegt beobachtete. Als er seine Geschichte beendet hatte, stellte sie die Tasse ab und starrte einen Moment gedankenverloren hinein.

„So", sagte sie mit ruhiger Stimme. „Das ganze freundliche

Getue von deiner Seite, dass du Freundschaft mit mir geschlossen hast, dass du mir geholfen hast, war also alles nur gespielt? War das deine Art, herauszufinden, was ich über van Heusen weiß?"

„Es war nicht gespielt. Ja, in die Wohnung gegenüber zu ziehen und dich kennen zu lernen, war Teil des Plans. Und ja, meine ursprüngliche Motivation, dir zu helfen, erwuchs aus dem Ziel, das ich vor Augen hatte. Aber das alles hat sich in dem Moment geändert, als ich dich *wirklich* kennen gelernt habe. Und fürs Protokoll: Ich habe es gehasst, dich zu täuschen. Vor ein paar Tagen habe ich Agent Ramirez gesagt, dass ich das nicht mehr tun kann und will und dass wir den notwendigen Beweis gegen van Heusen auf anderem Weg beschaffen müssen."

„Warum hast du mir dann nicht eher die Wahrheit gesagt?"

„Weil der Erfolg einer so großen Aktion wie dieser stark von der Verschwiegenheit aller Beteiligten abhängt."

„Du klingst wie ein FBI-Agent."

„Ich denke, ich habe zu viel Zeit mit Ramirez verbracht."

„Du hast gesagt, dass du mich wegen Informationen anzapfen solltest. Und doch kann ich mich nicht dran erinnern, dass du je etwas in der Richtung gefragt hast – außer du hast mir ein Wahrheitsserum eingeflößt, von dem ich nichts bemerkt habe."

Die Eingangstür öffnete sich, und eine ältere Frau kam herein. Sie lächelte der Kellnerin hinter dem Kuchenbuffet zu und bestellte einen Blaubeermuffin. Nach einem kurzen Blick in ihre Richtung entschied Jake, dass, wer auch immer ihre Abhörgeräte kontrollierte, sicher jemand von van Heusens Männern war und nicht eine kleine, alte Frau.

„Ich konnte es nicht", antwortete er auf ihre Frage. „Dich

zu täuschen war schon schwer genug. Ich wollte es nicht noch schlimmer machen, indem ich dich auch noch ausnutzte."

Ihre Gesichtszüge wurden weicher, und sie hing einen Moment ihren Gedanken nach. „Kannst du dem FBI wirklich helfen, zu beweisen, dass Victor van Heusen illegale Waffen verschiebt?", fragte sie.

„Ich versuche es. Der heutige Besuch in seinem Camp war ein erster Schritt in die richtige Richtung, auch wenn ich meine Rolle nicht so gut gespielt habe, wie ich es gemusst hätte."

„Wie meinst du das?"

„Ich habe ihn mit meinen vielen Fragen eventuell misstrauisch gemacht."

„Kannst du das wieder hinbiegen?"

„Vielleicht. Ich muss mit Ramirez sprechen. Er ist das Gehirn hinter dieser Operation." Er nahm einen Schluck der inzwischen abgekühlten Schokolade. „Aber *du* bist vielleicht in der besseren Position, um zu helfen."

Sie sah überrascht aus. „Ich? Wie?"

„Da jemand von der anderen Seite mit hoher Wahrscheinlichkeit unsere Diskussion eben im Park beobachtet hat, schlage ich vor, dass wir in deine oder meine Wohnung gehen und ihnen ein bisschen was zum Zuhören liefern, ohne dass wir sie merken lassen, dass wir über sie Bescheid wissen. Wir können uns die Diskussion auf dem Weg dahin überlegen. Wie viel Phantasie hast du?"

Sie warf ihm einen übermütigen Blick zu. „Das willst du lieber nicht wissen."

Ihre Privatsphäre liebte Syd über alles. Sogar als Kind gab es für sie nichts Schöneres, als sich in ihrem Zimmer zu verstecken und dort Stunden allein zu verbringen. Zu wissen, dass jemand in diese Privatsphäre eingedrungen war und sie beschmutzt hatte, indem er in ihr Apartment, ihr Heiligtum eingebrochen war, um eine Abhöranlage zu installieren, weckte in ihr den Wunsch, das Ding zu suchen, es herauszureißen und van Heusen ins Gefängnis werfen zu lassen.

Aber gleichzeitig hatte Jake an etwas anders appelliert, das ihr am Herzen lag. Ihren Patriotismus. Männer, Frauen und Kinder, einige von ihnen Amerikaner, wurden jeden Tag durch Waffen getötet, die Männer wie Victor van Heusen verkauften. Was Jake ihr erzählt hatte, war für sie nicht überraschend. Sie wusste, was jeden Tag auf der Welt passierte. Die Staatsanwältin und die idealistische Seite in ihr wollten jedes einzelne dieser Verbrechen vor Gericht bringen und rechtmäßig bestraft sehen. Die realistische Seite in ihr wusste jedoch, dass das unmöglich war.

Aus diesem Grund war sie dankbar, dass sie die Chance hatte, eventuell *einen* der illegalen Waffenhändler in die Finger zu bekommen und sicherzustellen, dass er nicht für noch mehr Tote verantwortlich werden konnte.

Sie versuchte, bei dem Gedanken daran, dass Jake nicht ganz ehrlich zu ihr gewesen war, nicht *zu* traurig zu sein. Unehrlichkeit gehörte zu den Eigenschaften, die sie zutiefst verabscheute, und da Gregs Betrug noch so präsent war, traf sie Jakes Verhalten umso mehr. Aber sie würde darüber hinwegkommen. Ihre Meinung über ihn hatte sich zumindest nicht geändert. Er war immer noch ein guter Mann, ein Ehrenmann, und sie bewunderte ihn für das, was er tat, und die Risiken, die er auf sich nahm, um das Leben von Menschen zu retten, die er nicht einmal kannte.

Da sie wussten, dass Victors Wanze auch Gespräche durch die Wände aufnehmen konnte, warteten sie, bis sie auf dem Flur vor ihren Wohnungen waren, bevor sie mit der Unterhaltung begannen. „Ich verstehe einfach nicht, wieso du mir nicht vorher erzählt hast, dass du Victor van Heusen kennst", sagte Syd.

„Es ist nun mal ein Teil meines Lebens, über den ich lieber nicht sprechen möchte."

„Das heißt also, wenn ich nicht zufällig gesehen hätte, wie Victor wegfuhr, hättest du mir nie davon erzählt?"

„*Nie* ist eine lange Zeit." In der Wohnung half er ihr aus dem Mantel und hängte ihn mit seiner Lederjacke zusammen an die Garderobe. „Irgendwann, wenn ich dich besser kennen gelernt hätte, hätte ich vielleicht davon erzählt."

„Wie findest du es, dass dein alter Army-Kumpel jetzt eine Miliz führt?" Als sie ihm voran in die Küche ging, lächelte er sie aufmunternd an – die Unterhaltung war genau das, was ihm vorgeschwebt hatte.

„Jeder Mensch kann tun, was ihm beliebt."

„Red dich nicht raus. Ich will wissen, was du *wirklich* denkst." Sie griff nach einer Tüte mit Kauai Koloa Kaffee aus Hawaii. Ein reichhaltiger, aromatischer Kaffee mit leichter Kakaonote – das perfekte Getränk für kalte Winterabende.

„Okay, dann sag ich's dir. Als ehemaliger Soldat, der für sein Land gekämpft hat, finde ich es schwer, für jemanden Sympathie zu empfinden, der unser derzeitiges System zerstören will."

„Höre ich da ein *Aber*?"

„Das *Aber* ist, dass er, so schwer es mir auch fällt, das zuzugeben, auf eine gewisse Art Recht hat."

„Die da wäre?“ Sie setzte die Kaffeemaschine in Gang. Sie fühlte sich seltsam – so als wäre sie auf einer Bühne und führte vor Publikum ein Stück auf. Genau genommen war es ja auch das, was sie taten …

„Die Rechte der Bürger dieses Landes sind unterminiert worden. Heutzutage ist Big Brother überall – beobachtet, hört zu, verbietet dieses, verbietet jenes. Menschen werden ohne ihr Einverständnis per Video überwacht, Polizisten schießen erst und fragen dann, und die Politiker haben den Bürgern alle Macht aus den Händen genommen.“

„Wow.“ Sie lachte. „Er hat dich, oder?“

„Auf gar keinen Fall. Du wolltest einen objektiven Bericht darüber, wofür Victor steht, und den hast du bekommen. Das heißt aber nicht, dass ich bereit bin, Mitglied zu werden.“

„Könnte das passieren? Irgendwann?“

Jake ließ genau so viel Zeit verstreichen, um Victor Hoffnung zu machen, bevor er antwortete. „Nein.“

31. KAPITEL

„Übrigens", sagte Jake, als er ihr in das Wohnzimmer folgte, „ich bin froh, dass ich deinem Rat gefolgt bin."

„Ich wusste gar nicht, dass ich dir einen Rat gegeben hatte."

„Na, dass ich ein Boot chartern sollte." Er wartete, bis sie es sich auf dem Sofa gemütlich gemacht hatte, bevor er sich neben sie setzte.

„Du hast ein Boot gechartert?"

„Verrückt, was?"

Auch wenn ihr immer noch bewusst war, dass ihre Unterhaltung abgehört wurde, fühlte Syd sich so entspannt wie lange nicht mehr. „Im Gegenteil, das ist eine wundervolle Idee. Was hat dein Vater dazu gesagt?"

„Er hat sich noch nicht entschieden." Jake schüttelte den Kopf. „Ehrlich gesagt, er hat mich noch nicht einmal zurückgerufen."

Sie verstand seinen Schmerz. Gleichgültigkeit war die schlimmste Form der Zurückweisung, und wenn sie auch noch von einem Elternteil kam, war das umso verletzender. Sie wollte Jake berühren, ihn trösten, ihm sagen, dass er Geduld haben sollte, aber nach ihrem peinlichen Auftritt bei ihrem gemeinsamen Abendessen dachte sie, es wäre besser, wenn sie ihre Hände bei sich behielt.

„Lass ihm Zeit", sagte sie.

Er zuckte schicksalsergeben die Schultern. „Ansonsten werden wir beide das Boot nutzen. Was hältst du vom Hochseeangeln?"

„Als ich das letzte Mal auf dem Meer war, war ich zwölf und hoffnungslos seekrank."

Das Telefon klingelte, und sie schaute zu Jake, der nickte und lautlos „Vorsichtig!“, sagte.

Es war Anthony. „Ich habe die Information, die du haben wolltest.“ Er klang ganz aufgeregt.

„Ich höre.“ Sie betete, dass van Heusens Wanze nicht auch Anthonys Seite des Gesprächs aufzeichnen konnte. Egal, ob van Heusen etwas mit Lillys Entführung zu tun hatte, sie hatte nicht vor, irgendjemandem Zugang zu vertraulichen Informationen zu ermöglichen.

„Die Kette wurde am 30. September letzten Jahres bei Hansen's Jewelers in der Samson Street gekauft und bar bezahlt.“

„Wie teuer war sie?“

„Zweitausend Dollar. Sie wurde von einer Frau gekauft – mittleres Alter, durchschnittliches Aussehen. Sie erzählte Bob Hansens Verkäufer, dass es ein Geschenk für ein junges Mädchen sei, deren Geburtsstein der Opal ist.“

Ein junges Mädchen. Lauren? Die Frau mittleren Alters konnte ihre Mutter sein, obwohl Syd Fotos von Carlie Fairbanks gesehen hatte, und man sie kaum als durchschnittlich bezeichnen konnte.

„Gibt es Unterlagen über den Kauf?“ Die Frage war hoffentlich vage genug, um bei ihrem unbekannten Zuhörer keine Neugierde zu erwecken.

„Ja, aber sie enthalten keine persönlichen Angaben. Das ist bei Barverkäufen auch nicht notwendig.“

„Ich danke dir. Du hast mir sehr geholfen.“ Sie achtete darauf, nicht seinen Namen zu nennen. Je weniger Victor über ihre Freunde wusste, umso sicherer waren sie vor ihm.

„Das freut mich, Süße. Küsschen.“ Die Stimme des Goldschmieds wurde anzüglich. „Und grüß deinen Freund von mir.“

Sie zwinkerte Jake zu, als sie aufgelegt hatte. „Das war meine Freundin Antoinette. Ihr gehört ein Second-Hand-Laden, und sie hat für mich ein Kleid für eine Benefizveranstaltung nächste Woche gesucht.“

„Und, hat sie etwas gefunden?

„Sie hat eines, das von Jean Harlowe getragen wurde. Es ist ein bisschen teuer, aber es hört sich phantastisch an. Genau das, wonach ich die ganze Zeit gesucht habe.“

„Brauchst du eine Begleitung für die Veranstaltung?“

Mit einem Schmunzeln fragte sie: „Bietest du dich etwa dafür an?“

„Auf jeden Fall.“

„Dann bist du dabei. Du brauchst aber einen Smoking.“

„Für dich, meine Süße“, sagte er und bestätigte damit, dass er genau wusste, mit wem sie telefoniert hatte, „würde ich sogar eine Rüstung tragen.“

Syd freute sich, am nächsten Morgen in ihrem Büro Chad zu treffen.

„Ich bin fast fertig damit, Ihre Eingabe abzutippen“, sagte er mit gewohnt ernster Miene. „Ich hoffe, dass es Ihnen nichts ausmacht. Ich habe den Entwurf auf Ihrem Tisch gesehen und dachte, dass Sie bestimmt eine ordentliche Abschrift benötigen.“

„Ob es mir etwas ausmacht? Oh Chad, Sie hat der Himmel geschickt.“ Sie stellte ihre Aktentasche auf ihren Tisch. „Was wissen Sie eigentlich über Halbedelsteine?“

„Nicht viel. Meine Freundin mag nur Diamanten.“

Syd lächelte. „Cleveres Mädchen. Haben Sie ihr schon einen geschenkt?“

Chad tippte unbeirrt weiter. „Bei dem, was Sie mir zahlen?"

„Schlaumeier."

Mit Schwung drückte er die letzte Taste. „Über welche Halbedelsteine sprechen wir?"

„Opale. Können Sie mir einen Gefallen tun? Wenn Sie mit der Eingabe fertig sind, schauen Sie doch einmal nach, für welchen Monat der Opal der Geburtsstein ist, und dann versuchen Sie, Lauren Fairbanks Geburtsmonat herauszufinden."

„Können Sie so lange warten?"

„Nein, ich habe um zehn eine Zeugenvernehmung. Legen Sie die Information einfach in die Schublade meines Schreibtischs."

Syd war auf dem Weg in das Büro, in dem die Zeugenaussage stattfinden sollte, als ihr Handy klingelte. Violets Mann.

„Der Name des Mannes, an dem du interessiert bist, lautet James Cabbot III, wohnhaft 2 Delancey Street", sagte George Sorrensen. „Vor sechs Jahren führten drei Drogenfahnder eine Razzia im Club Apollo durch, einem bekannten Nachtclub in Society Hill, der als Drogenumschlagplatz verdächtigt wurde. Mehr als ein Dutzend Leute wurde damals verhaftet. Cabbot war auch da und konsumierte Kokain, aber irgendwie ist er durch das Netz geschlüpft und wurde *nicht* mit den anderen zusammen hochgenommen."

„Wie kommt das?"

„Sein Vater ist der CEO von Cabbot Investments. Er hat Beziehungen."

„Willst du damit sagen, dass die drei Polizisten geschmiert wurden?"

„Das sage ich nicht, weil ich es nicht weiß. Ich weiß aber,

dass Cabbot auch hätte verhaftet werden müssen, es aber nicht wurde. Daraus kannst du deine eigenen Schlussfolgerungen ziehen."

„Wer war bei der Razzia dabei?"

„Detective Ava Lamida, Detective Richard Steele und – das wird dir gefallen – Detective Mike Gilmore. Das hast du aber nicht von mir gehört, Syd."

„Natürlich nicht. Danke, George."

Syds Gedanken überschlugen sich. Mike hatte sich bestechen lassen. *Das* war es, was Lilly gegen ihn in der Hand hatte. Und deshalb hatte er ihr damals auch ohne Streit das Sorgerecht überlassen. Sollte jemals jemand herauskommen, dass er Bestechungsgelder annahm, wäre dass das Ende seiner Karriere.

Aber irgendetwas ließ ihr keine Ruhe. Lilly war eine der ehrlichsten Personen auf der Welt. Syd hatte niemals erlebt, dass sie log oder etwas ansatzweise Illegales tat, auch nicht das Zurückhalten von Beweismitteln, was definitiv illegal war. Hätte sie in diesem Fall eine Ausnahme gemacht? Auf Kosten ihrer Integrität?

Vielleicht. Wenn das der einzige Weg war, ihre Tochter behalten zu können.

Nach der Zeugenvernehmung kehrte Syd in der Hoffnung zu Mikes Haus zurück, dass sie erneut Glück hatte und ihn daheim antreffen würde. Und sie hatte Glück.

„Was ist nun schon wieder, Sydney?" Er sah nicht viel besser aus als am Tag zuvor und war genau so hinterhältig wie sonst auch. „Treibt dich die Todessehnsucht, oder was?"

Sie ignorierte die Drohung – es würde für lange Zeit die letzte gewesen sein. „Sagt dir der Name James Cabbot III etwas?"

Sein attraktives Gesicht wirkte plötzlich angespannt. Er versuchte, ein herablassendes Lächeln zu Stande zu bringen, aber er hatte einiges von seiner Selbstsicherheit eingebüßt und so misslang der Versuch auf ganzer Linie. Er schaute sie ein paar Sekunden lang an, als ob er herausfinden wollte, wie viel sie wusste. „Und wenn ich ihn kenne? Was geht dich das an?"

„Darf ich fragen, woher du ihn kennst?"

„Nein, darfst du nicht, aber ich erzähle es dir trotzdem. Er ist ein alter Bekannter. Reicht dir das?"

„Nein. Weißt du, ich weiß genau, wie ihr beide euch getroffen habt."

Mike fuhr sich nervös mit der Zunge über seine Lippen und schwieg.

„Du hast ihn vor sechs Jahren während einer Razzia im Club Apollo kennen gelernt. Der Club wurde von Drogendealern, Junkies und Prostituierten besucht. Ein Dutzend Leute wurde in der Nacht verhaftet, entweder wegen des Verkaufs oder des Gebrauchs von Drogen. Einer, der auch verhaftet werden sollte, wurde es nicht. Weißt du, von wem ich spreche, Mike?"

„Worauf willst du hinaus?"

„Ich versuche, eine gemeinsame Gesprächsgrundlage für uns zwei zu finden. Aber bisher rede nur ich." Sie zuckte die Schultern. „Das ist okay, es macht mir nichts aus. Wie ich sagte, einer der Kokser wurde nicht verhaftet. Warum? Weil er viel Geld hat, oder besser gesagt, weil sein Vater viel Geld hat. Und es unter anderem dazu nutzt, Polizisten dafür zu bezahlen, in die andere Richtung zu schauen, wenn der Junior sich danebenbenimmt."

„Das mag sein, aber ich habe niemals auch nur einen Penny angenommen."

„Du streitest also ab, einer der drei Polizisten gewesen zu sein, die die Razzia im Club Apollo durchgeführt haben?"

„Nein, aber ich streite ab, Geld angenommen zu haben."

„Wie ist er dann davongekommen?"

Sein Blick wurde unruhig. „Weiß ich nicht. Vielleicht ist er durch eine Hintertür entwischt oder aus einem Fenster geklettert. Das passiert während Razzien. Irgendjemand schreit ‚Die Bullen!' und die Leute in der Nähe der Ausgänge sehen zu, dass sie Land gewinnen."

„Hast du ihn danach noch mal getroffen?"

Er blinzelte. „Den Junior? Nein. Warum sollte ich?"

„Was hat er dann gestern vor deinem Haus gemacht? Und erzähl mir nicht, dass er nicht hier war, ich habe ihn gesehen."

Auch wenn er deutlich blasser wurde, behielt er die Fassung. „Wie hast du herausgefunden, wer er ist?"

„Ich habe sein Kennzeichen überprüfen lassen."

„Warum? Was geht es dich an, wer mich besuchen kommt?"

„Nichts, außer, dass er wütend aussah und mich das neugierig gemacht hat."

„Tja, da hast du deine Zeit verschwendet." Seine Stimme wurde fester. „Es gibt nichts Finsteres oder Geheimnisvolles an James' Besuch. Er war gerade in der Gegend und wollte nur kurz Hallo sagen."

„Warum hast du deswegen gelogen?"

„Weil, wie ich schon sagte, es dich nichts angeht, mit wem ich mich treffe."

„Und wie *ich* schon sagte, sah James sehr unglücklich aus, als er hier wegfuhr, und das ist Grund genug, dass es mich *doch* etwas angeht." Sie schürzte die Lippen. „Natürlich kann ich auch mit James sprechen, wenn es dir lieber ist …"

Es war ein unglaublicher Anblick. Mike sackte in sich zusammen, als hätte man die Luft aus ihm herausgelassen. Er lehnte sich gegen die Wand und schloss erschöpft die Augen.

Beinahe tat er ihr Leid. „Also hatte ich Recht. Du hast die ganze Zeit Geld von den Cabbots angenommen."

Er öffnete seine Augen. „*Was?*"

„Hör auf, mir etwas vorzuspielen, Mike. Du hast Dreck am Stecken. Das hatte Lilly die ganzen Jahre gegen dich in der Hand. Deshalb hast du nicht um das Sorgerecht für Prudence gekämpft. Du konntest es dir nicht leisten."

Mike schüttelte trotzig den Kopf. „Ich habe nie irgendwelches Geld von James genommen. Oder von seinem Vater. Sein alter Herr hat ihm schon vor langer Zeit den Geldhahn zugedreht."

„Warum war er denn dann hier?"

Mike antwortete nicht.

„So oder so, ich werde die Wahrheit herausfinden. Wenn nicht von dir, dann von James."

Er holte tief Luft, als ob er seinen ganzen Mut zusammennehmen müsste. „Er hat mich unter Druck gesetzt, das ist richtig." Als sie ihn fragend ansah, setzte er hinzu: „James erpresst *mich.*"

Sie glaubte ihm nicht. Er log, versuchte immer noch, sich aus der Situation herauszuwinden. „Warum sollte er dich erpressen?"

„Weil ich schwul bin."

Syd konnte ihn nur fassungslos anstarren. Es gab so vieles, was gegen dieses Geständnis sprach, so viele Gründe, ihm nicht zu glauben. Mike Gilmore war ein Mann, für den das Wort *Macho* erfunden worden zu sein schien – er war arrogant und eine Aura von unglaublicher Macht umgab ihn. Und doch stand er jetzt hier, geschlagen und gebrochen.

„Seit wann?“, stieß sie hervor.

„High School.“ Er stand immer noch mit dem Rücken an die Wand gelehnt und starrte auf einen Punkt hinter Syds Schulter. „Ich habe es gut versteckt. Das musste ich auch. Alle meine Freunde waren echte Kerle, Jungs, zu denen ich aufschaute, mit denen ich Football spielte und mich betrank.“

„Und Lilly? Wusste sie davon?“

„Am Anfang nicht. Doch irgendwann hatte sie den Verdacht, dass ich sie betrog. Eines Nachts folgte sie mir und sah mich mit ...“ Er sah sie immer noch nicht an.

„Mit wem?“

„James.“

Syd atmete scharf ein. Jetzt ergab alles langsam einen Sinn. „Cabbot ist schwul.“

„Ja. Deshalb hat ihn sein Vater enterbt.“

Nun verstand sie, warum Lilly sich ihr nicht anvertraut hatte – es war ihr peinlich. „Warum hast du dich nicht dazu bekannt und einfach die Wahrheit gesagt?“ Sie dachte an Anthony, der so offen und fröhlich war. „Es gibt Schlimmeres als zuzugeben, schwul zu sein.“

„Nicht in meinem Job. Meine Kollegen hätten mir jeden Tag zur Hölle gemacht.“

„Du hättest es Lilly erzählen können, anstatt sie durch diese Farce einer Ehe zu schicken und sie so zu verletzten."

„Lilly war gut für mein Image. Es gab ein paar Gerüchte in der Truppe. Meine Heirat mit Lilly und die Geburt von Prudence haben die Gerüchte zerstreut."

„Dein *Image?*" Das Mitgefühl, das sie noch vor wenigen Minuten für ihn empfunden hatte, war mit einem Mal verschwunden. Er machte sie krank. „Das ist alles, was dich interessiert?"

„Du hast bekommen, was du wolltest, Sydney. Also geh jetzt bitte."

„Noch nicht." Ihre Gedanken gingen zurück zu dem Farmhaus und dem Mann, der auf sie geschossen hatte. „Hatte Lilly Fotos?"

„Was für Fotos?"

„Von dir und James."

Er schüttelte den Kopf. „Nein, es gibt keine Fotos. Die brauchte sie nicht. Ich habe James dafür bezahlt, den Mund zu halten. Sie hätte ihm nur mehr bieten müssen, und er hätte ihr alles erzählt. Er liebt das Geld. Und ihm ist es egal, wer von seinen sexuellen Neigungen weiß. Mir nicht."

Jetzt konnte sie Mike offiziell von ihrer Liste der Verdächtigen für den Anschlag in Erwinna streichen. Da es keinen Beweis von seiner Affäre mit James gab, hatte er auch keinen Grund gehabt, Dots Haus zu durchsuchen.

„Warum war James so sauer, als er aus deinem Haus kam?"

„Er wollte mehr Geld und ich sagte ihm, dass ich keines habe. Ich bin pleite. Ich schlage mich eben so von Zahltag zu Zahltag durch."

Alle Puzzelsteine schienen sich auf einmal wie von selbst zusammenzufügen. „Ich glaube, jetzt verstehe ich. Du hast den Antrag auf Übertragung des Sorgerechts für Prudence nicht gestellt, weil du sie liebst und ihr ein sicheres Zuhause geben möchtest. Nein, deine Tochter ist vielmehr die Garantie, dass Vanessa dich heiratet. Ohne Prudence gibt es keine Vanessa, und ohne Vanessa und ihr Geld kannst du deinen erpresserischen Lover nicht bezahlen. Du warst also bereit, das Leben eines kleinen Mädchens komplett auf den Kopf zu stellen und allen, die sich bisher um sie gekümmert haben, das Herz zu brechen, nur um dein Geheimnis zu wahren? Du bist noch abstoßender, als ich gedacht habe."

Als er nicht antwortete, ging sie zu ihm hinüber. „Zieh den Antrag zurück, Mike. Heute noch."

Syd wartete, bis sie wieder in ihrem Büro war, bevor sie Dot anrief. „Du musst dir keine Sorgen mehr um Prudence machen", sagte sie mit betont fröhlicher Stimme. „Mike zieht seinen Antrag zurück."

Dot weinte vor Erleichterung. „Ist das wahr? Bist du dir sicher?"

„Sehr sicher. Bis Lilly zurückkommt, bleibt Prudence, wo sie ist."

„Und … danach? Wird er weiter auf ein gemeinsames Sorgerecht drängen?"

„Das bezweifle ich."

„Oh Syd." Sie hörte einen leisen Schluchzer. „Ich bin dir was schuldig."

„Nein, bist du nicht. Wir sind doch eine Familie, schon vergessen?"

In dem Moment, als Syd den Hörer auflegte, betrat Violet ihr Büro. „Hast du den Bericht gefunden, den Chad für dich dagelassen hat?“

„Noch nicht.“ Sie öffnete die Schreibtischschublade und fand zwei sauber getippte Seiten. Sie hielt sie hoch, sodass Violet sie sehen konnte. „Danke, Violet.“

Alles, was man über Opale wissen musste, stand auf diesen zwei Seiten. Der Opal war der Geburtsstein für die im Oktober Geborenen. Unglücklicherweise hatte Chad Laurens Geburtstag nicht herausfinden können. Tatsächlich fanden sich überhaupt nur sehr wenige Informationen über den Teenager in seinem Bericht. Die Familie hatte sie seit ihrer Geburt erfolgreich aus dem Scheinwerferlicht der Öffentlichkeit ferngehalten. Dann passierte der Unfall, und plötzlich zierte ihr Gesicht sämtliche Zeitungen, gemeinsam mit ihrem letzten Zeugnis aus der Sycamore High School und ihren Hoffnungen, im Herbst die University of California besuchen zu können.

Chad hatte ein Foto heruntergeladen, das Syd näher betrachtete. Lauren Fairbanks war ein hübsches Mädchen, mit langen, glatten, blonden Haaren, braunen Augen und einem schüchternen Auftreten, das nicht sehr an das ihrer Mutter, der erfahrenen Societylady Mrs. Fairbanks, oder an ihren charismatischen Vater erinnerte.

Die Frage war jetzt: Wenn die Kette Lauren gehörte, und Lilly sie, wohlmöglich an der Unfallstelle, gefunden hatte, wieso musste sie sie dann verstecken? Welches tiefe dunkle Geheimnis steckte dahinter?

Vielleicht hatte Lauren selbst ein paar Antworten auf diese brennenden Fragen.

Vier Mädchen in Jeans und pastellfarbenen Winterjacken kamen aus dem Hauptgebäude der Sycamore Highschool und warfen zwei gut aussehenden Jungs am Eingang kichernd bewundernde Blicke zu.

Einen Augenblick später trennte sich die Gruppe und Lauren Fairbanks ging zu ihrem Auto. Nicht der Mercedes Benz, mit dem sie den Unfall hatte, sondern ein feuerroter Mustang, der aussah, als wäre er gerade eben erst aus dem Showroom gerollt.

Sie zielte mit dem Schlüssel auf das Auto und öffnet die automatische Zentralverriegelung mit einem Knopfdruck. Sie machte die Fahrertür auf und ließ sich auf den Sitz fallen. Bevor sie die Zündung starten konnte, hatte Syd sich unauffällig auf den Beifahrersitz gleiten lassen.

Das Mädchen stieß einen spitzen Schrei aus und zuckte zurück. „Wer sind Sie? Was tun Sie in meinem Auto?"

„Ganz ruhig, Lauren. Ich bin nicht hier, um dir wehzutun." Syd hoffte, dass ihre Stimme so sanft und beruhigend klang, wie sie dachte. „Mein Name ist Sydney Cooper. Ich arbeite im Büro des Bezirksstaatsanwalts."

„Was wollen Sie von mir?"

„Ich möchte dir gern ein paar Fragen bezüglich des Unfalls stellen, den du Anfang des Monats hattest."

Das Mädchen hatte Schwierigkeiten, ihre Panik zu verbergen. „Der Fall ist doch abgeschlossen."

„Lilly Gilmore war anderer Meinung. Du weißt, dass sie entführt wurde, oder? Es kam letzte Woche in den Nachrichten."

Erkennen blitzte in den dunklen, angstvollen Augen auf. „Oh mein Gott, Sie sind die Frau, die all diese fürchterlichen Sachen über meinen Vater gesagt hat."

„Hat er dir das erzählt?"

„Er hat mir gesagt, dass ich nicht mit Ihnen reden muss."

„Warum? Hast du etwas zu verbergen?"

„Nein! Und mein Vater auch nicht. Lassen Sie mich einfach in Ruhe!"

„Das würde ich sehr gerne, Lauren. Ehrlich gesagt wäre mir nichts lieber, als diese ganze fürchterliche Geschichte zu den Akten zu legen. Aber ich kann es nicht. Nicht, bevor meine Freundin wieder da ist.

„Dabei kann ich Ihnen nicht helfen."

„Doch, ich glaube, das kannst du schon", sagte Syd freundlich. „Du musst nur ein paar einfache Fragen beantworten."

Lauren schaute sich um. Syd war nicht sicher, ob sie nach Hilfe Ausschau hielt oder nach einem schnellen Fluchtweg. „Ich weiß nicht." Sie hatte sich ein wenig beruhigt. „Was für eine Art von Fragen?"

„Der Polizeireport sagt, dass du deine Nachtfahrt geübt hast." Sie betrachtete die teuren Ledersitze und das moderne Armaturenbrett. Nicht schlecht für eine Fahranfängerin. „Herzlichen Glückwunsch, übrigens. Ich nehme an, dass du die Prüfung bestanden hast?"

„Ja." Sie beäugte Syd immer noch misstrauisch.

„Bist du eine gute Fahrerin?"

„Ja."

„Und trotzdem hattest du den Unfall."

„Das war nicht mein Fehler", verteidigte sie sich.

„Das hat man mir auch gesagt. Sag mir, Lauren, wie schnell warst du, wenn du der Kollision nicht mehr ausweichen konntest?"

„Ich war nicht *zu* schnell, falls Sie das meinen."

„Würdest du sagen, dass du dich an die Geschwindigkeitsbegrenzung gehalten hast?“

„Ja.“

„Und wie hoch war die, erinnerst du dich daran?“

Leichte Röte überzog die Wangen des Mädchens. „Nein, ich erinnere mich nicht.“

„Aber woher weißt du dann, dass du nicht zu schnell warst?“

„Weil ich es zu der Zeit noch wusste.“

„Kann es sein, dass dein Gefühl für die Geschwindigkeit beeinträchtigt war?“

„Wodurch?“

„Alkohol?“

„Nein! Warum sagen Sie das?“

„Weil du gemäß des Berichts ins Gebüsch gerannt bist und dich übergeben hast.“

„Ich hatte Angst, aber ich war nicht betrunken! Mir wurde übel, weil ich so nervös bin. Ich hatte gerade einen schrecklichen Unfall. Meinen ersten überhaupt.“

Ihre Stimme zitterte, und Syd konnte nicht ausmachen, ob vor Angst oder vor Wut. Sie entschied sich, noch etwas nachzusetzen. „Hast du dabei deine Kette verloren? Als du dich übergeben hast?“

„Kette?“ Sie runzelt die Stirn. „Ich habe keine Kette verloren.“

Syds Herz setzte einen Schlag aus. Sie zuckte mit den Schultern. „Ich dachte, ich hätte das irgendwo gelesen. Da muss ich mich wohl geirrt haben.“

„Gehen Sie jetzt? Meine Mama macht sich Sorgen, wenn ich nicht pünktlich zu Hause bin.“

„Sicher." Syd öffnete die Tür und begann, auszusteigen. Dann, als wäre ihr gerade noch etwas eingefallen, drehte sie sich noch einmal zu Lauren um. „In welchem Monat bist du geboren, Lauren?"

Die Frage schien das Mädchen zu verwirren, aber sie antwortete trotzdem. „März."

33. KAPITEL

Syd versuchte, im Büro die verlorene Zeit wieder aufzuholen, während sie auf Jake wartete. Er hatte kurz zuvor angerufen und gesagt, dass er sie um sieben abholen würde, um mit ihr ein Restaurant zu besuchen, das er immer schon einmal hatte ausprobieren wollen.

Sie konnte einen netten Abend gut gebrauchen. Die Freude über ihre Entdeckung, dass die Kette *nicht* Lauren gehörte und vielleicht bewies, dass der Senator in jener Nacht mit einer anderen Frau unterwegs gewesen war, währte nur kurz. Ja, Lilly hatte die Kette gefunden, und sehr wahrscheinlich auch am Unfallort, aber was wurde dadurch bewiesen? Jeder hätte sie dort verlieren können – außer Ana Lee, denn die hätte sicher der Polizei davon berichtet. Das Schmuckstück konnte also schon seit Tagen, sogar Wochen oder Monaten unter Gras und Erde verborgen gelegen haben.

Der Anruf von Chief Yates kurz nach sechs hatte ihre Stimmung auch nicht aufheitern können. „Es tut mir Leid", hatte er gesagt und wusste, dass er sie enttäuschen würde. „Wir konnten keine brauchbaren Fingerabdrücke auf dem Opal finden. Sie waren zu verschmiert, um etwas erkennen zu können."

Kurz vor sieben schaltete sie ihren Computer aus, zog sich den Mantel an und ging hinunter, um auf Jake zu warten. Sie fand ihn in einer angeregten Unterhaltung mit dem Mann vom Sicherheitsdienst. Die beiden sahen aus, als wären sie zwei alte Kumpel, die sich nach langer Zeit wiedergetroffen hatten. Vielleicht waren sie es ja auch. Justin war ein ehemaliger Marinesoldat.

„Tauschen Sie Kriegsgeschichten aus, meine Herren?"

„Nein, wir schließen nur eine kleine Wette auf das heutige Spiel ab, Ms. Cooper. Wollen Sie auch Ihren Einsatz machen?“

„Um mich von Ihnen wieder so ausnehmen zu lassen wie im letzten Jahr? Nein, danke.“

Justin lachte noch immer, als Jake zu Syd hinüberkam und sie auf die Wange küsste. „Hallo, schöne Frau. Sind Sie bereit?“

„Ja, das bin ich.“ Und sie meinte es auch so. Der Gedanke daran, die nächsten Stunden in Jakes Gesellschaft zu verbringen, hatte ihre Laune erheblich gebessert und würde sie für eine Weile vergessen machen, dass ihre beste Freundin noch immer vermisst wurde.

Syd und Jake saßen an einem Fenstertisch im *Palombe*, Philadelphias bestem Restaurant, hoch über dem Rittenhouse Square. Sie waren gerade mit der Vorspeise fertig. Als die Teller abgeräumt wurden, schaute sich Syd in dem eleganten Raum um, sah die vornehmen Ober in ihren Fräcken und genoss den herrlichen Ausblick über die nächtliche Stadt. Die Fairbanks lebten nicht weit von hier, in einer dreistöckigen Stadtvilla, die seit Generationen in Familienbesitz war.

„Wie hast du es geschafft, hier einen Tisch zu bekommen?“, fragte sie. „Das ist eines der angesagtesten Restaurants in Philadelphia. Die haben normalerweise eine dreiwöchige Warteliste.“

„Ich denke, es zahlt sich einfach aus, Beziehungen zu haben.“

„Dein Freund vom FBI?“

„Ich habe auch noch andere Freunde.“

„Dann bin ich denen sehr dankbar. Ich bin es leid, nach Hause zu kommen und ständig aufzupassen, was ich sage oder tue, weil ich weiß, dass Victor irgendwo da draußen sitzt und alles hören kann." Sie lächelte ihn zögernd an. „Außer ..."

„Außer was?"

„Außer es ist ebenfalls eine Wanze hier unter unserem Tisch angebracht."

„Du kannst frei sprechen, der Tisch ist sauber."

„Hast du das *überprüft?*"

„Man kann nie vorsichtig genug sein."

„In dem Fall ..." Sie trank einen Schluck von ihrem Wein und stellte das Glas zurück auf den Tisch. „Ich habe heute keine guten Neuigkeiten von Chief Yates erhalten."

„Was hat er gesagt?"

„Das Labor konnte keine identifizierbaren Fingerabdrücke auf dem Opal finden."

„Das tut mir Leid. Was wirst du nun tun?"

„Ich bin mir nicht sicher. Ich habe eine Theorie, aber ich kann sie nicht beweisen."

„Willst du sie mir erzählen?"

Sie nahm sich einen Moment Zeit und drehte das Glas nachdenklich auf dem Tischtuch, bevor sie antwortete. Auf dem Weg zum Restaurant hatte sie ihm von ihrem Treffen mit Mike Gilmore erzählt, aber nichts von ihrem Besuch an der Sycamore Highschool erwähnt. Darüber hatte sie noch mit niemandem gesprochen.

„Ich war heute bei Laurens Schule."

„Wieso?"

„Ich wollte mit ihr reden."

„War das nicht ein bisschen riskant?"

„Das könnte es werden, wenn sie es ihrem Vater erzählt."

„Hast du denn etwas herausgefunden?"

„Sie hat bestätigt, was Ana Lee erzählt hat, nämlich dass ihr in der Nacht des Unfalls schlecht geworden ist und sie sich im Gebüsch übergeben hat. Aber als ich sie auf die Kette ansprach, wirkte sie erstaunt und sagte, dass sie zum Zeitpunkt des Unfalls keine Kette getragen habe."

„Glaubst du ihr?"

„Sie hatte keinen Grund zu lügen. Abgesehen davon ist sie im März geboren, der Opal ist aber der Geburtsstein des Oktobers."

In Jakes Augen blitzte ein Funken Spott auf. „Willst du damit sagen, dass eine andere Frau den Wagen des Senators gelenkt hat? Dass einer der beliebtesten Männer dieses Landes die Polizei *absichtlich* in die Irre geführt hat?"

„Das will ich nicht nur sagen. Je länger ich darüber nachdenke, umso *sicherer* bin ich mir, dass eine andere Frau involviert war. Warum wäre Lauren sonst so schreckhaft? So abweisend?"

„Aber hätte der Polizist, der auf den Anruf hin zur Unfallstelle kam, nicht bemerkt, dass es sich *nicht* um Senator Fairbanks Tochter handelte?"

„Nicht, wenn sie ihr ähnlich genug sah, um sowohl die Polizei als auch Ana Lee zu täuschen." Syd schaute sich um, bevor sie fortfuhr. „Vergiss nicht, es war dunkel, das Mädchen war hysterisch, und der Senator wollte es so schnell wie möglich nach Hause bringen."

Jake lehnte sich vor. „Du meinst also, dass der Senator nach der ersten Aussage gegenüber der Streifenpolizei seine unbekannte Begleiterin nach Hause gefahren hat, danach zu sich gefahren ist, seine Tochter geweckt und sie gebeten hat, für ihn zu lügen?"

„Ich weiß, dass das unglaublich klingt – aber ja, *genau das* meine ich."

„Wo war Mrs. Fairbanks, als das alles passierte?"

„Nicht in der Stadt. Sie flog sofort ein, als sie hörte, dass ihre Tochter einen Unfall hatte." Sie stieß einen kleinen Seufzer aus. „Ich bin auf der richtigen Spur, Jake, das fühle ich. Das Problem ist nur, dass ich es nicht beweisen kann."

„Du könntest den Senator mit der Kette konfrontieren."

„Wozu sollte das gut sein? Er würde einfach abstreiten, sie jemals gesehen zu haben. Und Lauren würde ihn unterstützen. Dann steht ihr Wort gegen meines."

Das Hauptgericht wurde serviert – kross gebratene Ente in Kirsch-Rotwein-Sauce für Jake und eine gegrillte Seebrasse für Syd.

„Kann es sein, dass die Kette gar nicht so wichtig ist, wie du denkst?", warf Jake ein, während er sich seiner Ente widmete.

„Aber warum hat Lilly sie dann versteckt? Und wieso wollte sie, dass ich sie finde?" Sie nahm einen Bissen des köstlichen Fischs. „Jetzt kommt es auf den nächsten Schritt des Chiefs an. Er ist meine einzige Hoffnung."

„Was ist sein nächster Schritt?"

„Er wird jeden Fernsehsender und jede lokale Tageszeitung bitten, ein Bild der Kette zu veröffentlichen. Wenn wir Glück haben, erkennt jemand sie und kann uns weitere Informationen liefern."

„Wenn deine Theorie richtig ist, und Lilly herausgefunden hat, dass der Senator eine Affäre hat, wäre Fairbanks auf einmal dein *Hauptverdächtiger.* Oder glaubst du, das ist zu weit hergeholt?"

„In diesem Geschäft ist nichts unmöglich. Außerdem rennen mir die Verdächtigen ja nicht gerade die Tür ein. Mike kommt als Täter nicht mehr in Frage. Genau wie Doug Avery, auch wenn er eventuell Informationen über Victor hat, die wenigstens dir helfen könnten." Sie erzählte ihm von dem Wutausbruch Averys im Gerichtssaal und der nachfolgenden Schlägerei.

Jakes Interesse war sofort geweckt. „Hast du ihn befragt?"

„Ich habe sie beide befragt. Van Heusen sagt, er hat keine Ahnung, warum Avery so ausgeflippt ist, und Avery hat dicht gehalten, obwohl ich ihm einen Deal angeboten habe."

„Ist es in Ordnung, wenn ich diese Informationen an Ramirez weitergebe?"

„Kein Problem. Es wird morgen sowieso in allen Zeitungen stehen."

„Ah, *mon ami*", ertönte eine tiefe Stimme. „Wie ich sehe, schmeckt dir mein Essen immer noch."

Syd blickte erstaunt hoch. André Garnier, der bekannte Küchenchef des *Palombes,* stand an ihrem Tisch und blickte grinsend auf Jake hinunter. Er war ein gut aussehender Mann Mitte Vierzig mit hellem Haar und sympathischen braunen Augen. Sein Oberkörper unter der strahlend weißen Küchenschürze war flach und durchtrainiert.

Lachend stand Jake auf, und die beiden Männer umarmten sich. „Du alter Schuft", sagte Jake. „Wenn du dein Restaurant nicht so gut versteckt hättest, wäre ich schon viel früher einmal nach Philadelphia gekommen."

„Und wenn du dich nicht in Louisiana verkrochen hättest, hätte ich vielleicht gewusst, wo ich dich finden kann."

Jake hatte seinen Arm um die Schultern des Kochs gelegt und drehte sich zu Syd um. Lächelnd stellte er die beiden einander vor.

„*Enchanté, Mademoiselle*", André deutete eine Verbeugung an, als er ihr die Hand reichte. „Ich hoffe, es war alles zu Ihrer Zufriedenheit?"

„Zur Zufriedenheit?" Syd lachte über diese Untertreibung. „Es war *perfekt.* Das beste Essen, das ich je genossen habe. Vielen Dank dafür."

„Gern geschehen." André wandte sich an Jake. „Und du, mein Freund, bist ein glücklicher Mann, auch wenn ich mir nicht sicher bin, ob du diese wundervolle Frau verdient hast."

Ein Ober gab ein diskretes Zeichen, und André entschuldigte sich. „Gestatte mir, euch zum Dessert eine besondere Spezialität zu servieren", sagte er zu Jake. „Mit meinen besten Grüßen. Und komm noch einmal vorbei, bevor du Philadelphia wieder verlässt." Er nickte Syd zu und verschwand.

Syd war begeistert. „Du kennst Garnier?"

„André war in der französischen Armee und Teil der Koalition bei Desert Storm. Er hat als Koch in einem Restaurant in Bordeaux gearbeitet, bevor er eingezogen wurde."

„Wie habt ihr euch kennen gelernt?"

„Während eines Fronturlaubs in Tel Aviv. Als wir in den Irak zurückkehrten, gab er mir mehrere Pässe, sodass meine Freunde und ich ein paar Mal in der Woche in der Kantine der Franzosen essen konnten. Unnötig zu erwähnen, dass ich damit zu einem der beliebtesten Kerle im Camp wurde."

„Wusstest du, dass er ein berühmter Koch geworden ist?"

„Erst nachdem ich den Artikel im aktuellen *Philadelphia Magazine* gelesen habe."

„Du steckst voller Überraschungen, Jake Sloan."

Er grinste. „Und der Abend ist noch jung."

Sie hätten beide ihr Rendezvous gern anders enden lassen als nur mit einem Kuss auf die Wange, aber Victor war immer noch gegenwärtig, und sie waren sich bewusst, dass er sie beschatten ließ. Mit einem Abschiedskuss und dem sehnsüchtigen Versprechen, irgendwann dort weiterzumachen, wo sie jetzt aufhören mussten, trennten sie sich.

34. KAPITEL

„Ich fürchte, ich hab's vermasselt", sagte Jake zu Agent Ramirez, als sie am nächsten Morgen miteinander sprachen.

Ramirez blieb wie immer ungerührt. „Wieso?"

„Mit meinen vielen Fragen habe ich Victor bestimmt misstrauisch gemacht."

„Fragen, die er nicht beantworten konnte?"

„Nein, er hat sie beantwortet. Ich habe nur so ein Bauchgefühl."

„Wie sind Sie mit ihm verblieben?"

„Er hat vorgeschlagen, dass wir uns zum Lunch treffen sollten, aber es war nur eine vage Verabredung."

„Machen Sie sich keine Sorgen. Er benötigt sehr wahrscheinlich ein bisschen Zeit, um noch mehr über Sie herauszufinden und sicherzugehen, dass er Ihnen vertrauen kann. Aber rufen Sie nicht an. Lassen Sie ihn den nächsten Schritt machen."

„Das könnte eine Weile dauern."

„Wir haben keine andere Wahl als zu warten, bis er bereit ist."

„Ich habe vielleicht eine bessere Idee."

„Lassen Sie hören."

„Ich habe einen Freund, den ich seit Jahren nicht gesehen habe. Ich bin aber sicher, dass ich schnell herausfinde, wie ich ihn erreichen kann."

„Wer ist es?"

„Ein ehemaliger Nachrichtenoffizier – er war einer der besten. Nach seiner Entlassung aus der Armee wurde ihm ein Job bei einer Baufirma in Saudi Arabien angeboten, und er ist da geblieben. Er ist mit einer Iranerin verheiratet. *Wenn* irgendjemand herausfinden kann, was Victor vorhat, dann ist er es." Ramirez schaute Jake überrascht an.

„Wieso haben Sie ihn nicht schon eher erwähnt?"

„Weil ich nicht daran gedacht habe."

„Können Sie ihm vertrauen?"

„Für ihn lege ich meine Hand ins Feuer."

„Na gut, dann versuchen wir es."

Nach drei Telefonaten mit Riad hatte Jake schließlich herausgefunden, dass Ted Malvern Saudi Arabien vor drei Jahren verlassen hatte und nach Middletown, Delaware, gezogen war, wo er eine Schädlingsbekämpfungs-Firma besaß.

Jake und Ted hatten sich auf der Flugschule kennen gelernt. Während ihrer Arbeit – Jake war Helikopter-Pilot und Ted Aufklärungsflieger – waren sie verschiedenen Einheiten zugeteilt worden und hatten den Kontakt zueinander verloren, wie es in der Armee oft der Fall sein konnte. 1990, kurz nach der Invasion Kuwaits durch Saddam Hussein, hatten sie sich in Saudi Arabien auf dem gleichen Stützpunkt wiedergetroffen. Jake war inzwischen DELTA-Offizier und Ted beim Nachrichtendienst.

Ted hatte Jake während der schwierigen Zeit und der Ausschließung aus der Armee beigestanden und nicht eine Sekunde daran geglaubt, dass Jake schuldig war. Er hatte Victor eindeutig zu verstehen gegeben, dass er ihn für Jakes unehrenhafte Entlassung verantwortlich machte, auch wenn er es nicht beweisen konnte.

Als Jake seine Telefonnummer schließlich in den Gelben Seiten von Delaware gefunden hatte und ihn anrief, nahm seine Frau Farah, mit der Ted seit über zwanzig Jahren verheiratet war, den Anruf entgegen. Sie mochte Jake und war erfreut, von ihm zu hören, auch wenn sie ihm Vorwurfe machte, dass er damals einfach so aus ihrem Leben verschwunden war. Sie erzählte ihm, dass Teds Firma ein Ein-Mann-Betrieb war, und Ted sowohl das Marketing als auch das Fliegen übernahm. Er war im Moment unterwegs, aber sie wollte ihm von Jakes Anruf erzählen. Als sie ihn nach einer Telefonnummer fragte, sagte er, dass er sich wieder melden würde und versprach, zu Besuch zu kommen, bevor er Philadelphia wieder verlassen würde.

Am Abend gegen sieben Uhr ging Jake vor die Tür, um noch einmal bei Ted anzurufen. Der schwarze Sedan, der den ganzen Tag über vor dem Haus geparkt hatte, war durch einen grünen Pontiac ersetzt worden, aber der Mann hinter dem Steuer war eindeutig einer von Victors Vasallen – groß, mit ernstem Blick und vollauf damit beschäftigt, die Zeitung zu lesen.

Wie vorher schon schenkte Jake ihm keine Beachtung und ging in die Taverne, um einen Burger zu essen. Er gab seine Bestellung auf und verschwand dann auf der Herrentoilette, um Ted anzurufen.

Dieses Mal ging sein alter Freund persönlich an den Apparat. Die beiden unterhielten sich, und Ted erzählte, was in den letzten vierzehn Jahren in seinem Leben passiert war.

„Ich wäre in Saudi Arabien geblieben", erzählte er, „aber Farah fing an, sich Sorgen um die Kinder und ihre Sicherheit zu machen. Also habe ich Algier Constructions verlassen und bin hierher gezogen, um meine eigene Firma zu gründen."

„Sagtest du *Kinder*? Du hast noch mehr außer dem kleinen Franky?"

Ted lachte. „Ich habe noch zwei, und lass Frank bloß nicht

hören, dass du ihn kleiner Franky nennst. Er ist inzwischen sechzehn und fast so groß wie ich. Er will Pilot werden."

„Wie sein alter Herr."

„Nein, Dummkopf. Kampfpilot wie Tom Cruise in *Top Gun.*"

Jetzt lachte Jake. „Das ist ein harter Job. Erzähl mir von den anderen beiden."

Er konnte den Stolz in Teds Stimme hören, als er antwortete. „Sam ist dreizehn. Er ist der Künstler in der Familie, offenbar kommt er nach seiner Mutter. Der Junge spielt Klavier und schauspielert – und er hat sogar ein Stück für seine Theatergruppe geschrieben."

„Und der dritte?"

Seine Stimme wurde weich. „Mein Baby, Jaimie. Sie ist neun und ein richtiger Satansbraten."

„Dann kommt sie wohl nach ihrem Vater. Du warst immer ein Rebell."

„Schau an, wer das sagt." Ted wurde ernst und fragte: „Was ist los, alter Kumpel? Es muss was Ernstes sein, wenn du dich nach all diesen Jahren meldest."

„Ich hätte mit dir in Verbindung bleiben sollen. Es tut mir Leid."

„Du musstest dein Leben neu ordnen, als du den Irak verlassen hattest. Und ich habe doch genau so viel Schuld, dass wir uns aus den Augen verloren haben. Also lass uns unsere Zeit nicht mit Entschuldigungen vergeuden, okay?"

„Klingt vernünftig."

Jake klärte ihn über den Grund seines Anrufs auf. Ted hörte aufmerksam zu – nur als der Name van Heusen fiel, ließ er ein unwilliges Murren hören.

„Wenn es irgendetwas gibt, dass ich tun kann, um diesen Hurensohn ans Messer zu liefern", sagte er ernst, „dann tue ich es. Lass mich ein paar Anrufe tätigen. Es kann ein paar Tage dauern, aber ich werde dir die Antworten auf deine Fragen liefern."

„Sydney!" Chad sprang so schnell von seinem Stuhl auf, dass er fast gestolpert wäre. „Wo waren Sie?"

Syd schaute auf ihre Uhr. „Wieso? Ich bin nicht zu spät."

„Der Bezirksstaatsanwalt hat extrem schlechte Laune. Er will Sie sehen. Jetzt gleich."

„Was hat er für ein Problem?", fragte sie, als ob sie es nicht ahnte.

„Keine Ahnung. Violet hat mir gesagt, ich solle ihm besser aus dem Weg gehen, und das habe ich getan."

Sie fand Ron in seinem Büro. Er starrte in Richtung Tür und hatte die Arme vor der Brust verschränkt. Sie kannte diese Haltung. Er wollte Blut sehen. Ihr Blut.

„Du wolltest mit mir reden?", fragte sie unschuldig.

Sein Blick sprach Bände. „Hast du *komplett* den Verstand verloren?"

„Was hab ich denn getan?" Die Frage verschaffte ihr ein wenig Zeit – sie wusste nur nicht, wozu sie sie nutzen sollte.

„Senator Fairbanks hat mich heute Morgen zu Hause angerufen. Er hat mich aus dem Bett geklingelt. Möchtest du einen Tipp abgeben, warum er anrief?"

„Ich bin nicht besonders gut im …"

„Deinetwegen!" wetterte er. „Er rief *deinetwegen* an. Und wegen deines Angriffs – ja, das Wort benutzte er, *Angriff* – auf seine siebzehnjährige Tochter!"

„Wir haben uns nur unterhalten …"

„Du bist in ihr Auto gesprungen und hast sie zu Tode geängstigt."

„Sie war vielleicht ein bisschen nervös zu Anfang …"

Ron baute sich direkt vor ihr auf. „Das Mädchen musste Beruhigungstabletten einnehmen, als sie nach Hause kam. Um Himmels willen – das nennst du *ein bisschen* nervös? Ich kann froh sein, dass die Fairbanks mich nicht verklagen. Zum Teufel, ich kann froh sein, wenn ich heute Abend noch einen Job habe!"

„Sie lügt wegen irgendetwas, Ron. Ich wollte nur herausfinden, weshalb …"

„Indem du deine Macht als stellvertretende Bezirksstaatsanwältin einsetzt? Indem du ihr vorgegaukelt hast, im Auftrag dieses Büros die Entführung von Lilly Gilmore zu untersuchen?"

„Ich habe nie gesagt, dass ich in offiziellem Auftrag unterwegs bin. Sie hat nur angenommen …"

Er hob abwehrend die Hand. „Stopp! Hör sofort auf! Ich bin an deinen Entschuldigungen nicht interessiert. Lass den Senator ab sofort in Ruhe. Und seine Tochter auch. Ich weiß, wie verzweifelt du deine Freundin finden willst, aber das hier ist die falsche Spur, Syd. Also halt dich zurück. Haben wir uns verstanden?"

„Woher weißt du, dass ich auf der falschen Fährte bin? Weil der Senator es gesagt hat?"

„Syd." Er sprach mit gefährlich ruhiger Stimme. „Wenn du dich nicht zurückhältst, wird Alan Fairbanks zum Bürgermeister gehen und den Rücktritt von *uns beiden* fordern. Ich weiß nicht, wie du dazu stehst, aber ich für meinen Teil werde mich nicht in die Schlange auf dem Arbeitsamt einreihen, weil einer meiner Anwälte es auf die harte Tour versucht."

„Hast du mir nicht gerade das beigebracht? Hart zu sein? Egal, wie gering die Wahrscheinlichkeit auch ist?"

Er seufzte. „Schau, Syd, ich sage ja nicht, dass du keine gute Anwältin bist. Und ich will dich nur ungern verlieren. Aber ich habe meine Befehle. Entweder beendest du die Ermittlungen bezüglich Senator Fairbanks und seiner Tochter, oder du bist gefeuert."

Bei der Ungerechtigkeit dieses Ultimatums sträubte sich alles in Syd. Sah Ron denn nicht, dass der Senator eben deshalb Druck ausübte, weil er etwas zu verbergen hatte? Oder vielleicht sah er es auch, hatte aber, wie er sagte, seine Befehle.

Unbeugsame Optimistin, die sie war, versuchte sie dennoch, einen Kompromiss vorzuschlagen. Vielleicht musste sie die Nachforschungen doch nicht einstellen. Vielleicht reichte es ja, dass alle *glaubten,* dass sie die Untersuchung nicht weiter verfolgte. Wie schwer konnte das schon sein?

„Nun?", fragte Ron.

Sie nickte kurz. „Okay. Du hast gewonnen. Von jetzt an sind die Fairbanks von meiner Liste gestrichen."

Ron sah einen Moment ehrlich erstaunt aus, fast enttäuscht – er wirkte, als hätte er nicht damit gerechnet, dass sie so schnell nachgeben würde. Dann nickte er. „Danke."

Syd wollte gerade das Zimmer verlassen, hielt aber inne, als sie bemerkte, wie Ron sich am Kopf kratzte. „Da ist noch eine Sache", begann er zögerlich.

„Was", fragte sie skeptisch.

„Der Senator will, dass du dich bei seiner Tochter persönlich entschuldigst."

„Du machst Witze."

„Sehe ich aus, als würde ich Witze machen?"

„Ron, das ist lächerlich. Ich bin nicht mehr in der ersten Klasse."

„Aber nur so kannst du ihn davon überzeugen, dass deine Vorsätze ernst gemeint sind. Komm, sieh mich nicht so an. Es ist nur eine kleine Entschuldigung, kein Todesurteil."

Nein, es war wirklich nur eine kleine Entschuldigung – aber vor allem war es ein klassischer Fall von Machtspielchen. Der Senator fühlte sich ungerecht behandelt, und so ließ er seinen Einfluss spielen, damit sie sich dumm fühlte. Es war ebenfalls ein klares Zeichen an alle, die mit dem Gedanken spielten, in ihre Fußstapfen treten zu wollen.

Resigniert fragte sie: „Und wo soll diese nette kleine Treffen stattfinden?"

„In Fairbanks Haus am Rittenhouse Square. Lauren hat heute einen halben Tag frei. Sie ist um ein Uhr zu Hause."

„Ich werde da sein."

„Gut. Oh, und Syd?"

Mit einer Hand am Türknauf drehte sie sich zu ihm um.

„Sorg dafür, dass sie dir glauben."

35. KAPITEL

Sie sahen aus wie ein perfektes Begrüßungskomitee, dachte Syd, als sie in den luxuriösen Wohnraum der Fairbanks geführt wurde. Der Senator war da, mit seinem George Clooney-Aussehen und dem Wahlkampflächeln und blickte sie an. Neben ihm stand seine Frau und erfüllte ganz das Bild der eleganten, wohlerzogenen Dame. Die Pressesprecherin des Senators, Muriel Hathaway – der Barrakuda – war ebenfalls zugegen und schien bereit, sofort einzuschreiten, falls das Treffen einen ungewünschten Verlauf nehmen sollte.

Syd betrachtete die Frau kurz. Ende Vierzig, braune Haare, versteinerte Miene, ein bisschen matronenhaft, wobei sie mit geringem Aufwand sicher sehr attraktiv hätte sein können. Als offizielle Sprecherin des Senators kümmerte sie sich nicht nur um alles, was mit der Presse zu tun hatte, sondern hatte auch tiefe Einblicke in sein Privatleben.

Inklusive einer Affäre?

Syd musterte sie noch einen Moment – dabei schoss ihr der Gedanke durch den Kopf, dass die Beschreibung der Frau, die die Kette gekauft hatte, genau auf Muriel Hathaway passte.

Lauren war die einzige Person im Raum, die ehrlich genug war, um etwas nervös auszusehen. Dabei hatte sie mit ihrer Familie und den engsten Mitarbeitern an ihrer Seite sicher nichts zu befürchten, zumal Syd sich vorgenommen hatte, sich vorbildlich zu benehmen.

„Es ist gut, dass Sie gekommen sind, Ms. Cooper." Der Senator schüttelte ihr die Hand, als wäre sie eine seiner loyalsten Anhängerinnen.

„Das Vergnügen ist ganz auf meiner Seite." Sie überlegte,

ob er wohl wusste, dass dieser Besuch für sie die reinste Tortur war.

Da sie von allen erwartungsvoll angeschaut wurde, drehte sie sich zu Lauren. „Es tut mir Leid, wenn ich dich gestern beunruhigt habe", sagte sie leise. So viel entsprach der Wahrheit. „Ich hätte es besser wissen müssen und dich nicht so überrumpeln sollen, wie ich es getan habe. Die Sorge um meine entführte Freundin hat mich meine guten Manieren vergessen lassen."

Lauren schaute zu ihrem Vater, der ihr diskret zunickte.

„Es ist in Ordnung." Das Mädchen schien Schwierigkeiten zu haben, Syd in die Augen zu schauen. „Und das mit Ihrer Freundin tut mir Leid. Ich hoffe, dass Sie sie bald finden."

„Das hoffe ich auch."

Ganz die perfekte Gastgeberin deutete Mrs. Fairbanks auf eine Auswahl von Limonaden und Mineralwasser, die elegant auf einem Silbertablett arrangiert waren. „Kann ich Ihnen etwas zu trinken anbieten, Ms. Cooper? Wir versuchen immer, ein bisschen Zeit miteinander zu verbringen, wenn Lauren aus der Schule kommt. Wir würden Sie gerne dabei haben."

Wie zivilisiert, dachte Syd. Und was für eine großartige Gelegenheit für jeden Paparazzo, der draußen um die Fenster schleichen mochte.

„Ich danke Ihnen", sagte Syd genauso freundlich. „Unglücklicherweise kann ich nicht länger bleiben, ich muss noch einer Autopsie beiwohnen."

Mrs. Fairbanks verzog ihr Gesicht.

„Sind Sie mit dem Auto hier?", fragte Senator Fairbanks.

„Ich habe ein Taxi genommen."

Er wandte sich an Muriel Hathaway. „Muriel, bitten Sie Connor, Ms. Cooper zurück ins Büro zu fahren."

Syd setzte zum Protest an, aber der Senator hob abwehrend die Hand. „Bitte, es ist uns ein Vergnügen."

Damit verließ er den Raum und überließ Syd den fähigen Händen seiner Sekretärin.

Zurück im Büro reichte Syds Zeit gerade noch aus, um Ron kurz zu erzählen, wie ihr Entschuldigungsbesuch bei den Fairbanks war, bevor sie in die Gerichtsmedizin eilte, um der Autopsie eines Boxers beizuwohnen, der unter verdächtigen Umständen ums Leben gekommen war. Als die Untersuchung beendet war, und Syd wieder hinter ihrem Schreibtisch saß, war ihr etwas flau im Magen. Sie atmete noch einmal tief durch. Genau das richtige Gefühl, um den Report über Alan Fairbanks zu lesen, den Chad zusammengestellt hat, dachte Syd und machte sich an die Arbeit.

Der Mann hatte ein erstaunliches Jahr hinter sich. Anfangs der großen Öffentlichkeit noch nahezu unbekannt trat er vor zwölf Monaten in das Rennen um die Präsidentschaft ein – sehr zum Erstaunen seiner weitaus mächtigeren Kollegen. Nicht, dass der Senator von Philadelphia nicht das Zeug dazu hatte, Präsident zu werden. Nach elf Jahren im Senat hatte er sich als Verfechter einer besseren Umweltpolitik profiliert, hart für eine Reformierung der Kampagnenfinanzierung gekämpft, sich um das Gesundheitswesen und die Alten gekümmert, und sich dafür eingesetzt, dass jedes Kind ein Anrecht auf eine ordentliche Bildung hatte, egal, ob es aus einer reichen oder armen Familie kam.

Aber auch wenn er sich in diesen Themen eine Stimme verschafft hatte, war er doch nie als wirkliche politische Macht in Erscheinung getreten, geschweige denn als ein Mann, der zukünftig im Stande schien, die politischen Geschicke des ganzen Landes zu leiten.

Als im Jahre 2000 seine Wiederwahl in den Senat auf der Kippe stand, hatte er einen Wahlkampf der Extraklasse geführt und sich wie Phoenix aus der Asche erhoben – schließlich wurde er mit unglaublichen einundsechzig Prozent aller Stimmen wiedergewählt.

Diesem furiosen Comeback folgten bald Einladungen zu Sendungen wie *Meet the Press, Nightline* und *Face the Nation,* in denen er das Publikum im ganzen Land mit seinem Charme für sich gewann. Seine Wandlung vom einfachen Staatsdiener zur prominenten Persönlichkeit war atemberaubend. Auf einmal sahen die Amerikaner in Alan Fairbanks nicht mehr nur einen gewählten Politiker, sondern einen aussichtsreichen Kandidaten für die nächsten Präsidentschaftswahlen.

Die Ankündigung seiner Kandidatur hatte damals sämtliche Schlagzeilen beherrscht. Und während die Schar seiner Bewunderer immer weiter anwuchs, gab es auch die üblichen Gegner, die seine Chancen schmälern wollten, indem sie seinen guten Ruf angriffen.

Als er freiwillig zugab, mit neunzehn Jahren am College betrunken in eine Schlägerei verwickelt gewesen zu sein, sicherte ihm das die Bewunderung von Millionen Zuschauern und nahm den Kritikern die Luft aus den Segeln. „Ich war nur ein dummes Kind, das etwas Dummes getan hat“, hatte er in einem Fernsehinterview gesagt. „Ich glaube, es war mir zu peinlich, um es zu erzählen.“

Nun endlich floss das Geld in seine Wahlkampfkasse und erlaubte ihm, eine größere Kampagne zu starten und mehr Sendezeit zu kaufen als jeder andere Kandidat. Es gab kaum Tage, an denen man nicht das Gesicht von Senator Fairbanks sah oder seine Stimme hörte.

Sein Image als liebender Ehemann und treu sorgender Familienvater glich schon fast einem Märchen. Die Presse folgte ihm überall hin – in die Colorado Mountains zu den weihnachtlichen Skiferien mit der Familie, zu ihrem Strandhaus in Ocean City, New Jersey, und natürlich zu ihrem dreistöckigen Haus am Rittenhouse Square, wo sie ab und zu einen Blick auf Philadelphias bekanntesten Sohn erhaschen konnte.

Letzten Januar hatte Fairbanks die Wahl zum Parteivorsitzenden in Iowa für sich entschieden und gleich danach die Vorwahlen sowohl in New Hampshire als auch die nächsten acht Vorwahlen gewonnen. Wie ein Freund der Familie sagte: „Nichts kann ihn mehr stoppen."

Der Unfall seiner Tochter hatte die Umfragewerte am folgenden Tag sinken lassen – doch alle Beobachter waren sich einig, dass es nur kurze Zeit dauern würde, bis Fairbanks wieder oben auf sein würde.

Gerade als Syd den Bericht zu Ende gelesen hatte, klopfte es an ihrer Tür. Violet trat ein. „Ana Lee hat eine Nachricht für dich auf meinem Anrufbeantworter hinterlassen, als ich kurz weg war." Sie gab Syd einen pinkfarbenen Notizzettel. „Sie wollte mit dir sprechen. Es geht um die Kette von Lauren Fairbanks."

Syd legte den Bericht auf ihren Tisch. „Hat sie sonst noch etwas gesagt?"

„Nein. Sie fragte nur, ob du sie um vier Uhr in ihrer Wohnung treffen kannst." Sie zeigte auf den Notizzettel. „Ich habe dir die Adresse aufgeschrieben."

Syd schaute auf ihre Uhr und sah, dass er kurz nach halb vier war. Gerade genug Zeit, um es noch rechtzeitig zu schaffen.

36. KAPITEL

Ana Lee lebte mitten in Chinatown, nur einen Block von dem farbenfrohen, fünfzehn Meter hohen chinesischen Freundschaftstor entfernt, dem größten seiner Art außerhalb Chinas.

Sie sah aufgeregt aus, als sie Syd die Tür öffnete, versuchte aber, zur Begrüßung ein Lächeln auf ihr Gesicht zu zaubern. „Miss Cooper, kommen Sie doch bitte herein." Sie verbeugte sich leicht und führte Syd in ihr kleines, aufgeräumtes Wohnzimmer, das mit geschickt gesetzten Akzenten in der Farbe Rot einen angenehmen asiatischen Eindruck vermittelte. Auf einem niedrigen, mit Ornamenten versehenen Tisch warteten bereits ein Teekessel und zwei zierliche Tassen.

„Bitte setzten Sie sich. Ich habe uns Tee gemacht."

„Danke, Mrs. Lee, das ist sehr nett von Ihnen." Syd setzte sich in einen der beiden rot-goldenen Stühle und nahm dankend eine Tasse Jasmintee entgegen.

Ana saß ihr sehr nervös gegenüber. Sie nahm einen Schluck von ihrem Tee, bevor sie zu sprechen begann. „Heute habe ich die Kette im Fernsehen gesehen."

Syd hielt ihre Tasse mit beiden Händen umschlossen. „Haben Sie sie vor heute schon einmal gesehen?"

„Ja, an der Tochter des Senators in der Nacht des Unfalls." Sie deutete auf ihren Hals. „Sie hat eine offene Bluse getragen und da habe ich die Kette gesehen. Sehr hübsch. Genau wie die heute im Fernsehen."

Syd stellte ihre Tasse ab und durchsuchte hektisch ihre Handtasche. Das Foto, das sie mit der Wegwerfkamera geschossen hatten, steckte immer noch in der kleinen Reißverschlusstasche. Sie nahm es heraus und zeigte es Ana. „Meinen Sie diese Kette hier?"

Ana nickte zustimmend. „Ja. Ja, das ist sie."

„Sind Sie sicher, dass die Tochter des Senators sie getragen hat?"

Wieder nickte Ana. „Sehr sicher. Ich habe sie gesehen. Als sie dann später aus dem Gebüsch zurückkam, war die Kette verschwunden."

„Was meinen Sie mit *verschwunden?*"

„Na ja …", sie legte die Hand an ihren Hals, „die Kette war nicht mehr da. Weg."

Syd hatte Schwierigkeiten, ihre Begeisterung zu verstecken. Anas Aussage konnte der Beweis sein, den sie benötigte, um den Senator erneut zu verhören. Wenn Ana erklärte, sie habe die Kette an der Begleiterin des Senators gesehen, und Lauren Fairbanks aber behauptete, keine Kette getragen zu haben, war es so gut wie erwiesen, dass Senator Fairbanks in dieser Nacht *nicht* mit seiner Tochter unterwegs war.

„Haben Sie das irgendjemandem gegenüber erwähnt? Der Polizei vielleicht?"

Ana Lee blickte nervös zu ihr herüber. „Nein. Ich habe mich jetzt erst daran erinnert, als ich sie im Fernsehen gesehen habe. Ist die Kette wichtig? Habe ich etwas falsch gemacht?"

„Nein, Mrs. Lee, Sie haben nichts falsch gemacht. Ganz im Gegenteil."

„Was werden Sie jetzt machen?"

„Ich werde mit der Polizei sprechen und ihr sagen, dass Sie die Kette wiedererkannt haben. Aus diesem Grund hat Chief Yates das Bild dem Fernsehen und den Zeitungen zur Verfügung gestellt, damit sie vielleicht von jemandem erkannt wird, der uns nähere Informationen geben kann – so wie Sie. Es kann sein, dass man Sie bitten wird, noch einmal eine neue Aussage zu machen. Wären Sie damit einverstanden?"

Sie wirkte erleichtert. „Ja. Ja, ich mache eine neue Aussage, kein Problem."

Als Syd zurück zu ihrem Büro ging, fand sie es schwer, Ordnung in ihre Gedanken zu bringen. Die Kette gehörte *nicht* Lauren. Sie gehörte einer anderen Frau, einer Frau, die in der Nacht des Unfalls das Auto des Senators gefahren war. Und jetzt hatte sie eine Zeugin, um das zu beweisen.

„Jetzt hab ich dich!", flüsterte sie.

Jake stand auf der Leiter und strich gerade die Flurdecke in Syds Apartment, wobei er das Mandolinen Konzert von Vivaldi, das aus dem CD-Player erklang, mitsummte, als plötzlich sein Telefon klingelte. Er nahm es vom Gürtel.

„Kann ich bitte mit Nancy sprechen?", fragte Paul Ramirez.

„Tut mir Leid, da sind Sie falsch verbunden." Nachdem er aufgelegt hatte, wartete Jake noch ein paar Minuten, bevor er so tat, als suchte er nach einem neuen Eimer weißer Farbe. „Wo hat sie den bloß hingestellt?", murmelte er wie zu sich selbst, wohl wissend, dass das Abhörgerät jedes Wort aufzeichnete.

Er ging von Raum zu Raum und fluchte ein wenig darüber, dass er jetzt seine Arbeit unterbrechen musste, um neue Farbe zu holen. Er holte seinen Schlüsselbund und verließ das Haus in Richtung Baumarkt, der nur zweieinhalb Blocks entfernt war. Pfeifend verschwand er in der Farbenabteilung und schaute sich um, ob ihm auch niemand gefolgt war, bevor er sein Mobiltelefon herausholte und die Nummer von Ramirez wählte.

„Alles klar, Ramirez“, sagte er, als der Agent den Anruf entgegennahm. „Jetzt kann ich reden. Was gibt’s?“

„Ich fürchte, dass ich schlechte Nachrichten habe.“

Sein erster Gedanke galt seinem Vater. „Mein Vater?“

„Nein.“ Eine kurze Pause. „Ted Malvern ... er ist tot.“

Jake konnte seinen Schock nicht verbergen. „Tot? Wovon reden Sie? Wie kann Ted *tot* sein? Ich habe gestern noch mit ihm gesprochen.“

„Ich habe gerade einen Anruf aus unserem Büro in Baltimore bekommen. Malverns Flugzeug ist gestern Nacht ungefähr acht Meilen vom Flugplatz entfernt abgestürzt. Er saß am Steuer.“

„Sind Sie sicher, dass er es ist?“

„Ich hätte Sie nicht angerufen, wenn er nicht eindeutig identifiziert worden wäre.“

Jake fuhr sich mit der Hand durch die Haare. „Mein Gott, Ramirez, was ist passiert?“

„Die Untersuchungen haben gerade begonnen. Bis jetzt will noch niemand etwas sagen. In ein paar Stunden werde ich mehr wissen.“

„Wie haben Sie davon erfahren?“

„Als Sie mir von Malvern erzählt haben, habe ich einen Kollegen aus Wilmington gebeten, ein paar Erkundigungen über ihn einzuholen, um sicherzugehen, dass wir ihm vertrauen können. Dieser Kollege hat von dem Unfall gehört und mich angerufen.“

Unfall. Jake hatte Schwierigkeiten, das zu akzeptieren. Ted war ein erstklassiger Pilot und peinlich genau, wenn es um seine Flugzeuge, die Wartung und die Sicherheit ging.

Also was zum Teufel war passiert? Nach drei Jahren als Schädlingsbekämpfer und tausenden von Flugstunden hatte Ted nachts sein Flugzeug gestartet und war einfach so abgestürzt?

„Da stimmt etwas nicht, Ramirez. Ich muss das nachprüfen."

„Falls Sie daran denken, nach Middletown zu fahren, muss ich Ihnen dringend davon abraten. Wenn Victor ..."

„Zur Hölle mit Victor. Soll er doch denken, was er will."

„Dann lassen Sie mich es tun. Ich kann gern ein paar Anrufe tätigen."

„Nein. Das hier ist viel zu wichtig, um von irgendjemand anderem erledigt zu werden. Ich fahre nach Middletown. Sie wissen, wie Sie mich erreichen können."

Nachdem er aufgelegt hatte, rief er Syds Handynummer an. Als nur ihre Mailbox anging, hinterließ er eine Nachricht – er erklärte, dass er aufgrund eines Notfalls die Stadt verlassen müsste und damit rechnete, erst in drei oder vier Tagen zurück zu sein. Er würde aber mit Syd in Kontakt bleiben.

Jake fühlte sich immer noch wie betäubt von den Neuigkeiten, die er gerade gehört hatte, und griff wie mechanisch die Dinge, die er brauchte, aus dem Regal, um damit zur Kasse zu gehen. Er durfte sich durch einen bloßen Verdacht nicht beeinflussen lassen. Egal wie sehr er auch versucht war, Victor die Schuld an diesem Vorfall zu geben, würde er keine weiteren Vermutungen anstellen, ehe er nicht mit Farah gesprochen hatte.

Er wusste nicht, wie Victor – oder wer auch immer ihn gerade abhörte –seine überstürzte Abreise interpretieren würde. Worauf er sich allerdings verlassen konnte, war, dass seine

Reisetätigkeiten genau beobachtet werden würden, vor allem, wenn Victor wirklich derjenige war, der Teds Tod befohlen hatte. Wenn dem so war, dann wusste Victor auch, wer Teds Hilfe gesucht hatte – und warum …

Bete, dass ich falsch liege, Victor, dachte Jake, als er den Baumarkt verließ. Sonst bereite ich dir die Hölle auf Erden.

37. KAPITEL

„Ich verstehe das nicht, Jake." Farah nahm sich ein weiteres Taschentuch aus der Box auf dem Wohnzimmertisch und wischte sich die Tränen aus den verweinten Augen.

Sie war immer noch die gleiche zierliche, attraktive Frau, die Jake vor zwanzig Jahren kennen gelernt hatte, und nur wenige graue Strähnen durchzogen ihr volles, schwarzes Haar. Als Tochter einer englischen Mutter und eines iranischen Vaters hatte sie in London die Schule besucht und lebte mit ihren Eltern in Saudi Arabien, als sie Jake zum ersten Mal traf.

„Ted hat das Flugzeug exzellent in Schuss gehalten", fuhr sie fort. „Er wäre niemals gestartet, wenn auch nur die geringste Kleinigkeit nicht in Ordnung gewesen wäre."

Jake saß in dem großen, sonnigen Wohnzimmer des Kolonialstilhauses der Malverns in Middeltown. Die Fahrt von Philadelphia hatte weniger als eine Stunde gedauert, und er war froh gewesen, Farah allein anzutreffen. Ihre Familie lebte in der ganzen Welt verstreut und war bisher noch nicht eingetroffen. Die Kinder waren von ihren Großeltern abgeholt worden, um ein paar Tage bei ihnen in Maryland zu verbringen.

„Hat er gesagt, warum er so spät am Abend noch einmal fliegen wollte?", fragte Jake.

Sie schüttelte den Kopf. „Du weißt, was er übers Fliegen gedacht hat. Er brauchte keinen Grund, um zu starten – insbesondere in dieser Zeit des Jahres, wenn das Geschäft normalerweise ruhig ist."

„Du hast gesagt, dass er potenzielle neue Kunden erwartete?"

Sie putzte sich die Nase. „Das ist ja das Merkwürdige. Wieso sollte er wegfliegen, wenn er doch wusste, dass zwei mögliche Klienten kommen wollten?"

„Kann es sein, dass die beiden nicht aufgetaucht sind?"

Sie zuckte die Schultern. „Schon möglich. Ich hatte keine Gelegenheit, das herauszufinden."

„Hat er dir irgendetwas über sie erzählt? Wo sie herkamen? Wie sie von Teds Firma gehört hatten?"

„Er wusste nur, dass sie eine große Farm hier in der Nähe gekauft hatten und mit Ted einen Vertrag über regelmäßige Flüge abschließen wollten."

„Wo genau ist die Farm?"

„Ich weiß es nicht." Sie schaute ihn fest an. „Das hat Ted mir nicht gesagt."

„Um wie viel Uhr waren sie verabredet?"

„Um neun Uhr gestern Abend. Darum ist er auch gleich nach dem Abendessen wieder gefahren. Er wollte noch einen Blick auf seinen Terminplan für das Frühjahr werfen."

„Seine Verabredung war um neun, und der Absturz war um neun Uhr dreißig. Hätte er nicht normalerweise länger als eine halbe Stunde auf jemanden gewartet, von dem er sich einen lukrativen Auftrag versprach?"

Farah betrachtete ihn durch ihre tränenverschleierten Augen. Sie ahnte, dass etwas in ihm vorging und fragte: „Was ist es, Jake? Woran denkst du?"

Er hatte nicht so viel preisgeben wollen. „Nichts." Ihr Blick war ihm unangenehm, und so versuchte er, ihm auszuweichen, indem er Kaffee nachschenkte. „Ich fürchte, der Schock über Teds Tod hat mich mitgenommen – ich vermute schon überall Gespenster." Er fragte sich, ob das in ihren Ohren genauso lahm klang wie in seinen.

Sie nahm die Tasse entgegen, die er ihr reichte. „Ted hat sich so über deinen Anruf gefreut, auch wenn ich zugeben muss, dass er sehr geheimnisvoll damit tat. Er sagte, dass ihr zwei über alte Zeiten gesprochen habt – aber ich hatte das Gefühl, dass er mir etwas verschwieg. Frag mich nicht warum, aber ich habe sogar gedacht …“ Sie schüttelte ihren Kopf. „Nein, das ist Quatsch. Das hätte er mir erzählt.“

„*Was* hätte er dir erzählt?“

„Wenn er in Schwierigkeiten gesteckt hätte.“

Jake nahm einen Schluck Kaffee und hoffte, dass sich sein Mund dann nicht mehr so trocken anfühlte. Doch es half nicht. Jake war unbehaglich zumute.

„Jake? Habe ich Recht? Hat Ted Probleme gehabt?“

„Nicht, dass ich wüsste.“ Oh Gott, er war so verdammt schlecht im Lügen.

„Warum siehst du mich nicht an?“

Er stellte seine Tasse auf den Tisch und schaute auf.

Und wünschte sich, er hätte es nicht getan.

Farahs Augen waren leer – sie *wusste,* dass er ihr etwas verheimlichte. „Du weißt etwas. Sag mir, was es ist. Ich habe ein Recht darauf, es zu wissen, Jake!“

Aber *wie* konnte er ihr davon erzählen, ohne die ganze Operation zu gefährden? Jake fühlte sich furchtbar.

„Hatte es irgendetwas mit deinem Anruf zu tun?“, setzte sie nach. „Oder hat er dich zuerst angerufen? Brauchte er deine Hilfe?“

„Nein, Farah.“ Jake lehnte sich ein wenig vor. „Ich bin derjenige, der seine Hilfe benötigt hat.“

Er konnte nicht sagen, wie lange das Schweigen andauerte. Oder wie er es schaffte, Farahs fragendem Blick standzuhalten.

Als sie sprach, konnte er sie kaum verstehen. „*Du* hast ihn gebraucht? Wofür?"

„Das kann ich dir nicht sagen."

Sie erhob die Stimme ein wenig. „Warum nicht?"

„Weil es sich um vertrauliche Informationen handelt."

„*Vertraulich?*" Sie runzelte die Stirn. „So wie beim Geheimdienst?"

„So ähnlich, nur dass es sich in diesem Fall um einen persönlichen Gefallen handelte."

Er sah, wie ihr Gesichtsausdruck sich veränderte. Ihre Augen glänzten plötzlich fiebrig. Sie schüttelte den Kopf. „Nein, das *kann* nicht sein ... sag mir, dass du nicht für seinen Tod verantwortlich bist. Sag mir, dass ich falsch liege, Jake. Ich *möchte* falsch liegen." Die letzten Worte klangen fast wie ein Weinen.

„Farah ..."

„Oh mein Gott." Sie sprang so schnell aus ihrem Sessel auf, dass sie beinahe das Tablett mit dem Kaffeeservice umgestoßen hätte. Doch die umgefallene Tasse war egal – Farah stand in der Mitte des Zimmers und starrte Jake an. Zitternd schlug sie die Hände vors Gesicht.

Im Bruchteil einer Sekunde stand Jake neben ihr. Aber als er sie berühren wollte, schlug sie seine Hände fort. „Fass mich nicht an!", zischte sie.

„Lass es mich erklären."

„*Du* warst es? *Du* hast ihm das angetan? Warum?" Ihre Augen waren schwarz vor Zorn und ihre Stimme klang heiser, verzweifelt. „Antworte mir, verdammt! Ich schwöre, dass ich sonst die Polizei anrufe."

„Das kannst du nicht machen."

„Das kann ich verdammt noch mal sehr wohl, und ich werde es auch tun.“

Jake wusste genug über die menschliche Natur, um zu erkennen, dass sie jedes Wort so meinte, wie sie es sagte. Jake musste eine Entscheidung treffen. Ramirez würde nicht gefallen, was er jetzt vorhatte, aber er hatte gelernt, dass oft die einfachsten und logischsten Entscheidungen am unpopulärsten waren. „Es ist kompliziert.“

„Für mich scheint alles ganz klar“, erwiderte sie kalt. „*Du* hast meinen Mann getötet.“

Sie hatte Recht. Es schien so klar zu sein. Und nichts, was Jake sagen oder tun konnte, würde daran etwas ändern. Oder würde es einfacher für ihn machen, seinen Teil der Schuld zu tragen. „Bitte Farah, setz dich.“

Sie hob zu einer Erwiderung an, aber als sie merkte, dass sie immer noch zitterte, ließ sie sich von Jake zurück zum Sessel führen.

Er versuchte, so direkt wie möglich zu sein und ihr alles zu erklären. Zu seiner Überraschung unterbrach sie ihn kein einziges Mal, nicht einmal, als er erwähnte, dass es seine Idee gewesen war, Ted anzurufen und ihn um Hilfe zu bitten. Mit ihren gefalteten Händen und dem gesenkten Kopf machte sie fast den Eindruck, als höre sie gar nicht zu. Aber nur *fast.*

Als er geendet hatte, hob sie den Kopf. Ihr Gesichtsausdruck hatte sich nicht verändert. Jake konnte immer noch Wut erkennen. Und etwas anderes. Etwas, das ihn wie ein Schlag ins Gesicht traf. Hass.

„Du Bastard“, fauchte sie schließlich. „Ted hat dir erzählt, dass die Situation im Mittleren Osten zu gefährlich wurde und wir deshalb in die Staaten zurückgekommen sind. Er hat dir erzählt, dass er Angst um seine Kinder hatte. Und trotzdem hast du den Nerv gehabt, ihn um einen Gefallen zu bitten, von dem du wusstest, dass er ihn umbringen könnte? Was bist du nur für ein Freund?“

„Ich dachte, er wäre sicher. Ted hat einige der verlässlichsten Kontakte in der Gegend – Männer, denen er ausdrücklich vertraut hat. In all den Jahren, die er beim Nachrichtendienst gearbeitet hat, hat ihn nie jemand verraten.“

„Die Zeiten haben sich geändert, Jake. Die Menschen haben sich geändert. Hast du daran mal gedacht?“

„Scheinbar nicht genug“, sagte er und fühlte sich schrecklich. Im gleichen Atemzug setzte er hinzu: „Ich werde herausfinden, wer das getan hat, Farah, aber dazu brauche ich deine Hilfe.“

Er konnte an ihrer bitteren Miene erkennen, dass ihm zu helfen das Letzte war, was sie wollte. „Sag mir ein paar Namen. Oder wenigstens einen. Jemand, mit dem Ted nach eurem Umzug aus Saudi Arabien in Kontakt geblieben ist und dem er vertraut hat. Jemand, der in der Position ist, mir die Informationen zu geben, die ich benötige.“

Sie nahm sich Zeit für ihre Antwort. Als sie sprach, klang ihre Stimme knapp und kalt. „Francis Longnecker, pensionierter Leutnant der Armee. Er lebt jetzt in Tallahassee, Florida. Der andere ist ein Engländer, Collin Wright. Er war beim britischen Geheimdienst, bevor er mit Ted zusammen bei Algier Constructions gearbeitet hat. Inzwischen ist er dort geschäftsführender Gesellschafter.“

„Hast du die Telefonnummern der beiden?“

Sie stand auf und ging hinüber zu einem kleinen Schreibtisch, nahm ein schmales Buch und blätterte es durch. Mit unbewegter Miene schrieb sie die Nummern auf einen Zettel und reichte ihn Jake. „Du hast, was du wolltest. Jetzt verlass bitte mein Haus."

Er rührte sich nicht. „Ich nehme es dir nicht übel, dass du mich hasst, Farah, aber wenn du daran denkst, zur Polizei zu gehen, bitte ich dich, es *nicht* zu tun. Hass mich so viel wie du willst, aber gefährde nicht das, was das FBI versucht, zu tun."

Sie schwieg.

„Alles worum ich dich bitte, ist, an die unschuldigen Menschen zu denken, die verletzt oder getötet werden, wenn van Heusen und andere wie er ihr dreckiges Geschäft weiter betreiben können."

Sie blickte ihn scharf an. „Du verzeihst, wenn ich dein Mitleid im Moment nicht teilen kann. Ich habe gerade meinen Mann verloren, meine drei Kinder ihren Vater, und sehr wahrscheinlich werde ich auch das Geschäft verlieren." Sie lachte bitter auf. „Also erspare mir deinen melodramatischen Vortrag. Ich habe genug eigene Probleme."

Mit zitternden Fingern nahm sie die umgefallene Tasse auf und stellte sie wieder hin. „Ich nehme an, dass du den Weg hinaus alleine findest."

„Lass mich dir helfen. Du musst das Geschäft nicht aufgeben. Wir können zur Bank gehen und …"

„Nein, danke", sagte sie tonlos. „Du hast schon genug getan …"

38. KAPITEL

Mit klaren logischen Worten versuchte Syd am Freitagmorgen, Ron in seinem Büro von ihren neuesten Ermittlungsergebnissen im Fall Fairbanks zu berichten. Als er von ihrem Besuch bei Ana Lee hörte, war er zuerst wütend. Doch als Syd ihm die Fakten erläuterte, wandelte sich sein Ärger in Überraschung.

„Ich weiß, dass du mir gesagt hast, meine Nachforschungen einzustellen", sagte Syd, als sie geendet hatte. „Aber als Ana anrief und sagte, dass sie Informationen über die Kette habe, konnte ich einfach nicht anders."

Ron lief unruhig auf und ab, sichtlich geschockt von dem, was er gehört hatte. „Was genau passiert jetzt?"

„Chief Yates ist auf dem Weg."

„Du willst den Senator verhaften lassen?"

„Das liegt nicht in meiner Macht. Chief Yates möchte ihn befragen. Ob er ihn dann festnimmt, liegt allein in seinem Ermessen. Im Moment haben wir ein ziemlich klares Bild vor uns, Ron. Der Senator und seine Tochter haben von Anfang an gelogen. Lauren hat das Auto in der Unfallnacht nicht gefahren. Das war jemand anders. Und damit ist Alan Fairbanks unser Verdächtiger Nummer Eins, was die Entführung von Lilly Gilmore betrifft."

„Du glaubst also, dass Lilly von der anderen Frau gewusst hat?"

„Ja, das glaube ich. Vielleicht hat sie Fairbanks sogar damit konfrontiert, auch wenn er behauptet, sie niemals getroffen zu haben. Aber falls sie ihn angesprochen hat, dann wusste er, dass die Wahrheit bald ans Licht kommen würde. Das könnte ihn so beunruhigt haben, dass er die seiner Meinung nach notwendigen Schritte eingeleitet hat."

Ron hielt inne und baute sich vor Syd auf. Seine Miene war etwas zugänglicher als zu Beginn ihrer Unterredung. „Du weißt schon, dass die Wahrscheinlichkeit, Lilly noch lebend zu finden, nicht sehr groß ist, wenn deine Vermutung stimmt?"

Diesen Gedanken hatte sie die ganze Zeit versucht, aus ihrem Kopf zu verbannen. Ihn jetzt von Ron laut ausgesprochen zu hören, machte ihre Angst nur noch greifbarer. „Ja", sagte sie mit leiser Stimme. „Das weiß ich."

„Wo ist der Senator jetzt gerade?"

„Zu Hause. Morgen Früh fliegt er für die Vorwahlen nach Kalifornien."

Als hätte Violet geahnt, um was es ging, klopfte sie in diesem Moment leise an die Tür, öffnete sie einen Spalt und schob ihren Kopf hindurch. „Senator Fairbanks ist auf CNN."

Ron lief hinüber zum Regal und schaltete den Fernseher ein. Das Erste, was sie hörten, waren laute Sprechchöre. „Fairbanks. Fair-banks. Fair-banks." Banner mit dem Spruch *Fairbanks for President* wurden hochgehalten, und mehr als zweihundert Menschen mit amerikanischen Flaggen in der Hand standen vor dem Haus des Senators und warteten auf sein Erscheinen.

Der Senator trat vor die Tür, hob beide Arme in Siegerpose über den Kopf und ging hinüber zu der improvisierten kleinen Bühne vor dem Haus. Er grinste über das ganze Gesicht.

„Danke!", rief er über den Gesang der Menschen hinweg. Nach Wochen des Wahlkampfes war seine Stimme heiser, aber trotzdem noch gut verständlich. „Sie haben gesagt, dass es nicht zu schaffen sei. Sie haben gesagt, dass ich nicht zäh genug sei, dass ich nicht genügend Verbindungen habe, dass es mir an Erfahrung mangele."

Die Menschenmenge buhte.

„Aber jetzt sind wir hier."

Die Menge wurde wild. „Fair-banks. Fair-banks. Fair-banks."

„Ich danke Ihnen, dass Sie an diesem kalten Abend hierher gekommen sind. Gott schütze Sie." Er reckte die Faust in die Luft. „Kalifornien, wir kommen!"

Eine Straßenband begann, „California, here I come" zu spielen. Der Senator winkte seinen Fans zu und verschwand wieder im Inneren des Hauses.

Ron schaltete den Fernseher aus. Er schwieg eine ganze Weile bevor er schließlich sagte: „Schnapp ihn dir, Syd."

Ein leichter Regen hatte eingesetzt, als Chief Yates um kurz nach zwei Uhr bei Syd im Büro eintraf. Er wurde von Deputy Brady begleitet. Im Dienstwagen vom Chief machten die drei sich gemeinsam auf den Weg zum Rittenhouse Square. Zum Glück war die Menschenmenge verschwunden, und so achtete niemand auf den Wagen, der sich ins Halteverbot stellte, oder auf die drei Leute, die zum Haus des beliebten Senators liefen.

Ein Hausmädchen in schlichter, schwarzer Uniform öffnete ihnen die Tür. Aus dem Inneren des Hauses ertönten Gelächter und das Geräusch angeregter Unterhaltung, durchbrochen vom Klang der Gläser, mit denen in Siegesstimmung angestoßen wurde. Das Haus war hell erleuchtet und voller Leben. Sogar das Hausmädchen wirkte aufgeregt.

Gesprächsfetzen drangen in die Eingangshalle vor, und Chief Yates, Deputy Brady und Syd schnappten Sätze auf wie

„werden wir ihn begraben“, „er wird gar nicht wissen, was ihn da getroffen hat“, und „jemand möge doch bitte mal auf die aktuellen Umfrageergebnisse schauen“.

Das Hausmädchen setzte an, ihnen zu erklären, dass der Senator sehr beschäftigt sei, aber Chief Yates hob abwehrend die Hand. Er war nun nicht länger Mister Nice Guy. „Hierfür wird er sich Zeit nehmen müssen, Miss.“

Eingeschüchtert ließ sie die drei in der eleganten weiträumigen Eingangshalle mit den wertvollen Antiquitäten und dem teuren orientalischen Wandteppich zurück. Kurz darauf kam sie mit dem Senator wieder.

Sein Lächeln verschwand in dem Moment, als er Syd erblickte.

Dann glitten seine Augen über Yates und den Deputy. Er blieb beeindruckend ruhig. Die Jahre als Politiker hatten ihn gelehrt, Unannehmlichkeiten ausgeglichen und mit Bedacht gegenüberzutreten.

„Guten Abend, Chief Yates. Ich hörte, dass Sie etwas mit mir zu besprechen haben? Ich kann mir zwar nicht vorstellen, was das sein könnte, aber ich hoffe, dass es nicht zu lange dauert. Ich bereite mich gerade vor auf …“

Wortlos hielt Chief Yates die Plastiktüte mit der Kette hoch.

Der Senator sah plötzlich aus, als wäre er einer Ohnmacht nahe.

Hinter ihm hörte Syd das Geräusch hoher Absätze auf dem schwarz-weiß-karierten Marmorfußboden, und einen Augenblick später erschien Carlie Fairbanks mit ihrem berühmten Gastgeberlächeln. „Alan? Unsere Gäste wundern sich …“

Ihr Blick blieb an Syd hängen. „Was macht sie hier? Und wer sind diese Männer?“

Der Chief ließ seinen Arm sinken und trat einen Schritt vor. „Ich bin Chief Yates von der Mullica Township Police, Ma'am. Dies hier ist Deputy Brady, und die stellvertretende Bezirksstaatsanwältin Sydney Cooper kennen Sie ja schon."

Sie sah alle drei an, bevor ihr Blick auf die Kette in Chief Yates Hand fiel. „Worum geht es hier?"

Syd wandte sich an den Senator, der bis jetzt geschwiegen hatte. „Möchten *Sie* es Ihrer Frau erklären, Senator?"

„Mir *was* erklären, um Himmels willen?"

Erneut hob Chief Yates seine Hand mit der Plastiktüte. „Wir waren gerade dabei, Ihren Mann zu fragen, ob er diese Kette schon einmal gesehen hat, aber vielleicht können Sie diese Frage ja auch beantworten?"

„Nein, diese Kette kenne ich nicht."

Der Chief hob die Augenbrauen. „Senator?"

Senator Fairbanks hatte Zeit genug gehabt, um sich wieder zu sammeln, und so schüttelte er nun den Kopf. „Nein, ich habe sie auch noch nie gesehen."

„Bedenken Sie gut, was Sie sagen, Senator", warnte Syd ihn. „Sie erinnern sich sicher noch an Mrs. Lee? Sie ist bereit, unter Eid auszusagen, dass das Mädchen, das in der Unfallnacht den Wagen fuhr, diese Kette trug."

„Aber das kann nicht sein", wandte Carlie Fairbanks ein. „Diese Kette gehört definitiv *nicht* meiner Tochter."

„Das habe ich auch nicht behauptet."

Mrs. Fairbanks erblasste unter ihrem perfekten Make-up. Sie blickte zu ihrem Mann. „Mein Gott, Alan", flüsterte sie. „Was hast du nun schon wieder gemacht?"

Schon wieder? Hieß das, dass der gute Senator schon früher fremdgegangen war?

Der Chief legte die Tüte mit ihrem kompromittierenden Inhalt auf einen kleinen Tisch, der neben ihm stand. „Warum erzählen Sie uns nicht ganz genau, was in der Nacht des Unfalls passiert ist, Senator?"

„Sind Sie nicht etwas außerhalb Ihres Zuständigkeitsbereichs, Chief Yates?", unterbrach ihn Mrs. Fairbanks.

„Überhaupt nicht. Ich bin mit der Untersuchung der Entführung von Lilly Gilmore betraut, und was in der Nacht des Unfalls geschah, ist eventuell direkt damit verbunden."

„Warum?" Auch wenn sie wusste, dass irgendetwas ganz fürchterlich falsch lief, hatte Carlie Fairbanks noch nicht alle Puzzleteile zusammengebracht.

„Weil Ihr Mann die Polizei angelogen hat, Mrs. Fairbanks. Ihre Tochter hat in der besagten Nacht *nicht* das Auto ihres Mannes gefahren. Sie hat nur behauptet, es getan zu haben."

„Aber natürlich hat sie ..." Als ihr die Wahrheit langsam dämmerte, sah sie ihren Mann entsetzt an. „Alan! Sag mir, dass das nicht wahr ist."

Unter ihrem anklagenden Blick brach der Senator ein. Er wirkte plötzlich nicht mehr wie der charismatische, selbstbewusste Mann, den Syd zuvor im Fernsehen gesehen hatte. In wenigen Momenten schien er um Jahre gealtert zu sein.

„Wem gehört die Kette, Alan?", fragte Carlie Fairbanks knapp.

„Einer Freundin von mir." Das wohlklingende Timbre seiner Stimme war nur mehr ein Flüstern. „Der Unfall ... war nicht ganz so, wie ich es dir erzählt habe."

„Lauren ist *nicht* gefahren?"

„Nein."

„War sie bei dir?"

Resignierend schüttelte Fairbanks den Kopf.

Seine Frau sah ihn mit einem vernichtenden Blick an. „Eine deiner billigen Freundinnen hat unser Auto zu Schrott gefahren, und Lauren sollte dafür geradestehen? Du hast ihr gesagt, dass sie die Polizei anlügen soll? Und mich? Dass sie die Schuld für etwas auf sich nehmen soll, das sie nicht getan hat?"

„Ich habe ihr gar nichts gesagt. Als ich ihr erst einmal erklärt hatte, worum es geht ..."

In der Stille des Raumes hallte die Ohrfeige wider.

Geschockt und erniedrigt taumelte der Senator rückwärts, wobei er sich die Wange mit der Hand hielt.

„Du widerwärtiger Bastard", sagte Carlie, und man konnte merken, dass sie all ihre Willenskraft aufwenden musste, um nicht zu explodieren. „Du hast deine eigene Tochter dazu missbraucht, dein dreckiges kleines Geheimnis zu vertuschen? Wie konntest du ihr das nur antun? Wie tief bist du gesunken?"

Sie war zu aufgewühlt, um ihm Zeit zum Antworten zu geben.

„Wer war es diesmal, Alan? Eine Schauspielerin? Ein Supermodel? Jemand aus dem Kampagnenteam?"

„Brenda."

„Brenda?" Fieberhaft dachte sie nach. Als sie sich schließlich erinnerte, sah sie ihn mit großen Augen ungläubig an. „Aber nicht Brenda Cavanaugh, oder? Nicht Laurens beste Freundin?" Senator Fairbank errötete vor Verlegenheit. Seine Frau sank in den nächstbesten Stuhl. „Oh mein Gott."

Syd verstand ihre Bestürzung. Auch wenn man in Pennsylvania mit sechzehn Jahren schon Sex haben durfte, war das Mädchen trotzdem noch minderjährig, und der Senator konnte nun mit einer schwerwiegenden Anklage rechnen.

Im Moment interessierte sie jedoch nur eine Sache. „Wo ist Lilly?“, fragte sie.

Der Senator schüttelte den Kopf. „Ich weiß es nicht. Sie scheinen zu glauben, dass ich etwas mit ihrer Entführung zu tun habe – aber das habe ich nicht.“

Syd deutete auf die Plastiktüte auf dem Tisch. „Sie hat diese Kette gefunden und Sie damit konfrontiert.“

„Nein, hat sie nicht! Ich habe Lilly Gilmore noch nicht einmal getroffen. Ich habe von ihrer Entführung aus den Nachrichten erfahren, genau wie jeder andere auch.“

„Sie müssen gewusst haben, dass Ihre Freundin die Kette verloren hat.“

„Ja, das habe ich. Wir sind ein paar Tage später noch einmal hingefahren, um danach zu suchen, aber mir ist nie in den Sinn gekommen, dass ein Reporter sie gefunden haben könnte.“

„Ich denke doch, Senator. Als Lilly anfing, Ihr Büro anzurufen und nach einem Interview zu fragen, hat sie vielleicht den einen oder anderen Hinweis fallen gelassen. Wahrscheinlich hat sie angedeutet, dass sie etwas gefunden hat. Sie wussten also genau, was Sie erwartete. Sie haben sie vielleicht nicht selber entführt, aber sie wurde auf Ihren Befehl hin gekidnappt.“

„Chief Yates“, die Wut von Mrs. Fairbanks hatte inzwischen nachgelassen, und sie sprach nun wieder mit ihrer gewohnt kontrollierten Stimme. „Mein Mann mag vieles sein, aber er ist *kein* Kidnapper.“

„Bei allem Respekt, Ma’am, aber das zu beurteilen, ist *meine* Aufgabe.“

„Das verstehe ich.“ Sie schaute sich nervös um. „Das Problem ist, wir haben Gäste …“

Der Chief zuckte die Schultern. „Wir können die Befragung auch in meinem Büro fortsetzen, wenn Ihnen das lieber ist."

Die Fairbanks tauschten Blicke. „Würden Sie vielleicht mit unserem Arbeitszimmer vorlieb nehmen?", fragte sie. „Es ist gleich am Ende des Flurs."

Syd sah, dass der Chief kurz zögerte, doch schließlich nickte er. „Einverstanden. Zeigen Sie uns den Weg."

39. KAPITEL

Nachdem er Farahs Haus verlassen hatte, verbrachte Jake zwei Stunden damit, mit ortsansässigen Maklern zu sprechen und sich als Interessent für eine große Farm in der Gegend auszugeben. Egal wo er hinkam, die Antwort war immer dieselbe: Im Moment standen keine Farmen zum Verkauf. Die einzige Farm, die in letzter Zeit auf dem Markt war, war Ellis Farm an der Route 3, aber auch sie war schon vor einem Jahr verkauft worden.

Er sah seinen Anfangsverdacht bestätigt. Teds Kunden waren nicht echt. Der nächste Schritt würde nicht einfach werden, denn er musste ihre wahre Identität herausfinden.

Im Motel kramte Jake den Zettel hervor, auf dem Farah die Namen und Telefonnummern von Teds Freunden aufgeschrieben hatte. Da er es als einfacher empfand, mit einem ehemaligen Soldaten zu sprechen, rief er als Erstes Longnecker an. Der Anrufbeantworter informierte ihn, dass der Colonel und seine Familie auf einem längeren Urlaub in Japan waren und nicht vor Ende des Monats zurückkehren würden.

Ohne Zeit zu verlieren, schaute Jake auf seine Uhr, sah, dass es sieben Uhr abends in Saudi Arabien war und wählte die Nummer von Algier Constructions.

Er musste einige Minuten warten, bevor Colin Wright ans Telefon kam.

„Wright hier“, sagte der Mann mit einem starken britischen Akzent.

„Mr. Wright, mein Name ist Jake Sloan. Sie kennen mich nicht, aber ich bin ein Freund von Ted Malvern.“

„Wirklich? Woher kennen Sie Ted?“

Der Mann ließ Vorsicht walten, und Jake verstand das und achtete ihn dafür. „Wir haben uns vor Jahren in der Flugschule kennen gelernt. Wir haben auch zusammen in Desert Storm gedient", erklärte er.

„Sind Sie immer noch in der Army?"

„Nein, ich habe die Armee 1991 verlassen und arbeite jetzt auf einer Bohrinsel vor der Küste Louisianas."

Wright lachte. „Ted hat mir immer erzählt, dass die amerikanische Armee ihre Soldaten auf alles vorbereitet. Ich denke, er hatte Recht." Eine kurze Pause entstand, bevor er weitersprach. „Hat Ted Ihnen meinen Namen und die Telefonnummer gegeben?"

„Nein, Farah."

„Warum Farah?"

Wright war definitiv ein wachsamer Mann, was Jake als Erleichterung empfand. Das Letzte, was Jake jetzt wollte, war, noch jemanden in Gefahr zu bringen. „Ich fürchte, dass ich der Überbringer schlechter Nachrichten bin, Mr. Wright. Ted ist letzte Nacht bei einem Flugzeugabsturz ums Leben gekommen."

Wright atmete tief ein, und wieder herrschte ein Augenblick lang Stille. „Was für eine Art Flugzeugabsturz?", fragte er mit zitternder Stimme.

Jake erzählte ihm die Umstände, die zu Teds Tod geführt hatten.

„Was sagt die Polizei?"

„Im Moment noch sehr wenig, die Ermittlungen haben gerade erst begonnen."

„Und Sie? Sie denken nicht, dass der Absturz ein Unfall war, oder? Sonst hätten Sie mich nicht angerufen."

„Ich habe so einen Verdacht."

„Erzählen Sie weiter."

„Am Tag bevor Ted starb, hat er einige Anrufe in den Mittleren Osten getätigt. Ich hatte gehofft, dass einer davon Ihnen galt."

Jake war sich nicht sicher, ob er das folgende Schweigen brechen sollte. „Wir haben uns kurz unterhalten", sagte Wright schließlich.

„Konnten Sie ihm helfen?"

„Nicht direkt. Ich habe ihm aber ein paar Namen von Leuten gegeben, von denen ich dachte, dass sie es vielleicht könnten."

„Würden Sie mir diese Namen mitteilen?"

„In Anbetracht dessen, was passiert ist, wäre das sehr unklug von mir. Wie auch immer, ich könnte ein paar Nachforschungen anstellen und so vielleicht herausfinden, ob jemand Teds Namen verraten hat."

„Das wäre mir eine große Hilfe." Jake gab ihm seine Nummer, verabschiedete sich und legte auf.

Jake musste bis kurz vor Mitternacht auf Wrights Rückruf warten. „Einer der Leute, mit denen Ted gesprochen hat", sagte Wright finster, „war ein Mann namens Ali Sochoufi. Dieser Mann ist jetzt tot. Sein Haus wurde bei einem Bombenangriff zerstört, dem er und seine gesamte Familie zum Opfer gefallen sind."

„Wann ist das passiert?"

„Vor zwei Tagen."

„Wer hat den Befehl dazu gegeben?"

„Der gleiche Mann, der auch Teds Tod befohlen hat."

„Ein Name würde mir weiterhelfen."

„Ich würde Ihnen den Namen nennen, wenn ich ihn hätte, aber ich weiß ihn nicht. Sochoufis Tod hat alle hier sehr nervös gemacht, und niemand traut sich, zu reden. Wenn Sie mich nach meiner fundierten Meinung fragen, würde ich sagen, dass die Befehle von jemandem innerhalb der USA gekommen sind."

Das war ein Hinweis, der ihn so nahe an Victors Namen wie nur eben möglich führte. „Ich danke Ihnen, Mr. Wright."

„Colin. Gern geschehen. Ich hoffe, dass Sie vorsichtig sind."

Da Jake Syd am folgenden Morgen nicht erreichen konnte, hinterließ er bei Violet eine Nachricht, dass er am frühen Nachmittag wieder in Philadelphia sein würde. Anschließend rief er Ramirez an und brachte ihn auf den neuesten Stand bezüglich der Ereignisse in Middletown.

„Ich fürchte, ich kann nicht dafür garantieren, dass Farah mich nicht auffliegen lässt", sagte er, als Ramirez ein unzufriedenes Murren hören ließ. „Sie ist wütend, verletzt, und sie möchte, dass der Mörder ihres Mannes gefasst wird. So wie ich."

Der Klang seiner Stimme musste sich verändert haben, seine wahren Gefühle verraten haben, denn Ramirez reagierte sofort darauf. „Hören Sie mir zu, Jake. Sie haben einen guten Freund verloren, und Sie fühlen sich schuldig."

„Ich *bin* schuldig." Es war wie ein Déjà-vu, und er hasste es.

„Wenn Ted in Ihrer Situation gewesen wäre, meinen Sie nicht, dass er auch zu Ihnen gekommen wäre und um Hilfe gebeten hätte?"

„Doch, das hätte er vermutlich getan."

„Das hätte er *definitiv* getan. Weil es das ist, was Freunde tun. Nachdem wir das nun geklärt hätten, müssen Sie mir Ihr Wort geben, dass Sie sich nicht auf eine Art heiligen Kreuzzug begeben, um Ted zu rächen."

„Ganz blöd bin ich nicht. Und ja, ich gebe Ihnen mein Wort. Ich werde diesen Hurensohn erwischen, aber ich werde es klug angehen." Er konnte den Seufzer der Erleichterung auf der anderen Seite beinahe hören. „Bevor ich auflege, muss ich Sie aber noch um einen Gefallen bitten."

„Der da wäre?"

„Finden Sie heraus, bei welcher Bank der Kredit für Teds Firma läuft, und rufen Sie mich so schnell wie möglich zurück."

Ramirez benötigte weniger als fünfzehn Minuten, um die gewünschten Informationen zu erhalten. Ted hatte während der Jahre in Saudi Arabien eine ganze Menge Geld gespart und das meiste davon in sein Geschäft gesteckt, sodass jetzt noch eine offene Kreditsumme von dreihundertzwanzigtausend Dollar bei der Heritage Bank von Middletown offen stand. Der Vizepräsident, mit dem Ramirez gesprochen hatte, hieß Al Washington. Er würde bis Mittag in seinem Büro anzutreffen sein.

Al Washington war ein großer, freundlicher Afro-Amerikaner mit schneeweißem Haar und einem breiten einladenden Lächeln. „Wie kann ich Ihnen helfen, Mr. Sloan?", fragte er, als er Jake die Hand schüttelte.

„Ich bin ein alter Freund von Ted Malvern."

„So viel ist mir bekannt." Washingtons Miene wurde ernst.

„Ted war ein feiner Kerl – ein harter Arbeiter, ein führendes Mitglied der Gemeinde und ein großartiger Familienvater. Wir werden ihn alle sehr vermissen."

„Dessen bin ich mir sicher, Mr. Washington. Lassen Sie mich gleich zur Sache kommen. Ich bin hier, weil ich den Geschäftskredit von Ted auslösen möchte. Ich nehme an, dass Sie das arrangieren können?"

Nach einem kurzen Augenblick der Überraschung nickte der Banker. „Sicher. Aber es handelt sich hier um keine kleine Summe, Mr. Sloan. Haben Sie darüber schon mit Farah gesprochen?"

„Nein."

„Darf ich fragen, warum nicht?"

„Ich möchte nicht, dass sie davon erfährt. Sie könnte das Ganze als Mitleidsgeste missverstehen und mein Angebot ausschlagen."

„Ich verstehe."

„Ich hatte gehofft, dass Sie die notwendigen Schritte einleiten könnten, ohne dass Farah darüber informiert wird?"

Washington tippte bereits einige Befehle in seinen Laptop. „Ich kann ihr sagen, dass Ted für den Fall, dass ihm etwas zustößt, eine Versicherung abgeschlossen hat. Als er anfänglich zu mir kam, hatten wir sogar tatsächlich darüber gesprochen, aber er hatte sein Geschäft gerade erst eröffnet und konnte sich die zusätzlichen Prämien nicht leisten."

Jake nahm ein zusammengefaltetes Blatt aus der Innentasche seiner Jacke. „Ich habe bereits mit meiner Bank in Baton Rouge gesprochen. Alle Informationen, die Sie für die Transaktion benötigen, finden Sie hier." Er reichte ihm das Formular.

„Hervorragend."

Ein paar Minuten später war der elektronische Transfer des Geldes zwischen den Banken abgeschlossen. Alles Weitere lag nun bei Al Washington, der ihm noch einmal versicherte, Farah nichts von ihrem kleinen Arrangement zu erzählen.

„Ich werde gleich bei Farah vorbeifahren und ihr die guten Neuigkeiten persönlich überbringen", sagte er, als Jake aufstand, um zu gehen. „Ich denke, dass sie sehr erleichtert sein wird."

Jake hatte sich gewünscht, dass die Auslösung des Kredits etwas von der Schuld tilgen würde, die er empfand – doch er fühlte sich noch immer verantwortlich für den Tod seines Freundes. Und diese Empfindung verschwand auch nicht, als er Middletown schließlich verließ.

40. KAPITEL

Syd hatte das Angebot von Chief Yates, sie nach Hause zu fahren, ausgeschlagen und lief zu Fuß vom Haus des Senators zurück zu ihrer Wohnung. Der Regen war in leichten Schnee übergegangen. Es war kalt und ihr Atem bildete kleine Wölkchen in der eisigen Nachtluft. Sie unterdrückte ein Zittern, vergrub ihre Hände tief in den Taschen ihrer Winterjacke und dachte über die enttäuschenden Ereignisse der letzten Stunden nach.

Entgegen aller Hoffnung hatte die Befragung von Alan Fairbanks nicht die gewünschten Ergebnisse gebracht. Eifrig bemüht, zu beweisen, dass er keinen Grund hatte, Lilly zu entführen, hatte der Senator auf sein Recht auf einen Anwalt verzichtet und dem Chief alles erzählt, was in der Nacht des Unfalls wirklich geschehen war.

Er und Brenda Cavanaugh waren auf dem Rückweg vom Strandhaus des Senators gewesen, wo sie ab und zu einen gemeinsamen Abend verbrachten. Brenda liebte es, den Mercedes zu fahren, und so saß sie in dem Moment am Steuer, als sie von Ana Lee angefahren wurden. Der Senator war sich sofort im Klaren darüber, dass, sollte seine Affäre mit einer Minderjährigen bekannt werden, seine politische Karriere beendet wäre, und so kam er auf die Idee, Brenda die Rolle seiner Tochter spielen zu lassen.

Der Trick hatte nicht einfacher sein können: Beide Mädchen waren attraktiv, trugen ihre langen blonden Haare mit einem Mittelscheitel und hatten ungefähr die gleiche Größe und Statur. Aber auch wenn Brenda sich mit der Täuschung einverstanden erklärt hatte, war der Schock des Unfalls zu viel für sie. Nur Momente nach dem Zusammenstoß war ihr fürchterlich schlecht geworden. Als sie sich im Gebüsch übergeben hatte, war sie unbemerkt an ihre Kette gekommen und hatte den Verschluss kaputt gemacht. Da es ihr zu elend gegangen war, um sich weiter darum zu sorgen, hatte sie die Kette achtlos in ihre Hosentasche gesteckt. Als sie sie ein paar Tage später herausholen wollte, um sie zum Juwelier zu bringen, stellte sie fest, dass sie nicht mehr da war. Sie war sich sicher, dass sie sie am Unfallort verloren haben musste, und so waren der Senator und sie noch einmal dorthin gefahren, um nach der Kette zu suchen – jedoch ohne Erfolg.

Fairbanks hatte sich keine allzu großen Sorgen gemacht. Selbst wenn jemand die Kette gefunden hatte, würde er sie nicht mit ihm in Verbindung bringen können. In der Zwischenzeit sollte Brenda sich ruhig verhalten und ihren üblichen Tätigkeiten nachgehen.

Unter dem eisigen Blick seiner Frau gab der Senator zu, dass der schwierigste Part gewesen war, am Bett seiner Tochter zu sitzen und ihr die Affäre mit ihrer besten Freundin zu beichten. Das junge Mädchen war von einer Flut an Emotionen überspült worden – Schock, Ärger, Enttäuschung und Ekel. Aber genau wie Brenda hatte sie die fürchterlichen Konsequenzen für ihre Familie erkannt, sollte die Geschichte je an die Öffentlichkeit kommen, und so schließlich seinem Plan zugestimmt, auch wenn das hieß, dass sie ihre Mutter anlügen musste.

So sehr Chief Yates ihn auch bedrängte, seine Geschichte über Lilly noch einmal zu überdenken, blieb Fairbanks dabei, dass er sie nicht kannte und auch nichts von ihren Versuchen gehört hatte, ihn erreichen zu wollen. „Meine Angestellten nehmen jeden Tag Dutzende von Reporteranfragen entgegen", sagte er und schaute dabei mit der gleichen Ernsthaftigkeit von

Chief Yates zu Syd, die er auch bei seinen Wahlkampfreden an den Tag legte. „Die, von denen sie denken, dass sie mir wohlgesonnen sind, werden an meine Pressesprecherin weitergeleitet. Meines Wissens nach ist der Name Lilly Gilmore niemals aufgetaucht, aber fragen Sie gerne bei Muriel Hathaway nach."

Der Chief schrieb sich den Namen auf. „Das werde ich tun."

Seiner Miene war anzusehen, dass ihn die so genannte Aufrichtigkeit des Senators nicht im Mindesten beeindruckte. Aber ohne einen Beweis für eine Verstrickung in Lillys Entführung, und ohne ein offensichtliches Motiv, hatte er keine andere Wahl, als den Senator den Polizeibehörden von Philadelphia zu überstellen, wo ganz andere Anklagen auf ihn warteten.

Bis der Chief Muriel Hathaway befragen würde, blieb Syd nichts anders übrig, als in ihre Wohnung zurückzugehen und auf Jake zu warten, der heute aus Delaware zurückkommen wollte. An der Sixth Street änderte sie plötzlich ihre Meinung und wandte sich Richtung Pine Street, um zu Dots Haus zu gehen, das nur zwei Blocks entfernt war. Auch wenn Fairbanks den Skandal noch ein paar Stunden vor der Presse geheim halten konnte, würde er sicher Thema der Morgennachrichten sein, und Syd wollte nicht, dass Dot die Einzelheiten aus dem Fernsehen erfuhr.

„Syd." Dot öffnete die Tür und trat einen Schritt zur Seite, um Syd einzulassen. „Du bist ja ganz mit Schnee bedeckt." Ihr Gesichtsausdruck war besorgt. „Und du siehst unglücklich aus. Was ist los?"

„Mach mir doch bitte eine Tasse Tee, und ich erzähle dir die ganze Geschichte."

Syd folgte Dot in die Küche, und während sie darauf warteten, dass das Wasser kochte, brachte sie die alte Frau auf den neuesten Stand. Wie viele Einwohner Philadelphias war Dot auch eine starke Befürworterin des Senators gewesen und nun mehr als geschockt, von seiner Untreue und davon, wie er seine Tochter benutzt hatte, zu hören. Aber dass er wohlmöglich an Lillys Entführung beteiligt war, ließ sie besonders aufhorchen.

„Glaubst du ihm?", sie sah Syd fragend an.

„Nein. Fairbanks hat bereits bewiesen, dass er ein gewiefter Lügner ist. Seit Jahren gibt er vor, der großartige, liebevolle Familienvater zu sein, dabei hat er seine Frau die ganze Zeit über immer wieder betrogen. Er hat seine Affäre nicht zugegeben, weil er es kaum abwarten konnte, die Wahrheit zu sagen. Er hat es getan, weil er keine andere Möglichkeit hatte. Das ist bei Lilly leider nicht der Fall. Es gibt keine Zeugen und keinen Beweis für seine Mitschuld."

Dot hängte je einen Teebeutel in die Tassen und füllte sie mit heißem Wasser auf. „Vielleicht liefert die Pressesprecherin den Beweis, den wir benötigen."

„Chief Yates will gleich Morgen als Erstes mit ihr reden, aber viel verspricht er sich davon nicht. Und ich auch nicht. Muriel Hathaway arbeitet seit zwölf Jahren für den Senator, und sie ist eine sehr ehrgeizige Frau. Ich denke, dass sie für ihn lügen würden, wenn sie es müsste."

Dot setzte sich auf die andere Seite des Küchentischs. „Was ist mit den beiden Mädchen? Lauren und Brenda?"

„Ich glaube nicht, dass sie irgendetwas wissen."

„Wird man sie anzeigen, weil sie die Polizei angelogen haben? Was meinst du?"

„Das ist möglich, aber wenn man ihr Alter und die Art bedenkt, wie sie manipuliert wurden, werden sie sehr wahrscheinlich nur einen ernsten Vortrag vom Richter zu hören kriegen und ein paar Stunden gemeinnütziger Arbeit aufgebrummt bekommen."

„Da hast du mit so vielen Verdächtigen angefangen, und wo stehst du jetzt?"

Ein Klopfen an der Tür unterbrach sie.

„Dot, schnell, mach auf!", rief jemand von draußen.

Dot und Syd liefen zur Tür. Eine Frau, die Syd als Dots Nachbarin erkannte, stand auf der Treppe. Ihr Haar war komplett mit Schnee bedeckt. Sie hielt ein Blatt Papier in der Hand. „Ich kam gerade rüber, um dich zum Abendessen einzuladen, da habe ich das hier in deiner Tür entdeckt – es war hinter den Griff gesteckt."

Dot riss der Frau den Zettel aus der Hand, las ihn und reichte ihn wortlos an Syd weiter.

Wieder einmal waren die Buchstaben grob aus einer Zeitung herausgerissen und quer über das ganze Blatt geklebt worden. Dieses Mal lautete die Nachricht:

Sie haben Zeit bis Mitternacht, um fünfhunderttausend Dollar zusammenzubringen. Sydney Cooper wird das Geld zu einem Ort bringen, den wir später noch bekannt geben. Rufen Sie nicht die Polizei an, und bleiben Sie nahe bei Ihrem Telefon. Um exakt 22.00 Uhr werden Sie erfahren, wohin das Geld gebracht werden soll.

„Haben Sie irgendjemanden gesehen?", fragte Syd die Nachbarin. „Ein Auto? Jemanden, der vom Haus weglief?"

Die Frau schüttelte den Kopf. „Nein.“ Sie senkte ihre Stimme. „Hast du das Geld zusammen, Dot? Als wir das letzte Mal darüber sprachen, hattest du noch nicht …“

„Danke, Donna“, sagte Dot schnell und drängte die Frau zur Tür hinaus. „Und danke für die Essenseinladung, aber nicht heute Abend, okay?“ Als Donna nickte und ein kurzes ‚Auf Wiedersehen‘ nuschelte, schloss Dot die Tür und wandte sich umgehend Syd zu.

„*Du* wirst das Geld nicht ausliefern, Syd. Chief Yates kann eine seiner weiblichen Kolleginnen schicken.“

„Darüber sprechen wir später. Im Moment muss ich nur wissen, ob du die halbe Million Dollar hast.“

„Ich habe dir gesagt, dass ich sie zusammenkriege, oder?“

„Ich weiß, was du mir erzählt hast. Aber deine Nachbarin sagte eben …“

„Donna hat eine große Klappe.“

„Du hast das Geld nicht.“ Das war eine Feststellung.

„Noch nicht.“

„*Noch nicht?* Dir bleiben nur noch ein paar Stunden. Was ist mit dem Verkauf des Farmhauses?“

„Hat sich erledigt.“

„Oh Dot, es tut mir so Leid. Wie viel hast du?“

„Ich habe deinen Vorschlag angenommen und Lillys Boss angerufen. Die Zeitung hat hunderttausend Dollar zur Verfügung gestellt. Mit meinen hundertzwanzigtausend, deinen fünfzehn und den fünfundsechzig von Joe und Luciana macht das dreihunderttausend. Das Geld ist bei Joe, er hat es in seinen Safe geschlossen. Ich muss ihn nur anrufen, und er bringt es zu mir – egal, wie spät es ist.“

„Dot, dir fehlen *zweihunderttausend* Dollar! Glaubst du,

dass die Kidnapper dir in letzter Minute einen Rabatt geben? Das wird nicht geschehen."

„Das ist genau das, worauf ich hoffe", verteidigte sie sich. „Wer würde bei klarem Verstand so viel Geld ausschlagen?"

„Ich glaube, du unterschätzt, wie schamlos dieses Menschen sind oder wie brutal. Denk doch nur daran, wie sie Lilly gekidnappt haben, direkt vor der Nase einer stellvertretenden Bezirksstaatsanwältin. Glaub mir, die werden sich nicht auf eine Ratenzahlung einlassen. Das müssen sie auch nicht. Sie halten alle Asse in der Hand."

„Also, was schlägst du vor, soll ich tun? Du hast doch selber gesagt: Wir haben nur noch ein paar Stunden."

Syd ging hinüber zu ihr und legte ihr tröstend den Arm um die Schultern. Sie hatten schon ein paar Tage über einer Idee gebrütet, und nun schien der Zeitpunkt gekommen, damit herauszurücken. „Ich habe vielleicht eine Idee. Ich weiß nicht, ob sie gut ist oder ob sie überhaupt funktioniert, aber ich werde es zumindest versuchen."

Dot sah sie mit Tränen in den Augen an. „Kannst du mir sagen, was es ist?"

„Ich werde Greg um das Geld bitten."

Der hoffnungsvolle Blick in Dots Augen erstarb augenblicklich. „Deinen Ex-Verlobten? Oh Syd, er wird dir das Geld niemals geben. Er hasst Lilly."

„Einen Versuch ist es dennoch wert. Er ist der einzige Mensch, den ich kenne, der nur einen Anruf tätigen muss, um über eine solche Summe zu verfügen."

Sie nahm ihr Handy aus der Tasche und wählte die Nummer von Gregs Büro. So wie sie ihn vor ein paar Tagen im Park behandelt hatte, hatte er allen Grund, sie zur Hölle zu wünschen. Aber es bestand immer noch die winzig kleine Chance, dass er das nicht tat. Darauf vertraute sie, als sie auf die Verbindung wartete.

„Guten Abend, Annie“, sagte sie, als Gregs Sekretärin den Anruf entgegennahm. „Hier ist Sydney Cooper. Kann ich bitte mit Greg sprechen?“

„Er ist heute leider nicht im Haus, Sydney. Er ist ins Strandhaus gefahren, um sein Schlussplädoyer im Gandolo-Fall vorzubereiten.“

Ein kleiner Rückschritt, dachte Syd, aber keiner, den sie nicht bewältigen konnte. „Danke, Annie. Dann werde ich ihn dort anrufen.“

„Das brauchst du gar nicht erst zu versuchen. Ein Streuwagen hat einen Telefonmast umgefahren. Alle Leitungen in Tuckerton und Umgebung sind tot.“

„Ich kann ihn aber auf seinem Mobiltelefon erreichen, oder?“

„Das liegt vor mir auf dem Tisch“, sagte Annie entschuldigend. „In der Eile hat er es hier vergessen.“

Aus dem kleinen Rückschritt war soeben ein doppelter Salto rückwärts geworden. „Danke, Annie.“

„Was ist los?“, fragte Dot, als Syd aufgelegt hatte.

Syd sah aus dem Fenster. Der Schneefall war stärker geworden und hatte die Straße bereits mit einer dünnen weißen Schicht überzogen. „Er ist an der Küste“, sagte sie, wobei sie bereits die Nummer ihres Büros wählte. „Und die Telefonleitungen sind tot.“

„Violet“, sagte sie und lächelte Dot aufmunternd zu. „Mir ist etwas dazwischen gekommen. Ich werde heute nicht mehr ins Büro kommen.“

„Warum? Wo bist du?“ Syd konnte sie beinahe vor sich sehen, wie sie mit besorgtem Blick aus dem Fenster schaute.

„Ich bin auf dem Weg zu Gregs Haus in Tuckerton.“

„Syd! Das kann nicht dein Ernst sein. Schau dir doch mal an, was da draußen los ist.“

„So schlimm ist es auch nicht.“

„Aber das wird es noch. Es ist einer der Südstürme“, sagte sie und klang dabei wie eine Wetterexpertin. „Sie rechnen mit mehr als einem Meter Schnee bis morgen Früh.“

„Morgen Früh werde ich schon wieder zu Hause sein.“

„Was auch immer du mit Greg zu besprechen hast – und ich kann mir wahrlich nicht vorstellen, was das sein sollte“, setzte sie mit leichtem Sarkasmus hinzu, „kannst du doch auch am Telefon diskutieren.“

„Die Leitungen sind tot.“

„Dann warte bis morgen.“

„Das kann ich nicht. Dot hat gerade ein weiteres Erpresserschreiben bekommen. Sie hat bis Mitternacht Zeit, um das Geld zusammenzukriegen, und ihr fehlen noch zweihunderttausend Dollar.“

„Und du willst Greg fragen, ob er dir das Geld gibt?“ Violet klang entsetzt.

„Ich habe keine andere Wahl. Mir läuft die Zeit davon.“

„Deinem neuen Freund wird das nicht gefallen.“

„Jake ist nicht mein neuer Freund. Und überhaupt handelt es sich hier um eine rein geschäftliche Transaktion, ein Darlehen sozusagen.“

„Und du glaubst nicht, dass Greg irgendeine Gegenleistung fordert? Ein kleines Entgegenkommen? Zum Beispiel deine Einwilligung in eine Hochzeit?“

Syd konnte nicht garantieren, dass das nicht passieren würde, aber im Moment wollte sie nicht über Gregs mögliches Druckmittel nachdenken. „Ich sehe dich morgen Früh“, sagte sie. „Sei vorsichtig da draußen.“ Bevor Violet protestieren konnte, hatte Syd aufgelegt.

Sie steckte das Telefon in ihre Handtasche. „Würde es dir etwas ausmachen, mich zur Garage zu fahren, wo mein Auto steht?“, fragte sie Dot. „Das würde mir eine Menge Zeit sparen.“

Dot war bereits aufgestanden. „Sicher mach ich das – ich hole nur schnell meine Schlüssel.“

41. KAPITEL

Der späte Wintersturm, der in dem Moment aufgekommen war, als Jake Middletown verlassen hatte, überzog die gesamte Ostküste mit einer Schneedecke und machte das Fahren mehr als gefährlich. Letzte Nacht hatte Jake aus seinem Hotelzimmer Syd angerufen und ihr die Kette der unglücklichen Ereignisse erzählt – angefangen mit seinem Anruf bei Ted, bis hin zu dem Treffen mit Farah.

„Ich kenne Farah nicht", hatte sie ihm gesagt. „Aber ich denke, dass sie erst einmal mit ihrer Trauer und mit der Wut zurechtkommen muss. Wenn sie dann in einer ruhigen Minute alles, was du ihr erzählt hast, aus der richtigen Perspektive betrachtet, wird sie sich auch wieder bei dir melden."

Er bezweifelte das, aber nach dem Gespräch mit Syd war die Schuld für ihn etwas leichter zu ertragen.

Als er Philadelphia kurz vor zwei erreichte, rief er Ramirez an und berichtete ihm, was er von Colin Wright gehört hatte.

„Sie hätten sich mit mir besprechen sollen, bevor Sie ihn anrufen." Ramirez klang wütend. „Was ist, wenn Victor davon erfährt?"

„Ich hoffe, dass er es herausfindet. Und bevor Sie mich daran erinnern, dass der Mann gefährlich ist, lassen Sie sich gesagt sein, dass ich sehr gut selber auf mich aufpassen kann."

„Jake, hören Sie mir zu." Ramirez' Stimme klang etwas sanfter. „Ich habe heute Morgen mit einigen meiner Vorgesetzten gesprochen, und wir sind uns alle einig. Wir wollen Sie da rausholen."

Die Ampel an der Sixth Street sprang auf Grün und Jake fädelte sich in den Verkehr ein, die Scheibenwischer versuchten auf höchster Stufe, gegen den Schnee anzukommen. „Was heißt das?“

„Wir wollen Sie an einem sicheren Ort wissen. Wo van Heusen und seine Meute Sie nicht finden können.“

„Sollen sie mich doch finden, ich bin vorbereitet.“

„Nein, sind Sie nicht. Diese Männer sind Fanatiker und unberechenbar.“

„Victor hat in dem Moment eine persönliche Sache daraus gemacht, als er sich Ted vorgenommen hat. Ich werde diesen Job zu Ende bringen, Ramirez. Mit Ihrer Hilfe – oder eben allein.“

„Lassen Sie uns in Ruhe darüber sprechen. Wie wäre es, wenn wir uns auf einen Drink …“

Jake hatte den Washington Square erreicht. Sein Zuhause, wo die Stille und Ruhe ihm helfen würde, seine Gedanken zu sortieren. „Vielleicht ein anderes Mal. Ich rufe Sie an, okay?“

Jake klingelte bei Syd, doch sie schien noch nicht da zu sein, und so öffnete er seine eigene Wohnungstür. Sie waren erst zum Abendessen verabredet, aber in Anbetracht des schlechten Wetters entschied er sich, sie im Büro zu überraschen und ihr anzubieten, sie nach Hause zu fahren. Zuerst hatte er jedoch noch einen Job zu erledigen – er wollte das verdammte Abhörgerät abmontieren und zerstören. Das sollte ein eindeutiges Signal für Victor sein, dass das Spiel zu Ende ging.

Er hatte gerade die Tür geschlossen, als ihm eine Gänsehaut über den Rücken lief.

Dieses Gefühl hatte er während seiner Anti-Terror-Einsätze zu oft gespürt und kannte es genau.

Jemand war in seinem Apartment. Er konnte es fühlen.

Er lauschte auf ein Geräusch, eine Bewegung, ein leises Atmen.

Nichts.

Das alte Verhalten war sofort wieder da. Nachdem er sichergestellt hatte, dass niemand hinter der Haustür stand, fing er an, eine alte Fernsehmelodie zu pfeifen und ging in die Küche, um sich ein kaltes Bier zu holen. Die gespielte Ruhe würde seinen ungebetenen Gast hoffentlich davon überzeugen, dass Jake glaubte, allein zu sein.

Jake verhielt sich, als hätte er gerade einen wunderschönen Tag verbracht, und schlich in Richtung Schlafzimmer am Ende des Flurs.

Dort angekommen, griff er nach dem Türknauf und stieß die Tür mit viel Schwung auf. Mit *sehr viel* Schwung.

Er vernahm einen gedämpften Aufschrei und hörte, wie ein Körper gegen die Wand taumelte.

Jake schlug die Bierflasche gegen die Wand und sprang zur Seite, bereit zum Angriff.

Blut lief aus dem Mundwinkel des Mannes, der sich inzwischen schon wieder aufgerappelt hatte. Jenkins. Und in der Hand hielt er ein Messer.

Er lächelte, als er Jake langsam umkreiste, die Hand mit dem Messer bedrohlich erhoben. Ein grausamer Blick fokussierte Jake, als die Klinge durch die Luft sirrte. „Sprich ein letztes Gebet, Sloan."

„Wieso glaubst du, dass ein Freak wie du mir etwas anhaben könnte?"

„Ohoh, du solltest mich nicht unterschätzen, Sloan."

Die beiden Männer umkreisten sich in einem langsamen, tödlichen Ritual, wie zwei Löwen, die um die Herrschaft kämpften. Jenkins war bestimmt gut trainiert, dachte Jake, und schnell – also musste er schneller sein.

Jenkins näherte sich seinem Gegner und seine Hand stieß hervor. Das Messer verfehlte Jakes Gesicht nur um Haaresbreite. Als der Arm des Soldaten erneut nach vorne schnellte, duckte Jake sich gerade noch rechtzeitig, um dem Hieb auszuweichen. Er versuchte ein paar Mal, Jenkins mit der zerbrochenen Bierflasche zu verletzen, aber Jenkins wich so geschickt aus wie ein Boxer.

„Hat dein Boss dich geschickt?", zischte Jake. „Hatte er nicht die Nerven, den Job selbst zu machen?"

„Der General macht sich seine Hände nicht an Ungeziefer wie dir schmutzig."

Sein Arm schoss wieder vor. Dieses Mal zerschnitt die Klinge den Ärmel von Jakes Jacke und erwischte ihn am Arm.

Die zerbrochene Bierflasche war unnütz. Jenkins hatte solche Kämpfe offensichtlich schon öfter geführt und wusste, wie er seinen Gegner auf Distanz halten konnte. Jake musste sich eine andere Verteidigungsstrategie überlegen.

Er überlegte fieberhaft. Plötzlich erkannte er seine Gelegenheit – den schweren Lampenfuß auf dem Tisch.

„Was ist los, Sergeant?" Jake lachte höhnisch, um ihn abzulenken. „Du atmest so schwer. Bist wohl nicht so gut in Form? Zu viel Computerarbeit und nicht genug Ausdauertraining, was?" Er schnaubte verächtlich. „Man sieht's."

„Ich werde dir zeigen, wie sehr ich außer Form …"

Jake ließ ihm keine Zeit, den Satz zu beenden. Blitzschnell ergriff er den Lampenfuß und schlug ihn im nächsten Augenblick Jenkins an den Kopf.

Auch wenn er ihn nicht schwer getroffen hatte, reichte es

dennoch, um den jungen Mann in die Knie zu zwingen. Bevor er sich erholen konnte, verpasste Jake ihm einen Kinnhaken. Jenkins fiel ohnmächtig zu Boden.

Hastig riss Jake die Schnur von den Gardinen und fesselte ihn an Händen und Füßen. Schließlich fixierte er ihn noch am Bett.

Als Jake den letzten Knoten gemacht hatte, kam Victors rechte Hand wieder zu sich.

„Willkommen zurück", sagte Jake spöttisch. „Was wolltest du gerade sagen?"

Jenkins starrte ihn nur an.

Jake hockte sich neben ihn. „Es stört dich doch nicht, wenn ich dich durchsuche, oder? Ich bin immer so schrecklich neugierig."

In den Taschen des Sergeants fand Jake ein weiteres Messer. „Ich sehe, dass du auf Messer stehst. Zu schade, dass du nicht damit umgehen kannst."

Die weitere Suche förderte etwas Interessantes zu Tage – ein iPAQ, klein genug, um in Jenkins Brusttasche zu passen, ohne besonders aufzufallen.

„Schau einer an, was haben wir denn da? Und du hast es auch noch angelassen, wie zuvorkommend von dir."

Mit dem dazugehörigen Stift wählte Jake ein Icon auf dem iPAQ an und beobachtete, wie sich das Display erhellte. Es war einer der neuesten Taschencomputer auf dem Markt und mit einer unglaubliche Liste von Funktionen ausgestattet: E-Mail, Adressbuch, Internetzugang, Textverarbeitung, MP3-Player und vieles mehr.

„Gib das wieder her", fuhr Jenkins ihn an. „Das ist persönliches Eigentum."

„Nun, Jenkins, ich sehe das so …“ Jake blieb weiter neben Jenkins hocken, sodass die beiden Männer sich direkt in die Augen sahen. „Das hier ist meine Wohnung. Du bist nicht eingeladen worden. Im Gegenteil, du bist sogar hier eingebrochen, und daher ist alles hier drin *mein* Eigentum – inklusive der Sachen, die du bei dir trägst. Würdest du mir da nicht zustimmen?“

Unter dem hasserfüllten Blick von Jenkins betrachtete Jake das kleine Gerät und grinste. „Sie haben Post.“

42. KAPITEL

Jake wählte mit dem Stift die Mail an, die Victor als Absender auswies. Ein Fenster mit der Nachricht sprang auf.

„Wo zum Teufel steckst du?“, las Jake. „Warum nimmst du das Telefon nicht ab? Ich muss dich nicht daran erinnern, dass unser Vorhaben nur noch wenige Stunden entfernt ist. Wir müssen es zu Ende bringen. Ruf mich an, sobald du diese Nachricht gelesen hast.“

Jake sah zu Jenkins. „Was für ein *Vorhaben* meint Victor da?“

„Leck mich.“

Genau wie ein normaler Computer war der iPAQ ebenfalls in der Lage, größere Dokumente zu speichern. Jake wählte ein Symbol an und auf dem Bildschirm erschienen drei Ordner. Einer hieß „Trainingsübungen“, der zweite „Anwerbestrategien“ und der dritte „Depot“.

Er prüfte die ersten beiden, fand sie nicht sonderlich interessant und öffnete den dritten. Er wusste, dass er den Jackpot geknackt hatte, als er sah, wie Jenkins zusammenzuckte.

Jake fing an, zu lesen. „Um sechzehn Uhr am Montag, den 17. März, werden drei hochrangige Offiziere das Dwight D. Eisenhower-Depot in South Philadelphia einweihen. Bei der Zeremonie werden Brigadegeneral Arthur E. Vetri, Major Randolph Fletcher und Leutnant General Arlen Cunningham anwesend sein.“

Die ersten beiden Namen sagten Jake nichts, aber den dritten kannte er sehr gut. Während Desert Storm war Leutnant General Arlen Cunningham in Kuwait stationiert gewesen und hatte alles versucht, um Jake und Victor vor das Militärgericht zu bringen. Er war damals überstimmt worden und musste sich mit der unehrenhaften Entlassung der beiden Männer zufrieden geben, aber nicht bevor er den beiden nicht einen scharfen und erniedrigenden Verweis erteilt hatte. Besonders hart war er gegen van Heusen vorgegangen.

Victor hatte diesen Mann mit jeder Faser seines Herzens gehasst.

Jake richtete seine Aufmerksamkeit wieder auf Jenkins, der ihn beobachtete. „Was habt ihr in dem Depot vor?"

Jenkins sah ihn unschuldig an. „Ich habe keine Ahnung."

„Warum hast du dann diese Informationen auf deinem iPAQ gespeichert?"

Jenkins zuckte die Schultern. „Ich dachte, dass van Heusen es gern wissen würde, das ist alles."

„Und, war es so?"

„Ich weiß nicht. Ich hatte noch keine Gelegenheit, es ihm weiterzuleiten."

„Du lügst, und Victors E-Mail beweist es. Er erwähnt einen Plan, den ihr heute ausführen wollt und bis zu dem nur noch wenige Stunden Zeit sind. Die offizielle Einweihung des Depots ist um vier Uhr. Also, *was* habt ihr geplant?"

„Nichts!"

„Okay, lass mal sehen, ob ich es herausfinden kann, ohne dir deine Fingernägel ganz langsam herauszuziehen."

Jenkins Lachen klang jetzt eher nervös als spöttisch. Er tat Jake beinahe Leid. Die totale Ergebenheit ihren Anführern gegenüber war ein bekanntes Phänomen unter Milizangehörigen – besonders bei Leuten wie Jenkins, die ein miserables, kriminelles Leben geführt hatten und sehr wahrscheinlich schon tot wären, wenn sie nicht mit dem Beitritt zur Miliz gerettet worden wären.

Für diese Rekruten war keine Aufgabe zu schwierig, keine Mission zu gefährlich. Sie waren nur aus einem einzigen Grund in der Miliz – um ihrem General uneingeschränkt zu dienen.

Jake vermutete, dass die Informationen, die er benötigte, auf dem Computer zu finden waren. Er entschied, dass es nun an der Zeit war, die Truppen anzufordern, und so nahm er sein Telefon zur Hand und rief Ramirez an. „Ich denke, Sie sollten in mein Apartment kommen“, sagte er. Jenkins schloss seine Augen und lehnte seinen Kopf gegen die Wand. „Und bringen Sie Verstärkung mit. Ich habe Jenkins hier, fein säuberlich zusammengeschnürt wie ein Truthahn. Oh, und Sie sollten auch einen Computerexperten mitbringen, jemanden, der schnell darin ist, Codes zu knacken. Ich erklär's Ihnen, wenn Sie hier sind.“

Ramirez und drei weitere Agenten trafen in Rekordzeit ein. Jake berichtete, was er herausgefunden hatte und zeigte ihm den iPAQ mit Victors Nachricht und Jenkins Report.

„Wenn da noch etwas über das Depot gespeichert ist, kann ich es nicht finden“, gab er zu.

„Barry!“ Ramirez winkte einen der Agenten zu sich, einen jungen Kerl, nicht älter als fünfundzwanzig. Ramirez stellte sie einander vor, bevor er Barry erzählte, wonach sie suchten.

Barry nahm den Computer und ging in eine Ecke des Raumes. Mit vollkommen konzentriertem Gesichtsausdruck tippte er mit dem Stift auf dem Display herum.

„Weiß er, was er da tut?“, fragte Jake skeptisch.

„Barry ist einer der besten Computerhacker im Land. Wir haben ihn letztes Jahr direkt aus dem MIT abgeworben. Der Kerl ist das Fünffache von dem wert, was wir ihm zahlen, aber Geld interessiert ihn nicht. Er will nur den ganzen Tag am Computer sitzen. Je größer die Herausforderung, desto glücklicher ist er.“

„Seid ihr Jungs an Fotos interessiert?“, fragte Barry.

„Vom Depot?“

„Kann ich noch nicht sagen. Die Fotodateien sind alle passwortgeschützt.“

„Wenn das so ist, sind wir auf jeden Fall interessiert.“

„Ich brauche persönliche Informationen über Jenkins – alles, was ihr habt, vom Mädchennamen seiner Mutter bis zum Datum seines Schulabschlusses“, sagte Barry und machte sich wieder an die Arbeit.

Ramirez rief in der Zentrale an, um weitere Informationen zu erhalten, und reichte Barry den Hörer, damit er direkt mit dem Kollegen von der Datenverwaltung sprechen konnte.

In der anderen Ecke des Raumes wechselten sich zwei weitere Agenten damit ab, Jenkins zu verhören. Sie hatten ihn inzwischen losgebunden und ihm Handschellen angelegt. Ihrem Gesichtsausdruck nach zu urteilen, machten sie keine großen Fortschritte. Seinen Blick fest auf Barry gerichtet, wiederholte Jenkins stur seinen Namen, seinen Dienstgrad und die Dienstnummer. Sonst sagte er nichts.

„Ich hab's!“ Barry sah sehr zufrieden mit sich aus, als er Ramirez den iPAQ hinhielt. Jake schaute ihm über die Schulter. Das Display zeigte das Farbfoto eines einstöckigen Hauses. Auf dem davor stehenden Schild stand ‚Das Dwight D. Eisenhower Militärdepot‘.

„Das ist doch nur ein Bild von einem Haus.“ Ramirez klang enttäuscht.

„In der Datei sind ein gutes Dutzend Fotos“, antwortete Barry. „Klick weiter, vielleicht findest du ja was.“

Ramirez drückte einen Knopf und ein anderes Bild erschien. Dieses Mal zeigte die Aufnahme die Rückseite des Hauses und einen kleinen Parkplatz. Auf dem nächsten Bild war die Klimaanlage an der Außenseite des Gebäudes. Die folgenden drei Fotos waren ähnlich nichts sagend.

„Verdammt, das bringt uns überhaupt nicht weiter." Ramirez holte ein weiteres Foto auf den Bildschirm und wollte gerade weiterklicken, als Jake ihn unterbrach.

„Warten Sie!"

Ramirez sah ihn an. „Das ist genau das gleiche Bild wie die anderen."

„Ich weiß, aber das Datum in der Ecke des Fotos ist ein anderes. Alle vorherigen Fotos wurden am 22. Februar aufgenommen. Dieses hier ist aber am 11. März entstanden. Das war vor zwei Tagen."

„Und?"

„Also hat sich irgendetwas verändert. Zeigen Sie die nächsten Bilder."

Auf dem nächsten Bild sahen sie ein Armeefahrzeug, das vor dem Hintereingang des Gebäudes parkte, und zwei Männer in grünen Uniformen, die etwas aus dem Truck entluden. Als sich das folgende Foto aufgebaut hatte, fasste Jake den Arm von Ramirez. „Das ist im Inneren des Gebäudes."

„Das sehe ich auch."

Jake erkannte ein Podium. Im Hintergrund hing die Flagge der Vereinigten Staaten neben dem Banner der US-Armee.

Ganz vorne auf dem Podium stand ein Podest mit der Büste des Mannes, nach dem das Gebäude benannt war.

General Dwight D. Eisenhower.

„Heilige Scheiße", murmelte Jake.

Es war dieselbe Büste, die Jake vor weniger als einer Woche in Victors Büro gesehen hatte.

43. KAPITEL

Nur wenige Minuten, nachdem Jake die Büste identifiziert hatte, war ein Team des FBI, zu dem auch Spezialisten für die Entschärfung von Bomben gehörten, auf dem Weg zum Militärdepot in Südphiladelphia. Und Jenkins war auf dem Weg ins Hauptquartier des FBI, um weiteren Verhören unterzogen zu werden.

„Warum kommst du nicht mit mir ins Büro zurück?“, hatte Ramirez gefragt. Jake hatte den entscheidenden Hinweis gegeben und gehört nun quasi mit zum Team – deshalb hatten die Männer sich vom förmlichen *Sie* verabschiedet. „Wir können den Ausgang der Suche doch gemeinsam abwarten.“

Jake hatte dankend abgelehnt. Seit geraumer Zeit versuchte er, Syd auf dem Handy zu erreichen – vergeblich. Seine Sorge um sie wuchs zusehends. Er hatte sogar bei ihr im Büro angerufen, aber da war ständig besetzt. In der Hoffnung, dass wer auch immer noch dort war, ihm sagen konnte, wo Syd war, lenkte er seinen Wagen in Richtung Dienststelle der Staatsanwaltschaft.

Der Sicherheitsmann, den Jake bei seinem letzten Besuch kennen gelernt hatte, war noch im Dienst. Er grinste, als er Jake den Besucherausweis reichte. „So ein Mistwetter sind Sie da unten in Baton Rouge nicht gewohnt, was, Mr. Sloan?“

„Nicht im Entferntesten. Aber es bringt schöne Erinnerungen zurück – an schulfreie Tage, an Fahrten mit dem Schlitten den Hügel hinter Joe Petrino’s Haus hinunter, an riesige Becher heißer Schokolade ...“

Der Sicherheitsmann lachte herzhaft. „Ich verstehe Sie.“

Jake steckte sich den Besucherausweis an die Jacke. „Wissen Sie, ob Syd da ist?“

„Seitdem Ms. Cooper alle Mitarbeiter um drei Uhr nach Hause geschickt hat, habe ich sie nicht gesehen. Aber Chad ist da. Dem Jungen scheint die Arbeit richtig Spaß zu machen."

„Danke, Justin."

Chad, den Jake bereits kannte, telefonierte gerade – deshalb also war Jake nicht durchgekommen. „Hallo, Chad."

Chad legte auf. „Hi, Mr. Sloan. Sydney ist nicht hier. Ich habe eben versucht, sie über ihr Handy zu erreichen, aber …"

„Weißt du, wo sie hingefahren ist?"

„Ich wünschte, ich wüsste es, denn die Nachricht, die ich für sie habe, würde ihr gefallen."

Jake blickte zu einem Stapel Papiere, die Chad ordentlich auf Syds Schreibtisch arrangiert hatte. Ganz oben lag ein Foto von Senator Fairbanks. „Ist das noch ein Bericht über den Unfall?"

Chad blickte ihn an, als überlege er, wie viel er ihm anvertrauen konnte. Offenbar schien er vertrauenswürdig genug auszusehen, denn plötzlich sprudelte es nur so aus Chad heraus.

„Es hat nichts mit dem Unfall zu tun", sagte er aufgeregt. „Vor ein paar Tagen bat Sydney mich, alles, was möglich ist, über den Senator herauszufinden, also habe ich angefangen, zu graben. Mir fiel auf, dass verschiedene Firmen große Summen für seine Kampagnenkasse gespendet haben."

„Das ist doch nicht illegal, oder?"

„Nicht, wenn die Firmen legal sind."

„Willst du damit andeuten, dass sie es nicht sind?"

„Mir sagten die Namen nichts, also habe ich meinen Onkel angerufen, der als Insolvenzverwalter arbeitet. Er hat ein wenig für mich geforscht. Und herauskam, dass es sich bei sechs der Firmen um Scheinfirmen handelt. Sie existieren gar nicht."

„Wer steckt dahinter?“

„Das weiß ich noch nicht, mein Onkel untersucht das gerade.“

„Fairbanks muss davon gewusst haben. Man sieht nicht einfach plötzlich riesige Summen Geld auf dem Kampagnenkonto, ohne neugierig zu werden.“

„Worüber neugierig?“, fragte eine Stimme von der Tür.

Jake drehte sich um und sah einen Mann im Türrahmen stehen. Er trug einen beigefarbenen Trenchcoat, einen passenden Regenhut und musterte die beiden mit wachsamem Blick. „Wer sind Sie?“, fragte Jake.

Der Mann hielt eine Marke hoch. „Detective Cranston, Philadelphia Police Department. Und Sie?“

„Jake Sloan. Ein Freund von Sydney Cooper.“

„Wo ist dein Boss?“, wandte Cranston sich an Chad.

Chad zuckte die Schultern. „Ich weiß es nicht. Gerade habe ich Mr. Sloan erzählt, dass ich Sydney nicht erreichen kann, seit ich …“

„Seit du was?“

Chad schaute von Jake zum Detective. „Seit ich herausgefunden habe, dass Senator Fairbanks für seine Kampagne Spendengelder von Scheinfirmen erhalten hat.“

Cranston stieß einen leisen Pfiff aus. „Das ist ja noch besser als meine Neuigkeiten.“

„Die einzige Neuigkeit, die die Liste noch toppen könnte, wäre, Lilly Gilmore zu finden.“

„Dann bin ich wenigstens nahe dran. Avery hat schließlich doch begriffen, dass Einzelhaft nicht unbedingt bedeutet, dass man auch vor Übergriffen geschützt ist. Er hat keine Lust mehr, andauernd aufpassen zu müssen, und will nun endlich reden.“

„Ich dachte, dass er ein wasserdichtes Alibi hat?", fragte Jake.

„Wir reden hier nicht von einem Geständnis. Er hat Informationen und will sie an uns weitergeben – natürlich nur, wenn wir ihm einen Deal anbieten. Ich konnte Sydney auf ihrem Mobiltelefon nicht erreichen, also bin ich hergekommen."

Jake wendete sich an Chad. „Bist du sicher, dass sie niemandem gesagt hat, wo sie hin will?"

„Sie war schon weg, als ich hier ankam. Aber vielleicht weiß Violet etwas."

„Kannst du sie anrufen?"

Chad blätterte im Rolodex, fand die Nummer und wählte. Jake sah, wie er einen Seufzer der Erleichterung ausstieß, als sich am anderen Ende jemand meldete. „Violet, ich bin's, Chad. Jake Sloan und Detective Cranston sind hier. Wir machen uns langsam Sorgen um Sydney, wir können sie nicht erreichen ..."

Er horchte kurz und reichte Jake das Telefon. „Sie will mit Ihnen sprechen."

Jake nahm den Hörer ans Ohr. „Hi, Violet. Hast du eine Ahnung, wo Syd steckt?"

„Sie wollte zu Greg Underwood nach Tuckerton."

„Sie ist an die Küste gefahren? Bei diesem Wetter? Was hat sie sich dabei gedacht?" Er spürte ein seltsames Gefühl im Magen – ganz offenbar Eifersucht. „Und was will sie überhaupt bei Underwood?"

„Ich habe versucht, es ihr auszureden, Jake, aber sie wollte davon nichts hören. Mrs. Branzini hat einen weiteren Brief von den Entführern erhalten. Sie geben ihr bis Mitternacht Zeit, um das Geld zusammenzubekommen. Aber ihr fehlen noch über zweihunderttausend Dollar. Also ist Syd zu Greg gefahren, um ihn um die Restsumme zu bitten. Er ist der einzige Mensch, den sie kennt, der in so kurzer Zeit so viel Geld auftreiben kann."

„Hätte sie ihn nicht anrufen können?"

„Nein, wegen des Sturms sind alle Leitungen zusammengebrochen."

„Hast du seine Telefonnummer?"

„Nicht hier, aber Chad soll mal in Syds Rolodex nachschauen."

Jake deutete auf die Kartei, und Chad begann sofort, zu suchen. Er fand die Karte und winkte Jake damit zu. „Wir haben sie, Violet. Vielen tausend Dank."

„Ich mache mir Sorgen um sie. Keiner sollte bei so einem Sturm Auto fahren. Ruf mich bitte sofort an, wenn du sie erreicht hast, ja, Jake?"

„Das mache ich."

Jake schaute auf die Nummer von Greg Underwood, nahm den Hörer erneut in die Hand und wählte. „Verdammt." Verärgert legte er den Hörer wieder auf. „Die Leitungen sind noch immer nicht wieder aufgebaut, und es könnte auch noch längere Zeit dauern." Er zeigte dem Detective die Rolodex-Karte. „Wissen Sie, wie man da hinkommt?"

Cranston nickte. „Jeder innerhalb eines Radius von hundert Meilen weiß, wo dieses Haus ist. Man kann es nicht verfehlen. Es ist riesig, extravagant und vollkommen fehl am Platz in dieser Gegend."

„Vielleicht ist Sydney im Schnee liegen geblieben?", warf Chad ein.

„Warum ruft sie dann nicht an? Oder geht an ihr Telefon?"

„In der Gegend bekommt man oftmals keinen Empfang. Funklöcher."

Jake klopfte Cranston auf die Schulter. „Los, gehen wir."

Der Detective fragte gar nicht, *wohin* sie gingen, sondern folgte Jake wortlos.

44. KAPITEL

Syd verstärkte den Griff um das Lenkrad noch ein wenig und lehnte sich vor, um durch das dichte Schneetreiben vor der Windschutzscheibe etwas erkennen zu können. Violet hatte Recht – sie musste verrückt sein, bei diesem Wetter Auto zu fahren. Dem Verkehrsfunk nach hatte der späte Schneesturm alle überrascht, und die Meteorologen sprachen davon, dass bis zum Morgen ein guter Meter Schnee fallen würde.

Syds Vorhersage hingegen, dass sie bis dahin wieder zurück sein würde, schien immer unwahrscheinlicher zu werden.

Bis jetzt gab es in den Nachrichten noch keine Berichte über den Skandal um Senator Fairbanks. Vielleicht war es noch zu früh. Oder die Radiosender hatten mit dem Schneesturm alle Hände voll zu tun.

Sie hatte fast zwei Stunden benötigt, um Tuckerton und den Great Bay Boulevard zu erreichen, den die Einheimischen Sieben Brücken Straße nannten. Außer ein paar hell erleuchteten Häusern hier und da, die Syd den Weg wiesen, war sie vollkommen allein auf der Straße.

Als sie den Yachthafen von Skinner passierte, begann sie, die Brücken zu zählen, wobei sie das Haus – selbst bei diesem Wetter – kaum verfehlen konnte. Im Gegensatz zu seinem Namen gab es nur fünf Brücken auf dem Great Bay Boulevard. Gregs Haus lag zwischen der vierten und der fünften, mit Blick über die Wattlandschaft und die große Bucht. Nach langwierigen Verhandlungen mit einem zähen Verkäufer hatte er vor zwölf Jahren die alte Northshore Marina von einer einheimischen Familie gekauft und sie zu einem spektakulären Sommerhaus umgebaut, das später sogar in *Architectural Digest* abgebildet worden war.

Sie hatte hier viele schöne Wochenenden mit Greg verbracht. Da sie kein großes Interesse an Bootsfahrten hatte, war sie vollkommen zufrieden damit gewesen, sich an den Strand zu legen, zu lesen, und sich in der Sonne zu bräunen, während Greg mit seinem Boot *Mermaid II* die Küsten auf und ab gesegelt war.

Endlich sah sie das Haus in der Ferne auftauchen. Es war riesig und aus den Fenstern fiel Licht in die Dunkelheit – es schien wie ein Leuchtturm durch das dichte Schneegestöber.

In Schrittgeschwindigkeit kämpfte sie sich bis zur Einfahrt durch und hielt so nah wie möglich vor der Tür an. Der Wind zerrte an ihren Haaren und wehte ihr unbarmherzig ins Gesicht, als sie auf das Haus zulief.

Sie läutete an der Tür. Als niemand öffnete, klingelte sie wieder.

„Ist ja gut, ist ja gut", rief Greg von innen. „Ich komm ja schon." Die Tür schwang auf. „Syd!"

Seinem Outfit nach zu urteilen – Jogginghose, ein graues Sweatshirt, weiße Socken und keine Schuhe – hatte er keinen Besuch mehr erwartet. Hinter ihm prasselte ein Feuer im Kamin, und auf dem Couchtisch lagen dicke Aktenstapel neben einem Laptop.

„Hi." Unter seinem erstaunten Blick fühlte sie sich auf einmal seltsam unsicher. „Ich weiß, dass es komisch aussehen muss, aber ich muss mit dir reden. Es ist sehr wichtig. Und sehr dringend. Ich habe versucht, dich anzurufen, aber die Leitungen waren tot."

„Sie funktionieren jetzt wieder, aber nun steh da nicht so rum bei diesem Wetter. Komm rein." Er breitete die Arme aus. „Gib mir deinen Mantel."

Er half ihr aus dem Mantel und schüttelte ihn vor der Tür aus, bevor er ihn an die antike Garderobe hängte. „Wie wär's mit einer Tasse Kaffee? Ich habe gerade welchen gekocht."

„Danke." Sie rieb ihre kalten Hände aneinander. „Das klingt toll, allerdings ..."

„Allerdings was?"

„Ich war mir nicht sicher, ob du mich überhaupt noch sehen willst."

„Du meinst wegen des Treffens, bei dem du mein Ego zerstört hast?"

Sie lächelte. „So ungefähr."

„Ich muss zugeben, ich war verletzt, vor allem als ich sah, wie du diesen ... Nachbarn geküsst hast. Außer es war nur, um mich eifersüchtig zu machen. In diesem Fall ..."

„Das war meine Art, dir zu zeigen, dass ich auf meinem Weg weitergegangen bin."

„Ich verstehe." Er sah enttäuscht aus, schaffte es aber dennoch, ein fröhliches Gesicht zu machen. Er deutete in Richtung Kamin. „Geh dich ein wenig aufwärmen. Ich hole nur schnell den Kaffee."

Sie ging hinüber zum Feuer und ließ ihren Blick über die teure, cremefarbene Ledercouch, den riesigen Flachbildschirm an der Wand und das handgefertigte Cabinet, das die neueste Hifianlage beherbergte, gleiten – eine beeindruckende Sammlung von DVDs füllte die unteren beiden Regale.

Kurz darauf kehrte Greg zurück, in der Hand einen großen Becher mit starkem aromatischen Kaffee, wie sie ihn immer in der Zeit der Examensvorbereitung getrunken hatte. Sie hielt den Becher in beiden Händen und nahm einen vorsichtigen Schluck.

„Und? Erinnerst du dich?“, fragte er.

„Woran soll ich mich erinnern?“

„An den Kaffee. Es ist der Arabica, den du so magst. Ich habe ihn durch dich kennen gelernt. Kannst du dich *nicht* mehr daran erinnern?“

Nein, das konnte sie nicht – die Wahrheit war, dass sie erfolgreich versucht hatte, ihre *gesamte Beziehung* mit Greg Underwood zu verdrängen. „Doch, doch natürlich kann ich das noch“, log sie. Sie trank einen Schluck. „Ich hoffe, dass ich dich nicht zu genauso einem Kaffeefreak gemacht habe, wie ich einer bin.“

„Ehrlich gesagt hast du das getan.“

„Oh nein.“

Er setzte sich neben sie aufs Sofa und schaute ihr ein bisschen zu intensiv in die Augen. „Es tut gut, dich zu sehen, Syd, auch wenn ich mir nicht vorstellen kann, was dich bei diesem Wetter hierher geführt hat.“ Sie wollte es ihm gerade erzählen, als er hinzusetzte: „Was ich an dem Tage gesagt habe, habe ich ehrlich so gemeint. Du fehlst mir. Wo immer ich hingehe, was immer ich tue – ich denke an dich und die gute Zeit, die wir miteinander hatten.“

„Aber es hat offensichtlich nicht gereicht. Sonst hättest du nicht den Wunsch nach einem Seitensprung gehabt.“

„Und genau das war es auch nur – ein Seitensprung. Ein dummer Fehler, den ich nie wieder machen werde. Ich schwöre es.“

Er sprach schon wieder in der Gegenwart. Vielleicht hatte Violet auch damit Recht gehabt. Er war immer noch entschlossen, sie zurückzugewinnen. Es war also durchaus möglich, dass er das zur Bedingung für ihre Bitte machte. Was sollte sie dann tun?

„Greg, wir haben das doch alles schon gehabt."

„Ich weiß. Ich dachte nur, wo du doch jetzt ein bisschen Zeit hattest, darüber nachzudenken ..." Er wartete einen Augenblick lang ab, doch als sie nicht antwortete, nickte er. „Okay, ich werde dich nicht weiter drängen. Es ist offensichtlich, dass du nicht hergekommen bist, um mich um Verzeihung betteln zu hören. Also, warum erzählst du mir nicht, was los ist?"

Sie nahm das erste Erpresserschreiben aus ihrer Tasche und reichte es ihm. Als er die Worte las, die quer über die Seite geklebt waren, schoss sein Kopf nach oben. Er wirkte erstaunt. „Ein Erpresserschreiben? Lilly wurde wegen Geld gekidnappt?"

„Warum überrascht dich das so? Neunzig Prozent aller Entführungen münden in einer Geldforderung."

„Aber ich dachte ..." Er schaute komplett verwirrt. „Ich meine, du warst so sicher, dass ihre Entführung mit Senator Fairbanks oder diesem Miliztypen, ich hab seinen Namen vergessen, zusammenhängt."

„Doug Avery. Er hat damit nichts zu tun. Beim Senator bin ich mir da noch nicht so sicher." Da die Nachricht von der Verhaftung Fairbanks noch nicht in den Nachrichten erwähnt wurde, sah sie keine Notwendigkeit, ihm davon zu erzählen.

„Willst du darauf eingehen?" Er hielt das Schreiben hoch.

„Zuerst wollte ich nicht, aber mir gehen langsam die Alternativen aus, Greg. Es scheint, als ob der einzige Weg, Lilly zurückzubekommen, darin liegt, auf die Forderungen einzugehen."

„Es könnte ein Trick sein."

„Daran habe ich auch schon gedacht." Sie fühlte sich jetzt

etwas selbstbewusster und reichte ihm auch den zweiten Brief. „Dieser hier kam heute Abend. Danach habe ich entschlossen, dass es der *einzige* Weg ist, die Forderungen zu erfüllen."

Er las den Brief und blickte sie an. „Sie wollen, dass *du* das Geld überbringst?"

„Ja."

„Das ziehst du aber doch nicht in Betracht, oder?"

„Ich habe keine andere Wahl, Greg."

„Du hast eine *Menge* anderer Optionen. Eine ist zum Beispiel, die Polizei einzuschalten." Er verzog die Lippen. „Die andere ist, deinen Freund in Frauenklamotten zu stecken und ihn an deiner Stelle hinzuschicken."

Der Gedanke an Jake in Frauenkleidern ließ sie schmunzeln. „Ich bezweifle, dass das irgendjemanden täuschen würde."

„Syd, ich meine es ernst."

„Das weiß ich, aber du musst dir um mich keine Sorgen machen. Chief Yates wird sich um meine Sicherheit kümmern."

„Hast du schon mit ihm darüber gesprochen?"

„Bisher hatte ich noch keine Gelegenheit dazu, weil ich gleich zu dir gekommen bin. Ich bin mir aber sicher, dass er für eine entsprechende Überwachung sorgen wird."

„Es ist trotzdem zu gefährlich. So viele Dinge können schief gehen. Du könntest erneut angeschossen werden. Willst du das?"

„Nein, natürlich nicht."

„Warum willst du dann …"

„Greg, ich weiß deine Sorge wirklich zu schätzen, aber ich bin nicht zu dir gekommen, um darüber zu diskutieren, wie das Geld übergeben wird."

Er nickte resigniert. „Okay, erzähl weiter."

Syd starrte in ihren Kaffee. „Dot konnte nur dreihunderttausend Dollar zusammenbekommen."

Er sah sie einen Moment lang fragend an, so als hätte er den Sinn ihrer Worte nicht ganz begriffen – oder besser gesagt den Sinn dessen, was sie *nicht* gesagt hatte. Doch plötzlich verstand er und nickte langsam. „Du möchtest, dass *ich* den Rest des Geldes dazugebe."

Er wirkte weder ärgerlich noch enttäuscht, nur ein wenig traurig, als hätte er bis zu diesem Moment gehofft, dass sie ihre Haltung ihm gegenüber doch noch ändern würde.

„Mir ist niemand anders eingefallen, den ich um Hilfe bitten könnte", gab sie ehrlich zu.

„Das glaube ich gerne."

„Es wäre nur eine Art Kredit, Greg. Ich bitte dich nicht ..."

Er winkte ab, und sie zuckte unter der ablehnenden Geste zusammen. „Darüber können wir später reden."

Ihre Hoffnung stieg wieder. „Heißt das *ja?* Wirst du mir das Geld leihen?"

„Natürlich gebe ich dir das Geld. Glaubst du, dass ich einfach deinen traurigen Welpenblick ertragen und nichts tun könnte? Ich bin nicht aus Stein, Syd."

„Oh Greg, vielen, vielen Dank." Ohne nachzudenken schlang sie ihre Arme um seinen Hals und gab ihm einen dicken Kuss auf die Wange. „Danke, danke, danke."

„Dir ist hoffentlich bewusst, dass ein weniger skrupelloser Mann diese Situation schamlos zu seinen Gunsten ausgenutzt hätte?"

„Ja, und ich bin sehr dankbar, dass du nicht zu dieser Sorte Männer zählst."

„So verlockend es auch ist ..." Er stand auf. „Ich habe die

Telefonnummer von Jason Levy oben. Bin in einer Minute zurück."

Jason Levy gehörte die Metropolitan Bank in Philadelphia. Er und Greg waren seit dem College befreundet, und Jason würde alles Notwendige veranlassen.

Greg war erst ein paar Minuten fort, als das Telefon im Wohnzimmer klingelte. Syd wollte Greg gerade rufen, als der Anrufbeantworter ansprang.

Die wütende Stimme erkannte sie sofort. „Greg, hier ist Victor. Wir haben ein Problem. Wir müssen einen Plan zur Schadensbegrenzung überlegen. Und, was noch wichtiger ist, einen Plan, um uns selbst zu schützen. Schalt den Fernseher ein und ruf mich an!"

Hinter sich hörte Syd Schritte. Mit offenem Mund drehte sie sich um und sah Greg mitten auf der Treppe stehen. Er lächelte nicht mehr. Sein Gesicht war um einige Nuancen blasser geworden, und er hatte seine Lippen fest aufeinander gepresst.

Er ging die letzten Stufen hinunter. „Es tut mir Leid, dass du das hören musstest, Syd."

45. KAPITEL

Fassungslos sah Syd zu, wie Greg eine Schublade an dem kleinen Sekretär öffnete und eine Pistole hervorholte.

„Das ändert natürlich alles." Ein leichtes Bedauern schwang in seiner Stimme mit.

Es dauerte eine Weile, bis Syd ihre Augen von der 357 Magnum losreißen und wieder sprechen konnte. „Du *kennst* Victor van Heusen?"

„Ja."

„Woher?"

„Bevor ich diese Frage beantworte, sehe ich lieber einmal nach, was los ist."

Er war seltsam ruhig, wie jemand, der den Vorteil der Situation auf seiner Seite wusste – und da hatte er ja auch nicht ganz Unrecht. Mit der Hand, in der er die Waffe hielt, winkte er sie zurück, um sie besser in Schach halten zu können. Er behielt sie im Auge und schaltete den Fernseher ein.

Ein ihr unbekannter Nachrichtensprecher blickte direkt in die Kamera. „... eine unglaubliche Geschichte", hörte sie ihn sagen. „Charlene Bromski steht direkt vor dem Haus des Senators am Rittenhouse Square, wo der Präsidentschaftskandidat gleich eine noch unbekannte Erklärung abgeben wird. Charlene? Was ist da los?"

Eine schmale, dunkelhaarige Frau in einem roten Wollmantel stand im dichten Schneetreiben und hielt eine Hand an den kleinen Sender in ihrem Ohr. Der schneebedeckte Platz hinter ihr sah aus wie aus einem Wintergemälde von Currier & Ives.

„Michael, das hier ist für alle von uns eine große Überraschung. Wir haben gerade gehört, dass Senator Fairbanks gleich ankündigen wird, sich aus dem Kampf um die Präsidentschaft zurückzuziehen."

Gregs Kopf zuckte zurück, als hätte er einen Schlag abbekommen.

„Weiß man schon, warum?", hakte der Nachrichtensprecher nach.

„Wir haben bisher widersprüchliche Aussagen dazu erhalten. Wie du siehst, stehen hier Dutzende Reporter und viele Fans des Senators. Wir warten darauf, dass er herauskommt und Stellung zu den Gerüchten bezieht."

„Charlene, liegt ein Haftbefehl gegen ihn vor?"

„Nein. Er wurde von Chief Yates, dem Chef der Mullica Township Police in South Jersey, verhört. Anschließend wurde er noch einmal von der Polizei in Philadelphia befragt, dann aber wieder auf freien Fuß gesetzt."

„Was genau wollte die Polizei von ihm?"

„Man vermutet, dass er bezüglich des Unfalls Anfang des Monats gelogen hat, und dass seine siebzehnjährige Tochter, Lauren Fairbanks, gar nicht am Steuer des Wagens gesessen hat."

„Wer dann?"

„Ein anderes junges Mädchen, dessen Identität bisher noch geheim gehalten wird."

Mit aschfahlem Gesicht fuhr Greg sich durch die Haare. „Jesus", murmelte er.

Syd wunderte sich, warum er so besorgt war. Bisher war er nie als großer Freund von Senator Fairbanks aufgefallen. Ehrlich gesagt konnte sie sich nicht daran erinnern, dass er sich überhaupt jemals für Politik interessiert hatte.

„Wo ist die Tochter jetzt?", fragte der Nachrichtensprecher.

„Sie wurde an einen geheimen Ort gebracht und steht dort unter ärztlicher Aufsicht.“

„Und Mrs. Fairbanks?“

„Sie ist zu Hause, aber sie steht definitiv *nicht* hinter ihrem Mann, Michael. Wir haben gehört, dass sie irgendwann morgen eine Presseerklärung abgeben wird.“

„Kannst du bestätigen, dass die Ermittlungen von Sydney Cooper aus dem Büro des Bezirksstaatsanwalts zu den jetzigen Ereignissen um den Senator geführt haben?“

Greg schaute mit ungläubigem Blick zu Syd. *„Du? Du* bist dafür verantwortlich?“

Syd blieb keine Zeit, zu antworten – das tat Charlene Bromski für sie.

„Tatsächlich, Michael. Sydney Cooper hat wieder einmal für Schlagzeilen gesorgt, und …“

Die Menge wurde lauter, und Charlene griff wieder nach dem kleinen Sender in ihrem Ohr. „Der Senator ist jetzt da, Michael. Hören wir mal, was er zu sagen hat.“

Syd sah, wie ein blasser Senator Fairbanks vor die aufgebauten Mikrophone trat. Auffallend war, dass sowohl seine Tochter als auch seine Frau fehlten. Nur Muriel Hathaway und ein weiteres Mitglied seines Stabes, sehr wahrscheinlich sein Rechtsanwalt, standen direkt hinter ihm.

Mit leerem Blick und leiser Stimme wandte er sich der wartenden Menge zu. „Guten Abend.“ Er räusperte sich. „Aufgrund schmerzhafter Umstände, die sicherlich sehr bald bekannt werden, werde ich nicht länger für das Amt des Präsidenten kandidieren.“

Ein aufgebrachtes Murmeln ertönte. Der Senator hob beschwichtigend seine Hand. „Ich übernehme die volle Verantwortung für das, was geschehen ist, und entschuldige mich aufrichtig bei den Millionen von Anhängern, die mir ihr Vertrauen geschenkt, und den vielen freiwilligen Helfern, die unermüdlich für mich gearbeitet haben. Ich habe sie fallen lassen, und das tut mir unendlich Leid. Ich werde keine Fragen beantworten." Er senkte den Kopf und sagte nur noch mit kaum hörbarer Stimme. „Ich danke Ihnen."

Der Nachrichtensprecher im Studio konnte seinen Unglauben nicht verstecken. „Das war es nun", sagte er. „In einer kurzen, aber emotionalen Rede vor seinem Haus am Rittenhouse Square hat Senator Fairbanks seinen Rückzug aus dem Wahlkampf um die Präsidentschaft verkündet."

Jemand reichte ihm ein Blatt Papier, das er hastig überflog, bevor er sagte: „Uns erreicht gerade eine Meldung, dass Sydney Cooper, die inoffiziell die Entführung von Lilly Gilmore untersucht, auf Beweise gestoßen ist, die den Senator mit einer Minderjährigen in Verbindung bringen. Wir wissen noch nicht, wie und ob diese Ereignisse den Wahlkampf beeinflussen werden, oder wer jetzt die Spitzenposition einnehmen wird. Bleiben Sie dran, wenn wir diese historischen Ereignisse weiter verfolgen werden."

Greg schaltete den Ton des Fernsehers aus. „Du warst ja scheinbar sehr geschäftig." Er wirkte verloren und verwirrt.

Im nächsten Moment nahm er das Telefon und wählte. „Victor? Ich bin's." Er hielt seine Augen auf Syd gerichtet, während er sprach. „Ich habe es gerade gehört. Was zum Teufel ist da passiert?"

Er hörte eine Weile zu und nickte gelegentlich.

„Hat Fairbanks etwas gesagt?", fragte er schließlich aufgeregt. „Über uns?"

Syd sah ihn erstaunt an. Was hatten Victor und Greg mit dem Senator zu tun?

Weiteres Schweigen, bevor Greg erneut sprach. „Was ist mit dem Erpresserschreiben? Wessen idiotische Idee war das? Und warum hat man mir nichts davon erzählt?“

Syds Finger krallten sich in die Rücklehne des Sofas. Das Erpresserschreiben kam von Victor? *Er* hatte Lilly?

„Ich sage dir, wie ich davon erfahren habe!“, schrie Greg in den Hörer. „Syd hat es mir erzählt, Victor. Richtig, sie ist hier. Sie weiß Bescheid. Sie hat deine Nachricht gehört.“ Er machte eine ungeduldige Handbewegung. „Das erkläre ich dir später. Jetzt müssen wir entscheiden, was wir mit ihr machen.“

Diese Entwicklung gefiel ihr ganz und gar nicht.

Greg nickte. „Gut. Dann treffen wir uns gleich dort. Mach dir keine Sorgen, sie geht nirgendwo hin.“

Sie schaute ihn einen Augenblick lang an – den Mann, den sie geliebt hatte, den sie heiraten wollte. Den Mann, der für sie für Anstand und Integrität gestanden hatte. Nun gut, dieser Gedanke war an dem Tag verschwunden, als sie ihn mit dieser Frau im Bett erwischt hatte.

Greg legte auf. „Es ist alles vorbei“, sagte er und seine Worte klangen rätselhaft. „Die Träume, die Hoffnungen, die Visionen. Alles weg. Und alles *deinetwegen.*“

„Welche Träu…“

„Du hast alles ruiniert.“ Seine Stimme wurde lauter. „Du und Lilly. Das Team aus der Hölle. Ihr beiden Schlampen habt mein Leben zerstört!“

„Was für ein Traum?“

„*Mein* Traum. Meine einzige Chance, der Fuchtel meines Vaters zu entkommen. Meine einzige Chance, ihm zu zeigen, dass ich genauso smart, ehrgeizig und erfolgreich bin wie mein Bruder. Dass ich Dinge erreichen kann, von denen er nicht einmal zu träumen gewagt hätte."

Aufgewühlt fuchtelte er mit der Waffe herum, als er zu ihr sprach. In der Hoffnung, ihn ein wenig beschwichtigen zu können, sprach sie mit ruhiger Stimme. „Ich weiß nicht, wovon du redest, Greg. Ich dachte, dass du die Firma wechseln wolltest."

„Nicht die Firma – den *Job.* Ich wollte meinen *Job* wechseln. Ich war drauf und dran der nächste Bundesrichter von Pennsylvania zu werden."

Sie hätte am liebsten laut gelacht, wenn das Thema nicht zu ernst und die Stimmung im Raum nicht so angespannt gewesen wäre. „Du hast niemals auch nur das geringste Interesse daran gezeigt, in den Öffentlichen Dienst zu gehen. Du warst immer viel zu sehr damit beschäftigt, noch mehr Geld zu verdienen."

„Vielleicht kanntest du mich doch nicht so gut, wie du gedacht hast."

„Du verfügst gar nicht über die Voraussetzungen, um Bundesrichter zu werden. Oder über die Erfahrungen."

„Ich habe den Willen, den Antrieb und die Leidenschaft." Er atmete tief ein. „Und die Unterstützung von Leuten, die an mich glauben."

Plötzlich hatte sie das Gefühl, Greg gar nicht mehr zu kennen. Er war ein Fremder. „Welche Leute?"

„Mächtige Politiker." Er lächelte zynisch. „Fällt der Groschen langsam, Syd?"

„Ich mag gar nicht daran denken."

„Dann werde ich es dir erklären. Victor van Heusen hat die Kampagne von Alan Fairbanks finanziert. Er hat ihn schon vor Jahren als den Mann ausgewählt, der einmal Präsident sein würde. Victor hat ihn geformt, geimpft und einen PR-Manager eingestellt, der die Feinarbeit übernahm. Dann hat er begonnen, die Wiederwahl zum Senator im Jahr 2000 zu finanzieren – eine Wahl, die Fairbanks ohne Victors Hilfe verloren hätte."

Daher kam also das ganze Geld. Und deshalb war Fairbanks Stern so schnell aufgegangen.

Alan Fairbanks und Victor van Heusen. Die Auswirkungen dieser Allianz flößten ihr Angst ein. „Wie hast du Victor kennen gelernt?"

„Auf einem Schießwettbewerb, den er anlässlich einer seiner Rekrutierungskampagnen veranstaltet hat. Das, was ich da sah, hat mir gefallen – das, wofür Victor stand, die Träume, die er für unser Land hatte. Noch am gleichen Tag bin ich seiner Miliz beigetreten."

Natürlich, alle Zeichen waren vorhanden gewesen – die Waffensammlung, Gregs beinahe fanatische Unterstützung der NRA, die gewalttätigen Videos, die er sich wieder und wieder angesehen hatte. Wieso hatte sie nichts bemerkt? „Was genau machst du für ihn?"

„Ich bin der Anwalt hinter den Kulissen", sagte er stolz. „Ich berate ihn."

„Berätst du ihn auch bei seinen kriminellen Aktivitäten?"

„Wovon redest du?"

„Der Mann, den du so sehr bewunderst, ist ein Waffenhändler, Greg. Ein Mann, der Terroristen mit Waffen versorgt. Ein Mann, der für den Tod von Tausenden Menschen verantwortlich ist."

„Du lügst! Victor ist ein Ehrenmann."

„Er ist ein Mörder! Was glaubst du wohl, warum er herkommt, wenn nicht, um mich umzubringen?"

„Er kommt, um dich in Gewahrsam zu nehmen. Danach wird er über dein Schicksal entscheiden. Genau wie er es mit Lilly tun wird."

Syd richtete sich auf. „Dann hat er Lilly?"

Er zuckte die Schultern. „Ich denke schon, dass sie noch bei ihm ist."

„Wo?"

„In einer Zelle in Camp Freedom. Dort wartet sie darauf, dass sie vor dem Militärtribunal angeklagt wird."

„*Was?*"

„Lilly ist ein Staatsfeind, Syd, und als solcher wird sie vor Gericht gestellt und verurteilt. Oder freigesprochen. Das hängt ganz von der Jury ab."

Mein Gott, dachte Syd, die sind alle wahnsinnig. Figuren im Schachspiel eines Wahnsinnigen. Sogar Greg – der intelligente und fähige Greg – wirkte, als wäre er einer Gehirnwäsche unterzogen worden. Jeder Versuch, zu ihm durchzudringen, war hoffnungslos. Aber sie musste es trotzdem wenigstens versuchen.

„Wird van Heusen die Jury zusammenstellen?", fragte sie. „Zwölf waffenverrückte Rednecks? Männer ohne Gewissen? Ohne Moral? Männer, die nur eine Sprache kennen – Gewalt? Ist das die Art von Gerechtigkeit, für die du heutzutage stehst, Greg?"

„Halt die Klappe, klar?", schrie er hektisch. „Ich muss nachdenken."

„Dann lass uns zusammen denken. Wir waren immer ein gutes Team, du und ich, oder etwa nicht?" Sie ging noch einen kleinen Schritt weiter. „Was ich meine, ist, dass es für dich nicht vorbei sein muss."

Er schaute sie mit leerem Blick an.

„So wie die Dinge jetzt liegen, warten einige Jahre Gefängnis auf dich. Wenn du mit mir zusammen nach Philadelphia fährst und dich stellst, kannst du die Zeit, die du hinter Gittern verbringen wirst, deutlich verringern. Das FBI versucht schon eine ganze Weile, van Heusens Waffenhandel zu stoppen. Wenn du sie mit den Informationen versorgst, die sie dazu benötigen, werden sie dir vielleicht sogar Immunität anbieten."

Seine Augen verengten sich. „Woher willst du das mit dem Waffenhandel wissen?"

„Ich habe meine Quellen."

„Tja, deine Quellen liegen falsch."

„Meinst du? Was glaubst du, woher Victor die Millionen von Dollar hat, die er in Fairbanks Wahlkampf gepumpt hat? Oder das Geld, um sein Camp am Laufen zu halten?"

„Von wohlhabenden Mitgliedern der Miliz."

„Das ist die Version, die er dich glauben machen will. Aber in Wahrheit kommt das Geld vom Waffenhandel. Und als sein Anwalt steckst du bis zum Hals mit drin, Greg. Deine einzige Chance ist, dich freiwillig zu stellen und alles zu sagen, was du weißt. Ich weiß, dass du zu clever bist, um das nicht selber zu sehen."

„Mich freiwillig stellen?" Er lachte kurz auf. „Du hältst mich wohl für blöd."

„Wenn du zulässt, dass van Heusen mich tötet, wirst du der Beihilfe zum Mord angeklagt."

„*Mich* wird keiner verdächtigen."

„Es gibt Leute, die wissen, dass ich bei dir bin. Violet, Dot, deine Sekretärin."

„Ich werde ihnen sagen, dass du hier nie angekommen bist. Bei diesem Wetter wird es einfach sein, ihnen weiszumachen, dass du einen Unfall gehabt hast. Du könntest in einer Kurve ins Schleudern geraten und geradewegs ins Meer gestürzt sein. Das passiert immer wieder."

„Das werden sie niemals glauben, wenn das Auto nicht gefunden wird."

„Aber sie *werden* das Auto finden, dafür wird Victor schon sorgen. Sie werden glauben, dass die Strömung dich aufs offene Meer hinausgetragen hat."

Seine Selbstsicherheit war zurückgekehrt. Die kleine Hoffnung, die sie gehegt hatte, war zerstört. War es zu spät? Oder hatte sie noch eine Chance, lebend aus dieser Sachen herauszukommen?

46. KAPITEL

Gregs Drohung hallte in ihrem Kopf wider, als Syd versuchte, alle ihr noch offen stehenden Optionen zu durchdenken. Wenn sie unbemerkt an ihr Handy kommen würde, könnte sie die Kurzwahl von Jakes Telefon wählen, und er würde alles mithören, was sie mit Greg besprach. Sie könnte ihm versteckte Hinweise geben, wo sie war. Vorausgesetzt, dass ihr Telefon hier Empfang hatte. Seit Monaten wollte sie sich schon ein Neues zulegen, war aber bisher noch nicht dazu gekommen.

So unauffällig wie möglich streckte sie ihre Hand in Richtung ihrer Tasche aus.

Greg sah die Bewegung. „Oh nein, versuch es gar nicht erst." Blitzschnell riss er ihr die Tasche aus der Hand, fand ihr Telefon und steckte es in seine Tasche. „Wen wolltest du anrufen? Deinen Ölbohrer?"

So viel zu diesem Plan. Vielleicht war es an der Zeit, etwas Gewagteres zu probieren – zum Beispiel, zur Haustür zu rennen. Unglücklicherweise schien die Tür Meilen entfernt zu sein.

„Ich würde meine Kräfte aufsparen, wenn ich du wäre, Syd. Du wirst sie noch brauchen."

Sie gab vor, verängstigt zu sein – was ihr nicht besonders schwer fiel – und presste beide Hände auf ihren Magen. „Greg, du weißt, wie ich mich vor Waffen fürchte. Kannst du sie nicht … einfach wegpacken? Oder sie zumindest nicht direkt auf mich richten?"

Noch immer hielt sie ihre Hände schützend über ihren Bauch und wich langsam zurück. Das Problem war nur, dass sie sich damit auch von der Tür entfernte. Trotzdem gewann sie so wertvolle Zeit zum Nachdenken.

Aber worüber sollte sie nachdenken? Welche Chance hatte sie gegen eine 357 Magnum? Eine Waffe, die in ihr ein Loch in der Größe einer Orange hinterlassen würde?

Greg lächelte, als habe er ihre Gedanken gelesen. „Falls du darüber nachdenkst, zur Haustür zu rennen, vergiss es. Außer wenn du schon tot sein willst, *bevor* Victor hier ankommt."

„Du könntest mich nicht töten. Du bist kein kaltblütiger Mörder."

„Wenn ich du wäre, würde ich darauf nicht wetten. Männer tun die seltsamsten Dinge in verzweifelten Situationen."

Vielleicht könnte sie ihm im Kampf die Waffe abnehmen. Ihre jüngste Verletzung würde sie etwas langsamer machen, aber sie hätte den Vorteil der Überraschung auf ihrer Seite.

Ihre vernünftige Seite schien zu ihr zu sprechen. *Komm schon, Syd, sei nicht albern. Ein Bondgirl würde mit so einer Situation vielleicht fertig werden, aber das hier ist kein Film. Das ist die Realität.*

Sie konnte auch nicht von der Hand weisen, dass der letzte Kampf, den sie ausgefochten hatte, in der dritten Klasse war, als Trish O'Grady sie in eine Schlammpfütze gestoßen hatte. Daran hatte sie natürlich nicht die besten Erinnerungen.

„Selbst wenn du mich töten könntest", setzte sie fort, „würdest du es nicht hier tun. Denk nur an die ganzen Beweise – Blut, Fingerabdrücke …"

„Victor und ich hätten ausreichend Zeit, das alles zu beseitigen."

Vielleicht könnte ihr der Selbstverteidigungskurs jetzt nutzen, den sie damals in Templeton belegt hatte.

Auch keine gute Idee. Sie hatte bestimmt jede Bewegung verlernt, die ihr dort beigebracht worden war. Oder sie würde sie so schlecht ausführen, dass sie schneller mit einer Kugel im Bauch enden würde als gedacht.

Bring ihn zum Reden. Lenk ihn weiter ab.

„Eines interessiert mich, Greg. Letzte Woche im Park, und sogar eben noch hier in diesem Raum, vor nicht einmal zehn Minuten, hast du behauptet, dass du mich immer noch liebst und ein neues Leben mit mir anfangen möchtest. War das alles nur gespielt?"

„Nein, ich habe es genau so gemeint, wie ich es gesagt habe. Ob du es glaubst oder nicht, ich habe großen Respekt vor dir, Syd. Du bist schön, intelligent, begabt. Ich wäre entzückt, dich an meiner Seite zu wissen, wenn ich die politische Leiter erklimme." Er zuckte mit den Schultern. „Aber das war, bevor du den Anruf mit angehört hast."

„Was ist, wenn ich dir sage, dass niemand je von dem Anruf erfahren muss? Dass er ein Geheimnis zwischen uns bleibt?"

Anscheinend hörte sich ihr Vorschlag für ihn genauso lächerlich an wie für sie, denn er brach in Lachen aus. „*Du?* Die Kämpferin für die Benachteiligten? Die Ritterin der Gerechtigkeit? *Du* willst einem Kriminellen helfen?" Er schüttelte den Kopf. „Du musst mich für ganz schön dumm halten, wenn du glaubst, dass ich dir das abnehme."

Ihre zweite schlechte Idee, die sie vorhin hatte, schoss ihr wieder durch den Kopf. Würde sie sich trauen? Den einzigen Trick aus dem Selbstverteidigungskurs, an den sie sich noch schemenhaft erinnerte, war der Kick oder besser gesagt, eine Serie von Tritten. Damals hatte sie ihn immerhin so gut ausgeführt, dass ihr stets unzufriedener Lehrer sie dafür sogar gelobt hatte.

Aber wann war das? Vor siebzehn Jahren?

„Ich meine es ernst, Greg.“ Sie ließ ihre Stimme verzweifelt, beinahe weinerlich klingen. „Ich will nicht sterben. Lass mich gehen. Erzähle van Heusen, dass ich davongekommen bin.“

„Und mich damit selbst als total inkompetent outen? Das wäre genau das Richtige für den General. Überleg doch nur – der Mann, den er für einen Posten im Kabinett ausersehen hat, wurde von einer Frau überlistet. Netter Versuch, Syd, aber nein. Du gehst nirgendwo hin.“

Er machte langsam einen weiteren Schritt auf sie zu. Dieses Mal wich sie nicht zurück, sondern stellte sich mit beiden Beinen fest auf die Erde. Sie konnte nur hoffen, dass er es nicht bemerken würde. „Bei den Tritttechniken“, hatte ihr Lehrer damals immer gesagt, „kommt es auf Schnelligkeit und Präzision an. Schnelligkeit, weil Sie den Gegner treffen wollen, bevor er es tut. Und Präzision, weil Sie keine zweite Chance bekommen, wenn Sie beim ersten Mal nicht richtig treffen.“

Er hatte ihr die drei grundlegenden Kicks beigebracht. Den Frontkick, den Roundkick und den Sidekick. In ihrer momentanen Position würde der *mae geri,* der Frontkick, am wirksamsten sein.

Sie schätzte die Entfernung zwischen ihnen ab. Etwas mehr als ein Meter. Sie musste näher an ihn heran. Meine Güte, er war groß, fast so groß wie Jake. Sie musste ihr Knie sehr hoch ziehen, wenn sie ihn am Kinn oder am Solarplexus treffen wollte.

Und beten, dass sie nicht daneben trat.

„Du siehst ein bisschen blass aus“, sagte Greg. „Du wirst mir jetzt doch nicht ohnmächtig, oder?“

Jetzt. Tu es jetzt!

Ihr Körper und Geist reagierten im gleichen Moment. Ihr

rechtes Knie schnellte nach oben und eine Millisekunde später schoss ihr Stiefel am gestreckten Bein in sein Gesicht.

Gregs Kopf kippte nach hinten, und er stieß einen markerschütternden Schrei aus. Die Waffe fiel ihm aus der Hand. Syd griff danach und hoffte, dass sie sie nicht würde benutzen müssen.

Greg stellte für den Moment keine Gefahr da – er lag am Boden, rollte von einer Seite auf die andere und hielt sein Gesicht in den Händen. Schwer atmend und zittern schnappte Syd sich ihre Tasche vom Sofa, riss ihren Mantel von der Garderobe und rannte zur Tür.

47. KAPITEL

Ihr Auto war mit Schnee bedeckt, aber Syd nahm sich nicht die Zeit, um das Auto komplett vom Schnee zu befreien. Sie musste weg, bevor Greg ihr hinterherkommen konnte.

Mit ihren bloßen Händen wischte sie hastig den Pulverschnee von der Windschutzscheibe und den Seitenscheiben. Nur Augenblicke später saß sie hinter dem Steuer, und das Auto sprang beim ersten Versuch an. Erleichtert legte sie den Gang ein und drückte aufs Gaspedal.

Doch das Auto bewegte sich nicht.

„Oh nein, bitte mach, dass ich nicht feststecke.“ Sie versuchte es noch einmal – sie drückte das Pedal bis auf das Bodenblech durch, aber vergeblich. Ihre hinteren Reifen drehten in einer Schneewehe durch. Sie saß fest.

Verzweifelt schaute sie sich in der verlassenen Landschaft um. Das nächste Haus war mindestens eine Meile entfernt. Und selbst wenn sie es bis dahin schaffen würde, war es wahrscheinlich den Winter über unbewohnt.

Die einzige Möglichkeit war, zurück zur Seven Bridge Road zu rennen und so lange zu laufen, bis sie auf ein Dorf oder ein bewohntes Haus traf.

Sie schluchzte auf. Greg trat in die Haustür, eine hohe Silhouette vor dem Lichtschein, der aus dem Haus hinter ihm drang. Er hatte sich sogar die Zeit genommen, eine dicke Jacke, Mütze und Handschuhe anzuziehen. In seiner rechten Hand hielt er eine Pistole. Eine Magnum? Oder hatte er etwas noch Tödlicheres aus seiner Sammlung ausgewählt?

Sie hatte keine Wahl – sie stolperte aus dem Auto und rannte los. Quälend langsam kämpfte sie sich vorwärts, sank bei jedem Schritt tiefer in den Schnee ein. *Lauf*, dachte sie. *Lauf, so schnell du kannst. Stell dir vor, dass das hier ein Rennen ist. Du willst es gewinnen. Du* musst *es gewinnen.*

Das Atmen fiel ihr in der eiskalten Luft schwer, der Schnee peitschte ihr ins Gesicht, und sie erkannte kaum, wohin sie trat. Sie konnte Greg nicht sehen, aber sie konnte sein angestrengtes Atmen hinter sich hören, als er versuchte, sie einzuholen.

Unermüdlich hastete sie weiter. Ihr war kalt. Es war ein Wunder, dass sie sich überhaupt noch bewegen konnte.

Sie fühlte das Gewicht der Magnum in ihrer Manteltasche – ihre einzige Sicherheit. Sollte Greg Anstalten machen, auf sie zu schießen, würde sie ihn zuerst erschießen. Aber was wäre, wenn sie es nicht konnte? Wenn sie es wieder nicht über sich brachte, wie an jenem verfluchten Tag, als so viel von ihr abhing?

Sie versuchte, nicht an das Schlimmste zu denken, als sie weiterlief. Der frische Schnee hatte ihre Reifenspuren verdeckt, aber sie konnte die Brücke vor sich erkennen und dahinter die Straße.

„Hör auf zu rennen, Syd, du entkommst mir nicht!"

Mit klammen Fingern tastete sie nach ihrer Manteltasche. Vorsichtig zog sie die Magnum heraus. Das Letzte, was sie wollte, war, sich selbst zu verletzen. Wäre das nicht ein Spaß für die alten Kollegen aus Philadelphia?

Peng.

Ein Schuss zerriss die Stille der Nacht. Syd duckte sich und schaute sich vorsichtig um.

„Das war nur ein Warnschuss, Syd! Der nächste wird wehtun!"

Eilig rappelte sie sich auf. Er wusste nicht, dass sie seine Waffe hatte. Oder wenn er es wusste, interessierte es ihn nicht.

Warum sollte es auch? Er trainierte regelmäßig auf dem Schießstand – sie nicht.

Sie sah sich nach einem Platz um, an dem sie sich verstecken konnte, als plötzlich das Motorengeräusch eines Autos zu hören war. Weit vor ihr brachen die Lichtkegel zweier Scheinwerfer durch die Dunkelheit. Endlich war das Auto bei ihr, hielt an und zwei Männer sprangen heraus. Sie konnte sie nicht erkennen, aber das machte nichts. Das war die Hilfe, auf die sie gehofft hatte.

„Lassen Sie die Waffe fallen, Underwood!"

Cranston?

Syd blinzelte durch den fallenden Schnee. Die beiden Männer kamen auf sie zu. Der mit der Waffe war definitiv Dectective Cranston, aber der andere …

Ihr Herz macht einen Sprung. Jake!

„Runter, Syd!", rief er. „Leg dich flach auf den Boden!"

Aber zu spät … Ein stahlharter Arm hatte sie um die Hüfte gepackt und riss sie von den Füßen. Sie verlor ihre Waffe.

Greg schien es nicht bemerkt zu haben. Er hielt Syd wie ein Schild vor sich und brüllte: „*Sie* lassen Ihre Waffe fallen! Oder sie stirbt."

Beide Männer blieben stehen. „Underwood, hören Sie mir zu. Hier spricht Detective Cranston von der Polizei in Philadelphia. Machen Sie es nicht noch schlimmer für sich. Lassen Sie Sydney gehen, und dann können wir reden."

Gregs Reaktion bestand darin, dass er den Lauf der Pistole noch ein Stück tiefer in Syds Seite stieß. Sie zuckte zusammen und ihr Blick fiel auf die Magnum, die nur ein paar Zentimeter vor ihr lag, schon halb von Schnee bedeckt. Sie betete, dass Greg sie nicht sah.

„Oh Gott, Greg, ich … mir ist schlecht. Ich glaube … ich muss mich übergeben."

Er gab ein angeekeltes Geräusch von sich und hielt sie auf Distanz, ohne sie jedoch ganz loszulassen. „Meine Güte, aber nicht auf mich, okay?"

Sie kratzte ihr ganzes schauspielerisches Talent zusammen, das sie besaß, und ließ sich auf die Knie sinken, heftig atmend und würgend, bis er sie endlich ganz losließ. Ihre Hand tastete nach der Magnum, während sie weiterhin vorgab, sich zu übergeben. Als ihre Finger das kalte Metall umfassten, sprang sie blitzschnell auf.

Sie baute sich breitbeinig vor ihm auf und umfasste den Griff sicher mit beiden Händen. „Lass die Waffe fallen, Greg!"

Sein angewiderter Gesichtsausdruck wandelte sich in Überraschung. Aus dem Augenwinkel sah sie, wie Jake sich von Detective Cranston entfernte und in der Dunkelheit verschwand. Sie wusste, was er vorhatte. Er schlug einen weiten Bogen um sie, um Greg von hinten anzugreifen.

Greg hielt seine Waffe jetzt auf Cranston gerichtet. Die Zeit würde nicht reichen, damit Jake seinen Plan ausführen konnte. Also musste sie etwas tun.

„Zwing mich nicht, auf dich zu schießen, Greg." Der bittende Ton in ihrer Stimme war ehrlich gemeint.

Er lachte. „Du wirst nicht auf mich schießen. Dazu fehlt dir der Mut. Aber ich …"

Peng!

„Mistkerl." Detective Cranston fiel die Waffe aus der Hand. Er war getroffen worden.

Erinnerungsfetzen tauchten in Syds Gedanken auf. Eine belebte Einkaufsstraße. Überall Chaos. Ein Verrückter mit einer Pistole. Und sie, allein, mit ihrer 38er in der Hand – unfähig, einen Schuss abzugeben, unfähig, ihren Partner zu retten.

Als Cranston sich nach seiner Waffe bückte, sah sie, dass Greg erneut anlegte.

Syd atmete tief ein, zielte und schoss.

48. KAPITEL

Achtundvierzig Stunden später.

Sie hatte besser gezielt, als sie zuerst gedacht hatte.

Syds Kugel hatte Greg in der Schulter getroffen und sein Schlüsselbein zertrümmert. Er lag noch immer im Krankenhaus und erholte sich von der Verletzung, während er gleichzeitig versuchte, mit der Polizei einen Deal auszuhandeln, doch bis jetzt hatten weder er noch sein Vater es geschafft, die Staatsanwaltschaft dazu zu überreden. Fred Trinian wollte sich die Gelegenheit, sich einen Namen zu machen, nicht entgehen lassen und hatte bisher jegliche Verhandlung abgelehnt. Das war seine Chance auf ein bisschen Ruhm und Ehre, und nichts und niemand würde ihn davon abhalten können.

Victor van Heusen wurde unter schärfsten Sicherheitsvorkehrungen festgenommen, wie es einem Fünf-Sterne-General gebührte. Da sie wussten, dass er mit einem Helikopter nach Tuckerton kommen würde, hatten sie gewartet, bis der Huey-Cobra auf dem schneebedeckten Grundstück von Gregs Haus gelandet war, und hatten ihm genau in dem Moment Handschellen angelegt, als er aussteigen wollte.

Mit Hilfe der Informationen von Doug Avery, hatte eine sechzig Mann starke Truppe das Camp gestürmt und Lilly gerettet, die zwar schwach, aber ansonsten unverletzt war. Alle fünfzehn Bewohner wurden festgenommen. Genau wie Jenkins gaben sie nicht mehr preis als ihren Namen, ihren Dienstgrad und ihre Dienstnummer.

Nicht so Victor. Fanatisch verblendet und stolz auf das, woran er glaubte, ließ er sich über die herrschende Regierung, das

Militär und die Welt im Ganzen aus und verkündete, wie er das alles zu ändern gedenke. Auch wenn die Anklagen gegen ihn ernsthaft genug waren, um die Todesstrafe zu fordern, hatte sich bereits ein Publicity suchender Anwalt für seine Vertretung gefunden, der einen Antrag auf Unzurechnungsfähigkeit für seinen Mandanten stellen wollte. Die Anklage arbeitete bereits mit Hochdruck daran, das Gegenteil zu beweisen.

Jenkins hielt selbst dann noch an seiner Behauptung fest, nichts mit der ganzen Sache zu tun zu haben, als Agent Ramirez ihn damit konfrontierte, dass die Reifenspuren vor dem Farmhaus von Dot Branzini genau mit denen seines Jeep Cherokee übereinstimmten.

Lilly war es, die schließlich den Grund für Jenkins Ausflug zum Farmhaus ihrer Mutter offenbarte. Anders als Senator Fairbanks hatte Victor Lilly gleich in Verdacht gehabt, die Kette gefunden zu haben. Eine Anschuldigung, die sie konsequent verneint hatte. Unsicher geworden, hatte Victor seinen Sergeant losgeschickt, das Beweismittel zu suchen.

Jakes schnellem Kombinationsvermögen war es zu verdanken, dass die Bombe, die groß genug war, um das ganze Depot in Schutt und Asche zu legen, noch rechtzeitig entschärft werden konnte. Sie war in der Büste von General Eisenhower versteckt und sollte genau um sechzehn Uhr dreißig detonieren.

Alle drei Generäle hatten den Wunsch geäußert, Jake persönlich in einer öffentlichen Zeremonie ihre Anerkennung auszusprechen, aber Jake hatte dankend abgelehnt.

In einem Fernsehinterview lobte ein FBI-Agent Jakes Mut und Patriotismus, und dankte ihm im Namen aller dreiundfünfzig geladenen Gäste, die zur feierlichen Eröffnung des Depots gekommen und nur durch seine Hilfe diesen Tag überlebt hatten.

Lilly war in ein Krankenhaus gebracht worden. Dort hatte man ihr eine fabelhafte Gesundheit bescheinigt und sie gleich am nächsten Nachmittag wieder entlassen. Ihr erster Weg führte sie zu ihrer Tochter, und sie verbrachte die ganze Nacht an ihrem Bett und bewachte ihren Schlaf.

Sie hatte sich geweigert, über ihre Zeit in Gefangenschaft zu sprechen, bevor sie wirklich dazu bereit war. Worüber sie aber gern sprechen wollte, war ihr Besuch am Unfallort. Und ihre Version klang ganz anders als die von Senator Fairbanks.

Mit dem Gespür eines Suchhundes hatte sie die Geschichte von Lauren Fairbanks Unfall im Fernsehen verfolgt und bemerkt, wie nervös das Mädchen gewirkt hatte. Sie hatte sich daraufhin entschlossen, eigene Untersuchungen anzustellen und mit einer Inspektion des Unfallorts begonnen.

Die Kette allein war ihr am Anfang gar nicht wichtig erschienen. Was dann aber zu den folgenden Ereignissen führte, waren die Dinge, die danach passiert waren. Während sie mit der Kette in der Hand im Wald gestanden hatte, waren auf einmal der Senator und ein junges Mädchen aufgetaucht, die beide offensichtlich auf der Suche nach irgendetwas waren.

Leicht nervös hatte der Senator das Mädchen als seine Tochter vorgestellt und Lilly erzählt, dass sie nach einem Schulbuch suchten, das Lauren in der Nacht des Unfalls hier verloren hatte. Aber Lilly hatte ihm nicht geglaubt. Das Mädchen, das der Senator Lauren nannte, war definitiv nicht seine Tochter. Und Lilly hätte ihr nächstes Gehalt darauf verwettet, dass sie auch nicht auf der Suche nach einem Schulbuch gewesen waren.

Irgendetwas an dem Blick, den der Senator ihr zugeworfen hatte, bevor er ins Auto gestiegen war, hatte Lilly einen Schauer über den Rücken gejagt. Besorgt, dass sie vielleicht zu viel gesehen hatte, hatte sie Prudence zu den Nonnen gebracht und war zu Syds Strandhaus gefahren, um die Kette dort zu verstecken. Die Postkarte aus Buck's County war eine Art Versicherung gewesen für den Fall, dass ihr etwas zugestoßen wäre. Am nächsten Tag hatte sie im Büro des Senators angerufen. Sie hatte auf eine Exklusivgeschichte gehofft, bevor sie die Kette der Polizei übergab. Als sie keine Antwort bekommen hatte, entschloss sie sich, Syd um Rat zu fragen. In der gleichen Nacht war sie gekidnappt worden.

Erst als Senator Fairbanks von Lillys belastender Aussage gehört hatte, war er bereit gewesen, alles zu sagen und die noch offenen Fragen zu beantworten. Auch wenn ihm damals nicht bewusst gewesen war, dass Lilly die Kette gefunden hatte, war ihm klar, dass sie seine Geschichte von Brenda als seiner Tochter nicht geglaubt hatte. Seine Angst war bestätigt worden, als Muriel Hathaway ihm mitgeteilt hatte, dass eine Lilly Gilmore versucht hatte, ihn zu erreichen, um eine dringende Angelegenheit mit ihm zu besprechen. Er hatte sofort seinen guten Freund Victor van Heusen angerufen und ihn gebeten, ihm die neugierige Reporterin vom Hals zu halten.

So kam nun also noch Beihilfe zu einer Entführung auf die lange Liste der Anklagen gegen den Senator. Und auch wenn er auf *nicht schuldig* plädierte, gab es wenig Zweifel daran, dass er die nächsten Jahre nicht im Oval Office, sondern hinter Gittern verbringen würde.

Detailliertere Informationen wurden in den nächsten Tag erwartet, wenn die genaue Anklage veröffentlicht würde.

Es war jetzt zwei Uhr am Mittwochnachmittag. Jake war

beim FBI, wo Victor van Heusen verhört wurde. Der Milizenführer hatte nur eine Bitte vorgetragen – mit Jake zu sprechen. Froh darüber, dem Mann noch einmal gegenüberstehen zu können, der Ted tötete, hatte Jake zugestimmt.

Syd saß in Dots Wohnzimmer, durch den nun wieder der Duft von gutem Essen und der Klang fröhlicher Unterhaltung zogen. Es hatte endlich aufgehört, zu schneien und die Straßen waren wieder frei, und so hatten Joe und Luciana Prudence mit zum Spielplatz genommen, um einen riesigen Schneemann zu bauen. Lilly war in der Küche und half Dot dabei, letzte Hand an eine Überraschung zu legen.

„So lange es keine Kette ist", hatte Syd sie gewarnt.

Genau wie Jake hatte sie die Öffentlichkeit gemieden. Mehrere Frühstücksshows im Fernsehen hatten angefragt und sie um ein Interview gebeten, aber sie hatte alles abgelehnt. Ron hatte ihren Part dankbar übernommen, nur zu froh darüber, sich so kurz vor den Wahlen für den Bezirksstaatsanwalt noch einmal dem Publikum wirksam ins Gedächtnis rufen zu können.

„Hey, was macht ihr da so lange?", rief Syd zur Küche hinüber.

„Sei nicht so verdammt ungeduldig." Lilly kam rein und trug einen riesigen Kuchen mit viel zu vielen Kerzen vor sich her.

Mit ihren frisch gewaschenen, blonden Haaren, die ihr über die Schulter hingen, den geröteten Wangen und dem Lipgloss auf den Lippen sah sie genauso umwerfend aus wie immer.

Sie beobachtete, wie Lilly die Torte auf dem Couchtisch abstellte. „Was ist das?"

„Ich geb dir 'nen Tipp. Es ist kein Elefant. Was glaubst du denn, was das ist, Dummchen? Eine Geburtstagstorte. Du hast doch nicht geglaubt, dass ich deinen großen Tag vergesse? Oder eine Gelegenheit versäumen würde, dich daran zu erinnern, dass du drei Monate älter bist als ich? Fünfunddreißig." Lilly pfiff. „Wow, Kleine. Ups, ich glaube, so kann ich dich jetzt nicht mehr nennen. Nicht, wo du jetzt stramm auf die Vierzig zugehst."

Syd nahm ein kleines Kissen und drohte, es nach ihr zu werfen, tat es aber nicht. „Danke, Lilly", sagte sie leise. „Es ist so süß, dass du daran gedacht hast."

Lilly umarmte sie. „Ich fange gerade erst an, dir zurückzugeben, was du alles für mich getan hast."

„Du hättest das Gleiche gemacht."

„Das stimmt."

„Also, wann darf ich die Kerzen auspusten und mir etwas wünschen?"

„Wenn alle Gäste da sind."

„Wer kommt denn noch? Außer Jake und deiner Familie?"

„Die Sorrensens, Ron und natürlich Chad, der ja, wie mir erzählt wurde, den Boden anbetet, auf dem du gehst. Und ich glaube, dass Jake Agent Ramirez mitbringt." Sie steckte ihren Finger in den Schokoladenüberzug und schleckte ihn ab. „Oh, und noch jemand."

„Wer?"

Sie schaute geheimnisvoll. „Das wirst du dann schon sehen." Es klingelte an der Tür. „Das sollte er sein. Ich habe ihn gebeten, etwas früher zu kommen."

Überrascht sah Syd, dass Detective Cranston die Wohnung betrat. Sein Kopf war verbunden, und sein rechter Arm steckte in einer Schlinge. Aber in der linken Hand hielt er einen Blumenstrauß.

„Detective. Was für eine schöne Überraschung. Ich dachte, dass Sie immer noch im Krankenhaus wären.“

„Sie mussten mich entlassen. Ich wurde ihnen zu unruhig.“ Etwas ungeschickt reichte er ihr den Blumenstrauß. „Die sind für Sie. Herzlichen Glückwunsch zum Geburtstag.“

„Dankeschön!“

„Setzen Sie sich, Detective“, sagte Lilly. „Gleich wird der Kuchen angeschnitten.“ Sie ging zurück in die Küche und ließ die beiden allein.

„Wer hat Ihnen gesagt, dass ich heute Geburtstag habe?“

„Lilly rief auf der Wache an und hat es einem Officer verraten, der die Nachricht gleich ans Schwarze Brett gehängt hat.“

Syd lachte. „Das war ja bestimmt eine riesige Freude.“

„Um ehrlich zu sein …“ Cranston griff in seine Jackentasche, „… die Jungs vom Revier schicken Ihnen das hier.“ Er gab ihr einen großen, quadratischen Umschlag.

Syd öffnete ihn. Es war eine Geburtstagskarte mit einer gezeichneten Frau, die heimlich die Hälfte der Kerzen von ihrer Geburtstagstorte nahm und sich in die Tasche steckte. Den aufgedruckten Spruch las sie nicht, sondern nur das, was mit der Hand geschrieben war. „Manchmal können selbst die klügsten Männer unglaublich dumm sein. Es tut uns Leid.“

Mehr als ein Dutzend Unterschriften standen darunter, alles Namen, die Syd noch zu gut kannte.

Tränen stiegen ihr in die Augen. „Das ist sehr nett. Sagen Sie ihnen bitte, dass ich mich sehr darüber freue, ja? Und vielen Dank.“

„Ich bin derjenige, der sich bedanken muss. Ohne Ihr schnelles Eingreifen in dieser Nacht würden meine Frau und meine Kinder jetzt vielleicht meine Beerdigung vorbereiten.“

„Sie sind zu meiner Rettung geeilt, Detective, das wollen wir nicht vergessen."

Bevor es zu sentimental wurde, kam Lilly mit einer Tasse Kaffee zurück, die sie Detective Cranston reichte.

„Sagen Sie, Detective", sagte sie und setzte sich ihm gegenüber. „Würden Sie mir einen Exklusivbericht über den besagten Abend geben?"

„Kennen Sie die Geschichte nicht schon von Sydney?"

„Ja, aber ich würde Ihre Version auch gern hören. Das würde meinem Artikel die richtige Würze verleihen."

Er lächelte. „Rufen Sie mich an, dann können wir ein Treffen vereinbaren. Aber denken Sie daran, dass es einige Sachen geben wird, über die ich mit Ihnen nicht reden darf."

„Das verstehe ich, Detective. Aber trotzdem danke."

49. KAPITEL

„Du hast mich fallen lassen, alter Kumpel."

Jake lehnte an der Wand. Nah genug, dass Victor ihn durch die Gitterstäbe erreichen konnte, wenn er es gewollt hätte. Er hatte darum gebeten, Victor in seiner Zelle besuchen zu dürfen, aber die Wache hatte eindeutige Befehle. Jake musste außerhalb der Zelle bleiben, mit einem bewaffneten Sicherheitsbeamten an seiner Seite.

„Meine Treue hat immer meinem Land gehört", antwortete Jake. „Wie hast du daran jemals zweifeln können?"

„Hätte ich nicht, wenn du mich nicht so sorgfältig in die Irre geführt hättest."

„Und ohne dein unglaubliches Ego wärst du niemals in diese Falle getappt." Er sah hinter Gittern ganz anders aus als sonst. Nicht so geschlagen, wie Jake gedacht hatte, aber auch nicht mehr so arrogant. „Wie hast du die Büste in das Depot geschleust, ohne Aufmerksamkeit zu erregen?"

„Indem ich sie ganz offensichtlich und vor aller Augen hineingebracht habe, so als würden wir dazugehören." Victor lachte. „Niemand hat uns überprüft. Der Anlass war wohl nicht wichtig genug, um Geld für Sicherheitsmaßnahmen auszugeben. Wir wurden noch nicht einmal befragt. Was könnte auch unauffälliger sein, als zwei Soldaten, die sich um die Dekoration für die Einweihung kümmern?"

Jake erinnerte sich an die Fotos in Jenkins iPAQ. Clever. Und dreist. „Kannst du nachts noch ruhig schlafen, Victor?"

„Ja, sehr gut, danke der Nachfrage."

„Du hast kein Mitleid mit den Toten, die durch dich ihr Leben verloren haben? Oder mit den dreiundfünfzig Personen, die gestern aufgrund deines Hasses auf einen einzigen Mann fast gestorben wären?“

„Mitleid hat mich nicht dahin gebracht, wo ich heute bin.“

„Und nun schau dir an, wohin dich deine Härte gebracht hat. Dein Camp wurde durchsucht. Deine Miliz ist für immer verboten worden, und deine Männer sind im Gefängnis. Der Mann, den du als unseren nächsten Präsidenten ausgewählt hattest, wartet nun auf seinen Prozess, und die Anklagen gegen ihn werden ihn die nächsten Jahrzehnte hinter Gitter bringen.“

„Das hier gefällt dir, Jake, oder? Deshalb bist du hergekommen. Um zu sehen, wie Victor van Heusen endlich seine gerechte Strafe erhält.“

„Ich kann nicht leugnen, dass mir der Anblick gut tut.“

„Ich würde mich noch nicht abschreiben, wenn ich du wäre, Jake. Wenn ich dir einen Rat geben darf, dann solltest du zukünftig nachts lieber mit einem offenen Auge schlafen, denn irgendwann werden sie mich wieder freilassen.“

„Du *bist* größenwahnsinnig.“

„Wie heißt es doch so schön? Die Zeit wird es zeigen.“

„Sag mir nur eines: Wie hast du herausgefunden, dass ich hinter dir her war?“

„Jenkins. Wie du schon richtig gesagt hattest, mochte er dich nicht. Und er hat dir auch nicht getraut. Darum hat er Erkundigungen über dich eingeholt. Wusstest du, dass er ein Computergenie ist?“ Er wartete die Antwort nicht ab. „Er hat sich Zugriff auf deine Telefonrechnungen verschafft und herausgefunden, dass du diese Anrufe nach Delaware getätigt hast. Es war ein Leichtes, herauszufinden, mit wem du telefoniert hast. Ich konnte mir nur nicht erklären, warum. Bis mich ein Freund aus Riad anrief.“

Jake hielt seinem Blick einen Moment lang stand und stellte dann die Frage, die schon die ganze Zeit in ihm brannte. „Wie hast du Ted umgebracht?“

Victor sah in selbstgefällig an. „*Ich?* Ich war nicht einmal dort.“

„Hör auf, Spielchen zu spielen, Victor. Wir beide wissen, dass du den Befehl zu diesem Mord gegeben hast.“

„Korrigiere mich, wenn ich falsch liege, aber *du* warst derjenige, der Ted gebeten hat, für ihn ein bisschen zu spionieren. *Du* bist derjenige, der sein Todesurteil unterschrieben hat.“

Jake stürmte auf die Gitterstäbe zu, aber der Sicherheitsbeamte war sofort neben ihm. Mit einem stahlharten Griff hielt er Jakes Arm fest und zog ihn zurück. „Keine gute Idee, Sir.“

„Ja. Ja, Sie haben Recht. Bringen Sie mich hier raus. Der Geruch nach Müll hier ist nicht mehr zu ertragen.“

Als Jake ein paar Minuten später auf seinen Wagen zuging, hörte er hinter sich eine Stimme seinen Namen rufen. Er drehte sich um und war überrascht, Farah zu sehen, die auf ihn zukam.

„Agent Ramirez hat mir erzählt, dass du hier bist.“ Sie schaute zu dem imposanten Gebäude hinüber. „Also da steckt er jetzt? Der Mörder meines Mannes?“

„Ja.“

Er sah, wie sie mit den Tränen kämpfte. „Sie sagten, dass er vielleicht frei kommt – wegen Unzurechnungsfähigkeit.“

„Das wird nicht passieren.“

Sie wandte ihren Blick vom Gebäude ab. Jake wollte sie in den Arm nehmen, ihr alles erzählen, worüber er an dem Tag von Teds Beerdigung nicht hatte reden können, aber er war sich nicht sicher, wo er anfangen sollte.

„Aber darüber wollte ich gar nicht mit dir sprechen." Sie schaute zu ihm auf. „Ich weiß, dass du den Kredit von Teds Firma beglichen hast."

Er schüttelte den Kopf, bereit, alles zu verneinen, was der Banker vielleicht gesagt hatte.

„Ich weiß es", fuhr sie fort. „Weil Ted und ich gerade erst letzte Woche darüber diskutiert haben, ob wir die Kreditversicherung abschließen sollen, oder nicht. Er sagte, dass er jetzt endlich in der Situation sei, sie bezahlen zu können, und wollte es tun. Weißt du, das ganze Geld, das wir in den letzten zwanzig Jahren gespart hatten, haben wir in die Firma gesteckt. Wir hatten nichts, außer dem Geld, das wir für die Ausbildung der Kinder zur Seite gelegt haben."

„Du kannst mir das Geld nicht zurückzahlen", sagte er. War das der einzige Grund ihres Besuches?

„Ich weiß. Ich bin gekommen, um dir zu danken. Und um mich zu entschuldigen."

„Bitte, das musst du nicht."

„Doch. Du hattest Recht." Sie schien in Gedanken versunken, ihre Augen blickten ziellos in die Ferne. „Ich brauchte Zeit, um über alles, was passiert ist, nachzudenken. Über deine Freundschaft mit Ted, eure tiefe Zuneigung, auch wenn ihr in letzter Zeit keinen Kontakt mehr miteinander hattet. Er hat Victor genauso gehasst wie du. Und er wäre sehr enttäuscht gewesen, wenn du irgendjemand anderen als ihn um Hilfe gebeten hättest."

Sie wandte sich ihm zu. „Er wäre nicht sehr erfreut, wenn er wüsste, wie unfair ich dir gegenüber an jenem Tag war. Und ehrlich gesagt, ich bin es auch nicht. Ich habe gehört, was du getan hast, wie du verhindert hast, dass die Bombe hochgeht und so viele Leute in den Tod reißt. Dir ist es zu verdanken, dass Teds Mörder jetzt hinter Gittern sitzt, und dafür werde ich dir mein Leben lang dankbar sein."

Er wusste nicht, was er sagen sollte. Selbst wenn er die Worte gefunden hätte, hätte er sie nicht aussprechen können. Der Kloß in seinem Hals wuchs und hinderte ihn daran.

„Es gibt noch einen Grund, weshalb ich hier bin. Ich weiß nicht, ob du zustimmen wirst, aber ich muss dich einfach fragen."

Er räusperte sich. „Du kannst mich alles fragen, Farah."

„Ich brauche jemanden, der die Firma weiterführt. Jemanden, dem ich vertrauen kann. Jemanden, auf den ich mich komplett verlassen kann." Sie lächelte. „Jemanden, der fliegen kann. Ich biete dir eine Partnerschaft an." Sie reichte ihm ein Blatt Papier. „Ich habe die aktuellen Bücher mitgebracht, damit du selbst sehen kannst, wie gut sich das Geschäft entwickelt hat. Ted hatte angefangen, Flugstunden zu geben. Zum einen, um ein weiteres Einkommen zu haben, zum anderen, weil er die Freude am Fliegen mit anderen Menschen teilen wollte."

Sie war außer Atem. Und er war sprachlos.

„Jake? Du findest diesen Vorschlag bescheuert, richtig? Du kannst es mir ruhig sagen. Ich weiß, dass du einen gut bezahlten Job hast …"

„Ich finde den Vorschlag überhaupt nicht bescheuert", unterbrach er sie. „Im Gegenteil, ich finde ihn richtig gut."

„Wirklich?"

„Bist du sicher, dass du das so willst?"

„Oh ja, da bin ich sicher. Ich habe in den letzten achtundvierzig Stunden an nichts anderes gedacht. Es würde dir nichts ausmachen, deinen Job aufzugeben? Oder umzuziehen?"

„Nein. Ehrlich gesagt spiele ich schon eine Weile mit dem Gedanken, wieder hierher zurückzukommen.“

„Aber es wäre immer noch eine gute Stunde von Philadelphia entfernt.“

„Kein Problem.“

„Oh.“ Sie wirkte überrascht und glücklich. „Ich dachte nicht, dass es so einfach werden würde.“

„Wenn du willst, können wir auch gern noch ein bisschen streiten.“

Sie lachte leise. „Nein.“

„Ich denke mal, in diesem Fall sind wir jetzt also Partner.“ Er streckte eine Hand aus. „Schlag ein.“

Sie schüttelten sich die Hände und umarmten sich. Ein paar Tränen liefen ihnen über die Wangen. „Wo ist dein Auto?“, fragte er, als sie sich voneinander lösten.

Sie zeigte auf den Wagen, der direkt hinter seinem stand.

„Fahr mir nach“, sagte er und begleitete sie zu ihrem Auto. „Ich möchte dich gerne jemandem vorstellen, den du von nun an öfter sehen wirst.“

50. KAPITEL

Zwei Wochen später.

Syd stand auf dem Deck der *Three naughty nurses,* bereit, den Anfall von Übelkeit zu unterdrücken, von dem sie wusste, dass er kommen würde, sobald sie abgelegt hatten. Es tat ihr so Leid, dass Jake noch immer nichts von seinem Vater gehört hatte, und so hatte sie sich mit Reisetabletten eingedeckt, um ihn auf einem kleinen Törn entlang der Küste zu begleiten.

Die letzten beiden Wochen waren die aufregendsten in ihrem ganzen Leben gewesen. Alles hatte mit ihrer Geburtstagsfeier in Dots Haus angefangen. Jake hatte alle Gäste um ihre Aufmerksamkeit gebeten und verkündet, dass er seinen Job auf der Ölplattform aufgeben würde, um nach Middletown zu ziehen und das Geschäft seines verstorbenen Freundes weiterzuführen. Dann hatte er ihnen seine Partnerin, Farah Malvern, vorgestellt, die schüchtern neben ihm gewartet hatte, während er sprach.

„Middletown ist nur eine Stunde entfernt“, hatte er Syd mit der gleichen Begeisterung erzählt, die sie nach seiner Ankündigung empfunden hatte. „Für einige Menschen mag das viel sein, aber wenn man verliebt ist …“

„*Verliebt?*“

„*Verliebt?*“ hatte die Branzinis wie aus einem Munde gefragt. „Du bist in unsere Syd verliebt?“

„Du bist in mich *verliebt?*“

„Ja, ich bin in dich verliebt! Weißt du das denn nicht? Alle behaupten doch immer, dass du so clever bist.“

„Du hast nie etwas in der Richtung gesagt.“

„Aber ich sage es doch jetzt!“

Sie war nicht mehr zu Wort gekommen. Alle sprachen auf einmal durcheinander. Joe war hinunter in den Keller gegangen, um eine Flasche Champagner zu holen. Er hatte einen Toast auf Jake und Syd ausgebracht, ihnen gratuliert und Jake auf den Rücken geklopft, als hätten sie sich gerade verlobt.

In dieser Nacht liebten sie sich mit einer solchen Leidenschaft, dass Syd atemlos und glücklich eingeschlafen und am Morgen mit dem Hunger nach mehr aufgewacht war.

Nur ein Schatten trübte ihr Glück: Wendell Sloans starrköpfiges Schweigen. Auf Syds Drängen hin hatte Jake ihn noch einmal angerufen und ihn wissen lassen, dass er für den dritten April ein Segelboot gechartert hatte. „Das Wetter ist perfekt“, hatte sie ihn zum Anrufbeantworter sagen hören. „Ruf mich an, damit wir besprechen können, wohin wir fahren wollen.“

Und hier war sie nun also. Der Gedanke, eine von Jakes Leidenschaften mit ihm zu teilen, war aufregend. Gleichzeitig war sie traurig, weil sie wusste, dass er bis zum letzten Augenblick gehofft hatte, dass sein Vater doch noch auftauchen würde.

Sie hörte Jakes Schritte auf den Stufen von der unteren Kabine nach oben. Er fasste sie um die Taille und zog sie an sich. „Bereit zum Ablegen, Captain?“

„Du willst mich nicht wirklich dieses Schiff steuern lassen, oder?“

„Ich werde es dir beibringen. Das wird dich von deiner Seekrankheit ablenken.“

„Du meinst, ich muss die Reisetabletten gar nicht nehmen?“

Er lachte. „Nimm sie vorsichtshalber lieber doch.“

Plötzlich umfasste sie seinen Arm. „Jake?“

Er sah sie an. „Was? Wird dir etwa schon übel? Wir haben noch nicht einmal abgelegt."

„Nein." Sie schluckte. „Ich meine, schau mal, da drüben."

Er folgte ihrem Blick, und sie merkte, wie er auf einmal ganz still wurde.

Ein älterer Mann kam die Pier hinunter. Er trug blaue Hosen, eine Segeljacke und nagelneue blaue Segelschuhe. In der einen Hand trug er einen Koffer, in der anderen eine Köderbox.

„Der alte Schuft", murmelte Jake. „Er ist doch gekommen."

Syd merkte, wie ihr Tränen über die Wangen liefen. „Geh zum ihm, Jake", flüsterte sie.

„Du bleibst doch, oder?"

Sie schüttelte den Kopf. „Nein. Dieser Törn ist nur für euch beide." Sie lächelte ihn durch ihre Tränen an. „Ich werde hier sein, wenn du zurückkommst." Sie schob ihn sanft in Richtung Pier. „Nun geh schon zu ihm. Beeil dich."

Sie ging von Bord und beobachtete, wie Jake seinem Vater entgegenlief. Die beiden Männer umarmten sich und hielten sich für lange Zeit fest.

Syd stahl sich leise davon. Am Ende des Hafens angekommen, schaute sie zurück. Jake und sein Vater standen vor der Stolkraft. Jake hatte seinen Arm um seine Schultern gelegt, und der alte Mann strahlte über das ganze Gesicht.

„Ich liebe dich auch, Jake", murmelte Syd.

– ENDE –

Deutsche Erstveröffentlichung

M. J. Rose
Die Magdalenen-Morde

Ein Erotik-Thriller der Extraklasse um Ritualmorde an New Yorker Prostituierten – der erste Fall für die schöne Profilerin Dr. Morgan Snow!

Band-Nr. 25201
7,95 € (D)
ISBN: 3-89941-294-X

Deutsche Erstveröffentlichung

Karen Harper
Schwarze Flügel

Ein spannender Thriller über die Amish, der faszinierende Einblicke in eine Welt gewährt, in denen Tradition mehr gilt als Fortschritt, echte Menschlichkeit mehr als Profit und Mord eine Todsünde ist – meistens …

Band-Nr. 25202
7,95 € (D)
ISBN: 3-89941-295-8

Christiane Heggan
Unschuldig

Wer hat den Politiker Paul Bradshaw ermordet? Seine Exfrau Julia, die von ihm erpresst wurde? Der Reporter Steve Reyes ist überzeugt, dass Julia unschuldig ist. Er glaubt, dass die Untergrundorganisation Gleic Éire hinter dem Mord steckt und ermittelt auf eigene Faust …

Band-Nr. 25159
7,95 € (D)
ISBN: 3-89941-198-6

Christiane Heggan
Der Duft des Mörders

Jennas Ex-Mann wird tot aufgefunden. Ermordert. Der Täter hinterlässt keine Spuren. Nur ein eigentümlicher Geruch hängt in der Luft. Wonach? Jenna ermittelt auf eigene Faust, und gerät selbst in Lebensgefahr.

Band-Nr. 25140
7,95 € (D)
ISBN: 3-89941-179-X

Alex Kava
Das Böse
Band-Nr. 25001
7,95 € (D)
ISBN: 3-89941-001-7

Alex Kava
Das Grauen
Band-Nr. 25024
7,95 € (D)
ISBN: 3-89941-032-7

Alex Kava
Die Rückkehr des Bösen
Band-Nr. 25158
7,95 € (D)
ISBN: 3-89941-197-8

Elizabeth Flock
Ich & Emma
Band-Nr. 25182
7,95 € (D)
ISBN: 3-89941-240-0